KB031847

우리,
유쾌한 사전꾼들

지은이 이기성(李起聖)은 1966년생으로 이화여대 국문과를 졸업하고 동대학원에서 박사과정을 마쳤다. 1998년 『문학과사회』에 시를 발표하면서 등단하였고, 2001년 『21세기 문학』 신인상에 평론 「욕망의 지형학과 유목민의 시쓰기」가 당선되어 비평 활동을 시작했다. 시집 『불쑥 내민 손』(2004)과 연구서 『모더니즘의 심연을 건너는 시적 여정』(2006)을 출간했다.

우리, 유쾌한 사전꾼들 이기성 평론집

초판 인쇄 2009년 4월 20일 **초판 발행** 2009년 4월 25일
지은이 이기성 **펴낸이** 박성모 **펴낸곳** 소명출판 **출판등록** 제13-522호
주소 서울시 서초구 서초동 1621-18 란빌딩 1층
전화 02-585-7840 **팩스** 02-585-7848 **전자우편** somyong@korea.com

값 18,000원
ISBN 978-89-5626-381-6 03810

ⓒ 2009, 이기성

잘못된 책은 바꾸어드립니다.
이 책은 저작권법의 보호를 받는 저작물이므로 무단전재와 복제를 금하며, 이 책의 전부 또는 일부를 이용하려면 반드시 사전에 소명출판의 동의를 받아야 합니다.

한국문화예술위원회 이 책은 한국문화예술위원회 문예진흥기금 지원을 받아 출간되었습니다.

이기성 평론집

우리, 유쾌한 사전꾼들

We, the Merry Counterfeiters

소명출판

‖ **책머리에** ‖

나의 마음을 딛고 가는 거룩한 발자국소리를 들으면서
지금 나는 마지막 붓을 든다

―김수영, 「九羅重花」

'우리'라는 이름으로 당신들을 호명해 본다. 완고한 정전의 문자 앞에서 더듬거리는 시인들, 상식과 일상의 좌표를 전복하는 도발자들, 누추한 언어의 왕국에서 지복을 꿈꾸는 슬픈 거지들, 모든 가짜들의 아름다움을 맛볼 줄 아는 사전꾼들……. 이 글들은 당신들의 외로운 싸움과 패배에 대한 열렬한 지지와 사랑 그리고 그 유쾌한 도발에 기꺼이 동참하고픈 욕망에서 태어났다.

시장의 질서를 교란하고 확신의 체계를 누수 시키며 파동 치는 성난 언어들. 당신들이 흩뿌려 놓은 소음과 혼란은 견고한 의미의 성벽을 내파하며 유유히 흘러간다. 유통되는 가치의 흐름에서 이탈하는 언어들의 폭발, 거기서 현실의 중력 속으로 포획되지 않는 낯선 말들의 시간을 꿈꾸며.

거룩한 발자국 같은 당신들의 언어에 가 닿기 위해 예민하고 섬세한 촉수를 갖고 싶었지만 가청권 밖에서 진동하는 그것을 나는 끝내 읽어낼 수 없었다. 막막함 속으로 전해오는 언어의 파동 앞에서 부신 눈을 가리며 더듬거릴 수밖에. 하여, 이 글들은 오독으로 점철된 시간의 흔적이다. 그러나 이 오독의 힘으로 시의 미로를 향해 한 발짝 더 내딛을 수 있으리라, 믿는다. 그러므로,

궁핍한 시대를 주유하는 유쾌한 사전꾼들이여, 우울한 대지 위를 춤추며 건너가는 광대들이여, 어리석은 이빨들이여, 당신들의 텅 빈 언어가 늘 낯선 얼굴로 빛나기를.

무디게 저작해 온 언어의 잔해들을 모아 책을 묶는다. 마음의 파장이 무명(無明) 속에 침잠한 시/인들에게 닿아가기를 바란다. 그때 비로소 나는 '말'을 할 수 있을 것이므로. 삶과 시의 고단함을 함께 나눠 온 그대들, 안녕하시라. 소명출판에 감사의 마음을 전한다.

2009년 2월

이기성

책머리에 /3

I 장자의 귀환, 비극의 연대기에 관한 보고서

누추한 장남들의 계보학 11
1. 장자의 귀환, 비극의 연대기에 관한 보고서 11
2. 권태와 변장의 기술 15
3. 기분의 생산자들 18
4. 곡예사, 냉소의 기예 22
5. 모호한 정념과 이별하기 27

코끼리의 행방을 묻다 28
1. 이상한 토끼의 출현 28
2. 질주하는 아해들 31
3. 코끼리의 행방을 묻다 34
4. 초대받지 못한 자들의 악몽 37
5. 유령—세이렌의 변성 40
6. 그래서, 토끼는 다시 달린다 43

언어왕국의 위조지폐들 45
1. 순간의 불꽃, 도박사와 시인 45
2. 언어왕국의 위조지폐들 47
3. 산란(散亂)하는 언어들 51
4. 음악, 오이디푸스의 눈을 찌르다 55
5. 냉소와 슬픔의 체위 59
6. 어둠을 유영하는 오르페우스의 노래 63
7. 우리, 유쾌한 사전꾼들 67

불온한 매혹과 모반의 감각들 69
1. 몰락의 시대, 불온한 매혹들 69
2. 비린내, 욕망의 검은 가면들 71
3. 시선, 분산과 응축의 이중주 76
4. 모반, 미래를 생산하는 모험 82

II 서정, 그 훼손된 이름을 위하여

환멸의 시간을 견디는 서정의 언어 87
1. 서정, 그 훼손된 이름을 위하여 87
2. 변성(變聲)의 시간, 복화술의 언어 89
3. 영혼의 풍경화와 생명의 시간 94
4. 환멸의 시간과 노스탤지어의 언어 99
5. 불화와 치유의 언어 104

우울한 하품과 서정의 알리바이 105
1. 전율과 파문의 이중주 105
2. 하품과 허기, 시간의 흔적들 108
3. 죽음의 복화술, 시간의 음영 116
4. 서정의 알리바이를 넘어서 124

첨단의 노래를 불러라? 126
1. 궁핍한 시대의 노래 126
2. 어긋난 삶, 날아가는 불 129
3. 시간의 빈틈을 메우는 사선의 활강 135
4. 환(幻)의 시선과 맹목(盲目)의 삶 140
5. 단순한 노래의 힘, 자명함의 벽을 넘다 145
6. 새로운 시간의 출구를 위하여 150

서정, 질병과 환후를 건너는 노래 152
1. 질병과 환후의 시간 152
2. 신경질과 방귀, 풍경으로부터의 자유 154
3. 허기와 허공의 시적 변주 157
4. 피로와 분열증, 초감각의 선경을 위하여 160
5. 광기와 발작, 병든 자의 게토 163
6. 질병의 상상력, 치유의 미학 166

III 검은 스크린에 감광된 빛의 언어들

욕망의 지형학과 유목민의 시쓰기 | 유하 론 169

1. 욕망의 거리에서 시의 변방(邊方)으로 169
2. 죽음의 공간을 관통하는 몇 가지 풍경들 171
3. 죽음을 넘어서는 힘—몰락과 생성의 변증법 178
4. 닫힌 공간을 넘어서 소통의 시간으로 184
5. 새로운 시간을 꿈꾸며 190

수원(水源)을 향한 속인의 시쓰기 | 황지우 론 191

1. 끔찍한 모더니티와 육체의 언어 191
2. '시적인 것'의 발견과 수화(手話)의 언어 195
3. 정화의 세계를 향한 부서진 육체의 비상 199
4. 착란의 수사와 이완된 '광대'의 몸 207
5. 광중의 세계를 건너는 고갈된 육체의 연기(演技) 211
6. 대담한 육체와 수원(水源)을 향하여 215

지독한 옛사랑의 향기와 행려의 궤적 | 박영근 론 218

1. 끊어진 길, 그리고 불망기(不忘記) 218
2. 실업, 어둑한 행려의 시간 219
3. 과거는 어떻게 피어나는가 226
4. 흰빛, 침묵과 응시의 세계 230
5. 폐허를 가로지르는 행려자의 별 234

백지의 자궁, 언어의 탄생 | 김길나 론 235

1. 백지 위의 여행 235
2. '검은 이브'의 시간과 출렁이는 모음들 236
3. '닿음'을 향한 도정 240
4. 닿음 혹은 붕괴 243
5. 백지 위에 출렁이는 언어들 247

IV 시간의 제국과 황혼의 빛깔

망각의 언어와 정치적 몸의 탈환 - 1990년대 '몸'에 대한 반성적 읽기 251
1. 몸, 담론의 수원지 251
2. 역사의 각인과 조각난 몸 254
3. 자본의 감시와 탈주하는 몸 259
4. 기억의 증발과 기계-몸 265
5. 새로운 시간과 정치적 몸의 탈환을 위하여 269

사생활의 영토를 건너는 시의 풍경들 272
1. 사생활의 만화경 272
2. 카페, 통유리와 자화상 274
3. 거실, 휴일의 정물화 277
4. 사무실, 노란 죽음의 비문(碑文) 280
5. 화장실, 흰벽의 음화(淫畵) 282
6. 시장에서 먼 사막으로 284

고장 난 시계와 시간의 색깔들 287
1. 시와 막걸리의 풍경 287
2. 고장 난 시계 속에서 길을 잃다 291
3. 백색의 시간, 검은 시간 294
4. 미묘한 색깔의 틈으로 열리는 시간 299
5. 발효된 시간, 서정의 금강석 301

시간의 매트릭스와 육체의 건축술 303
1. 시간의 인공자궁에서 시쓰기 303
2. 공포와 허무, 문명의 쌍생아들 304
3. 육체의 숨구멍 열기 310
4. 口, 죽음과 생성의 거대한 입 315
5. 시간의 매트릭스에서 시쓰기 317

I

장자의 귀환,
비극의 연대기에 관한 보고서

/ 누추한 장남들의 계보학 /

1. 장자의 귀환, 비극의 연대기에 관한 보고서

거대서사의 붕괴로 설명되는 이념의 해체 이후 우리 문학사의 오랜 풍문이던 아버지의 사망선고는 그 공백을 채우는 다양한 담론들의 분출로 현실화되었다. 죽은 아비의 몸을 나누는 아들들의 성찬식은 이념의 신상 아래 들끓었던 고열의 에고에 대한 자기 고백에서 비롯하여, 굳어가는 혀로 검은 욕망의 밑자리를 드러내는 참혹한 지경에 이르러 마침내 완결되었다. 아버지로 상징되는 이념적 숭고의 상실은 그 계보학적 적자인 장남에 대한 추방 선고와 다르지 않다. 장남은 계몽적 아버지의 권위와 법, 언어와 규율로 구축된 가계도의 첨단에서, 아버지에 대한 모반과 사랑의 양가적 감성 속에 자신의 정체성을 투사하는 존재들이다. 아버지에 대한 강렬한 증오와 저항의 언어를 분출시킬 때조차도 그는 '위험한 가계'의 정전을 이어가야 할 장자로서의 정체성을 확고히 보장받는다. 그런데 일찍이 김수영이 「가까이 할 수 없는 서적」에서 홀로 잠든 동생들을 바라보는 장남의 고뇌를 토로했던 것처럼, 아버지의 부재는 우리 시대의 장남들에게 불면의 고통을 선사하고 완고한 가계의 균열을 가시화하면서 마침내 정전의 주역인 장남의 얼굴을 무력한 열패자의 그것으로 바꾸어 버렸다.

그리하여 최근 수년간 우리 시에서 사라진 장남들의 자리를 자치한 것은 바로 '처남들'의 목소리였다. 신세대 시인의 대표 주자로 거론되는 황병승의 시가 특징적으로 보여준 퀴어적 상상력 혹은 혼종적 발화는 장자의 계보로부터 배제되었던 방계 혈족들의 출현을 시단에 알렸다. 그의 시에서는 장자들은 비웃음과 조롱, 거부의 대상으로 축출되는 한편, 부계(父系)의 정전으로부터 소외되었던 '처남'들의 중얼거림이 외전의 형식으로 펼쳐졌다.

> 사실 가정을 갖는 일에 늘 실패합니다
> 책임감은 언제나 그림자의 발뒤꿈치로 달아나고
> (…중략…)
> 긴 그림자가 사라지는 먹구름의 오후
> 종이 위에 친구에게, 라고 적습니다.
> 친구여 자네를 누나라 불러도 좋을까. 꾸욱 눌러쓰며 말이죠
>
> 매형, 세상에는 참 불쌍한 놈들이 많습니다.
>
> —황병승, 「불쌍한 처남들의 세계」 중

'가정'을 이루는 일에 실패함으로써 아비의 가계에 포획되기를 거부하는 이 '불쌍한 처남'들의 감수성은, 근대 이후 우리 시사를 관통해온 '불우한 가계'의 최종적 파산선고로 읽혀진다. 폭력적으로 혹은 무력하고 우울하게 현실을 감내해야 했던 아버지—'아버지는 밥을, 소처럼, 오래오래 씹고 계셨다'(이성복)—와 불우한 장남들의 역사는 그것을 떠받쳐온 이념적 동일성의 균열과 더불어 순식간에 무력해진다. 그리하여 아

버지의 규율과 법의 경계를 마구 넘나드는 처남들의 언어는, 감각의 폭주와 분열증적 징후를 급속하게 확장시키면서 탈역사화와 장르의 해체라는 문학적 지형 변화를 촉발하였다. '처남'들은 유령처럼 모호하고 불안정한 언어 속을 배회하면서, 미학적 관습이라는 성채에 악몽처럼 스며들었다. 이들의 등장을 혹자는 '미래로부터 보내온 타전'이라 명명하기도 하고, 또 혹자는 문학의 윤리성을 거세한 자폐적 징후로 근심하기도 했으나, 이들은 아버지의 언어가 구축해 온 관습적 담론과 비평의 엄숙주의에 대한 해체의 열망과 저항 의지로 시단을 가득 채웠다.

그런데 해체와 거부, 열정과 탈주가 난무하는 이 소란스런 세계 속으로 '장남'이 돌아왔다! 이 '때 아닌 때늦은' 장남의 귀환은, 늦게 도착한 연애편지처럼 낯설고 유행에 뒤떨어진 노래처럼 엉뚱해 보이지만, 그 '때늦음'은 역설적으로 우리 시가 놓인 '지금 여기'를 되돌아보게 한다는 점에서 주목된다. 장남은 '구토의 연도/내 몫의 비극이 남아있음을 안다'(심보선, 「오늘 나는」)고 선언하며, 환멸의 세계를 짊어져야 하는 '비극'의 배우로서 시단에 복귀하였다. 그는 '구토'라는 징후를 통해 현실의 이면을 되돌아보게 하고 들끓는 처남들의 소음 속에서 상실된 비극에 대한 기억을 불러낸다.

이념적 숭고의 상실과 실패 위에서 탄생하는 비극의 서사는 패배와 몰락을 통해 상승하는 가능성을 탄주하는 미학적 모험의 구조를 내장하고 있다. 비극을 추동하는 것은 성숙한 세계를 향한 주체의 열정이며, 그 열망의 내부에는 비속한 현실에 대한 강렬한 저항의 의지가 자리하고 있다. 그러므로 비극의 부재란 이념의 상실이라는 역사적 사건과 환멸의 세계를 구원하려는 가능성의 상실을 의미하는 것이며, 이는 최근 수년 간 우리 시가 걸어온 지각변동의 출발지이자 현재의 시적 좌표를 환기하는 사건이다. 거대서사의 붕괴와 이념적 격절은 현실로부터 비극적 플롯을 박탈하고 숭고에 대한 열망과 감수성을 휘발시켜 버렸다. 그리하여 정지된 현실을 채운 속화된 시간에 대한 권태와 환멸, 고립과 자폐의 정조에 기반한 키치적 감수성의 시대가 만개하게 되었다. 우리 시대 비극의 상실에 대한 고백은, 일찍이 황지우가 「살찐 소파에 대한 日記」에서 통렬한 아이러니로 드러낸 바 있다.

> 나는 오늘 아침 일어나 세수하고 밥 머고 소파에 앉았다
> 소파에 앉으면 거실이 飜譯劇 무대 같다.
> 중앙에 가짜 가죽 소파 하나, 그 뒤엔 오전 9시를 가리키고 있는
> 괘종시계가 걸려 있고, 세잔風 정물화 한 점, TV세트,
> 窓을 향한 幸運木 한 그루, 그리고 폼을 갖다놓고 읽지도 않은
> 카를 마르크스 『자본론』(모스크바, 프로그레스 출판사) 양장본 3권이
> 가로로 쓰러져 있는 서투른 書架와 끊임없이 부글거리는 수족관;
> 그렇지만 이 무대에서 번역될 만한 비극은 없다.
>
> —황지우, 「살찐 소파에 대한 日記」 중

1990년대의 황지우는 열광의 연대와 결별하면서, 분열증적 징후를 내면화한 우리 시의 깊숙한 무의식에 어두운 우울증이 자리하고 있음을 고백한다. 번역극의 무대처럼 조악하게 구성된 거실의 풍경은 비극의 정념이 휘발된 '소극(笑劇)'의 공간으로 그려진다. 수족관처럼 폐쇄된 거실에는 좌절된 이념과 환멸만이 부글거린다. 황지우는 이 질식할 듯한 자의식의 무대 위에서 상연되는 장남의 사생활을 냉소와 연민의 시선으로 바라본다.

시인은 누추한 잉여인간으로 살아가는 존재의 몰락과 무기력함을 시의 전면에 배치하고 있다. '누에똥처럼 떨어지는' 무의미한 시간 속에서, 권태로 가득한 장남의 지루한 삶은 나르시시즘적 퇴행으로 귀결된다. '이 무대에서 번역될 만한 비극은 없다'는 독백은, 퇴행적 자아에게 남은 것은 비극의 진정성이 탈색된 소극뿐이라는 사실을 환기시킨다. 이 우스꽝스런 소극의 배후에 놓인 것은 벌거벗은 시대의 환멸에 직접 대면해야 하는 자의 우울이다. 장남은 비천한 '속인'의 가면 뒤에 숨어

버림으로써 이 몰락한 시대의 멜랑콜리를 권태로 위장하고 있다. 그리하여 비천한 속인(俗人)의 무대는, 퇴행과 멜랑콜리가 뒤섞인 분열적 자의식의 독백으로 채워지게 된다. 그것은 '고열의 에고' 속에 거주했던 이념적 주체가 스스로에게 던지는 서글픈 파산선고이다.

이렇듯 아버지의 상실과 몰락은 우리 시대의 시적 의식에 각인된 트라우마이며, 따라서 이 시대의 시적 흐름을 살피기 위해 필연적으로 되짚어 보아야 하는 시사적 결절점이다. 비극의 몰락을 환기시키는 '장남'의 때늦은 귀환이, '처남'들의 목소리로 가득 찬 세계에서 하나의 사건이자 새로운 출구를 탐색하는 미학적 징후로 읽혀야 하는 이유는 여기에 있다.

2. 권태와 변장의 기술

비극이 사라진 시대의 공백을 채우는 것은 공허와 맹목 그리고 권태이다. 시인들은 폐허의 현실 위에 맹목의 시선을 던지고, 지나가지 않는 현재에 갇힌 채 자기 위안의 정조를 끝없이 되새김질할 뿐이다. 이렇듯 모호한 정념으로 만연된 현실은 한없이 지루하고 무력하기만 하다. 서동욱 시는 삶을 장악한 권태 앞에 놓인 주체들의 무력함을 응시하면서 세계에 대한 묵시록적 비전을 펼쳐 놓는다.

> 우리는 졸린 눈으로 연애를 하지
> 우리는 네 번째 술집에서
> 어떤 하찮은 결론에 도달하고
> 담배연기를 너무 많이 마신 탓에

의자에 걸린 옷처럼
잠이 들지
우리는 귀찮아 옷 벗는 일을
포기하고
가로수들
길들
작자의 호주머니 속에서
어항의 가장자리를 탐색하는 붕어처럼
혼자 느리게 움직이며
추위를 만지작거는 손

—서동욱, 「사랑의 겨울」 중

우리를 둘러싼 현실은 더 이상 비극의 파토스가 자라지 못하는 누추한 토양이다. 폭설처럼 세계를 뒤덮은 권태 속에서, 열정을 상실한 연애는 지루하기만 하고 사람들은 하찮은 결론에 이르기 위해 술집을 전전하고 있다. 그리고 아무런 감흥 없이 자신의 세계로 되돌아가야 한다. 이러한 세계에서 우리는 '어항의 가장자리'를 탐색하는 붕어처럼 폐쇄된 공간을 맴돌고, 각자의 호주머니 속에서 '추위를 만지작거리는' 것으로 위안을 삼는다. 주머니 속에서만 느낄 수 있는 추위는 고통과 절망을 휘발시키는 가벼운 유희적 행위로 표현된다. 세계를 뒤덮는 폭설의 이미지 또한 '베개 싸움'에서 흩날리는 깃털처럼 가볍기만 하다. 내면의 파토스로 전이되지 못하는 추위는 고통도 절망도 낳지 못한 채 무력한 권태의 감옥에 우리를 가두고 있다.

이렇듯 자신에 대한 연민과 유희가 착종된 세계에서 '연애'는 필연적으로 실패하고 타자 없는 사랑은 고독한 수음으로 귀결된다. 타자에 대한 사랑의 역학이 붕괴될 때, 주체는 '우리'라는 동류항 속으로 사라진다. '우리'의 익명성 속에서 나의 얼굴은 지워지고, 주체와 대상의 구별이 사라진 모호한 시대가 열린다. '거위깃털'처럼 흩날리는 폭설은 합리적 인식의 기원인 원근법을 지워버리고, 시인은 폭설에 파묻혀 변장('코스프레')한 채로 거리를 헤매면서 주체의 사라짐을 경험하는 것이다. 이렇게 눈보라처럼 흩어지는 '우리'라는 복수적 흐름 속에서 일인칭 주체의 흔적은 지워지고 텅 빈 여백이 출현한다.

나는 복도에서
나는 자판기 곁에서
나는 버스 안에서
분수처럼 흩어졌다
흩어져서 아무 곳으로나 스며들었다

나는 손톱이 자라는 속도와 함께
지루한 이야기와 이야기의 짧은 침묵과 함께
길을 걷다가 누군가 부른 듯하여
뒤를 돌아보는 시선과 함께
그 시선이 가닿은 곳에서 마주친
지나가는 사람의 눈빛과 함께
그 눈빛의 잊혀짐과 함께

—이장욱, 「잡담」 중

깊이와 두께를 상실한 존재는 고유명사로부터 벗어나 '아무 데나' 스며들어 자신의 흔적을 지워버린다. 타자의 시선에 포착되는 않는, 잊혀진 존재로서의 자아는 삶의 부채로부터 자유롭다. 세계의 표면을 스쳐가는 자아는 분열된 존재의 불행한 의식을 체현하지 않으며, 오직 휘발성의 언어 속에서만 설핏 자신의 존재를 드러낸다. 그리하여 '우리'는 나란히 걸어가면서도 유령처럼 서로 마주치지 않고 서로의 존재감을 느끼지도 못한다. 하얀 눈을 뒤집어쓰고 배경 속으로 사라진 주체(들)의 행보는, 도시의 미로 위에 낯설게 펼쳐지는 백색의 공간 속으로 흐릿하게 사라진다. 그것은 '깊이 없는 해변'처럼 시간과 역사의 원근법이 휘발된 무중력의 세계를 환기한다.

스스로의 정체성을 지워버린 익명의 '주체'들은 현재형의 술어 속에 붙박힌 채 이 진공의 시공간에 유폐된다. 내리는 눈처럼 세계를 뒤덮은 권태는, 벗어날 수 없는 미로를 헤매는 자의 우울과 무시로 마주친다. 이렇게 시적 언술의 이면에 자리한 '우울'은 권태와 짝패를 이루면서 백색의 묵시록적 비전을 만들어낸다. 계몽적 주체로의 환원을 거부하는 이 유동적 '주체'는 모든 의미의 자장을 빠져나가 미결정의 여백으로 화한다. 이들은 기억의 판타지도 없이 미래에의 동경도 없이, 비극이 사라진 현재를 유령처럼, 유령으로서 배회한다.

3. 기분의 생산자들

시인은 권태로 가득한 세계로부터 스스로를 지워버리는 '변장'－코스프레의 행위를 통해 폐허의 시간을 견디고 있다. 변장이란 세계에 교묘하게 뒤섞임으로써 자기 존재를 은폐하는 행위이다. 그러나 정체성－얼굴을 지우고 타자 속에 스며드는 변장의 행위는 역설적으로 나를 보존하는 기술이기도 하다. 최근의 시에서 특징적으로 나타나는 감각의 폭주와 과잉된 감정의 유출은, 자기 보존하기/지우기라는 코스프레의 기술에서 비롯된다. 이들에게 주체는 지워진 얼굴이자 허구이며, 부재하는 텅 빈 공간의 이름이다.

> 내 얼굴엔 뭔가 빠진 게 있을 거야.

코로부터 넘친 코, 코에서 코까지 앞만 보고 달려가면 결국 코가 없고
귀로부터 넘친 귀, 귀에서 귀까지 귀를 막고 뛰어가면 세상은 온통 귓속 같고
이빨을 꽉 다물면 이빨은 자라지 않고, 편도선은 부풀지 않는가. 거품은 일지 않는가.

—김행숙, 「해변의 얼굴」 중

김행숙의 얼굴은 결핍인 동시에 잉여의 지대이다. 시에서 얼굴의 배치는 개별자의 정체성을 구축하는 데 기여하지 않고, 그것을 배반하기 위해서만 움직이고 있다. 고유성의 징표인 얼굴의 조형성이 허물어지는 지점에서 거품처럼 무수한 자아가 발생한다. 이렇게 일그러진 얼굴의 형상은 자아의 부재와 익명성을 돌출시킨다. 이 익명성 속에서 주체와 타자는 위상학적 대립에서 놓여나 서로에게 스며들어 간다. 그리하여 주체라는 공동(空洞)은 무수한 타자들이 떠들어대는 소리로 가득 찬다. 그것은 의미론적 소통체계로 포섭되는 않는 웅성거림들이며, 분산된 얼굴의 형상은 익명적 울림에 부여된 일그러진 형식이다. 이 익명의 존재들에게 문법적 규칙에 구속된 언어적 소통은 무의미하다. 자기 얼굴을 지우고 정체성을 배반한, 사라진 주체들은 여기서 느낌—기분이라는 새로운 소통의 양식을 발명한다. 역사와 시간의 지층이 휘발된 자리에서 발생하는 '기분'이야말로 이 변장한 주체들의 유일한 거처이다.

인도와 차도를 구분하지 않고
달려보려고 해
연통처럼 굴뚝처럼
늘어나는 감정을 위해

—이근화, 「엔진」 중

하이데거 식으로 기분이란 세계를 대하는 자아의 근본 정조라고 말할 수 있다. 그런데 타자와 구별되는 자아의 고유한 기분의 발생을 설

명하기 위해서는, 그 기분의 주인이 되는 강력한 통일적 주체가 전제되어야 한다. 이러한 동일성의 주체를 해체하고자 하는 열망은 탈근대의 미학을 특징짓는 주요한 요소이다. 이근화는 근대적 주체가 소멸된 폐허 위에서 낯선 '감정'과 '기분'이 솟아오르는 것을 목격한다. 얼굴이 사라지고 주체가 흩어진 뒤에 남는 것은 경계를 넘어 확장되고, 타자 속으로 스며들어 스스로 타자가 되는 '감정'의 유동적인 흐름이다. 이 시에서 '늘어나는 감정'이란 엔진-기계로서의 육체를 가동시키는 힘이다. 경계(인도/차도)를 구별하지 않는 감정의 격렬한 연소는 법과 금지의 언어를 관통하여 자아를 변신시키는 동력으로 치환된다. 이러한 감정의 타오름 속에서 나의 육체는 강열도를 내뿜는 엔진이 된다. 육체를 벗어난 기계-신체는 사회적 지층으로부터 이탈한 채 감정의 생산자로서 익명의 세계를 떠다니게 된다.

> 나의 기분이 나를 밀어낸다
> 생각하는 기계처럼
> 다리를 허리를 쭉쭉 늘려본다
> 이해할 수 없는 세계에서
> 화초가 말라 죽는다
> 뼈 있는 말처럼 손가락처럼
>
> 일정한 방향을 가리킨다
> 죽으면 죽은 기분이 남을 것이다
> 아직 우리는 웃고 말하고 기분을 낸다
> 먹다가 자다가 불쑥 일어나는 감정이
> 어둠 속에서 별 의미 없이 전달되어서
> 우리는 바쁘게 우리를 밀어낸다.
>
> —이근화, 「청바지를 입어야 할 것」 중

이 시는 감정과 자아의 틈새에서 발생하는 '기분'과 그것이 향유되는 방식을 보여준다. 기분은 '나'를 외부로 밀어내고, 나의 자리를 자치하고 있다. 그래서 '아직 우리는 웃고 말하고 기분을 낸다'고 말할 때의 '우리'는 결코 기분의 주체가 되지 못한다. '나의 기분이 나를 밀어낸다'에서처럼 기분에 의해 밀려나는 '나'는, 더 이상 '청바지'를 입는 행위의 주인이 아닌 것이다. 내가 청바지를 입어야 하는 이유는 오직 그것이 '내 기분과 같다'는 점에 있다. 나는 '더러워지는 것'도 모르고, '파래지는 것'도 감지하지 못한 채 기분 속으로 침잠한다. 이렇게 '나'는 기분에 의해 지배되며, 기분에 주체의 자리를 넘겨주고 오로지 기분과 함께 움직여 간다. '다리를 허리를' 늘리며 확장되는 기분의 운동은, 나의 죽음으로 종결되는 것이 아니라 죽음을 넘어선 지점으로 무한히 확장되고 증폭된다. 그리하여 세계의 진정한 주인공은 '기분'이라는 감정의 상태가 된다. 그것은 의미 없이 흘러 다니면서 '웃고 말하고 먹고 자는' 일상을 균열시키는 난폭한 힘이다.

기분은 주체의 빈 자리를 장악함으로써, 비극이 사라진 시대의 공허와 권태를 은폐하고 망실된 주체와의 대면을 지연시킨다. 사랑의 열망도 없고, 모험도 파탄도 없는 평면성의 세계에서 오직 '기분'만이 자라나고, '기분'만이 주체의 공백을 대치하는 징표가 되는 것이다. 자아가 청바지를 입는 것은 기분이 좋기 때문이고, 구겨진 감정이 발생시키는 감각이 기분에 맞기 때문이다. 이렇듯 '기분'은 특정한 의미체계에 고착되지 않고, 감정의 유로를 따라 흔들리면서 세계의 질서를 유유히 관통한다.

그런데 기분의 익명성과 더불어 이 시에서 주의 깊게 보아야 할 것은 '청바지'라는 기호이다. 청바지는 '기분'에 감싸인 세계에 낯선 사물처럼 선명한 이미지로 던져진다. '청바지를 입어야 할 것'이라는 단정적 진술은 기분의 모호함에 의해 가려진 죽음의 검은 구멍으로부터 갑작스레 발화되고 있다. 그러나 자아는 느닷없는 죽음의 출현에 동반되는 공포와 전율을 유예시키며 기분이라는 비인칭의 지대로 스며들어 간다. 다시 말해 기분이란 현실의 이면에서 입 벌린 죽음의 검은 구멍을 틀어막음으로써, 공포와 전율로부터 스스로를 구제하려는 제스처라 할 수 있다. 이러한 기분의 공동체는 변장한 채 진공상태를 떠다니는 익명의 그들과 더불어 몰락한 비극의 연대에 알리바이를 부여하고 있다.

4. 곡예사, 냉소의 기예

일찍이 한 시인이 진단하였듯이, '비극'이 막을 내리자 '사생활'의 무대가 펼쳐지기 시작한다. 역사와 이념의 파토스가 폐기된 사생활의 무대에서 펼쳐지는 한편의 소극(笑劇)은 어떠한 비극의 흔적도 간직하고 있지 않다. 대신 속화된 세계를 바라보는 장남의 차갑고 우울한 시선이 출현한다.

> 아버지가 돌아가신 이래
> 이 집안에 더 이상 거창한 이야기는 없다
> 다만 푸른 형광등 아래
> 엄마의 초급영어가 하루하루 늘어갈 뿐
>
> 엄마가 내게 묻는다, 네이션이 무슨 뜻이니?
> 민족이요, 아버지가 무척 좋아하던 단어였죠
> 그렇구나
> 또 뭐든 물어보세요
> 톰 앤드 제리는 고양이와 쥐란 뜻이니?
> 으하하, 엄마는 나이가 드실수록 농담이 느네요

나는 해석자이다
크게 웃는 장남이다
비극적인 일이 다시 일어난다 해도
어디에도 구원은 없다 해도
나는 정확히 해석하고
마지막에는 반드시 큰 소리로 웃어야 한다

장남으로서, 오직 장남으로서
애절함인지 애통함인지 애틋함인지 모를
이 집안에 만연한 모호한 정념들과
나는 끝까지 싸울 것이다

—심보선, 「웃는다, 웃어야 하기에」 중

이 시는 「엔카운터지」, 「가까이 할 수 없는 서적」을 통해 김수영이 보여주었던, 제국에 대한 열망과 저항이 착종된 분열적 자의식의 새로운 버전으로 읽힌다. 아버지 세대를 지탱해온 '민족'이라는 이념은 하나의 픽션이자 허구의 서사로서 붕괴된다. 시에서 아버지의 죽음으로 일그러진 가계를 대치하는 것은 '초급영어'로 환유되는 저급한 문화적 열망이다. 시인은 '민족'이라는 숭고한 이념과 만화의 캐릭터인 '톰과 제리'가 등가로 놓이는 현실을 통해 '더이상 거창한 이야기'가 없는 누추한 현실을 희화화하고 있다. 김수영의 시가 세계에 대한 성찰과 비판적 시선 속에서 자기 정체성을 구축하고자 하는 의지를 드러내는 것과 달리, 이 시에서는 이념적 동일성을 구축하기 위해 동원된 민족이라는 픽션에 대한 부정과 '영어'에 지배되는 자본주의적 열망에 대한 냉소가 뒤섞여서 분출된다. 숭고와 통속이 뒤섞이는 현실은 '애통/애절/애틋'을 넘나드는 모호한 정서들로 채워진다. 음성적 유사성을 넘나드는 모호한 '애'(哀)의 정조는 자족적인 회귀의 정념을 유포하고 있다. 시인은 이 시대에 만연하는 '애'의 파토스가 결코 '비극'으로 승화될 수 없는 자기애의 발현임을 간파한다.

시인은 이념의 부재를 정념의 모호함으로 뒤덮어 버리는 이 간교한 세계 앞에 '해석자'로서 장남을 마주 세운다. 모호한 정념과 오독과 농담이 지배하는 세계에서, '오직 장남으로서' 자기를 수립하고자 하는 안간힘은, 어지러운 소음을 투시하려는 의지로 표출된다. 그러나 그는 어머니의 무지를 비웃으면서도, 민족이 붕괴된 자리에 채워 넣을 새로운 대안을 발견하지 못한다. 오직 '해석자'의 시선을 보존하는 것만이 모호한 현실에 대항하기 위해 선택할 수 있는 최후의 준거점이 되는 것이다.

그런데 장남—해석자의 눈앞에 펼쳐지는 것은 해석을 비웃는 '농담'의 세계이다. '톰 앤드 제리'를 고양이와 쥐로 일반화하는 놀라운 초급영어의 수준은 제국의 침탈과 통속화에 맞서야 하는 장남의 고충을 드러내준다. 동시에 장남은 어머니의 무지를 농담으로 치환함으로써 그 곤혹스러움을 모면하고자 한다. '타임지'라는 낯선 서적과 잠든 동생들의 얼굴을 이를 깨물며 바라보아야 했던 김수영의 고통이 여기에 있다. 기꺼이 해석자의 지위를 떠맡고자 하는 이 시대 장남의 비극은, 자신의 해석이 '농담'의 층위에서 한 치도 벗어날 수 없다는 사실에 있다. 농담은 어머니와 나, 초급영어와 민족 사이에 존재하는 해석 불가능성을 은폐하는 기술이다. 그러나 초급영어에 담긴 순진한 욕망을 농담으로 치부하며 웃어버릴 때, 기실 시인은 농담과 해석 사이에 놓인 거대한 심연을 바라보고 있는 것이다. 해석자로서 장남이 담지한 윤리성은 이 해석의 불가능성을 직시하는 데 있으며, 그 불가능성에도 불구하고 '정확히 해석' 해야 하는 자의 책무와 불행을 자각한다는 데에 있다.

이렇게 우리 시대의 장남은 비극의 실연자가 아니라 해석자로서 귀환하고 있다. 세계에 만연한 농담을 비웃는 해석자—장남은, 이 '해석'의 열망 속에서 탄생하는 새로운 주체의 존재양식을 보여준다. 시에서 '웃어야 한다'는 세계의 명령은 '장남'의 어깨에 얹힌 부채감을 지배하는데, 이 명령어의 함의는 해석자에게 부과된 윤리적 소명을 비껴나가는 것이다. 세계의 비극을 목도한 자, 해석의 불가능성을 직시한 자는 결코 웃을 수 없는 까닭이다. 그럼에도 해석의 책무가 웃음의 당위로 치환되는 순간, '웃음'은 '세계와 자아'에게 동시에 던져지는 냉소와 허무의 그것으로 발화된다. '웃어야 한다'에 요청된 당위적 명령은, 비극의 윤리성을 미묘하게 변전하여 '냉소'로 치환시키고 있다. 냉소는 총체적 인식이 불가능한, 파편화된 세계에 대한 주체의 반응일 터이다.

홍미로운 것은 '웃는다, 웃어야 하기에'라는 진술이 해석의 불가능성을 '알고 있음에도, 해야 한다'는 비극의 공식을 따르고 있다는 점이다. 그러나 비극이 상실된 시대에 비극의 구조를 따라가려는 이러한 제스처는 스스로를 곡예사의 자리에 위치 지을 수밖에 없는 아이러니로 귀착된다. 그의 다른 시 「아크로바트」에서, 장남은 해석의 지평 위에서 곡예를 하는 자로 출현한다.

> 구름과 안개에 대해서가 아니라면 나는 별 할 말이 없다
> 그 둘을 설파할 때 내 몸은 기분 좋은 기괴함에 젖어든다
> 나는 그것을 하나의 눈부신 곡예로 승화시키고자 했다
> 어쩌다 등을 뒤로 굽혀 완벽한 원을 만들게 됐냐고 사회자가 물은 적이 있다
> 싸는 똥을 바로 받아먹고 싶었죠
> 즉석에서 시범을 보이자 관객들은 박수 치다 말고 토했다
> (…중략…)
> 나는 그저 고독한 아크로바트일 뿐
> 즐거움과 슬픔만이 나의 도덕
> 사랑과 고백은 절대 금물
> 이름이 무엇이고 거처가 어디인지에 대해서는 결단코 침묵이다
>
> —심보선, 「구름과 안개의 곡예사」 중

심보선은 이 시에서 세계에 대한 환멸을 '눈부신 곡예'로 승화시키고자 하는 욕망에 은폐된 아이러니에 주목한다. '아버지의 단어'인 민족에

대한 불신 그리고 '초급영어'의 저열함에 대한 환멸 앞에서 시인은 냉소적 주체의 자리에 스스로를 정박시킬 수밖에 없다. 해석자-곡예사 사이의 아슬아슬한 접점이 그의 자리이다. 그런데 미적 세계를 향한 곡예사의 놀라운 기예는 자기가 '싸는 똥을 받아먹는' 나르시시즘으로 귀결될 뿐이다. 이러한 자기모멸의 수사는 일그러진 가계의 장남을 지배하는 '해석의 열망'에 대한 냉소와 다르지 않다. 금지와 침묵 그리고 슬픔으로만 이루어진 세계에서 이루어지는 자족적 아크로바트는 해석의 불가능성을 은폐하는 알리바이일 뿐인 것이다.

사랑과 고백 대신 슬픔과 고독이라는 내면성의 성채를 구축하고자 하는 장남의 태도는 황지우가 보여준 자기노출의 연극성과는 거리를 두고 있다. 이념의 황혼을 지켜본 황지우는 몰락한 주체의 퇴행적 삶에 대한 연민의 시선을 마지막까지 거두지 않는다. 이런 점에서 「살찐 소파에 대한 일기」는, 자아의 내면을 노출하는 전통적 고백의 문법을 따르고 있다고 하겠다. 이와 달리, 심보선의 시는 냉소의 기율 속에서 속화된 세계와 자아의 비루함을 통렬하게 폭로함으로써 고백의 가능성을 붕괴시킨다. 이제 우리 시대의 장남은 더 이상 의미의 소실점이자 세계의 입법자의 자리에 정주하지 못한다. 그는 계몽적 해석의 지평이 붕괴된 세계를 바라보는 냉소자의 시선에 자신의 거처를 정한다. 이것은 비극이 상실된 시대에 장남이 감내해야 하는 '비극'이란 결국 우스꽝스런 '소극'으로 귀착될 수밖에 없다는 인식에서 비롯된다. 이렇듯 '구토'의 연대에 포문을 연 장남의 귀환은, '나쁜 시간의 자식들'이라는 환멸의 시선과 냉소의 언어로 상실된 비극의 연대기를 새롭게 쓰고 있는 중이다. 차디찬 냉소와 한줌의 윤리 위에 구축된 장남의 계보학을 통해, 소음과 정념으로 소란한 시적 지평을 관통하고자 하는 그의 의지가 어떻게 뻗어나가는지는 주목해 볼 일이다.

5. 모호한 정념과 이별하기

지금 우리 시에는 모호한 기분의 세계를 확장하려는 정념의 정치학과 냉정한 해석자의 시선으로 들끓는 정념들과 투쟁하려는 장남의 자기 선언이 충돌하고 있다. '모호한 정념'들은 젊은 시인들에 의해 유포된 시적 특징들 곧 주체의 해체, 동일성의 붕괴, 분열증적 사유, 마이너리티적 감수성, 감각적 사유 등을 포괄적으로 감싸고 있는 용어이다. 아버지의 계보에서 튕겨 나온 이러한 개별자의 미학은 어떠한 공통감각에도 강박되지 않으면서 자신의 '기분'을 유일한 거점으로 삼는다. 그런데 '무-질서, 탈-계몽, 반-서정 등 네거티브(negative)의 형식'으로만 스스로의 정체성을 규정하는, 이러한 기분의 미학은 공허와 맹목의 자장에서 벗어나지 못하는 것처럼 보인다. 탈경계와 분열, 해체의 수사학의 밑바탕에서, 현실에 대한 불신, 미적 관습에 대한 조롱과 더불어 분열자의 우울과 절망이 배어나오는 것은 그러한 까닭이다.

소란스런 '처남'들의 세계로 귀환한 '장남'의 환멸은 이 시대에 만연한 소음에 대한 성찰적 사유의 필요성을 환기한다. 이런 점에서 장남의 귀환은 동시대의 정념에 대한 비판을 통해, 새로운 주체의 출현을 공표하는 하나의 사건이다. 그러나 모호한 정념으로 침윤된 자폐적 미학을 뚫고 나가려는 장남의 윤리적 전언이 냉소와 허무에 침윤되어 있다는 점은 우리 시대의 아이러니라고 할 수 있다. 그럼에도 불구하고 모호한 정념과의 이별을 통해, 이 폐허의 세계에서 '자기 몫의 비극'을 실연하고자 하는 장남의 열망 속에서 우리 시의 현재와 미래를 성찰하는 새로운 목소리의 출현을 예감할 수 있다.

/ 코끼리의 행방을 묻다 /

1. 이상한 토끼의 출현

일찍이 김수영은 '토끼는 입으로 새끼를 뱉으다'고 말한 적이 있다.(「토끼」) 김수영 특유의 요설을 거두고 범박하게 보자면, 시인이란 언어를 통해서 증식하는 존재라는 전언이 내포되어 있는 구절이다. 주지하듯 김수영은 요설과 진술, 조롱과 잠언이 함께 소용돌이치는 중에도 언어에 대한 굳건한 믿음 속에 시의 거처를 만들어갔다. 그는 의사합리성으로 무장한 모더니티의 완고한 시스템을 언어의 장력으로 내파함으로써 무의미와 혼돈의 시학을 창조하고자 했던 것이다. 그럼에도 김수영에게 있어서 언어란 혼돈과 해체라는 증상을 기율하는 최후의 보루였으며, 언어에 대한 순정(純情)이 역동적 창작의 동력으로 자리하고 있었다. 그런데 시뮬라크르의 언어, 분열적 언어가 만연한 21세기 김수영의 후예들은 어떠한가. 먼저 우리 시단에 출현한 낯선 토끼의 질주를 따라가 보자.

자기가 토끼라는 사실을 잊기 위해서라도 달린다
자기가 토끼라는 사실을 알리기 위해서라도 달린다
토끼가 달린다
토끼는 달리면서 자꾸만 토끼가 아닌 것이 된다
토끼 아닌 것이 된 토끼가 오래도록 토끼가 되기 위해 달리고 또 달린다

토끼 이외의 것이 될 수 없는 토끼는
토끼 이외의 것들을 살피면서
李箱이 되고
金洙暎도 되고
李小龍도 되었다가
골문 앞에서 요동치는 朴智星처럼 뛰어올라
다시 바람이 되어 사라지지만
토끼는 아무래도 토끼 아닌 것들 속에서
스스로의 이름을 발놀림보다 빠르게 잊어버리는 게
무엇보다 토끼다울 따름이다

—강정, 「들판을 달리는 토끼」 중

토끼는 그저 달리고 또 달린다. '가벼운 발'과 '뾰족한 두 귀' 등 토끼에 대한 표상들은 오로지 '토끼'라는 시니피앙에 매달린 부수적인 차원의 것일 뿐이며, 따라서 그것들은 언제든 다른 기호들로 치환될 수 있는 것들이다. 우리의 음성이 불러낸 토끼는 '달린다'는 행위에 강하게 규정받고 있다. 그것은 오로지 달리는 행위로써만 자신을 확인하고 또 역설적으로 달리는 행위를 통해서만 자신을 벗어날 수 있는 까닭이다. 다시 말해 토끼는 '토끼'라는 이름을 벗어나기 위해 기호의 사슬 속을 달리고 또 달리는 것이며, 결국 주체로서의 토끼가 부정된 자리에는 '달리는' 행위만이 남게 된다. 시가 진전될수록 토끼는 점점 지워져서, 그의 자리는 고정된 이름(명사)의 좌표로부터 '달리다'가 지시하는 동사의

위치로 변형된다. 새가 되고, 가랑잎이 되었다가, 시인 이상, 김수영이 되고, 다시 이소룡, 박지성이 되는 등 의미와 기호의 영역을 넘나들면서 무시로 변신하는 이 달리기는 '이름'을 잊어버리기 위한 질주이다.

이 낯선 토끼의 출현은 우리 시에 새롭게 출현한 미학의 징후로 읽혀진다. 서정의 균열, 감각의 사유, 새로운 상상력 혹은 환상의 방법론으로 요약되는 시적 현상은, 새로운 인류 혹은 '미래파'의 출현, '외계인의 언어'로 명명될 만큼 낯설고도 기이한 세계를 보여준다. '낡은' 서정의 문법을 뚫고 솟아나는 언어의 불협화음을 통해 기존의 권위와 상징적 담론의 장을 뚫고 나가고자 하는 이들의 도전은, 미적 관습에 대한 부정이자 새로운 세대의 미학적 자기선언으로 읽혀도 무방할 것이다. 상징적 질서와 자명한 주체로 표상되는 근대적 문법의 체계를 교란하는 이 혼종적인 음색은 너무나 이질적이고 다양해서 하나의 범주로 포섭되지 않으며, 체계화된 비평적 언어로 그것을 포섭하려 할수록 더 멀리 달려나가는 것처럼 보인다. 낯선 언어와 감각을 종횡무진 구사하는 시인들은, 시에 대한 전통적 독법을 교정하고 독자들의 미적 감수성을 마음껏 왜곡하면서 질주하고 있다.

고착된 정체성의 징표인 이름 버리기는 상징적 타자의 호명에 투항하지 않음으로써, 주체화에 적극적으로 실패하고자 하는 탈주의 욕망에 대한 언표이다. 그런데 문제는 토끼라는 '이름'이 항상 '토끼 아닌 것'과 동시적으로 출현한다는 점이다. '넓고 넓은 이 들판은/ 토끼라는 소리가 불러온 토끼 아닌 것의 새로운 이름이다'에서처럼, '토끼'와 '토끼 아닌 것'은 서로를 지지하면서 뫼비우스의 띠처럼 안팎의 관계를 이루는 하나가 된다. 이러한 관계는 마지막 연에서 '평생토록 지워야 할 들판을 낳는다/ 평생토록 달려도 지워지지 않을 들판을 그린다'로 언표되는 무한반복의 회로를 낳는다. '지워져야 할'과 '지워지지 않을' 사이에 갇힌 행위 즉 '달리다–낳다–지우다'는 서로의 꼬리를 물고 무한히 이어진다. 이렇게 관습적, 상징적 언어 질서로부터의 해방된 그 순간, 시인들은 자기가 딛고 서야 할 들판을 스스로 그려내야 하는 미학적 책임 위에 놓이는 것이다.

우리 시에 출현한 이상한 토끼는 언어에 대한 순정한 믿음이 붕괴된 자리에서 출현하는 새로운 미적 주체의 존재양식을 드러내준다는 점에서 흥미롭다. 낯선 토끼의 질주를 따라가면서 만나게 되는 시적 풍경들을 살펴보자.

2. 질주하는 아해들

반세기 전 이상한 아해들을 몰고 시인 이상(李箱)이 우리 시단에 도착하였을 때 막 근대의 공기를 호흡하고자 무거운 몸을 추스르던 식민지의 문단은 경악하였다. 이상이 당대의 고답적인 미적 풍토를 '막다른 골목'이라는 폐쇄적 공간으로 인식하였다면, 21세기의 아해들은 '자신들이 세운 벽'을 뚫고자 새로운 질주를 시작한다. 이상의 아해들이 근대라는 막힌 골목 앞에서 공포와 절규의 행위를 질주의 몸짓으로 풀어냈다면, 이원의 아이들은 맹목적이고 기계적인 반복의 동작으로 현실의 벽을 밀어내며 그 질주를 완성하고자 한다.

다음 시에서 아해들의 질주는 무한반복과 자기 증식을 통해서 삶의 회로를 벗어나려는 역동적 이미지의 분출을 보여준다.

> 아이들은 자신들이 세운 벽을 뚫고 다시 벽을 세우고 다시 뚫는다 아이들은 진득진득하고 달콤하다 몸에서 떨어져본 적이 없는 그림자도 벽을 계속 밀어낸다 벽 위까지 튕겨 오르던 그림자는 벽을 뛰어넘지는 못 한다 그러나 그림자는 벽 속으로 스미지 않는다 높고 가파른 벽 너머는 보이지 않는다 아이들

은 벽 너머가 보이지 않기 때문에 뛴다.

—이원, 「나이키」 중

토끼의 달리기가 자신이 달려야 할 들판을 스스로 그려내는 자기순환적 반복 속에서 이루어졌던 것과 마찬가지로, 이 시의 아이들 역시 불가능성의 벽을 넘어가려는 도전을 감행하고 있다. 그러나 '벽 너머가 보이지 않는다'에서 보듯 벽의 외부는 존재하지 않는다. 아이들은 그저 스스로 없는 벽을 만들어 세우고 그 벽을 넘어가고자 안간힘을 쓴다. 존재하지 않는 벽을 넘어서기 위해서 스스로 그 벽을 세워야하는 도로(徒勞)가 역설적으로 질주를 추동하는 힘이 되는 것이다. 이렇듯 자기 내부로부터 행위의 동인을 만들어내야 하는 역설 속에서 이루어지는 질주는 완성을 모른다. 그저 영원히 벽을 세우고 허무는 반복 행위를 지속할 뿐이다. 애초에 행위의 목적을 설정할 수 없는 무의미한 자기반복이야말로, 이 불가능한 질주를 가능하게 동인인 까닭이다. 그리하여 질주는 '벽'을 넘어서는 행위를 통해서 완결되는 것이 아니라, 벽을 뚫는 행위 속에서 이미 실현되고 있는 것이다.

여기서 종결을 향한 시간적 운동에 포획되지 않는, 끊임없이 사라지고 재현되는 새로운 차원의 공간이 펼쳐진다. 아이들은 시간과 행위의 원근법을 붕괴시키고, 무중력의 공간에서 자신들의 내부에서 분출되는 에너지로 이 질주를 이어나간다. '세우다', '뚫다', '다시 뚫다'로 이어지는 어지러운 동선(動線)은 그 내부에 어떤 무의미의 지대를 끌어안고 있다. 언어적 수사로 언표될 수 없는 텅 빈 공백을 둘러싼 움직임들. 운명처럼 부여된 근대의 막다른 골목을 맹목적으로 질주하던 아해들의 행위가 낯선 공포로 일그러져 있었다면, 이 시의 아이들은 그 공포를 반복하는 대신 미결정의 동선이 만들어내는 현란한 미학에 취해 있는 것처럼 보인다.

완결을 거부하는 질주의 미학은 환유적 연쇄에 의해 텍스트를 무한히 확장시키는 언어의 질주로 나타나기도 한다.

> 고다르, 그 즈음의 독서,
>
> 욕조에 누워 책을 읽고 있으면 온가족이 들락거렸다 엄마 아빠 형 누나 동생 이모부 고모부 땟국물이 흐르는 내 목욕탕 내 공중목욕탕 거리의 경찰관 외판 사원 관료들 시인 화가 미치기 일보 직전의 연인들 어린이 가정주부 영화광 살인자 공원의 노인, 할 것 없이 모두 다 들락거렸고 뒤죽박죽 얼키고설키는 비극 속에서 물이 끓기고 하수구가 막혔다 내 목욕탕 내 공중목욕탕의 사라진 목욕문화 더러워 더러워서 더러운 채로 지냈다
>
> —황병승, 「첨에 관한 아홉소ihopeso씨(氏)의 에세이」 중

이 시에서 시인은 머릿속에 떠오르는 대상들의 이름을 무작위로 호명하고 있다. 경찰관과 살인자가 나란히 등장하고, 엄숙한 관료와 미치기 직전의 어린 연인들이 함께 지나간다. 정숙한 가정주부와 환상에 사로잡힌 영화광이 두서없이 등장했다가 사라지는 공중목욕탕의 기괴한 풍광은, '독서'로 상징되는 사유의 공간적 은유일 터이다. 욕조를 채우는 이름들이 구축하는 계통 없는 난장의 계보학은, 뒤죽박죽으로 얽혀버린 세계의 무질서를 반영하면서 동시에 그의 문화적 취향의 잡종성을 유감없이 보여준다. 즉 공중목욕탕처럼 온갖 이름들이 뒤섞인 독서의 편력은, 오염된 언어와 사유의 비순수성을 환기하고 있다. 막혀버린 하수구 속으로 빠져나가지 못하고 욕조 속에서 끓어 넘치는 에너지는, 더러운 욕조에서 벗어나기를 열망하는 대신 그 속에 더러워진 몸을 담가버리는 자기모열의 정서에서 분출되는 열기와 뒤섞여 격정의 파토스를 만들어낸다. 이 오염된 사유에서 발생하는 정념은 정결한 계몽의 담론을 누수 시키는 균열이자 완고한 문법적 세계를 교란하는 동인으로 작동한다.

시인이 보여주는 것은 모욕당하고 더럽혀진 자아를 더욱 강렬하게 드러내는 것, 그 속에서 어떤 창작의 힘을 발견하는 순간의 강렬함이다.

'쥬뗌므'라는 발음을 알지? 그 말의 의미가 아니라 그 말의 발음이 끌고 다니는, 쥬와 뗌과 므가 인사시켜준 빛 혹은 선(線)들'에서, 발화 행위에 내장된 공백들이 부각됨으로써, 의미의 소통구조 속으로 포획되지 않는 새로운 감각의 지대가 펼쳐진다. 이때 언어와 사물 사이의 오랜 유비적 관계가 해체되고, '이름'의 연쇄만으로 파편화된 질주가 시작된다. 이러한 언어의 질주는 음성적 기호들이 서로 부딪치면서 발화하는 순간의 섬광으로 빛난다. 의미를 구축하는 데 실패한 더러운 하수구의 언어는, 이 균열의 순간을 향한 욕망으로 끓어오른다.

이렇듯 유비적 세계의 붕괴를 선언하는 이들의 미학적 '질주'는 주체의 동일성이라는 신화를 해체하고 분열적 언어의 유희를 펼쳐 보인다. 벽을 세우고 허물며, 동일한 지점에서 달리기를 반복하는 이 질주 아닌 질주는, 근대의 시공간적 지평을 평면화하고 시선의 원근법을 해체함으로써 새로운 미적 지평을 구축한다. 그것은 서정적 동일성이라는 관념을 와해시키고, 대타자의 언어적 지배를 철회시키는 한편 주체의 흔적마저 지워버리는 무중력의 공간을 탄생 시킨다. 그리하여 세계는 거대한 하나의 욕조가 된다. 죽은 자와 산 자가 뒤엉키고 과거와 미래가 뒤섞이는 뒤죽박죽의 세계. 질주하는 아해들은 이러한 혼종적, 다중적 공간 속을 달리고 있다.

3. 코끼리의 행방을 묻다

자신의 이름을 거부하고, 이름을 잊어버리며, 다른 이름 속으로 분열하는 토끼는 분명히 무언가 은폐하고 있다. 그것은 다름 아닌 주체라 이름 붙여진 것, 부동의 정처에 자신의 이름을 못질한 그것이다. 질주하는 토끼는 주체라는 소문을 지워버리고 그 흔적 위에다 새로운 질주의 동선을 그려낸다. 그리하여 이제 주체는 투명한 아크릴 상자에 갇힌 코끼리처럼, 세계의 중심에 놓여 있으나 부재하는 의미의 형식이 된다.

> 아크릴 상자 안의 코끼리는 다리가 굵고 귀가 크다 접시를 나르는 웨이터들은 손가락이 길었지만 잔디밭의 잔디는 줄기가 너무 연해 공은 느리게 굴러가곤 했다 골대 안엔 다리 세 개짜리 식탁이 놓여져 있고 비서실에서 나온 높은 사람이 식탁보를 점검하고 있었는데 벌칙 구역 밖 사람들은 프리킥 준비에 바빴다 수비수들이 담 쌓기를 준비하는 동안 공을 찰 선수는 웨이터에게 보드카 한 잔을 주문했고 바람이 불고 꽃잎이 날리고 골대 안의 식탁엔 포크와 접시가 놓여지고 모든 준비는 끝나 있었다.
>
> —최하연, 「아크릴 상자 안의 코끼리」 중

쇠로 된 창살이 아니라 얇고 투명한 아크릴 상자에 담겨 있는 코끼리는 축제의 부산한 광경을 고요히 바라보고 있다. 어지러운 축제의 풍경과 부동의 코끼리가 만들어내는 낯선 이질감. 이 부조화와 어긋남이야말로 오늘날의 주체가 놓여있는 상황을 보여주는 매우 상징적 구도라 할 수 있다.

시에서 거대한 축구장을 지배하던 규율은 무시되고, 축제의 부산함이 질서를 붕괴시키고 있다. 경기를 위해 그어진 선들은 지워지고, 골대 안에 식탁이 차려지고, 선수들은 술을 마신다. 전통적으로 남성의 역할이던 심판은 치마를 입은 여자이고, 부산한 풍경 속에서 축구 경기는 아무 때나 멈춰진다. 식탁보를 점검하는 비서실의 감시조차도 이 혼란 속에 휩쓸려 버린다. 이렇게 세계는 뒤죽박죽인 채 시끌벅적하고 감시하는 자와 감시당하는 자, 공격하는 자와 수비하는 자, 초대된 자와 웨이터들이 뒤엉킨 이상한 열기로 가득 찬다. '높은 사람'으로 상징되는 감시와 지배의 시선조차도 무력화시키는 부산한 동선(動線)은 모든 위계와 규율들을 비껴가는 움직임을 보여준다. 웨이터들과 선수들, 비서실 사내의 시선은 서로 비껴가기만 할 뿐 하나의 중심으로 응집되지 못한다. 수비수들이 담을 쌓는 동안, 공을 찰 선수는 술을 마시는 이상한 어긋남인 것이다. 행위와 행위를 연관 짓는 최소한의 인과성조차 거세된 행위들은, 게임을 진행시키기 위해서가 아니라 지연시키기 위해서만 존재하는 듯이 보인다. 어긋난 유희를 진술하는 건조한 어조 역시 어떠한 필연성도 거세된, 오직 규율화의 원리를 멋대로 위반하기 위해서만 설정된 동작의 기계적 질감을 환기시킨다.

여기서 이질적인 것은 축제의 풍경을 부동의 시선으로 바라보는 코끼리이다. 군대처럼 일사불란하면서도 축제처럼 부산한 풍경이 동시에 겹쳐지면서 뿜어내는 열기가 새어들지 못하는 아크릴 차단막 속에 코끼리는 갇혀 있다. 파티의 장식품처럼, 텍스트의 한가운데 불쑥 놓인 코끼리는 텍스트의 중심에 놓여 있으되 의미의 중심이 되지 못한다. 이곳에 모인 자들은 코끼리를 보고 있으면서 동시에 보지 못한다. 그들의 시선은 투명한 아크릴 막과 거대한 코끼리를 그냥 투과해 버리는 것이다. 왜 시인은 풍경의 한복판에 박제된 코끼리를 세팅해 놓은 걸까.

'줄기가 연한' 푹신한 잔디에 걸려 구르지 못하는 공처럼, 모든 시간의 역동성을 상실한 사물처럼 코끼리는 수동적으로 거기에 놓여 있다. 버젓이 눈앞에 존재하면서도, 누구도 의식하지 못하는 코끼리는 근대의 봉인된 주체를 상징하는 것으로 읽힌다. 시인에게 주체-정신이란 부장품처럼 관 속에 밀폐되어 과거로 떠밀려 가야 하는 것으로 인식된다. 주체의 시선이 추방된 자리에 '엄마와 아빠'를 마음대로 결정할 수 있는 우연성이 출현하고(2연), 이 우연성의 원리에 의해 구성된 '화목한' 잔디밭의 풍경은 질서화 된 오이디푸스 체계의 붕괴를 전제한다. 시에서 축제의 풍경과 코끼리를 몽타쥬하면서 시인은 이렇게 묻고 있는 것처럼 보인다. 주체/정체성이라는 무거운 짐짝을 지고 걸어온 근대의 인식적, 미학적 지평은 무차별적으로 쏟아져 들어오는 타자들에 의해서 벌써 점령당하지 않느냐고. 어쩌면 이상한 풍경 속에 놓여졌던 코끼리란 존재는 처음부터 존재하지 않았던 유령이 아니었느냐고. 그렇다면 기차는 이미 도착한 것이다.

이렇게 시인은 코끼리－주체가 배제되어야 할 거추장스런 존재, 버려져야만 이물질이라는 인식을 통해서, 주체에 대해 숭고한 작별을 고하고 있다. 그들은 비만한 이성 / 주체를 봉인하고 추방해버림으로써 위반과 분열, 향유라는 새로운 차원의 세계를 펼쳐 놓는다. 이제 그 향유의 내부로 들어가 보자.

4. 초대받지 못한 자들의 악몽

시인은 무력한 주체를 아크릴 상자 안에 가둠으로써, 질서화 된 체계의 붕괴와 해체, 무중력 속을 유영하는 의식의 분열을 적극적으로 드러낸다. 단일한 주체의 붕괴, 정체성의 해체, 분열, 파편화 등으로 요약되는 최근 시적 흐름은 이렇게 '아크릴 상자 속의 코끼리'가 사라진 진공 속에서 악몽의 판타지로 상연되고 있다. 파편화된 주체의 목소리는 오이디푸스적 성장으로부터 소외된, 혹은 성장을 거부하는 소녀들의 목소리를 빌어서 출현한다.

> 일생에 한 번쯤 칸나를 듬뿍 가져보는 것도 좋지 않을까, 화원에서 칸나를 든 소녀들을 마차 가득 배달해 왔어요 붉은 입술을 잔뜩 벌린 칸나가 생쥐처럼 짹짹거리고 요리사 옷을 입은 나나는 날개처럼 가벼운 크림 파흐를 늘어놓아요 벨벳 리본 모자를 쓴 소녀들은 손가락을 핥고 있어요 나나는 이런 것쯤은 눈감아주고 소녀들의 눈을 벌려 칸나를 피워줘요, 곧 소년들은 얼굴이 하나씩 뭉개지죠 소년 따위 관심도 없는 우리 소녀들은 칸나를 듬뿍 가져보는 것

이 더 중요하니까요.

> 그런데 말이죠 엄마의 웨딩드레스를 훔쳐 입고 온 안구돌출증 인형 슈슈, 넌 파티에 초대하지도 않았는데 왜 왔니? 소녀들이 소년들의 목을 따먹고 변성기의 목소리로 물어요. 크림 파흐의 부드러움도 잃은 채 슈슈의 눈을 벌리고 소년들을 밀어넣고 있어요. 나도 일생에 한 번쯤 칸나를 듬뿍 가져보고 싶었어,
>
> —하정임, 「초대받지 않은 파티에 왜 왔니」 중

이 시는 '초대받지 않은'이 표상하는 금기와 그 위반의 욕망이 그려내는 판타지로 구성된다. 여기서 파티에 모여든 소녀들은 소년들의 대척점에 자리하지 않는다. 소녀들의 욕망이 '붉은 칸나'로 상징되는 성적 이미지를 통해서 스스로 충만해지는 까닭이다. 따라서 '얼굴이 뭉개진 소년'에게 관심도 없는 그녀들이 펼쳐놓는 미학적 성찬은 '초대받지 않은 파티'처럼 자가발전하는 언어들로 넘쳐난다. 이들은 칸나를 욕망의 대상으로 삼는 주체가 아니라, 스스로 칸나가 되어 소년들의 몸속으로 들어가는 존재들이다. 소년들의 눈에서 피어나는 것은 바로 소녀들 자신이다. 그리하여 시의 전면은 '붉은 입술'과 '생쥐처럼 찍찍거리는' 칸나/소녀의 음습한 동물성에 의해 지배되고 있다. 이렇게 세계(타자)에 관심이 없이 오로지 '칸나를 듬뿍 가져보는 것이' 중요한 소녀들의 욕망은 정체성의 중심을 향해 모여들지 않고 외부를 향해 분산되면서 타자의 몸으로 틈입하거나 넘쳐난다. 과잉된 욕망은 금기로 만들어진 상징적 질서의 선을 흘러넘치는데, 이러한 과잉과 초과야말로 악몽/환상을 구축하는 주요 원리가 된다.

그런데 2연에서 구체적 존재로 지칭되며 등장하는 '슈슈'는 이 익명의 소녀들과는 다른 존재이다. '안구돌출증'의 슈슈는 시선이 상징하는 주체 곧 비대한 이성으로 자신의 존재를 증명할 수밖에 없는 존재다. 주지하듯 눈이란 근대의 상징인 성찰하는 눈을 가리키며 그것은 또한

주체성의 징표이다. 시에서 '안구돌출증'에 걸린 슈슈에게 가해지는 가학적 행위들은 안구(눈)에 대한 절대적인 부정과 거부의 태도를 보여준다. '눈을 벌려 칸나를 피워줘요'에서 보이듯, 인식기관으로서의 눈이 욕망의 생식기로 바뀐다. 눈이 성적 기관으로 치환되는 이 그로테스크한 상상력은, 육체의 감각을 극대화함으로써 자기를 확인하고자 하는 욕망의 반영이다.

숭고한 것과 비천한 것, 동물성과 식물성이 교배된 피의 카니발에서, 두드러진 존재는 '요리사의 복장'을 한 '나나'이다. '나나'는 이 모든 언어와 환각의 파티를 관할하는 절대적 주체의 자리를 환기한다. '모든 것을 보고 있는' 무력한 코끼리의 시선과 마찬가지로, 나나는 '어깨를 으쓱하고' 이 아수라장의 광경을 방관할 뿐이다. 그럼에도 불구하고 그/그녀는 파티의 주관자로서, '초대받지 못한 파티에 왜 왔니'라는 질문을 던지는 존재로 명백하게 부각된다. 붉은 빛이 흘러넘치는 풍경 속에서 나나가 입은 요리사복의 흰빛은 선명하게 단절의 금을 긋고 있다. 따라서 슈슈를 밀어내기 위해서 말하는 소녀들의 언어는 결국 타자의 언어를 재발화하는 것일 뿐이며, 그것은 타자(요리사=나나)의 언어를 재현하는 복화술인 것이다.

이렇게 소녀들의 분출되는 욕망은 타자인 나나(이것은 주체의 자기중심성을 강조하는 반복 곧 '나(나)'로 읽히기도 한다)의 억압을 역으로 투사하는 욕망이다. 소녀들만의 이상한 파티가 결국 소년들의 꿈(몽정)임이 드러나는 순간, 나나는 더욱더 거대한 남근적 존재로 의미화 된다. 시의 마지막에 던져지는 '초대받지 않은 파티에 왜 왔니'라는 질문은 피와 안구, 찢겨진 육체가 뒤섞이는 아수라장의 판타지가 이 타자의 시선에 의해 제압되고 있음을 보여준다.

이 시는 거대한 남근의 호명에 대한 강박을 통해 판타지의 실체를 드러낸다는 점에서 주목된다. 파편화된 주체인 소녀들은 '손가락을 핥는 행위'로 상징되는 자족적 향유의 지점을 향하고 있다. 이들은 오이디푸스의 주체를 관통하지 않고 오로지 감각만을 통해 자신을 증명하고자 한다. 상징적 호명에 의해 부여된 정체성을 부단히 해체하는 방식으로 말이다. 그런데 문제는, 강정의 시에서 토끼가 질주하기 위해, 자신이 아닌 것의 이름을 빌어 들판을 그려야 하듯, 이 시의 자아 역시 상징적 타자를 찢고 질주하기 위해서 스스로 오이디푸스적 강박을 만들어 낼 수밖에 없는 역설적 상황에 놓인다는 것이다. 이 전도된 멜랑콜리야말로 그로테스크한 악몽-판타지의 진원지이다.

5. 유령-세이렌의 변성

견고한 이성의 갑옷으로 무장한 오디세이를 몽상과 신화의 세계로 불러들였던 사이렌의 노래는 합리성의 준칙을 위반하는 음험한 도발이다. 아버지의 세계를 구축하려는 성장의 항해를 교란하는 그녀들의 출현은 근대라는 미끄러운 평면 밑에 놓인 검고 어두운 심연으로의 초대였던 것이다. 그러나 근대의 세이렌은 문명의 저편에 놓인 신화를 재현하는 상징이 아니라, 상실된 신화의 파편이자 귀환할 수 없는 고향의 흔적으로 남겨진다. 신화의 붕괴라는 재난에 맞서 자신의 왕국을 구축하고자 하는 시인들에 의해, 세이렌의 노래는 근대의 악무한과 싸우는 위반과 도발의 언어로 새롭게 불리어진다.

더 추워지기 전에 바다로 나와
내 날개 아래 출렁이는
바다 한가운데 낡은 배로 가자
갑판 가득 매달려 시시덕거리던 연인들

물속으로 퐁당
물고기들은 몰려들지, 조금만 먹어볼래?
들리지? 내 목소리, 이리 따라와 넘어와 봐
너와 나 오래 입맞추게

—김이듬, 「세이렌의 노래」 전문

이 시에서 '낡은 배'를 난파시키고, 익사한 연인들의 귀에 속삭이는 기괴하고 달콤한 목소리는, 현실과 환상, 삶과 죽음의 경계를 흘러넘치는 유령—언어의 출현을 보여준다. 상징적 질서의 체계로 환원되지 않는 미결정의 지대에서 솟아난 세이렌—유령은 견고한 언어의 문법과 미적 관습을 모호한 음성의 소용돌이 속으로 빨아들임으로써 무화한다. 이렇듯 어떤 의미로도 환원되지 않는 이 부재의 목소리는 금기의 영역을 넘어 현실 내부로 침입해 들어와 우리를 죽음이라는 향락의 한가운데로 초대한다. 어두운 심연에서 솟아오르는 '몹쓸 방언'이며 해독되지 않는 미지의 언어인 그것은 '동물들의 울음' 혹은 '지상에는 없는 아름다운 언어'로 변용되고, 마침내는 '진동', '발작'이라는 파장의 형태로 분출된다.

식탁 위로 올라가 발을 구르다
소녀는 노래하기 시작했다
풍성한 머리칼이 자라는 그릇은 울기 시작했다
그릇된 노래는 부르지 마라
막대기로 때리고 문지를수록
소녀는 진동했고 발작에 가까웠다

—김이듬, 「드러머와 나」 중

'그릇된 노래는 부르지 마라'는 명령을 거부하는 소녀의 울음은 진동과 발작으로 표출된다. 풍성한 머리칼로 상징되는 여성성의 기호는 금기와 억압을 뚫고 마구 자라나, 소녀의 울음/노래와 더불어 경계를 흘러넘친다. 노래는 관습적 세계를 뒤흔드는 진동의 울림이고, 일상을 전복하는 발작의 경련처럼 번져나간다. 이렇듯 주체라는 허구를 근원적 떨림의 운동으로 바꾸어 놓는 '진동'의 격렬함은, 완결된 문장을 탈구시켜 의미를 모호하게 만들고 시공간의 좌표를 마구 뒤섞어 새로운 분열의 공간을 창출한다. 이제 시적 무대는 '착시/착란'으로 광학적 원근법을 일그러뜨리는 악몽의 만화경적 세계가 된다. 합리성의 지배를 붕괴시키려는 파괴의 욕망은 이질적 이미지를 충돌시키고 구문을 절단하고 비틀어버리는 특이한 시적 발성법으로 분출되고 있다. 이렇게 근대의 세이렌들은 '팜 파탈'이라는 현대적 욕망의 목소리를 껴입는다. 가부장적 질서를 무시로 넘쳐흐르는 과잉된 파토스는 '늙은 아버지'의 세계를 마음껏 조롱하고 거부함으로써 활력을 얻고, 스스로를 향유의 주체로 재정의함으로써 발랄한 탈주의 리듬을 만들어간다.

금기와 억압의 체계에 던지는 이러한 결별의 노래는 무거운 심연으로 가라앉는 것이 아니라 '명랑'의 리듬을 타고 솟아오른다. 문제는 탈신화화 된 세계 속에서 '명랑'이 하나의 정언명령으로 주어질 때 발생한다. '명랑하라'가 너의 욕망을 향유하라는 타자의 전언으로 주어질 때 자아는 이 '명랑/명령'을 소비함으로써 스스로를 정립하게 된다. 시인이 끊임없이 새로운 오이디푸스를 불러내어 그곳으로 환원되는 것은 '명랑'의 이면에 자리한 이 '명령'의 힘 때문이다. '늙은 아빠'로 상징되는 무력한 오이디푸스를 조롱하고 경멸하는 위악적 언어 속에는, 억압을 뚫고 나가기 위해 스스로 그 억압의 체계를 재구성해야만 하는 의식의 기만이 작동하고 있다. 위반하기 위해서 금지의 선을 함께 그어야 하는 아이러니는, 지젝에 의하면 오이디푸스라는 환상을 객관적 현실로 전치시킴으로써 증상을 지속시키려는 무의식적인 공모에서 비롯된다. 그녀가 아버지의 더러운 손을 혐오하면서도 그 손의 침입을 반복적으로 허용하는 것은, 금기와 억압의 임계점에서만 '팜 파탈'의 언어들이 더 매혹적으로 발화될 수 있는 까닭이다.

억압을 향유함으로써 타자의 포획으로부터 탈주하려는 팜 파탈의 '명랑'함은 근대의 오랜 '우울'과 '허기'를 은폐하려는 위장술로 읽힌다. '스스로에게 반한 여자', '나는 아름다워요', '난 볼 수 없겠지. 창백하게 눈감긴 내 예쁜 얼굴'에서와 같이 '팜 파탈'의 언어는 자기향유적인 언어놀이로 발화된다. 이러한 나르시시즘적 자기노출은, 외부의 시선을 봉인한 채 자폐적 놀이에 몰입하는 자의 절망과 우울을 드러낸다. 자기 언어에 스스로 매혹 당한 세이렌의 노래는 난파된 신화의 멜랑콜리를 체현하면서, '오래 묵은 자의식과 낭패감'으로 얼룩진 채 이 우울의 텅 빈 지대를 떠다니고 있다.

6. 그래서, 토끼는 다시 달린다

1990년대 이후 우리 시에 나타난 탈정치화의 경향은 대타자로 불리는 아버지의 해체 욕망으로부터 비롯되었다. 억압과 배제, 금기로 상징되는 아버지의 언어에 대한 전복과 해체는 관습적인 미학에 대한 도전이자 새로운 미학의 자기 선언으로 출현하였다. 이러한 언어적 모험은 내면화된 타자에 대한 미적 저항의 언어 즉 혼종적, 분열증적 언어를 통해서 분출된다. 이들의 언어는 계몽의 자장에 묶여 있던 전대 시인들의 언어적 강박을 뛰어넘는 강렬한 시적 에너지를 발산하고 있다. 최근 무의식적 에콜을 구성하면서 펼쳐진 미적 조류를, 새로운 감각과 언어의 활성화로 바라보든 탈역사와 자폐의 미학으로 평가하든, 이들의 도전과 전복에의 열망이 우리 시의 새로운 풍경을 열어준 것은 사실이다.

그런데 문제는 서정의 기율과 관습을 허물어내고 균열시키면서 이들이 구축하고자 하는 미적 영토가, 스스로를 부정하면서 다시 생산해 낼 수밖에 없는 모순을 내장하고 있다는 점이다. 이것은 새로운 시인들이 끊임없이 소환하는 오이디푸스적 억압의 원리와도 연관된다. 즉 탈주를 위해서 먼저 억압을 불러와야 하는, 위반을 위해 금지의 선을 함께 그어야 하는 아이러니야말로 이들의 미학이 놓인 가능성과 임계점을 동시에 보여주는 지점이다. 질주의 바탕('들판')을 그리면서 동시에 그것을 지워가는 질주는, 역사적 배음을 사상한 채 스스로를 낳고 지우는 자기향유적 반복의 폐쇄성을 보여준다. 경계를 지우면서 동시에 새로운 경계를 만들어내야 하는 이 악무한의 순환 고리 속에서, 토끼의 질주는 종결을 모른다. 새로운 시들이 보여주는 도발적 명랑함의 기저에서 일탈에 대한 강박과 자기반복의 피로감이 읽히는 이유는 여기에 있다.

질주하는 언어들이 시적 자극과 활로로서 기능할 수 있을지는 이들이 자신의 고유한 스타일을 얻어가는 과정을 통해서 해명되어야 할 과제이다. 담론의 유행이 한 시대의 정신적 깊이를 드러내지 못할 때, 그것은 스타일이 아니라 공허한 기호로 사라지게 될 것이기 때문이다. 주목할 것은 이들이 아직도 분열중이며, '이름'을 거부하기 위해서 이들이 거듭 불러들인 판타지의 경계는 계속 팽창하고 있다는 점이다. 텅 빈 진공의 세계에서, 토끼와 들판이 팽팽하게 서로를 '지우고/지워지는', '그리고/지우는' 도로(徒勞)의 질주가 뿜어내는 열기는 얼마나 강렬한가. 그래서, 아직도 토끼는 달리고 있다.

/ 언어왕국의 위조지폐들 /

1. 순간의 불꽃, 도박사와 시인

벤야민은 보들레르의 시에 등장한 도박사의 이미지에서 현대적 영웅의 면모를 발견하였다. 그에 의하면 도박사는 매 순간에 자신의 모든 것을 베팅하고 타오르는 정념의 현재만을 살아가는 존재이다. 던져진 주사위는 언제나 영원의 순간을 거쳐 현재의 테이블 위로 떨어지면서 그들의 운명을 저울질한다. 번쩍이는 순간의 초조함에 몸을 맡긴 도박사의 시간은 물질적 재화의 획득을 목적으로 하는 것이 아니라, 자본의 중력으로부터 탈주하는 황홀한 쾌감으로 채워진다. 돈은 물론 시간과 인생까지도 기꺼이 베팅하는 도박사의 낭비적이고 무모한 열정은, 재화의 축적을 통해서 자기를 실현하는 자본의 시스템에 대한 반동의 정념으로 타오른다.

현대 사회를 지배하는 자본의 열망은 더 큰 축적을 위하여 자기가 가진 것을 화폐의 형태로 방출하고 또 다시 이를 축적하고자 하는 경제원리 위에 구축된다. 외부로 방출되지 못한 잉여－화폐는 몸의 외부로 배설되지 못하고 자기 안에 축적된 똥과 같다. 이렇듯 자본의 흐름을 타지 못하고 축적된 화폐는 실현되지 못한 욕망이며 연소되지 못한 정념의 형태로 고착된다. 도박사는 실현되지 못한 가치의 불모성을 순간 속에 베팅함으로써 이 세계의 저주받은 몫을 연소시키고, 새로운 가치와 욕망의 흐름을 생성해 내는 창조자가 된다.

이러한 도박사의 유희는 현대적 삶의 구속과 결별하고자 하는 시인들의 시적 열망과 겹쳐진다. 잉여와 축적을 탕진하고자 하는 도박사와 시인의 열정은 화폐로부터 가치를 휘발시키고, 그것을 즐거운 기호이자 유희의 대상으로 삼는다는 점에서 공통적이다. 시인은 레고 블록을 갖고 노는 아이들처럼 권태로운 세계의 풍경을 지워버리고, 거기에 자신만의 언어왕국을 구축한다. 그의 왕국은 순간을 살면서 영원을 꿈꾸고, 현재 속에 무한을 불러들이는 역설과 딜레마 위에 지어진 세계이다. 현실을 배반하고 근원적 세계의 회복을 꿈꾸는 시적 언어는 공동체의 언어를 폐기하고 진정한 언어를 회복하고자 하는 욕망 위에 세워진다. 이러한 시의 왕국은 공동체의 내부에 존재하는 외부이자 영원한 타자이다. 그것은 현실의 내부에 자리하면서도, 자본주의 시스템의 외부 곧 자본의 척도로 가늠할 수 없는 잉여의 영토에서 탄생한다. 시인들의 왕국에서 통용되는 언어는 자본의 등가교환 시스템에 포섭되지 않은 위조지폐들이다. 시인은 사회 내부에 통용되는 언어라는 화폐로부터 약정된 가치를 휘발시키고, 자신만의 고유한 의미를 덧칠함으로써 새로운 접속과 생성의 기호를 만들어내는 사전꾼들이다. 놀이와 음악, 냉소와 서정의 경계를 넘나드는 사전꾼의 언어가 빚어내는 황홀한 만화경 속으로 들어가 보자.

2. 언어왕국의 위조지폐들

아담의 왕국은 신기한 이름들로 가득 차 있다. 아담이 이름을 부를 때마다 사물들은 그 이름 속에 존재하기 시작한다. 언어를 통해 세계와 사물을 창조하는 아담의 언어놀이는 이름과 존재 사이에 어떠한 인식적 매개도 존재하지 않을 때에만 가능한 것이다. 그러나 이 신비한 언어의 왕국은 사라졌다. 사물과 인간을 근원적 유사성으로 묶어 주던 언어의 힘은 상실되고, 인간은 이제 자의적 기호로 전락한 언어를 대면할 수밖에 없다. 그리하여 잃어버린 언어를 회복하려는 꿈은 모든 시인들의 창조적 열망을 추동하는 동인으로 자리 잡게 된다.

함기석의 시집 『뽈랑공원』은 잃어버린 아담의 언어놀이로 이루어진 신비한 풍경을 펼쳐 보인다. 그가 이름을 부르는 순간 '뽈랑공원'이 나타나고 아기가 탄생하고 여자가 뜨개질을 시작한다. 그러나 '꽃밭이 서술되자 꽃밭이 둥둥 내려오는' 이 놀라운 풍경은, 언어와 사물의 근원적 유사성의 회복이라는 열망을 판타지의 형식으로 상연하고 있을 뿐이다. 빗자루질을 하면 쓱쓱 사라져 버리는 '뽈랑공원'은 해체되고 재조합되는 기호들로 채워진 공간인 것이다. 언어 속에서 사물의 고유한 이름을 명명하던 아담과 달리, 시인 함기석은 언어와 사물의 간극 속에서 세계를 붕괴시키고 새로운 언어를 창조하는 놀이에 빠져 있다.

> 글자들도 논다
> 명사들은 돌고래 점프
> 동사들은 벼룩 점프
> 부사들은 방아깨비 점프
> 글자들이 야호 야호 신나게 점프하며 논다
>
> —「높이뛰기 선수를 위한 말랑말랑한 피아노곡」 중

명사, 동사, 부사들은 각각 문법체계 내부의 고정된 좌표에 구속된 이름들이다. 그런데 시에서 이 이름들은 고착된 물질성으로부터 놓여나 유쾌하고 발랄하게 '논다.' 명사와 돌고래, 동사와 벼룩, 부사와 방아깨비라는 연결이 주는 낯설음은 '점프'의 가벼운 리듬 속에서 해소된다. '이름'으로부터 해방되어 유쾌한 리듬으로 튀어 오르는 언어들은, '심각'한 세계가 그어놓은 경계선을 마음껏 넘나들고 있다. 문법의 중력에서 벗어나 독특하게 발화되는 의성어와 현란한 색채의 어휘들로 칠해진 풍경 속에서 모든 관습과 편견의 더께는 녹아내린다. 현실의 완고한 표정이 지워지고 무구한 언어들의 축제가 펼쳐지는 것이다. 이렇듯 세계를 재현하려는 의무로부터 벗어난 언어들이 울려대는 소란한 화음 속에서, 아담의 언어는 유쾌한 농담으로 치환된다. 시인은 심지어 자신의 이름조차도 왜곡하여 '석기함'이라는 즐거운 놀이의 대상으로 삼는다. 시 「핫도그리그」에서 보여주듯, 이러한 변전의 쾌감이야말로 현대의 아담이 자신의 왕국에 건설 중인 새로운 언어 프로젝트이다.

그런데 언어는 공동체를 떠받치는 공준이자 게임의 규칙임을 잊을 수는 없는 일이다. 함기석은 현실의 문법을 흔들어 놓고 게임의 규칙을 무시로 위반한다. '동사'와 '부사'가 주체의 자리를 차지해버리는 뻔뻔스러운 찬탈의 순간, 그는 기꺼이 게임의 규칙을 벗어 던진다. 이런 점에서 그의 언어는 의미의 함량을 내장하지 않은 위조화폐라 할 수 있다. 모든 변제의 의무로부터 자유로운 위조화폐는 정해진 자본—문법의 궤도를 따라 순환하지 않음으로써 공동체의 규칙으로부터 벗어난다. 의미를 휘발시킨 위조화폐가 교환의 체계로부터 벗어나 하나의 '형식'으로만 존재하는 것처럼, 함기석의 언어는 문법이라는 운명적 구속으로부터 자유롭다. 그 속에는 매순간 뒤바뀌고 창조되는 변전의 쾌감만이 내장되어 있다.

남발되는 위조지폐는 공동체의 법칙을 준수하려는 자에겐 위험한 언어일 터이나, 이탈을 꿈꾸는 자들에게는 경쾌한 혁명이요 즐거운 모반이다. 교실 밖으로 찾아와 사회의 규율공간과 그 관리체계를 무너뜨리는 알미운 참새의 목소리처럼. 시 「하모니카 부는 참새」에서, 참새의 소리는 물화된 만상의 감각을 흔들어 깨우고, 수학, 사회, 국사로 구획된 현실의 완고한 경계를 녹여낸다. 자아와 세계, 주체와 타자의 구분이 사라지고 모두가 물이 되어 흘러내리는 풍경은, '의미 없이' 불어대는 참새—하모니카 소리가 만들어낸 기적의 순간을 보여준다. 이렇게 매혹적인 위조지폐의 언어는 세계의 질서를 붕괴시키는 언어의 놀라운 힘을 발산한다.

함기석이 수행하는 언어놀이는 단순히 '유희'에 그치는 것이 아니라, 언어를 허물고 새롭게 접속시킴으로써 그 틈새와 행간에서 새로운 세계의 출현을 기대하는, 고통스럽지만 즐거운 창조의 활동이다. 그런데 이 명랑한 놀이의 이면에는, 언어를 통해 더 이상 사물의 본질을 꿈꿀 수 없는 불행한 세계에 대한 투시의 시선이 담겨 있다.

> 인간의 최초의 생존 도구이자 마지막 살인 도구인
> 공기
> 죽은 자들의 뼛가루가 떠내려간다
> 1연과 2연 사이로 흐르는 저 무자비한 강물
> 2연과 3연 사이로 펼쳐진 저 천태만상 대지
> 저 보이지 않는 저 표현될 수 없는
> 행 속으로 행 속으로
> 행 속으로
>
> —「공기놀이」 중

인간은 공기 속에서 살아가야 하듯, 문장(언어) 안에서 살아갈 수밖에 없는 존재이다. 공기가 인간의 생존의 도구이자 살인의 도구이듯, 문장(언어) 역시 인간이 스스로의 존재를 드러내고 확인하는 생존의 징표이자 죽음의 장소라고 시인은 말한다. 이러한 인식 속에서 문장 속에 자리한 '보이지 않고 표현될 수 없는' 부재의 심연을 향한 도정이 시작된다. 시적 언어의 운명은 행과 행 사이의 공백에 자리한 미지의 세계를 향해 나가는 것이며, 궁극적으로 도달 불가능한 이 죽음의 지대를 떠도는 것이다. 언어-기호들을 해체하고 붙잡아서 새로운 언어의 세계를 구성하려는 시인의 의지는 결국 부재의 공간 속으로 스스로를 투사하려는 욕망과 다르지 않다. 이 불가능의 지대를 넘어 언어와의 합일을 꿈꾸는 것은 최초의 아담의 언어를 복원하려는 욕망이기도 하다.

> 내가 말의 음핵을 톡톡 건드릴 때
> 우주는 굴뚝 당신은 세계는 사라지는 연기
>
> 내가 말과 섹스할 때
> 내가 말과 성당에서 알몸으로 엉켜 통음할 때
> 시간은 납처럼 녹아 허공을 흐르고
> 하늘엔 태양이라는 외눈박이 개
>
> -「말과 섹스하는 남자」 중

시인은 말과의 합일을 통해 세계와 자아가 무화(無化)되는 초월적 시간을 꿈꾼다. 의미를 탈각한 언어 속에서 시인은 죽음의 지대를 관통하여 절대적 무의미 속으로 투신한다. 이름과 사물이, 언어와 의미가, 주체와 타자가 하나가 되는 절정의 순간, 모든 세속적 시간이 납처럼 녹아내리고 오직 뜨거운 태양만이 눈을 부릅뜨고 있는 우주적 시간이 열린다.

이렇게 함기석은 너절한 의미로 출렁거리는 현실-언어를 넘어 언어의 순수한 핵심에 도달하고자 한다. 세계를 지워버리고 언어의 절대성에 도달하고자 하는 불가능한 그의 '꿈'은 뻘랑공원의 판타지 속에서 무시로 출현하고 또 지워진다. 무채색의 세계에 이름을 붙임으로써 새로운 사물로 눈뜨게 하는 즐거운 놀이가 펼쳐지는 언어의 왕국은 사실

텅 빈 무대에 불과하다. 그러나 막 지워지려는 뽈랑공원의 공중에서 흩날리는 위조지폐들은 또 얼마나 매혹적인가.

3. 산란(散亂)하는 언어들

최하연의 시집 『피아노』에서는 응집성을 상실한 채 부스러져 흩날리는 언어들의 불협화음이 울려나온다. 그는 언어를 동질적 파동에 묶어놓는 은유적 점착력을 분쇄하여, 분산되는 언어의 현란한 움직임을 그려낸다. 이질적인 언어들이 날카롭게 충돌하면서 만들어내는 낯선 파장은 의미의 외부를 향해서 확산되어 나가면서 새로운 리듬을 생성해낸다.

> 어제는 태양, 어디서는 바람, 어떻게는 쇠사슬, 돌고래는 택배 이런 식으로 사건은 재구성되고 사고는 중독된다. 날이 밝으면 사표를 쓰리
>
> —「라비스 바이러스」 중

이 시에서 보듯 우연적으로 결합되고 병치된 그의 시어들은 하나의 '사건'을 이루지 못한다. '태양과 바람, 쇠사슬과 택배'는 서로의 의미를 지지해주지 못한 채 기표의 물질성만을 전시한다. 이러한 명사들은 하나의 의미로 표상되는 것이 아니라, 그 '이름'으로만 텍스트 위에 머물고 있다. 이때 도드라지는 것은 이러한 기표들을 통해서 '사건'을 '재구성'하고자 하는 시인의 의지이다. 그의 시쓰기는 환유와 병치를 통해서 새로운 언어의 불협화음을 구성하는 음악—건축가의 작업에 가깝다. 언어의 분산을 통해 새로운 화음을 구성하고자 하는 시적 의지는, 시인의 말을 빌면 '역사 밖'으로 나가고자 하는 욕망에서 비롯된다. 시 「가위를

든 그녀」는 이러한 시인의 내밀한 욕망이 노출된 작품이다.

그녀가 전봇대를 솎아낸 자리마다
노란 장화
노란 우비

왼쪽으로 쓸린 계단 아래
오른쪽으로 쓸린 계단이
풍을 맞았는지
얼굴이 돌아가 있어

자폐를 앓는 보도블록은
하루 종일 금만 긋고 있고

—「가위를 들 그녀」 중

언어의 남근적 권력을 거세함으로써 빚어지는 일그러진 시적 풍경은 자폐적 놀이의 원초적 장면을 보여준다. 시에서 '가위'가 환기하는 공포감은 '전봇대'—남근을 잘라내는 폭력적 힘에서 기인한다. '자폐를 앓는 보도블록'의 폐쇄된 공간을 구획하는 '금'은, 오이디푸스적 금기 속에 자아를 포박하는 억압적 권력의 상징이다. 이러한 폐쇄적이고 억압적인 '블록'의 공간을 언어의 놀이공간으로 치환하고자 하는 욕망이 낯선 풍경을 낳는 것이다. '계단'의 논리를 일그러뜨리는 '오르가슴의 비명'은 수직적이고 정연한 질서의 체계를 붕괴시키는 욕망의 폭발을 보여준다. 시인은 이러한 언어의 '난장(亂場)'을 통해 의미의 지층을 파열시키고자 한다. 세계의 풍경을 재구성하고, 새로운 사건을 발명하고자 하는 발랄한 욕망은 그의 시가 최근의 젊은 시인들과 공유하는 미적 영역이라 할 수 있다.

그런데 흥미로운 것은, 시인이 과잉된 언어의 폭발 속에서 비틀거리는 지점을 스스로 노출한다는 점이다. '떨어진 신발 순식간에 발아되어

/ 보송보송한 종기로 자라고' 와 같은 구절에서 '신발'—'발아'를 연결하는 언어의 장력은, '보송보송한'과 '종기'의 이질성 사이에서 뚝 끊어져 버린다. 건성과 습성의 충돌을 만들어내는 도저한 불협화, 이러한 단절과 비약은 그의 시적 언어를 '작난(作亂)'에 가깝게 만드는 요인이기도 하다. 그것은 독자의 가청권의 음역을 파괴하는 신경질적인 발화로 표출된다.

> 단면의 투시도는 따로 저장되지 않아, 절대 재전송되지 않지, 순간순간이 지나면
> 신경질적으로만 반복될 걸
>
> —「해변의 모텔」 중

'해변의 모텔'은 툭툭 끊어지는 착란의 언어들이 분산적으로 발화되고, 퍼져나가는 원심적 공간이다. 그것은 '터진 창자', '아랫배를 움켜쥔 하늘'과 같이 난자된 육체의 파편들이 넘쳐나는 '쏟아지고, 흩어져, 축축해진' 꿈의 공간이다. 무의식의 세계를 비추는 언어들은 의미를 이루지 못하고 흩어져버리기에, 재전송될 수 없는 '흔적'들로만 남는다. 그것은 자기 안에 갇힌 채 신경질적으로 '반복'되는 언어의 회로이다.

최하연의 시적 에너지가 이러한 신경증적 반복에 의해서 발산된다는 점에 주목할 필요가 있다. '반복강박에 빠진 하이힐들', '편지는 습관적으로 반송된다', '키스는 전염되고 반복되고 중독된다'(「물구나무의 키스」) 처럼 반복강박에 수반되는 신경증적 발화의 날카로움은, 자폐적 공간에서 울려 나오는 미묘한 활력과 탈주의 에너지를 생성한다. '동심원은 다시는 조여지지 않고 / 환산 불가능한 속도로 / 이탈한다 사라진다', '동심원의 맨 바깥은 / 아무도 가본 적이 없는 / 무덤'(「산란 3」)에서, 텅 빈 '동심원'의 외부를 향한 탈주는 결국 '무덤' 곧 죽음의 지대를 향해 급격하게 휘몰아친다. '소년은 팔레트 위에 모든 색을 다 섞기 시작하네요.'(「엘

리베이터 안에서 그림을 샀어요」)에서 모든 색을 다 섞어서 만들어진 '검은 색'이야말로 분화된 의미의 체계를 무화시키는 빛깔이 아닌가. 이러한 '죽음' 혹은 의미의 무중력 상태는 불협화음의 언어를 통해 도달하고자 하는 궁극적 무의미의 지점일 터이다.

이런 점에서 최하연의 시는 어떠한 비평적 언어의 개입도 사양하는 '철저한 자폐'의 세계 속에 머무르려는 몽상가의 자기선언으로 읽힌다. 신경증의 언어가 내포하고 있는, 이성적 언어(주체)의 권력장으로부터 이탈하려는 에너지는 반복강박에 중독된 자의 내밀한 몽상으로 펼쳐진다. 세계를 뒤집어 놓는 '물구나무'의 자세는 이러한 자폐적 자아의 위상적 층위를 잘 보여주고 있다. 물구나무는 단순히 상/하의 위치를 전도시키는 고착된 움직임이 아니라, '당신을 향한 나의 좌표를 잃게 만들고 싶어요'(「피아노」)에서 보듯, 고정된 주체의 좌표를 지워버리고 교란하는 운동이며 힘이다.

그의 시에서 자주 드러나는 '인공안구', '동공을 긁어내기', '망막의 수초제거하기' 등 시각 상실의 모티프는 이러한 주체의 부재를 환기하는 징표이다. '씨 없는 하루'의 텅 빈 시간은 '아크릴 상자 속의 코끼리' 혹은 '고래'의 이미지로 변주되면서 거대한 무의미를 체현한다. 의미의 동공(洞空)을 환기하는 이 사물성의 세계는 주체가 빠져나간 공백을 환기한다. '코끼리'를 둘러싼 주변의 소란스러운 축제, '고래'를 둘러싼 사회적 계약의 언어들은, 거대한 무의미 앞에서 허구적 환상에 지나지 않는다. 남는 것은 팔려가고 실려 가야 하는 '코끼리'와 '고래'라는 이름의 '동심원'뿐이다. 최하연이 보여주는 '작난'의 언어들은, 이름의 텅 빈 공간 언저리를 휘돌아서 무의미의 지대로 빠져나가기 위해 흩어지고 있다. '검은 건반' 위에서 무중력의 세계로 점프하기. 그 순간의 도약 속에서 산란하는 언어들이 반짝인다.

4. 음악, 오이디푸스의 눈을 찌르다

정재학의 시집 『광대소녀의 거꾸로 도는 지구』는 세계의 풍경에 프리즘을 대고, 현기증 나는 빛의 파동을 따라 굴절하고 분산하는 다양한 음색을 들려준다. 예리한 감각의 날 위에 세워진 그의 언어는 '자폭과 절제'가 균형을 이루는 지점에서 태어난다. '모두들 그저 회색이라고 얘기하는 색에도/ 백가지가 넘는 채도가 있다는 것을'(「굳어진 손가락이 구겨진 기타줄에게」)에서 말하듯, 그는 '회색' 속에서 분열하는 무수한 빛의 입자들을 분광시켜, 수백 가지의 채도로 펼쳐놓는 것이다. 그리하여 그의 언어는 다양한 채도로 빛나는 입자들과 파동의 세계로 미분된다. 그것은 '두 건반 사이에 이렇게 많은 음들이 숨겨져 있었다니'(「미분—금기」)에서와 같이 구획된 음 사이의 공백에 잠재된 무수한 가능성의 음을 깨워내는 작업이다. 시인은 파동의 미세한 울림을 감지함으로써 세계의 틈새, 공백으로부터 새로운 '음'을 끌어낸다. 이 분광된 세계의 낯설음과 매혹이야말로 정재학 시의 고유한 미학이 발생하는 지점이다. 시인은 이러한 시적 세계를 '광대 소녀가 돌리는/ 거꾸로 도는 지구'의 풍경이자, '툭툭 끊어져버린 아라베스크'(「미분—편지」)라고 명명한다. 그의 시는 지구를 거꾸로 돌리는 순진한 환상의 놀이이자, 세계의 질서를 전복하려는 위험한 미적 모험이다.

정재학의 시를 지배하는 환상과 착란의 수사들은, 근대적 주체를 기율하는 시선의 박탈과 연관된다. '전 어렸을 때 프리즘을 가지고 노는 것을 좋아했잖아요 눈동자가 없어져도 세상을 볼 수 있을까요?'(「어느 안과의사의 폐업전야」)에서와 같이, '눈동자'가 부재하는 자리에서 새로운 감각의 언어가 탄생하는 것이다. 그의 시적 언어는 이렇게 주체를 구성하는 시각의 감각적 특권이 지워진 자리에서 분광되는 빛의 흐름을 포착하고 있다. 언어의 프리즘을 통과하면서 세계의 고유한 풍경과 자아의 시선이 만들어내는 세계 사이에 미묘한 불일치의 순간이 드러나는데, 이 간극에서 감각의 배치는 새로운 양상을 띠게 된다.

> 내 뺨이 만지는 것
> 내 눈이 맛보는 것
> 내 혀가 응시하는 것
> 내 손가락이 듣는 것
> 나의 심장이 만나는 것
>
> —「Psychedelic Eclipse」 중

감각을 새롭게 배치하는 작업은 관습적이고 재현적인 감각의 경계를 넘어 낯설고 새로운 감각을 촉발하는 것이다. 시에서 만지고 맛보고 응시하는 주체는 각각 절단된 신체의 일부들이며, 이들은 자신의 고유한 감각적 자장을 넘어서 새로운 감각의 주체들로 탄생한다. 손가락이 듣고, 눈이 맛보고, 혀가 응시하는 주체로 출현할 때, 이들을 제어하는 절대적 주어로서의 자아는 지워지고, 그 자리를 차지하는 것은 이질적 감각들이 교차하면서 만들어내는 착란의 선(線)들이다. 이렇듯 정재학은 근대 이후 감각의 주인의 자리를 차지해 온 절대적 주체를 폐기하고, 그 자리에 분광된 감각의 놀이를 채워 넣음으로써 관습적 미학의 각질을 뚫고 나간다. 이를테면 '마른 물감을 숨 쉬는 것같이 / 온몸에 들어온 진홍 입자 / 빠져나가지 못한 채 서걱거리다'(「진홍의 거리」)에서와 같이, '화석이 된 거리'에서 흩날리는 입자들이 만들어내는 화음과 리듬은 그의 시를 구성하는 새로운 질료가 된다. 진홍의 입자들이 서걱거리면서 만들어내는 리듬은 '벽' 혹은 '화석'으로 굳어져버린 세계를 넘어서려는 시적 욕망의 발현이다. '붕괴되면서 상승하는 연기처럼 나는 언제든 무너질 준비가 되어 있다 추방당한 곳으로 되돌아가기 위해서가 아니라 더 밖으로 가기 위하여(「백 개의 태양이 죽은 터널」)'와 같은 진술은 그의 시작술에 대한 고백으로 읽힌다. 고정된 세계의 바깥으로 나가기 위해서 '나'를 무너뜨리는 행위, 이를 통해 시인은 감각의 주체로서의 자아를 무장해제하고, 자신이 딛고선 관습적인 미학 지평의 붕괴를 함께 이루어내는 것이다.

이러한 미적 파괴는 시공간의 해체와 더불어 수행된다. 그의 매혹적인 시 「즉단」에서는 사무실과 마구간이 뒤섞이고, 「역류」에서는 과거와 현재가 혼재하는 이상한 풍경이 나타난다. 현실과 꿈이 교차하고, 조화(造花)와 생화(生花)가 뒤섞인(「미분-계단」) 세계에서는 침묵과 음향이 서로를 지탱하고 그 긴장이 또 다른 화음을 엮어낸다. 시간의 원근법이 파괴되고, 공간이 중첩되고 주체와 타자의 목소리가 구분되지 않는 이상한 공간이 만들어지는 것이다. 이러한 시공간의 비틀림은 '서로의 역할을 바꾸어도 상관없는 연극'(「일인극이 끝나고」)을 상연하기 위한 무대이다.

정재학의 시는 이 낯선 무대 위에 펼쳐지는 하나의 드라마이다. 흥미로운 것은 그의 시가 하나의 드라마를 시작하고 그 종결을 향해 달려가는 대신, 그것을 시작하기 직전에 멈추어버린다는 점이다. 그의 시가 내뿜는 매혹은 이 급격한 단절의 순간에 태어난다. 시 「즉단」에서 서술되던 이야기가 뚝 끊어져버리는 순간, 시는 문득 종결되고 낯설고 이질적인 감각이 독자에게 던져진다. 그것은 우리가 놓인 이 모호하고 불확실한 세계에 대한 미묘한 공포감으로 환기된다. 이야기가 문득 절단된 공백에서, 시인은 끊임없이 '예고편'을 반복함으로써 시적 세계를 출구 없는 미로로 만들어 버린다.

> 약속 장소는 보이지 않고 같은 곳을 계속 맴돈다 길을 잃은 것이 아니라 처음부터 길이 없었던 것이다 지평선도 보이지 않는 곳에서 하릴없이 서성이다 모래 위에서 누군가의 빗장뼈를 주웠다 내일은 내 돈을 사기친 푸른 눈의 염색업자를 죽여야겠다 우선 그를 찾는 길을 만들어야 한다
>
> -「Edges of illusion(part IX)」 중

처음부터 길이 없었던 가파른 곳을 헤매는 자아는 자신과 거래한 염

색업자를 찾아 나선다. 지평선도 보이지 않는 사막에 던져진 자아의 존재는 죽음을 향해 걷도록 운명 지어진 인간의 실존을 암시한다. 같은 곳을 맴도는 행위는 염색업자—타자를 향한 살해의 의지로 변화되지만, 정작 그를 향한 길은 존재하지 않는 아이러니 속에 자아는 갇혀 있다. 이렇게 보면 정재학의 시를 지배하는 감각의 현란한 분광은 기실 자아가 놓인 세계의 모호함과 불확실성에 대한 미적 반응으로 이해된다. 그에게 감각은 세계의 부조리와 공포를 건너가기 위한 출구인 것이다.

> 그 긴 계단 위에는 거대한 손목이 산다 그는 계단을 건드릴 필요 없이 한뼘에 올라간다 그가 풋말에 썼던 펜은 얼마나 클까? 그 손목은 손톱마다 눈이 박혀 있지만 거의 퇴화되었고 상대의 움직임을 느끼는 건 손가락 마디에 난 털이었다....손목은 어느 새벽녘 어떤 현악기를 연주하곤 하였는데 —그것은 하프소리와 비슷했다—긴 현을 애무하듯 건드리는 손목을 상상할 수 있었을 뿐 아무도 그의 연주를 보지 못했다
>
> —「예고편뿐인 드라마 〈거대한 손목의 죽음〉」 중

출구 없는 미로의 공포감은 이 시에서 무한한 계단의 이미지로 변용된다. 여기서 '거대한 손목'의 죽음은 타자(신)의 부재를 환기하는 것으로 읽힌다. 즉 '손목의 퇴화'는 눈의 부재 곧 텅 빈 타자의 자리를 암시하고 있으며, 억압적인 타자의 응시가 사라진 곳에서 금기의 언어는 휘발되고 대신 현악기를 연주하는 새로운 존재가 탄생한다. 타자의 손목은 이제 '눈'—감시자가 아니라 '연주가'가 되어 미적 세계를 열어놓는다. 이 매혹적인 악기의 소리는 자아로 하여금 금기의 성역을 넘어 불가능성의 지대로 나아가게 한다. 자아를 금지된 영토로 끌어당기는 '음악'은 망실된 시선을 대치하는 새로운 감각의 탄생을 보여준다.

시인의 열려진 감각이 포착하는 것은 금기의 영역을 자유로이 넘나드는 음악의 유려한 선율이다. 음악를 통해서 금기를 넘어서려는 오르페우스적 열망은 죽음의 심연을 향한 신화적 욕망에 뿌리내리고 있다.

시바 신에게 눈을 바침으로써 음(音)의 세계를 지키려는 시인의 욕망 역시 자신의 눈을 찔러 운명의 형벌을 초극한 오이디푸스의 욕망에 닿아 있다. 자신의 눈을 찌르는 신화적 고통을 감내하면서 시인은 합리성이 규율하는 근대적 지평을 넘어 절대성의 심연으로 나간다. '내 눈은 천공의 막다른 길까지 취한 피를 흘릴 것이다'(「Edges of illusion(partX)」)라는 시인의 절절한 독백은 심미적 감각에 취함으로써 현실의 중력을 기꺼이 벗어던지고자 하는 시적 열망에 대한 고백이자 미학적 자기선언으로 읽힐 수 있겠다.

5. 냉소와 슬픔의 체위

심보선의 시집 『슬픔이 없는 십오 초』는 빛나는 시절의 몰락에 대한 이야기이다. 그의 시는 망실된 아비-이념에 대한 애도를 거부하고, 끝내 자기 내부에 간직한 이미지를 씁쓸하게 되씹는 멜랑콜리로 빚어진다. 이 시집에 출현하는 '환멸, 전락, 폐허'의 시어들은, 노선을 상실한 채 길가에 우두커니 서 있는 자의 혼란과 분열을 통해 우리 시대의 우울한 내면 풍경을 비추고 있다.

시인은 '호의가 아무렇지도 않게 흉조로 해석되는 / 이 복잡하고 냉혹한 거리'(「전락」)의 문법을 익혀야 하고, '난해한 미래의 독법을 궁리'해야 하는 자본주의적 현실 속에 놓여 있다. 자본주의는 끝없는 잉여와 축적을 통해 냉혹한 삶의 원리를 강요한다. 모든 심미적이고 윤리적인 가치를 박탈하는 벌거벗은 자본의 이기주의는 우리의 삶을 우스꽝스런 소극으로 연출하고 있다. '아내가 종이 위에 적어준 장거리들처럼 / 인생의 세목들이 평화롭고 단순했으면 좋겠다'(「장보러 가는 길」)는 바람으로 채워진 삶은, 천박한 '농담'과 '모호한 정념'(「웃는다, 웃어야 하기에」)으로 짜여진 한 편의 통속 드라마이다. 이 비천한 세계에 던지는 냉소의 시선은 우리 시대를 뒤덮은 '모호한 정념'을 가로질러 시인의 내부로 되돌아온다.

> 욕조에서 나와 목욕 가운을 걸치며 나는 생각했다
> 정말 이 안에 아무것도 안 입어도 되는 것일까?
> 도덕적으로 그리고 미적으로 그래도 되는 것일까?
> 그러나
> 현 자본주의의 존재는 정당화 될 수 있는가?
>
> ―「엘리베이터 안에서의 도덕적이고 미적인 명상」 중

비극은 불가능한 세계를 향한 열망과 그 실패의 도정에서 역설적으로 행위의 정당성을 확보하는 숭고한 파토스에 의해 구성된다. 그러나 열망과 패배가 충돌하는 순간 한 시대를 추동했던 강렬한 비극의 불꽃은 어두운 심연으로 사그라들고, 남은 빈 공간을 채우는 것은 씁쓸한 자기모멸과 환멸의 자의식뿐이다. 시인은 비극을 상실한 채 폐허가 되어버린 현재의 풍경에 자아의 내면을 겹쳐 놓는다. 이 시에서 시인은 자기 행위의 정당성을 확보하기 위해 끊임없이 질문하고 있다. 미적이고 도덕적인 행위에 대한 자기검열의 언어는, 자아를 둘러싼 자본주의적 시스템의 정당성에 대한 물음과 나란히 놓인다. 비천한 세계에 놓인 자기를 폭로함으로써 세계의 정당성을 회의하는 이러한 자기 노출은 비극을 상실한 시대의 아이러니라 하겠다.

> 소리 내어 웃어보시게
> 입천장에 박힌 황금빛 뿔을 쑥 뽑아보시게
> 그것은 오랜 침묵이 만든 두번째 혀
> 그러니 잘 아시겠지
> 그 웃음, 소리는 크지만

냄새는 무척 나쁘다는 걸
우리는 썩은 시간의 아들 딸들
우리에겐 그 어떤 명예도 남아 있지 않다
그림자 속의 검은 매듭들 죄다 풀리고야 말았다

—「우리가 소년 소녀였을 때」 중

이 시에서 시인은 스스로를 '썩은 시간의 아들 딸'이라고 명명하면서 자아에 대한 강한 환멸을 드러낸다. 자신을 지켜주던 '명예'는 사라지고, 수치심과 치욕을 상실한 '어른'의 시간을 살아가야 하는 우리는 침묵으로 굳어진 혀를 가지고 있다. 황금빛의 뿔은 언어를 상실한 존재의 자의식이 응고된 그로테스크한 이미지로 빛나고, 커다란 웃음소리는 냉소와 환멸로 가득 찬 '나쁜 냄새'를 퍼뜨린다. 고귀한 명예를 잃고 전락해 가는 과정은, 자아의 영혼이 한없이 누추하고 비루해지는 과정이기도 하다. 이렇듯 시인은 냉소의 시선을 통해서 비천한 현실과 몰락의 시간을 살아가야 하는 존재의 우울함 그리고 그 속에 스며든 죽음의 이미지를 환기하고 있다.

심보선의 시에서 훼손된 세계를 거부하는 냉소는 '네이션'으로 상징되는 이념의 상실과 그 공백을 채우기 위한 일종의 알리바이이다. 세계와 자아에 대한 냉소는 자본의 냉혹한 원리를 전복하고자 하는 의지의 표현인 동시에, 비천한 현실로부터 스스로를 보존하는 최후의 거점이다. '웃는다 웃어야하기에'에서, 그의 '웃음'은 이념적 공백을 은폐하는 허구의 제스처로 보이는 한편, '모호한 정념들과 나는 끝까지 싸울 것이다'라는 선언을 가능하게 하는 내적 동인으로 읽혀지기도 한다. 이렇게 현실에 던지는 냉소의 시선이 곧바로 자아의 내면으로 굴절될 때, 자아와 세계는 한 쌍의 거울처럼 마주서게 된다.

나는 그저 고독한 아크로바트일 뿐

즐거움과 슬픔만이 나의 도덕
사랑과 고백은 금물
이름이 무엇이고 거처가 어디인지에 대해서는 결단코 침묵이다.

간혹 나는 밤거리로 뚜벅뚜벅 걸어 나가 진열장에 비친 내 모습을 바라본다
나 자신이 아득한 심연으로 되비치고
등 뒤의 어둠과 눈앞의 환함이 서로를 환대할 때까지
나는 일생에 걸쳐 가장 가난한 표정으로 거기 오래 서 있는다
그리고는 오묘한 정취에 젖어 달이 뜬 서쪽을 향해 물구나무로 걸어가는 것이다.

—「구름과 안개의 곡예사」 중

'창녀와 취객들로 북적거리는 거리'의 풍경 앞에 시인은 자신의 가난한 표정을 마주 세운다. 세계의 우울함을 상기시키는 그의 표정 속에서 비극과 희극, 환함과 어둠, 사랑과 연민, 슬픔과 냉소는 쌍둥이처럼 서로를 비추고 있다. 여기서 시인은 비극의 숭고함이 사라진 '구토의 연대'를 살아가기 위한 윤리적 준거로서 '슬픔'을 이끌어낸다. '슬픔'은 농담과 환멸이 지배하는 세계를 바라보는 내면의 표정이다. 나아가 자본의 시스템에 내장된 축적의 원리를 휘발시키는 힘이기도 하다. 이렇듯 끊임없이 소비되고 분출되는 슬픔의 정서는 냉혹한 자본주의의 외부로 흘러나가는 새로운 감정의 흐름을 만들어 낸다. 시에서 세계의 법칙과 자본의 지배를 거부하는 '물구나무'는 고독 속에서 이루어지는 슬픔의 아크로바트이다. 그것은 자본의 가치에 동의할 수 없는 자의 우울한 반항의 포즈이다. 이렇게 시인은 현실의 모든 정체성을 거부하는 곡예사의 존재로 스스로를 인식하면서, 슬픔과 냉소 사이에서 위태롭게 줄타기 하고 있다. 여기서 현실과 환상의 경계에 놓인 곡예사의 운명은, 세계에 대한 비판의지와 자기보존의 욕망 사이에서 흔들리는 시인의 운명과 다르지 않다.

냉소와 슬픔의 아크로바트는 난해하고 황폐한 시대를 건너기 위해 시인이 발명한 시적 체위라 하겠다. 그것은 세계에 대한 저항의 몸짓이자, 세계로부터 스스로를 보존하고자 하는 시적 전략에서 비롯된 일종의 기예이다. 문제는 이러한 슬픔의 도덕률이 세계와 타자에 대한 침묵 속에서 자폐의 공간으로 침윤될 우려가 있다는 점이다. 그것은 냉소와 슬픔을 '하나의 눈부신 곡예로 승화시키고자' 하는 시인의 욕망이 '싸는 똥을 바로 받아먹는' 자기애로 귀결될 수 있음을 의미한다. 이렇듯 세상의 풍경을 전복하고자 물구나무를 선 곡예사의 위태로운 언어는 세계를 전복하려는 열망과 나르시시즘적 자기애 사이에서 흔들리고 있다.

심보선의 시는 이념과 열광이 사라진 연대의 우울한 몽유기로 우리 앞에 귀환하였다. 그의 첫 시집을 '귀환'이라 부를 수 있는 것은, 그의 시가 보여주는 냉소와 환멸의 풍경에서, 아비의 몰락 앞에서 휘청거리던 지난 연대의 절망적 호흡이 느껴지는 까닭이다. 그것은 순결한 청춘의 시절이 지고 폐허가 된 시간을 바라보는 자의 환멸이고, 마지막 축배의 흔적이 남은 입술로 부르는 '우그러진 추억'의 노래이다. 추억으로부터 때늦게 도착한 이 고백의 언어들은, 난청과 난장의 언어가 난무하는 우리 시의 현재를 비추는 일그러진 반사경이라 하겠다.

6. 어둠을 유영하는 오르페우스의 노래

장이지의 시는 잊혀진 기원을 향해 걸어가는 오르페우스의 숨결로 빚어진다. 그의 음성은 어둠에 묻힌 '명왕성'에서 보내오는 낯선 타전(打電) 같기도 하고, 도시의 모퉁이를 돌아서다 문득 만나게 되는 '상점'에서 흘러나오는 이상한 울음 같기도 하다. 시집 『안국동 울음상점』에서 시인은 '흔적도 없이 사라질' 것들의 이름을 하나씩 호명하면서, 그 부재의 파편들에 고요한 입김을 불어넣어 현재의 빛 속에 되살려 놓는다. 그러므로 그의 시를 읽는 것은 부재의 흔적을 더듬어, 기억의 저 너머에서 들려오는 목소리를 듣는 일이 된다.

시 「명왕성에서 온 이메일」에서 시인은 잊혀진 것들의 목소리를 우리에게 타전한다. 그는 '명왕성'이라는 이름 속에 '어린 시절의 소라껍데기', '너의 포옹', '너의 말' 등을 불러 모은다. 여기서 명왕성은 하나의 고유명사가 아니라, 한때 우리에게 깊은 의미를 지녔으나 이제는 사라진 모든 시간의 상징으로 떠오른다. 그것은 사금파리처럼 빛나는 유년의 시간, 누군가를 향한 그리움과 안타까움, 쓰다가 지워버린 메일, 이루어지지 못한 고백들이 제 이름을 찾지 못한 채 고여 있는 시간의 저장고이다.

장이지의 시는 이러한 시간의 기원을 더듬어 찾아가는 도정을 보여준다. 그는 '은하의 밤을 나는 떠날 수 있었네 / 낡은 집이 시인을 / 동판화 속에 가두기 전에'(「오래된 집을 떠나며」)에서 보듯, 자신을 가두는 낡은 세계로부터 떠나와 '군함말리'처럼 고독하게 우주의 어둠 속을 유영한다. 그것은 '감동 없는 거리'로 상징되는 무감한 현실 공간을 벗어나는 출분이자 자신의 미적 지향점을 찾아 떠나는 모험이다. 그의 여정은 '셔벗 랜드', '안국동울음상점', '너구리 저택'처럼 현실의 지도 위에 등기 되지 않은 내면의 공간을 경유하여, 두 번 다시 갈 수 없는 '그곳'을 향한다.

빈 콜라병이 헤엄쳐 간 곳은
두 번 다시는
가서 닿을 수 없는,
시간이 까맣게 질식한
두려운 처소라고.

—「콜라병 기념비」 중

시인의 언어가 닿고자 하는 곳은 현실 세계가 아니라 '이야기 속'의 세계이며 '달의 저편'이자 깊고 어두운 '심해'이다. 그리움과 두려움이 교차하고 고통과 매혹이 함께 존재하는 이 '두려운 처소'는 현실의 인과율이 휘발된 '영도'의 공간이다. 그곳에 도달한 자들은 죽음이 내뿜는 차가운 매혹에 빨려들어 다시는 현실로 귀환하지 못할 터이다. '나는 죽음의 무릎을 베고 누워 / 겐지의 사랑이야기 속으로 들어간다'(「꿈에 겐지가 내게 온다」)에서처럼, 시인은 죽음을 통해서만 도달할 수 있는 이 불가능성의 지대를 향해 끝없이 하강하고 있다.

장이지의 시는 두려움과 전율의 매혹 속에서 이 불귀(不歸)의 세계 속으로 자아를 투사하려는 열망에서 태어난다. 흡혈귀처럼 죽음을 탐닉하고, '피에 물든 달'을 꿈꾸는(「젊은 흡혈귀의 초상」) 탐미적 세계인식은 시 「수놓는 여자」에서 유장한 호흡을 얻는다. 이 시에서 시인은 이야기꾼—페넬로페의 목소리를 빌어 초월적 세계의 견자로서의 자의식을 펼쳐 보인다. 고독한 방안에서 '이야기'를 직조해 냄으로써 현실을 넘어서려는 페넬로페야말로 막막한 지옥의 어둠 속에 음악의 호흡을 불어넣는 시인 오르페우스의 분신이 아니던가.

> 얼음바늘과 붉어진 실은
> 자꾸만 수틀 세상 속으로 저를 끌어당깁니다.
> 아니, 수틀 세상의 문을 여는 것은 저일지도 몰라요.
> 월궁의 한기가 깃든 얼음 바늘을 잡은
> 제 독한 고독이 이야기의 문 앞을 서성거립니다.
>
> —「수놓는 여자」 중

이 시에서 '새벽달'까지 닿았다가 돌아오는 바늘의 회귀적 율동은 삶과 죽음을 넘나드는 시적 언어의 근원적 리듬을 현상한다. 이러한 리듬을 통해서 허공의 수틀에 비의적 세계의 풍경이 그려진다. '얼음바늘'이 보여주는 차갑고 명징한 감각과 '붉은 실'이 담고 있는 열망이 어우러진 선명한 이미지들이 '수틀'의 미감을 떠받치고 있다. 이러한 수틀의 세계로 들어가고자 하는 열망은, 시인으로 하여금 세계와 절연한 채 자신의 고독과 마주서게 한다. 그리하여 이 시에서는 '이야기'로 상징되는 미적 세계에 대한 뜨거운 갈망과, 그 깊은 곳에서 죽음을 마주본 자의 서늘한 고독이 함께 배어 나온다. 여기서 우리는 심미적 세계를 향해 자아를 투사하는 서정의 근원적 풍경을 만나게 된다.

장이지는 서정의 극한, 자아의 완벽한 소멸에 이르는 비의적 '처소'에 다가가고자 하는 자의 고독한 울림을 노래한다. 이 점은 세계와 자아의 균열을 극대화하고, 자아의 파열을 전략화 하는 최근의 젊은 시인들과 장이지의 시를 차별화하는 중요한 특징이다. 그러나 이것은 그의 시가 세계와 자아의 합일을 상상하는 배타적 동일성의 지점으로 회귀하는 것을 의미하지는 않는다. 그는 자신이 꿈꾸는 심미적 세계 안으로 세속의 이름들을 초대하여 한바탕 홍성스러운 잔치를 벌인다. 시 「너구리 저택의 눈 내리는 밤」에서 시인은 현실의 풍경 속에 독특한 서정의 아우라를 덧입힘으로써 새로운 신화적 공간의 탄생을 보여준다.

> 정부도 없고 계급도 없고 빈부마저 없이
> 너구리 가죽까지 따뜻한데,
> 썩은 굴참나무 및 너구리 저택에도 눈은 시간처럼 쌓이는데
> 작은 혁명의 밤이 하얗게, 하얗게 지워지는데
> 바람의 말을 자꾸 헛들어도 좋은,
> 너구리 말로도 그대로 좋은 너구리 저택의 밤,
>
> —「너구리 저택의 눈 내리는 밤」 중

그리운 것들을 호명하여 자신들만의 오롯한 공동체를 창조하고자 했던 시인 백석의 고독한 독백과는 달리, 장이지는 세상의 한복판에서 버려지고 잊혀지고 소외된 비천한 존재들을 남김없이 불러낸다. '개그맨,

회사원, 두꺼비, 조직폭력배, 국회의원, 너구리 삼인조' 등 낡아빠진 이름들이 새롭게 호명되면서 근원적 순수함과 언어적 활력을 회복한다. 여기서 현실 언어의 폭력성이 탈색되고, '너구리 말' '바람의 말' 같은 상징의 언어들이 소통되기 시작한다. 이 흥성스러운 밤의 카니발은 신화와 세속, 삶과 죽음, 현실과 환상이 어우러지는 낯설고도 매혹적인 풍경으로 빚어진다. 그것은 '정부, 계급, 빈부'와 같이 구획된 현실적 가치와 언어를 무화시키는 심미적 '혁명'의 풍경이기도 하다. 이러한 풍경은, '푹푹 내리는 눈'의 이미지에 감싸이면서 아득한 신화의 세계로 멀어져간다.

그러나 시인은 '하얗게 지워진' 풍경을 곧바로 눈 위에 찍힌 '너구리 발자국'처럼 명징하게 현재 속으로 끌어올린다. 마지막 행의 '눈을 툭툭 털고 들어오는'에서, 미완의 현재형 종결어는 환상적 세계에 파묻힌 이름들을 우리의 눈앞으로 불러내는 효과를 발휘한다. 그리하여 우리는 눈 속에 파묻힌 이 낯설고 따뜻한 언어의 잔치 속에 슬그머니 끼어들게 되는 것이다. 이때 자아와 세계의 불화와 간극이 무너져버리는 시적 합일의 순간이 환하게 펼쳐진다. 이렇게 장이지는 친숙하지만 새로운 서정의 리듬을 타고 자아의 내부에서 타오르는 격렬한 심미적 열정을 노래한다. 그것은 끊임없이 천을 짰다가 풀어내는 페넬로페의 헛되고도 아름다운 노동이며 죽음의 공간을 유영하는 오르페우스의 노래이다.

7. 우리, 유쾌한 사전꾼들

의미의 유통체계를 교란하는 시인들의 발칙하고 위험한 놀이는 공동체의 언어로부터 자신의 고유한 발성을 분리하려는 열망으로 추동된다.

그들의 언어는 언어이면서 동시에 음악적인 것을 향해 나가고, 의미의 동일성이라는 그물망을 빠져나가면서 산란(散亂)하고, 고착된 가치들을 차갑게 비웃는다. 또한 환상적 비전으로 현실을 일그러뜨리고, 일상의 풍경을 몽상의 현기증으로 전복한다. 이 모험적인 언어들이 갖는 모호하면서도 불확실한 위상은 이러한 소모와 낭비의 파토스로부터 점화된 불온한 에너지를 방출한다. 그리하여 화폐의 축적회로를 전복함으로써 세계를 유쾌한 놀이의 공간으로 만든다. 반짝이는 위조지폐를 흩뿌리면서 언어의 난장을 벌이는 유쾌한 사전꾼들!

/ 불온한 매혹과 모반의 감각들 /

1. 몰락의 시대, 불온한 매혹들

시가 당대의 정치적, 미학적 열망의 최전선에서 자신의 숭고한 존재성을 선언적으로 명명하던 시대는 몰락했다. 거대서사의 붕괴 이후 자본과 결탁한 상업주의라는 혐의나, 자기만족적이고 복고적인 정조의 복제품이라는 의혹을 견디면서도 자신의 고유한 영역을 구축하고자 했던 서정시는 최근 들어 격렬한 해체 혹은 내파의 순간을 맞고 있다. 2000년대 시단에 등장한 새로운 미적 흐름이 만들어내는 내파력은 시 장르에 대한 전통적, 관습적 정의의 경계망을 흘러넘치는 분열증적 언어의 출현과 더불어 가시화되었다. 분열적 수사를 동반한 혼종의 언어들이 폭발하면서 서정의 언어를 감싸고 있던 심미적 지반은 커다란 균열을 경험하고 있는 중이다.

최근 시인들은 상징적 타자의 회로로부터 누수되는 주체를 발명하고 자기 존재를 지워버린 비인칭의 대상으로 이를 전략화 한다. 이른바 재현의 미학을 거부하고 분열의 수사학을 구축하는 이들의 시는, 상징적 질서의 붕괴와 균열, 주체의 해체, 무중력의 언어를 특징적 요소들로 삼고 있다. 그런데 이러한 시적 전략은, 억압적 타자의 그물망을 벗어나려는 대항의 몸짓이든 혹은 억압 이전의 욕망의 향유이든, 우리 시가 대면해야 하는 거대한 상실을 은폐한다는 점에서 문제적이다. 이들의 시는 현실의 발화에 괄호를 치고, 자본의 포획력과 시 장르의 역학관계에 대한 근본적 물음으로부터 비켜 서 있는 것처럼 보인다. 그리하여 이들은 자본의 지배와 권력적 상징질서를 이탈하고자 하는 역동적 가능성과 이 억압적 지배질서에 대한 강박적 신경증 사이를 불안하게 떠돌고 있다. 최근 시인들이 보여주는 매혹적인 분열적 수사가, 자본의 관리 체계 안에서 돌파구를 찾지 못한 채 위기에 놓인 시의 운명을 바라보는 자의 불안과 초조의 징후로 읽혀지는 것은 이러한 까닭이다.

세계와 자아를 응시하면서 몰락하는 시의 잔영 속에 자신의 미적 거처를 마련하고자 하는 목소리들은 얼마나 고독할 것인가. 이 글에서 주목하는 시인들은 시의 존재 의미에 대한 성찰과 시쓰기에 대한 강한 자의식 속에 자신들의 미학을 구축하고자 한다. 어느 시대를 막론하고 새로운 시인들은 자신의 고유한 스타일을 구축하기 위한 끊임없는 모색과 도전을 자신의 미학적 출발점으로 삼아왔다. 이 시인들이 보여주는 주체의 해체와 균열에 대한 선언 그리고 타자의 언어에 대한 저항의 미적 기율에 대한 탐색은, 이른바 비인칭적 주체의 파토스로부터 일정한 거리를 두고 있다는 점에서 주목된다. 세계에 대한 집요한 탐색의 시선 그리고 그것을 미학적으로 조율하는 이들의 시적 호흡 속에서, 시단의 분열적 징후에 감염되는 대신 자신의 고유한 음색을 찾아가려는 열정을 읽을 수 있다.

특히 흥미로운 것은 이들의 시가 독특한 감각의 발성법을 통해 주체와 세계의 관계를 새롭게 조명한다는 점이다. 신체적 감각을 시적 감수성으로 새롭게 발견하는 이들의 시쓰기는, 일차적으로 주체의 확실성을 보증하는 징표로서의 감각의 해체와 연관된다. 주체와 욕망의 문제를 동시에 관통하는 감각의 발견과 해체, 구성의 문제는 이들의 시에서 관습적 시의 무의식을 가로지르며 발랄하고 유동적인 파장을 만들어 낸다. 나아가 이들은 감각을 통해서 균열된 주체의 이면을 탐색하고 착란적 감각의 매혹 속에 은폐된 시적 윤리의 문제를 제기한다. 이러한 감각의 윤리학은 최근 우리 시에 결락된 지점을 비추어 준다는 점에서 섬세하게 읽어볼 필요가 있다.

2. 비린내, 욕망의 검은 가면들

김휴의 시는 일상적 삶의 풍경을 자유롭게 해체하고 재구성하는 독특한 미학을 보여준다. 그것은 시적 대상을 변형시키고 창조하는 개성적 감각에서 비롯된다. 이를테면 '통관 절차 같은 100mg 알약 하나, / 삼킨다 / 그 안에 웅크리고 있던 아침이 노을빛 개가 된다'(「노을빛 개」)에서, 시인은 '아침'이라는 일상적 시간을 '노을빛 개'라는 이질적 기호로 치환하고 있다. 알약을 삼키고 나서야, 자아의 내면에 자리한 '개'가 몸을 일으켜 어슬렁거리기 시작하는 풍경은 낯선 환상을 불러일으킨다. 일상적 세계를 파편화하고 그 조각난 삶을 재조립하는 환상의 풍경은, '단단히 봉해진 책', '창문도 없는 자취방' 등과 같은 밀폐된 시공간으로부터 벗어나려는 전략으로 읽힐 수 있다. 현실의 파편들이 서로 부딪치면서 쏟아지는 장면들은 '처음엔 장난 같았던 것들이 치밀한 범죄구성이 된다'는 진술에서 보듯, 치밀한 심미적 자의식을 내장하고 있다. '장난'처럼 넘쳐나는 이질적인 기호들과 난무하는 이미지들이 종국에는 완고한 세계의 질서를 전복하는 날선 모반의 칼날이 되는 것이다. 김휴의 시에서, 이러한 환상은 현실을 구성하는 제도화된 억압과 금기의 법에 저항하는 방식으로 구성된다는 점에서 주목된다.

한편 그의 시에서는 '모두 귀가 하고 있는 저녁 7시와 8시 사이에 줄을 서고 싶은' 삶으로의 회귀 욕망과, 일상적 세계에 대한 '결정적인 타격'이 되고자 하는 파괴적 욕망이 팽팽하게 맞서고 있다. 다음의 시에서는 현실을 구축하는 금기의 언어와, 그것을 넘어서고자 하는 위반의 욕망이 내밀하게 충돌하고 있다.

식당 사내가 죽은 나무에 못을 박고 있었다
저지를 불륜 같은 것은 없었지만, 나는 변기 앞에서 조심스러워졌다

또 한 대의 택시가 밥을 먹으러 왔다 유난히 고등어를 좋아했던, 누이는 결국
한쪽 유방을 도려냈다 가장 부드러운 살을 제가 파먹고만, 누이는 전화 속에서도
삐딱했다 그럴 때마다 나는 고등어 살 같은 여자와 부루스를 추고 싶었다 살이
살에게 수작을 거는, 붉은 혓바닥 같은 연애에 대해 호감이 갔다

죽은 나무에 대한 고민은 형식적이었고
괄호 안에 들어갈 방법과 리듬앤부루스를 뒤적거렸다
나무에 '세차공짜'라는 붉은 팻말이 걸렸고
식당 사내는 더 지독해졌다

—김휴, 「고등어 부루스 2」 중

이 시의 배면을 흐르는 서늘한 긴장감은, 금기의 이름으로 억압을 강화하는 권력적 지배와 그것을 위반하고자 하는 욕망의 대립에서 비롯된다. 성적 일탈과 연루된 모종의 사건('불륜')은, '죽은 나무에 못을 박는' 처벌의 형식으로 귀결된다. 여기서 처벌의 주체인 '식당 사내'는 세계의

입법자이자 금지를 선언하는 타자이다. 죽은 나무에 가해지는, '못을 박는' 행위는 금기를 위반한 세계에 대한 응징이다. 주목할 것은 자신과 무관한 이 불륜의 사건이 자아의 숨겨진 욕망을 촉발한다는 점이다. 그 욕망은 '저지를 불륜 같은 것은 없었다'는 선언과 '변기 앞에서 조심스러워졌다'는 고백 사이에 놓여 있다. 그것은 한쪽 유방을 도려낸 '누이'의 그로테스크한 모습이 환기하는바, 처벌에 대한 강한 두려움과 위반의 매혹 사이에서 초조하게 흔들린다. '살'을 탐닉하는 누이는 '공짜 세차'라는 붉은 팻말을 내걸고 사내들을 유혹한다. 그녀의 '살'이 흘려보내는 매혹은, 식당 앞에 '고등어 굽는 냄새가 진동을 하는' 폭력적 감각으로 표현된다. '살'과 '냄새'의 강렬함은 '붉은 팻말'에 함축된 유혹과 금지의 이중성을 뚫고 자아의 욕망을 발동시킨다. 그리하여 살의 세계에 매혹된 자아는, '죽은 나무'에 대한 고민이 위장된 자기보존의 의식이었을 뿐이며, 궁극적 욕망은 '괄호'안의 세계에 대한 집요한 탐닉에 있음을 고백하기에 이른다.

타자의 언어('붉은 팻말')가 드러내는 에로스의 색채가 강렬할수록 그 안에 흐르는 죽음의 열기도 뜨거워진다. '식당 사내는 갈수록 지독해졌다'는 마지막 구절은, 시 전체에 흐르는 육체적 욕망을 둘러싼 초조와 불안의 내밀한 정서에 '못을 박는'다. '지독해졌다'라는 냉혹한 수사 앞에서 누가 감히 일탈을 꿈꾸겠는가. 그러나 이 시의 매력은 그 공포 앞에 놓인 자의 내부에서 은밀하게 배어나오는 욕망의 그림자를 노출한다는 점이다. 그것은 '지독한' 금지의 세계에 맞서는 고독한 욕망의 울림이다.

이렇게 김휴는 자아를 둘러싼 억압적 체계의 폭력성과 이에 대한 전면적인 저항의 자의식을 가시화한다. '식당'은 세계를 구성하는 욕망과 금기의 드라마가 상연되는 무대이다. '고등어 굽는 냄새'가 진동하는 식당은 살과 살이 '수작'하는 육식의 카니발로 채워진다. 해체된 누이의 육체가 뿜어내는 그로테스크한 에로스는 '죽은 나무'로 상징되는 이성적 세계의 견고함을 비웃는다. 이 지독한 동물성의 세계가 주는 전율은, 그 진동하는 살 냄새에 금기의 못을 치는 타자의 언어를 비웃으면서 황홀하게 퍼져나간다.

김휴의 시가 욕망의 무의식을 풍경화 하여, 억압적인 타자에 대한 저항과 일탈의 자의식을 드러낸다면, 박연숙의 시는 주체의 내부에서 일어나는 감각적 분열과 비등하는 욕망을 매혹적으로 펼쳐 놓는다.

> 헛구역질을 하며 다시 입덧을 하던 통점뿐인 겨울, 얼음 후라이팬 속에서 노랑각시 서대가 지글거린다. 선명한 노랑색의 협박이다.
>
> 나의 통점은 속눈썹 안쪽에서 끊임없이 흔들리는 줄무늬, 알아들을 수 없는 바람의 말이 통점을 지나간다 물결의 한 고비가 넘어 간다 내가 가진 흔들림의 한 부분도 유선형으로 더워진다 (…중략…) 중심으로 이어지는 마디는 언제나 쉽게 부러진다 욕망들을 끌어안는 비린내와 구역질, 틈으로 파도가 밀려 나온다 살을 발라내듯 옷을 벗는다 흔들린다는 이유로 나는 내가 가진 물결의 한쪽 면이 뜨겁다며 돌아눕는다
>
> —박연숙, 「현기증, 노랑」 중

김휴가 그의 시에서 언명하기를 회피했던 욕망의 저점에 대하여, 박연숙은 '욕망을 끌어안는 비린내'로 직접 언표하면서 그곳을 향해 접근해 간다. 먼저 시인은 외부의 타자를 통해서 자신의 욕망이 어떻게 실체화되는지를 보여준다. 시에서 자아의 시선을 사로잡는 것은 후라이팬 속에서 지글거리는 '노랑각시 서대'이다. 그런데 재미있는 것은 후라이팬에 놓인 생선이 후각이 아니라, '선명한 노랑색'의 색채로 자아를 응시한다는 것이다. 이 선명한 '노랑색—눈'이 뿜어내는 강렬함은 자아에게 모종의 '협박'으로 감지된다. '헛구역질', '입덧'은 이 강력한 타자(노랑색)의 응시로 인해 촉발된 자아의 감각적 반응이라 할 수 있다. 타자가 촉발하는 공포에 대응하는 자아의 반응이 이렇듯 '헛구역질' 혹은 '입

덧'이라는 신체적 행위로 유발된다는 점은 주목해 볼 필요가 있다.

이 점을 이야기하기 위해서는, 먼저 입덧의 행위가 감각의 수렴점인 '통점'에서 유발된다는 점을 지적해야 한다. 시에서 '통점'은 외부로부터 수용된 감각을 합리적으로 배열하는 대신, '속눈썹 안쪽에서 끊임없이 흔들리는 줄무늬'로 교란시키고 있다. 이러한 감각의 해체 현상은 육체를 지배하는 이성적 체계의 균열을 드러내는 준다. 통점을 통과하는 대상은 '알아들을 수 없는 바람의 말'과 같이 포착할 수 없는 모호한 울림으로 치환된다. 이 모호함 속에서 감각의 주체와 대상은 경계를 잃게 된다. 대상을 바라보는 자아와 후라이팬에 놓인 생선이 전치되는 사건은 이러한 감각의 균열과 주체의 불확실성에서 기인한다. 그리하여 옷을 벗고 후라이팬에 드러눕는 나의 행위는 타자의 응시 속으로 흡인되어 사라진 주체의 텅 빈 자리를 환기하게 된다. 주체가 사라진 빈 구멍을 메우는 것이 '비린내와 구역질'이다. 물질적 기호로 고정되지 않은 채 유동하는 '비린내'는 욕망의 검은 구멍으로부터 흘러나오는 죽음의 냄새이다. 비린내가 유발하는 '구역질', '입덧', '현기증'은 주체의 붕괴를 확인하는 순간 자아가 감지하는 공포에 대한 감각적 반응이다. 시의 화면을 가득 채운 '흔들리다', '흐릿하다', '지글거린다', '밀려나온다' 등의 술어들은 '헛구역질 / 현기증'이라는 육체적 증상의 배음으로 표출되고 있다.

박연숙은 외부 세계의 시선이 자아에게 닿아오는 순간을 날카롭게 포착하면서, 그 순간 타자로부터 느끼는 주체의 공포와 불안을 텍스트화한다. '선명한 노랑색'의 감각적 이미지는 '현기증'이라는 존재의 균열현상과 충돌하면서 미적 효과를 강화한다. 또한 '겨울', '얼음' 등 차갑게 응고된 이미지는 비등하는 감각과 부딪치면서 주체의 파열적 순간을 감각적으로 드러낸다. '빨대처럼 꽂힌 울음이 빙벽 안에 붉은 제라늄 송이들을 피워냅니다'(「봄장례」)에서 보듯, 얼어붙은 '빙벽'과 '붉은 꽃송이'를 극단적으로 대비시키는 감각의 날카로운 충돌은, 감각적 확실성에 의해 보증되어온 주체의 절대성을 붕괴시키려는 전략으로 발화된다.

김휴와 박연숙은 감각의 발현을 통해서 세계 혹은 타자에 대응하는 주체와 욕망의 문제를 제기하고 있다. '비린내'는 견고한 이성의 세계가 구축한 금기의 경계를 흘러넘치는 잉여와 초과의 에너지로 작동한다. '비린내'가 환기하는 도발적인 육체성은, 주체의 균열과 그 텅 빈 자리를 메우는 검은 욕망의 판타지를 구성한다. 이들의 시적 개성은 이렇게 감각적 이미지를 선명하게 부각함으로써 주체의 붕괴와 그 불안의 파장을 효과적으로 드러내는 데서 도드라진다. 죽음의 지대를 향해 다가가는 검은 욕망의 열기와 감각적 이미지의 충돌이 빚어내는 시적 울림을 통해서 이들의 시는 근대의 미학적 지평을 넘어서고 있다.

3. 시선, 분산과 응축의 이중주

근대적 세계는 자아의 절대성을 보증하는 주체의 동일성에 의해 구축되어 왔으며, 시각은 이러한 주체를 보증하는 특권적 징표였다. 오랫동안 시각은 타자를 주체의 장에 동화시키는 폭력으로 작동해 왔다. 근대적 감시체계에서 볼 수 있듯이 억압적 시선은 주체를 구성하는 권력의 폭력적 작동방식을 내면화하고 있다. 이런 점에서 주체의 해체 문제는 시각의 독점적 권위의 붕괴와 대응한다고 할 수 있다.

최성희의 시는 이러한 근대적 시선이 붕괴되는 순간을 포착하여, 그것이 어떻게 허구적 주체들의 텅 빈 내부를 반사하는지를 보여준다. 그의 시가 보여주는 새로운 풍경은 시선이 붕괴되면서 펼쳐지는 어지러운 매혹의 순간에 태어난다.

창밖은 창안을 들여다 볼 수 없다.
테이블에 앉아 창밖을 바라보고 있는
나는 남자에게 거울이다
남자는 나를 보며 팔랑팔랑 꽃무늬 타이를 고쳐 맨다.
얼굴을 매만지다가 머리칼을 쓸어 올린다.
눈곱을 떼고 이빨을 드러내고 미소를 짓다가 담배를 피운다.
남자가 가리고 선 유리창에 비친 어둠 사이로
행인들이 걸어들어간다
(…중략…)
나비 핀을 꽂은 여자가 푸른 신호를 기다린다.
남자는 오른 팔을 뻗어 머리를 쓸어 올리다가
은연중에 여자의 머리카락을 쓰다듬는다
남자는 갑자기 피우다만 담배를 비벼 끄고
유리창 건널목을 통째로 삼킨 채 사라져버린다.
남자의 몸을 통과한 사람들도 일순간 사라진다.
무수한 유리창나비들이 이른 봄으로 건너간다.

—최성희, 「유리창나비」 중

이 세계는 수 천 개의 거울이 서로를 반사하는 이상한 풍경으로 구성되어 있다. 경계 지어진 '창 밖'과 '창 안'에서 서로를 들여다보는 미묘한 시선의 구조는 '나는 남자에게 거울이다'라는 진술로 마무리 된다. 남자의 시선 속에서 '나'는 텅 빈 부재로 감각되며, 따라서 나는 남자가 자신의 얼굴을 비추어보는 거울이 된다. 남자는 나—거울을 들여다보며 타이를 고쳐 매고 얼굴을 매만지고 이빨을 드러내고 미소를 짓는다. 이렇게 타자가 자신의 얼굴을 반사해 주는 거울 혹은 투명한 '유리창'이라는 인식은, 세계와 주체의 관계가 실종된 비극적 풍경을 연출해 낸다. '유리창이 낳은 유리창 속으로/ 유리창이 낳은 행인들이 건너간다'에서 보듯, 개별자들은 서로 무관심하게 상대방을 통과하고 지나쳐간다. 이러한 장면을 통해서 시인은 개인들이 어떻게 소외되고, 서로 소외시키는지를 냉정하게 묘사하고 있다. '모자를 쓰고 뛰어가는 초등학생', '배낭을 메고 걸어가는 꼬마'는 서로 무감하게 지나치며, 사내의 옆구리에서 만나고 흩어진다.

자기 자신 이외의 모든 타자가 실종되는 나르시시즘적 무중력의 공간이 출현하는 것은 타자의 얼굴에서 시선이 증발하는 것과 관계된다. 주체를 보증하는 타자의 시선이 붕괴됨으로써 타자의 시선에 의해 구성되는 주체가 휘발되고, 이렇게 주체가 지워진 세계는 허구적 이미지들로 채워지게 된다. 그런데 파편화된 허구적 존재들이 모자이크 하는 세계의 풍경에서, 단 한 순간의 균열이 아슬아슬하게 나타난다. 남자가 '오른팔을 뻗어 머리를 쓸어 올리다가 / 은연중에 여자의 머리카락을 쓰다듬는' 것이다. '은연중에' 사내가 자신의 머리와 여자의 머리칼을 혼동하는 순간, 이들 사이에는 모종의 관계가 발생하게 된다. 비로소 여자가 남자 앞에 자기 존재를 노출할 수 있게 되는 것이다. 그러나 이러한 순간을 눈치 채지 못한 남자는 무심하게 건널목의 풍경 너머로 사라지고 타자의 출현 가능성은 영영 사라져버린다.

이렇듯 주체가 휘발되고 감각적 대상의 확실성이 사라진 텅 빈 공간을 채운 것은 '유리창나비'이다. 눈앞에서 현란하게 날아오르는 나비들은 붕괴된 현실을 가리는 시적 환상이다. 유리창의 투명하고 견고한 물질성이 나비의 유연한 이미지와 충돌적으로 결합함으로써, 시각을 교란하는 환상의 효과는 더욱 강조된다. 견고한 세계의 실체성에 대해 물음을 던지는 장자의 꿈에서 볼 수 있듯이, 이러한 나비의 환각적 이미지는 근대적 시선의 붕괴와 텅 빈 주체의 존재를 은폐하려는 시적 욕망을 내장하고 있다.

최성희가 보여주는 환상의 풍경이 주체와 타자의 관계를 구축하는 시선의 붕괴와 연관되어 있는 것에 비해, 양해기의 시는 이러한 시선의 문제가 어떻게 주체와 세계의 관계를 새롭게 구축해 가는지를 보여준다.

풀밭 위
맨땅이 드러난 자리

어두컴컴한 풀 속에서
아주 작은 청개구리 한 마리가
급하게 뛰쳐나왔다

개구리는 뒷다리에 힘을 주다가
문득 긴장을 푼다
맨땅 위에서 잠시 생각에 잠긴다

비 오고 나서
까칠까칠 해진 땅 위에서
꼼짝도 않는 개구리가

우물우물
무언가 할 말이 있다는 듯
목젖만 움직인다

나무들의 굵은 혈관이 모이고 있는
그 자리

여러 겹
어떤 생각으로 묶여 있는 물체가 있다

―양해기, 「아파트 화단 안에서」 전문

이 시에서는 현실의 한 순간을 포착하는 시인의 집요한 시선에 의해 구축된 낯선 풍경화를 만날 수 있다. '풀밭 위 / 맨땅이 드러난 자리'에서 시인은 청개구리 한 마리를 만난다. 개구리는 '어두컴컴한 풀 속에서' 지금 막 지상으로 뛰쳐나온 참이다. '급하게'와 '뛰쳐나왔다'는 시어는 청개구리의 출현에 내포된 어떤 사건성을 환기시킨다. 대상을 향한 시인의 집요한 시선을 보여주는 이 구절은, '어두컴컴한' 세계 곧 어둠(죽음)으로부터 지상의 '맨땅'(밝음)을 향해 출분한 존재의 격렬한 긴장을 담고 있다.

그러나 3연에서, 개구리는 '뒷다리에 힘을 주다가' 긴장을 풀어버린다. 뒷다리에 힘을 주는 행위는 새로운 방향을 향한 도약을 의미하는데, 개구리는 뛰어오르는 대신 긴장을 풀고 '생각에 잠기'는 것이다. '비 오고 나서 / 까칠까칠 해진 땅'은 개구리가 잠시 머물 수 있는 곳일 뿐 계속적인 존재기반이 되지 못 하는 까닭이다. '컴컴한 풀 속'과 '맨 땅' 사이에 놓인 개구리의 부동성은, 빛 / 그늘, 삶 / 죽음 사이의 긴장을 품고 있다. 이때 개구리가 놓인 자리가 '나무들의 굵은 혈관이 모이고 있는' 지점인 것은 더욱 심장하다. 나무들의 혈관은 생명력이 가장 극명하게 응축된 지점이다. 혈관이 '모이고 있는'이라는 서술어가 함축한 긴장된 현재성은 나무의 생명력과 개구리의 부동성 사이의 대립을 선명하게 부각시킨다.

이 시에서 재미있는 것은 개구리를 포착하는 시인의 시선이다. 시인의 시선 속에서, 개구리는 자신의 '생각' 속으로 깊숙하게 빠져들어 마침내 '여러 겹 / 어떤 생각으로 묶여 있는 물체'가 된다. 감각적 실체성을 지닌 '개구리'가 견고한 '물체'로 치환되는 이 흥미로운 사건은 결국, 시적 대상을 바라보는 시인의 시선이 만들어낸 즐거운 변화의 순간일 것이다. 그런데 문제는 '어떤 생각으로 묶여 있는 물체'에서 보이듯, 개구리를 바라보는 시선이 개구리의 내부로 침투하지 못한다는 데 있다. 시적 대상이 '물체'라는 사물로 드러나는 것은, 개구리가 시인과 교감하거나 동화되는 데 실패하고 있음을 보여준다. 그러나 역설적으로 이 시에서 개구리는 '물체'가 됨으로써 오히려 자신의 존재성을 증명한다. 이것은 자아의 주관적 시선이 대상에 폭력적으로 개입하지 않고 있음을 의미한다. 물체－개구리는 시인의 시선에 의해 방해를 받지 않음으로써,

고유한 깊이를 가진 독립적 존재가 되는 것이다.

세계와의 동일화에 기반한 서정시의 기율이 이렇게 배반되는 순간, 개구리와 나 사이의 간극에서 새로운 시선이 탄생한다. 그것은 이를테면, 대상을 주체의 내부로 환원시키는 폭력적인 시선이 아니라 대상의 고유성을 보존하는 윤리적 시선이다. 라캉에 의하면 대상을 폭력적으로 지배하고 억압하는 근대적 주체의 시선은 타자를 감시하고 억압하는 악한 눈(evil eye)이다. 타자를 사물화 시키는 악한 눈을 털어버린 개구리는 이러한 시선의 윤리성 속에서 새로운 존재로 탄생하게 된다. 이러한 시선의 문제는 양해기의 다른 시 「장애인을 위한 바자회를 마치고」, 「간장꽃」 그리고 최성희의 시 「그림문자」에서도 발견된다. 여기서 시인은 남대문 시장의 육교 아래서 감자를 깎는 할머니의 모습을 보여준다. '감자를 어루만지는 움푹 파인 눈빛'은 감자라는 사물과 교감하는 시선이다. 타자의 고통을 어루만지는 시선의 윤리성 속에서, 주름지고 늙은 그녀의 삶에 대한 위안 혹은 구원의 순간적 형식으로 타자가 출현한다.

최성희의 시가 시선의 분산을 통해서 타자와 주체의 동시적 붕괴를 드러내고 냉정한 세계의 이면을 환상으로 치환하는 데 비해, 양해기의 시는 응축된 눈을 통해 시선의 윤리학을 구축한다. 분산된 시선이 절대적 주체의 시선을 교란시킴으로써 세계와 자아의 균열을 전면화하는 반면, 응축된 시선은 타자를 폭력적으로 전유하지 않음으로써 주체와 타자의 새로운 관계를 가능하게 한다. 이렇게 확산과 응축의 이중주는 권력적 시선의 지배를 벗어나는 새로운 시선의 발생을 보여준다.

4. 모반, 미래를 생산하는 모험

모든 시쓰기는 관습적 미학의 경계와 권력적 언어의 지평을 넘어서려는 지난한 도정이다. 하나의 미학이 새로운 영토 위에 자신들의 존재를 선언하고, 또한 그것이 비평적 언어를 경유하여 새로운 경계선을 완성할 때, 필연적으로 그 바깥에서는 이미 새롭게 움트는 또 다른 모반의 징후가 포착되기 마련이다. 위에서 살펴본 시인들은 경계 지어진 미학적 성채의 외부에 자신들의 거처를 마련하고 있다. 이들은 감각에 대한 집요한 탐색과 시선의 분산과 응축을 통해 세계의 이면을 꿰뚫는 태도를 보여준다. 이러한 시적 시선은 주체의 분열과 시선의 붕괴를 시적 방법론으로 삼고 있는 최근 시들에 결핍된 것이 무엇인지를 새롭게 질문하게 만든다. 그것은 타자의 존재를 자폐적 주체의 내부로 환원시키지 않는 시선, 폭력성을 거세한 윤리적 시선의 문제와 연결되어 있다. 시선의 윤리학은 타자를 폭력적으로 전유하는 것이 아니라, 세계를 향한 성찰의 시선으로 타자와의 관계에서 새롭게 생성되는 에너지를 포착하는 힘이다. 이른바 시적 윤리는 세계의 내부에서 시적 언어의 생성과 발화점을 탐색하는 이러한 시선에서 태어난다고 하겠다.

감각을 현실의 표면에서 발화시키는 최근의 시적 경향들은, 현실의 실감과 더불어 시선에 내장된 윤리적 감각마저 휘발시켜버린다는 점에서 문제적이다. 나아가 이러한 윤리 감각의 상실은 우리 시를 둘러싼 조건들 즉 자본의 폭력적 지배, 시적 소통의 시스템에 대한 물음을 거세하기에 이른다. 새로운 미학을 바라보는 입장이 열광적 지지이거나 불편한 옹호이거나 혹은 초연을 가장한 냉담이거나 간에, 이러한 시적 경향이 한 시대의 정신적 기저를 지탱해온 시의 해체 혹은 시의 몰락이라는 사건에 대해서 침묵한다는 점은 반드시 지적되어야 한다. 주지하듯 시의 몰락이라는 문제는 이데올로기적 지평의 지각변동과 자본적 시스템의 변화 그리고 새로운 소통매체의 출현 등 시를 둘러싼 다양한 사회적 그물망의 문제와 연관된 것이다. 자본의 폭력적 지배 앞에서 시의 존립근거는 매우 허약한 것이 사실이며, 최근 수년간 끊임없이 위기의 담론과 시의 존재 가능성의 문제가 함께 논의되어 온 까닭도 여기에 있다. 이런 점에서 시의 위기를 둘러싼 물음들은 시 장르 자체의 의미를 묻는 작업인 동시에 곧 자본에 대한 반성의 담론으로 제기된다. 그간 우리 시에서 지배체제에 대항하는 시적 언어는, 자본주의적 체제의 균열을 드러내는 미적 저항의 언어로 자리해 왔다. 전대의 미적 지평을 새롭게 인식하는 시선의 출현은 변화된 사회역사적 조건 속에서 이러한 시의 본질적 가치와 존재 의미를 되묻는 성찰적 행위로서 이해되어야 한다.

우리 시인들은 미학적 아버지의 부재를 선언한 시대, 그래서 스스로가 걸어가야 할 미적 도정을 일구어가야 하는 시간과 대면하고 있다. 새로운 미래를 생산하는 모험은 완고한 미적 관습을 배반하는 모반의 열정 속에서 태어난다. 모든 세대를 거쳐 새로운 미학은 항상 자신의 미학적 준거를 자기 내부로부터 길어 올리는 치열함에 의해 구축되어 왔다. 그리고 그러한 열정은 세계와 자아를 성찰하는 윤리적 시선의 깊이로부터 발현되는 것이다.

II

서정, 그 훼손된 이름을 위하여

/ 환멸의 시간을 견디는 서정의 언어 /

1. 서정, 그 훼손된 이름을 위하여

근대 이후 서정을 둘러싼 무수한 논의들은 세계와 자아의 단절과 균열의 문제를 어떻게 바라볼 것인가하는 문제로 귀결된다. 대상과 자아를 통어하는 절대적 주관성에 뿌리를 내린 서정의 원리는 자본의 포획으로부터 스스로를 보존해 가는 동일성의 미학으로 정초된다. 그러나 합리성의 이름으로 모든 단단한 가치를 휘발시키고 물화하는 세계에서 시적 순간성에 자기를 투사함으로써 일상의 공허함을 극복해 가려는 서정의 기율은 더 이상 보존되지 못한다. 파편화된 세계와 자아의 분열이 만연한 세계에서 서정의 위기 혹은 몰락이라는 징후들이 서정시의 영토에 자리 잡기 시작한 것은 이미 오래 전이다.

서정의 존재 양식에 대한 회의는 미학적 언어로 구축된 서정의 아우라가 가상의 자족성에 뿌리를 내리고 있는 것이 아닌가하는 우려에서 비롯된다. 이러한 회의는 현실과 불화하는 시정신의 불온성이야 말로 언어의 진정성을 담보한다는 소박하지만 단단한 믿음과 충돌하면서 서정의 근본적 의미에 대한 물음을 제기하고 있다. 나아가 서정시가 정서의 동일성을 강화함으로써 세계와 자아의 균열을 상상적으로 봉합하고 역동성을 휘발시킨다는 비판으로 이어지기도 한다. 이러한 비판은 서정적 자아의 지배적 권위를 박탈하고, 다성적이고 분열적인 주체의 출현을 통해 새로운 미학을 주창하는 방향으로 나아가기도 한다. 이렇게 서정의 위기를 둘러싼 시적 지향은 자아의 내적 동일성을 회복함으로써 세계와의 연속성을 회복하려는 전통적 서정의 담론과 주체의 죽음, 서정적 자아의 해체를 선언하는 전복적인 경향으로 펼쳐진다.

그런데 이 두 흐름은 각각의 문제를 내포하고 있는 것처럼 보인다. '전통'적인 서정시의 경우 세계와의 상상적 동일성을 구축함으로써 현실에 내재하는 갈등과 균열을 봉합한다는 혐의에서 자유롭지 못한 반면, 새로운 미학 역시 균열된 주체의 발화가 진공의 시공간을 부유함으로써, 현실로부터 멀찌감치 물러서 이념과 역사성을 휘발시킨다는 비판에 놓이게 되는 것이다. 즉 서정시의 자족적 정서가 현실의 갈등을 봉합하는 속화된 감수성으로 고착되어 버리는 것과 마찬가지로, 실험적 포즈의 과격함이나 언어의 급진성은 현실을 탈각하는 방식으로 지배 논리에 포섭되어 버릴 우려가 있는 것이다.

무수한 위기의 담론으로 둘러싸인 현재의 서정시는, 세계와 자아의 극단적 불화와 균열이라는 근대적 삶의 조건 위에서, 스스로의 정체성에 새로운 물음을 던지면서 여러 방식으로 시적 지평을 확장해 나가고 있다. 주지하듯 근대 서정시의 운명은 폭력적인 자본의 탐식에 맞서는 불화와 반항의 언어를 구축하는 데 있다. 문제는 서정의 언어가 갖는 불화의 에너지가 과연 자본주의적 중력을 부정하는 의식의 역동성을 비등점까지 끌어갈 수 있는가 하는 점이다. 이 즈음의 서정시가 '잘 조절된 적당한 정서'로 상업적 대중정서와 은밀하게 공모한다는 혐의에서 자유롭지 못한 것은, 시인들이 시적 긴장의 강도를 자의식의 최전선에

까지 이끌어가지 못하고 있는 데서 비롯된다.

이제 서정은 세계와 자아의 파열을 언어의 불안으로 감내하면서 끊임없는 갱신과 모색의 길을 찾아 나가야 한다. 이런 점에서 일군의 시인들이 보여주는 언어의 분열과 해체의 작업은, 사물화되고 파편화된 현실의 환멸을 뚫고 나가기 위한 고투의 흔적으로 이해될 수 있으며 이러한 징후는 우리 시대 서정의 현재를 보여주는 새로운 척도로 읽을 수 있다. 이와 더불어 젊은 시인들의 감수성이 오히려 '늙은' 서정의 시간성에 고착되어 있다는 역설적 상황 역시 새삼 두려워해야 할 것도 아니며, 진부한 위기의 담론으로 귀착시킬 필요도 없는 것이다. 세계와 자아에 대한 성찰을 바탕으로 한 서정의 기율은 끊임없는 갱신과 변화를 지속하는 것이기에, 지금 필요한 것은 새롭게 출현하는 시적 발화에 귀 기울여 시인들이 나가고자 하는 궁극적 지향점과 훼손된 서정의 다양한 가능성을 더듬어 보는 일일 터이다.

2. 변성(變聲)의 시간, 복화술의 언어

여러 가지 빛깔과 모양을 가진 조각들을 꿰매어 하나의 작품을 만들어내는 퀼트처럼, 김경인의 시집 『한밤의 퀼트』는 흩어진 목소리의 파편들이 만들어내는 다성적 울림으로 채워져 있다. 이 시집에서 가장 주목되는 것은 주체의 복수성이 만들어내는 언어의 분열적 흐름이다. 일자(一者)로 환원될 수 없는 이 도저한 복수성의 울림은 '변성(變聲)을 거듭하며 새 이야기를 낳고/ 열 개의 손가락은 각기 다른 방향으로 지워진다네'(「구름 속으로」), '우리는 점점 많아지고 아무도 죽지 않네'(「노을에 잠기다」)에서와 같이 새로운 이야기를 반복하면서 각기 다른 방향으로 흘러가는 벡터를 갖는다.

이 시집은 흩어진 자, 분열된 목소리들이 모여 웅성거리는 소리로 가득 차 있다. 이러한 목소리들의 출현은 오랫동안 서정시의 기저를 지탱해온 '고백'의 언어가 붕괴되는 상황과 맞물려 있다. 고백이란 그 속에 고백해야 할 '주체'를 생산해내야만 스스로를 유지할 수 있는 언어형식이다. 다시 말해 그것은 자아의 동일성이라는 허구적 양식에 기댐으로써만 존립할 수 있는 언어인 것이다. 최근 젊은 시인들의 시에서 드러나는 서정의 몰락이라는 징후에는, 서정적 자아를 지탱하던 고백의 형식에 대한 거부의 태도가 자리하고 있다. 김경인은 '오래전의 목소리를 흉내내는' 이러한 고백의 언어를 떨쳐버리고, 새롭게 태어나는 '뒤죽박죽'의 언어에 귀를 기울인다. 자아가 붕괴된 지점에서 탄생하는 변성의 목소리들은, 여성 / 남성으로 분별되는 성적 정체성을 휘발시키고 자아를 '자매들'이라는 복수적 주체로 분산시킨다. 그리하여 그녀의 시는 최종적인 주체로 환원되지 않은 변성의 목소리들이 마구 흘러나오는 '복화술'(「물 아래서」)의 세계로 환기된다. 이 복화술의 언어들은 명랑하고 발랄하게 몸을 바꾸며 주체의 부재를 드러내는 텅 빈 공간을 채우고 있다.

시인에게 자아는 텅 빈 극장과 같은 빈 공간이며, 이 비어있는 내부에 타자의 목소리들이 틈입하기 시작한다. 타자의 목소리들이 주체의 부재를 대치하는 순간, '당신이 모른 채 당신이 상연되는' 무의식의 퍼포먼스가 가능해 진다. '108명의 번뇌소녀들'(「번뇌스런 소녀들_리허설」)은 각기 다른 표정과 음성으로 분열적 자아를 상연한다. 이때 '당신의 창문은 아무것도 담지 않고 다른 풍경을 번갈아 비출 뿐이네'(「창문은 한 방향으로 열린다」)에서와 같이, 자아는 아무 것도 내부에 담지 못하고 표면을 스치는 환영적 이미지들을 비추는 존재이다. 이렇듯 비어있는 자아의 표면을 흘러가는 음성들은 물질적 기표를 찾아 고정되지 못한 채 부유한다. 시에서는 '뿔뿔이 흩어지다', '스며들다', '희미해지다', '미끄러지다'와 같은 확산의 술어들이 명사(주체)의 자리를 대치한다. 명사(이름)가

지워진 자리에 술어들만이 남아 '왁자지껄', '키득키득'(「일요일의 만찬」)의 웅성거림을 만들어내는 것이다.

이렇게 김경인의 시에서 시적 자아는 언어의 중심으로서의 주체의 권력을 기꺼이 포기하고, 타자의 언어들에 자신의 빈 자리를 내어준다. 불특정의 복수적 언어들이 경계 없이 뒤섞이며 만들어내는 흐름 속에서 나/타자의 언어적 분별은 사라진다. 그리하여 타자의 언어들은 시인의 언어와 아무렇지도 않게 몸을 섞고 서로 스며들어 새로운 언어로 탄생한다. 이를테면 '누이의 연애는 아름다워도 될까'라는 이성복의 언어는 그녀의 시에서 '노을보다 먼저 지는 어머니의 얼굴은 아름다워도 될까'라는 진술로 변주되어 독특한 울림을 만들어낸다. 이렇게 시인은 타자의 언어를 꿰매고 누벼서 새로운 감각으로 변주하는 퀼트의 복화술을 능숙하게 발휘하고 있다.

이러한 시쓰기의 기원은 「만담의 내력」이라는 시에서 유추해 볼 수 있다. 이야기꾼인 아버지의 현실 공간인 '기원(棋院)'은 발생적인 근거인 '기원(起源)'의 의미를 함축하고 있다. 그런데 시적 화자는 이러한 기원에 대해서는 무관심한 채 '아무렇지도 않게 시끌벅적해지는' 존재로 나타난다. 즉 화자는 흑백의 언어적 충돌 속에서 삶과 죽음의 곡예를 펼쳐온 아버지 세대의 이야기와는 다른, '유쾌와 재미'를 유일한 가치로 여기는 신세대의 이야기꾼이다. 이러한 이야기꾼의 목소리는 자기 존재와 근원에 대한 물음을 감각적 언어 놀이로 치환하려는 시인의 미적 자기선언으로 읽혀진다. 한편 그녀의 다른 시 「마리오네트」 연작에서 발견되는 우울과 불안은 이러한 유쾌한 언어 내부에 자리한 죽음의 징후를 암시한다. 언어를 통해서 세계와 대결하고자 했던 아비 세대의 몰락 이후 새롭게 등장한 아이들의 언어, 그 유쾌한 언어 놀이의 분주한 웅성거림을 부지런히 발화하는 그녀의 시적 표정은 타자의 목소리를 복제하는 복화술사의 고독과 우울을 은밀하게 내장하고 있다.

김경인의 시가 분열된 자아의 음성을 타자화하여 발화하는 복화술사의 목소리를 지녔다면, 이시영은 『우리의 죽은 자들을 위해』에서 또 다른 복화술의 언어로 새로운 시적 세계를 펼쳐 보인다. 이번 시집에서 시인은 장르적 관습을 과감하게 탈피하여, 현실의 언어를 다양하게 변주하고 있다. 신문기사, 잡지의 글 등이 그대로 인용되거나 변용되어 텍스트의 한편에 배치되고 있다. 전쟁과 폭력, 환경오염과 이주노동자의 문제에 이르기까지 불합리한 현실의 비극적 풍경을 생생하게 드러내는 시들은 단지 현실의 일부를 스크랩하여 제시하는 것이 아니라, 시인의 섬세한 배려에 의해 선택된 텍스트이다. 즉 주관적 정서를 최대한 자제하고, 객관적 사실성을 전면화하려는 시인의 의도가 시적 언어로 재탄생한 것이다. 여기서 시인은 자아의 개성을 한껏 억누른 채 현실의 고통을 대신 발화하는 복화술사가 된다.

이러한 시편들을 통해서 드러나는 현실의 생생한 풍경들은 고통과 절망, 죽음과 폭력으로 얼룩져 있다. 이 시집에서 흥미로운 것은 시인이 '지금여기'에 국한되지 않고, 현실의 고통스러운 지점에 골고루 시선을 던지고 있다는 점이다. 그의 시에 담겨진 역사적 상처들은 과거와 현재를 아우르고, 국가의 경계를 넘어서 동일한 무게를 지닌 채 출현하고 있다. 정치적 격랑 속에 던져진 칠레와 아르헨티나의 역사가 얼굴을 마주하고, 오월의 어머니들과 인혁당 사건에서 처형된 인물들이 나란히 서 있다. 압록강 부근의 북한 농민과 인도와 파키스탄의 노동자들의 '무릎이 무너지기 직전까지' 이르는 힘겨운 노동과 불법체류 노동자의 죽음이 나란히 배치된다. 이렇게 시인은 고통의 주름진 틈새마다 시선을 들이밀고 그들의 표정을 하나씩 되살려 놓는다. 모든 감정을 휘발시킨 건조한 진술의 어조는 절망의 풍경을 바라보는 시선의 고통을 내면으로 끌어당김으로써 현실에 대한 감상적 동일화를 차단하고 있다. 이러한 시적 방법론에는 현실의 고통에 대한 순간적 동일화의 정서가 연민과 동정이라는 일회적 정서로 소비되기를 바라지 않는 시인의 의도가 내재되어 있는 것으로 이해된다.

현실의 엄혹한 풍경이 주는 울림은 시집에 실린 서정시의 순간적인 아름다움과 병치됨으로써 그 효과를 발휘하고 있다. 시인은 절망과 고통의 행간에 자신의 기억 속에서 건져 올린 서정적인 풍경을 배치해 놓았다. 그런데 「송사리들」, 「책상동무」 등의 시에서 유년의 기억 속에서 돌올하게 빛나는 시적 순간들은 개인의 체험을 넘어서고 있다. 그것은 「가을」, 「잔양」, 「빗방울 하나가」 등의 시편들에 포착된 서정적 순간들과 더불어 보편적 미감으로 환기된다. '가지에 매달린 빗방울'의 투명한 정적이 만들어내는 신선한 감각(「빗방울 하나가」)과 '찰흙 위로 쏜살같이 내리꽂히는 제비새끼들의 강철입'(「평택 지나며」)의 순간적 속도는 서로 팽팽한 긴장을 이루면서 순간적 미감의 극치를 보여준다. 어떠한 정서적 착색도 거부하는 심미적 순간을 포착하는 시선은, 현실의 아픔을 비추어내는 시선과 마찬가지로 평정을 유지하고 있다. 이렇듯 세계와 사물, 고통과 아름다움은 서로를 비추어내면서 절묘한 시적 화음을 만들어낸다.

젊은 시인 김경인이 분산되는 자의식의 파편을 모아 한 편의 퀼트를 완성했다면, 이시영은 고통의 조각들을 이어 붙여 새로운 현실의 풍경화를 완성한다. 삶을 구성하는 파편들, 역사와 생존, 고통과 환희, 절망과 희망, 어둠과 빛을 깁고 누벼서 구성된 새로운 풍경. 현실의 파편들을 역사적 풍경화로 직조해내는 이러한 시쓰기는 파편화된 질료로 새로운 세계를 구축하는 퀼트의 미학을 보여준다. 해체와 종합이라는 퀼트적 시쓰기는 무한한 연속성을 그 특징으로 한다. 그것은 완결된 세계의 상을 지향하는 대신, 내밀한 흐름을 통해서 무수한 확산과 변종의 풍경을 재구성해 낸다. 언어를 입에 물고 무한의 실을 잣는 아라크네처럼 이들의 시쓰기는 삶의 조각들을 이어 붙여 새로운 서정의 풍경을 직조하고 있다.

3. 영혼의 풍경화와 생명의 시간

젊은 시인들이 '전자사막'을 종횡무진으로 넘나들고 있을 때, 신대철 시인은 실제 사막으로 길을 떠난다. 황폐한 현대적 삶의 유비인 '전자사막'이라는 메타포는, 그러나 그 비유적 장력으로 인해 자아와 현실이 직접적으로 대면할 수 있는 가능성을 거세해 버린다. 아이러니컬하게도 '사막'은, 사막처럼 삭막한 삶을 살아가는 개인들에게는 영원히 도달할 수 없는 이미지에 불과한 것이 되어버린다. 그런데 시집 『바이칼 키스』는 이러한 '사막'이라는 비유의 두께를 깨뜨리고 사막이라는 실체적 감각을 우리 앞에 불러온다.

도시의 먼지와 소음으로 뒤덮인 현실과 너무나 이질적인 청명한 사막과 초원의 공기는, 그 감각의 생생함으로 인해 오히려 환상처럼 텍스트 위에 떠오른다. 명백히 실제 시공간임에도 불구하고, 먼지 낀 일상의 렌즈를 통해서 들여다보는 그곳의 풍경—동물과 몸 부비는 사람들, 초원의 곁에 잠든 만삭의 임부, 샘물과 동물들과 이야기하는 소년의 모습—은 너무 선명하여 오히려 인공적으로 직조해낸 풍경처럼 느껴진다. 이러한 선연한 바이칼의 풍경 앞에서, 시인은 '우리 몸속 어딘가에 바이칼 숨결이 흐르고 있었던가요? 바이칼이 우리 영혼의 이름이었던가요?'(「바이칼」)처럼, 현실의 언어 목록에서 추방해버린 '영혼'이라는 이름을 불러낸다. 시인에게 바이칼은 영혼과 등치되는 절대의 시공간으로 환기되는 것이다.

자연의 이미지를 통해 상실된 영혼을 호명하는 일은 종래의 서정시의 문법에서는 그리 낯설지 않은 것이다. 그러나 신대철의 시는 자연과의 소통을 가치화하는 생태주의 시나, 혹은 자연과의 동일화라는 기율 속에 함몰된 진부한 서정시의 범주를 넘어선다. 그는 시원의 세계와 맞서는 언어의 직접성을 통해서 자연과 인간의 새로운 관계를 구축하고 있다. 시인은 사막의 삶을 모더니티의 언어로 재해석하거나 가치화하지 않는다. 주지하듯 자연을 근대의 언어로 번역하는 것은 세계를 자아의 내부로 호명하는 서정시의 오랜 관습이었다. 이러한 소통의 방식 속에는 문명에 의해서 자연을 타자화하는 시선의 폭력성이 자리하고 있다. 이때 자연은 스스로의 존재 의미를 상실한 채 자아의 시선에 의해 구획되고 착색된 '자연'으로 출현하게 된다.

신대철은 이러한 폭력적 시선을 거둬내고, 대신 투명한 렌즈를 통해 바이칼과 몽골의 풍경, 초원의 삶을 생생하게 드러낸다. 세계와 자아에 대한 해석적 시선이 거두어지는 순간, 대상뿐만 아니라 시인 자신도 자기로부터 놓여난다. 가령 '달궈진 시간만 소멸하면서 생성하였다. 나는 내가 인간도 짐승도 아니라는 것 말고는, 내가 없는 곳에서 내가 무수히 태어난다는 것 말고는, 무엇이 소멸 속에서 생성되고 있는지 알 수 없었다'(「타마리스크 나무 아래」)라는 구절. 여기서 시인은 자연을 자아의 내부로 끌어당기거나, 자아를 자연의 내부로 투사하는 대신에 그것으로부터 한없이 멀어지고 있다. 즉 자연이 그 자체로 자신의 생성과 소멸을 반복하는 동안, 거기에 놓인 시인은 인간도 동물도 아닌 것이다. '내가 무엇이 되고 있는지 알 수 없다'라는 고백이, 세계 속에 긴박되었던 의식의 무장해제를 선언하는 것이 아니면 무엇이란 말인가. 오랫동안 세계의 '주어'로서만 자신의 존재를 규정해온 인간이 이 광대한 세계 앞에서 스스로 아무것도 아니었음을 고백하는 행위는, 무구한 세계 앞에 자아를 내던지는 오체투지와 다르지 않은 것이다.

이러한 고백적 언어를 통해 출현하는 초원과 사막의 삶은, 연민과 동경이라는 관습적 시선을 넘어선다. 그리하여 바이칼과 사막은 각각 주체의 시선이 개입되지 않은 '풍경'으로 오롯이 자신을 드러낸다. 그들은 성찰의 매개로 주체의 내부에 소환되는 대상으로서의 자연이 아니라, 스스로를 초연하게 드러내는 '주체'가 되는 것이다. 이것은 시인 자신이 세계에 섣불리 개입하거나 자신을 투사하려는 욕망을 극도로 절제함으로써 언어지는 풍경화(風景化)의 방법으로 구체화된다. 여기서 '풍경화'란 대상을 자아와 무관한 외부의 것으로 객관화하는 것이 아니라, 대상의 생생함을 감각적으로 재현하는 작업을 의미한다. 이런 점에서 신대철에게 시를 쓰는 행위는 언어적인 것이 아니라, 오감의 감각을 통해서 세계를 선명하게 살려내는 회화의 작업에 가깝다. 그것은 '몸통 속에 우글거리던 말들이/먼지만 남기고 스러져갔다'(「황야에서 3」), '얼마나 무거운 말을 누르고 있었는지 혀끝이 얼얼했다'(「몽골일기」)에서처럼, 인간의 무거운 언어가 아니라, 사물과 소통하는 언어(「황야에서 2」)를 복원하는 작업과도 상통한다. '흐르는 초원에 노란빛에 / 나는 가만히 누웠습니다. / 풀벌레 같은 무슨 소리들이 / 쇳덩어리 몸을 가볍게 들어올리곤 하였습니다'(「흐르는 초원」)에서는, 세계와 자아가 언어가 아닌 빛과 소리라는 감각을 통해서 소통하고 있음을 보여준다. 이렇듯 바이칼 시편들은, 신체의 감각을 최대한 열어놓음으로써 세계와 자아가 '언어'(기호)를 매개하지 않고 직접 대면하는 순간에 태어난다.

언어적 생명력으로 충만한 바이칼의 풍경 외에 이 시집에서 또 하나의 풍경을 만나게 된다. 시인은 몽골, 압록강, 두만강, 그리고 지리산에서 현실과 역사의 풍경을 읽어내고 있는데, 이것은 인간의 가쁜 숨결과 힘겨운 생존의 발자국으로 훼손된 세계의 모습이라 할 수 있다. 생존을 위해 국경을 넘나드는 힘겨운 삶의 모습과, 도주하던 인민군에 대한 기억들은 이러한 풍경이 품고 있는 내밀한 상처들이다. 바이칼의 원초적 생명과 인간의 호흡으로 얼룩진 삶의 풍경은 현실과 멀리 떨어진 곳에 있는 것처럼 보이지만, 사실은 현실의 상처를 끌어안고 그 아픈 시간을 견딤으로써 만들어진 것이다. 바이칼을 이상화된 자연의 풍경으로만 이해해서는 안 되는 까닭이 여기에 있다. 시인은 이 두 개의 풍경 사이를 떠돌면서, 세계와 인간, 생명과 죽음, 영혼과 육체를 관통하는 지난한 시간적 도정을 시의 풍경으로 담아 놓고 있다. 그의 시는 폭력적 세계에 대한 통한의 정서로 빚어진 것이며 동시에 그 치유를 향한 열망의 궤적으로 쓰여진 것이다.

신대철이 바이칼과 몽골 지역을 주유하는 시선으로 인간과 자연의 삶에 대한 성찰을 보여준다면, 김신용은 『도장골 시편』에서 '도장골'이라는 하나의 공간 속에 모여든 생명들을 미세하게 들여다본다. 이 시집은 순수하고, 무구한 것들에 대한 애정 어린 시선으로 가득 차 있다. 민달팽이가 느릿느릿 움직이는 모습이 안쓰러워 배추 잎사귀를 덮어주는 손길(「민달팽이」)이나, 유리창에 달라붙은 어린 청개구리를 바라보는 눈길에는(「蛙禪」), 폭력적인 현실에 훼손되지 않은 무구한 것들을 애잔하게 바라보는 시선이 자리한다. 이렇게 그의 시에 포착된 자연은, 그 무구함으로 인해 위험을 알지 못하고 인간의 시선 속에 스스로를 아무렇지도 않게 노출하는 개구리나 민달팽이와 같다. 민달팽이가 인간의 손길을 거부한 채 자신의 길을 가듯, 자연은 인간의 시선과 무관하게 존재한다. '남의 눈에는 囹圄 같겠지만, 전락 같겠지만/누구의 배고픔 속에 깃들었다가 새롭게 싹을 얻는 일, 뿌리를 얻는 일/그렇게 새의 먹이가 되어'(「營實」)에서처럼, 남(인간)의 눈에는 씨앗이 새의 몸속으로 들어가는 일이 '囹圄', '전락'에 다름 아니지만, 그것은 인간의 시선으로 해석된 것일 뿐이다. 정작 씨앗에게 있어서 그것은 새로운 생명으로 탄생하는 과정이다. 이렇듯 자연은 인간의 해석을 비껴난 곳에서 자신들의 생명을 일구어 간다.

이러한 자연의 풍경을 바라보기 위해서 시인은 때로 세밀한 현미경의 시선으로 그들을 관찰한다. 개미의 등에 솟는 땀방울을 포착하고, 두꺼비의 느린 걸음이 관통하는 세계의 풍경을 찬찬히 묘사한다. 그는 일상에서 끊임없이 자연과 마주치고, 경이에 찬 눈으로 그들을 들여다보고 그들에게서 삶을 배우고 있다. 이러한 성찰을 가능하게 하는 것은 자연에 개입하거나 폭력적인 시선으로 이들을 분할하고 지배하는 근대의 권력적 시선이 아니다. 오히려 그 계몽적 시선으로부터 탈피하여, 그들의 삶을 경이에 찬 눈으로 바라보는 학습자의 그것에 가깝다고 하겠다.

한편 김신용의 시에서 자연의 움직임을 바라보는 시선은 끊임없이 인간의 내면으로 회귀하고 있다. 이 과정은 타자화 된 세계를 시인의 주관성 속으로 해소하는 권력적 시선이 아니라, 세계의 변화를 따라가면서 그 움직임을 그대로 기록하는 해방적 시선을 통해서 드러난다. 이는 두꺼비의 느린 걸음걸이를 찬찬히 따라가면서, 거기에 해학적인 자아의 발화를 섞어 넣은 시 「두꺼비가 웃다」에서 잘 나타나고 있다. 두꺼비의 느린 몸짓을 따라가는 시인은, '자신을 무슨 괴상한 외계의 생물체처럼 바라보는 내 눈길'에서와 같이 대상을 바라보는 자신의 시선을 텍스트에 노출하지만, 그것은 두꺼비를 포획하기 위한 시선이 아니다. 오히려 두꺼비의 시선에 동화되어 대상을 이상한 눈으로 바라보는 자아의 시선을 무력하게 만드는 자기 희화화에 가깝다. 자연을 매개로 하여 주체의 내면을 표백하려는 일련의 시들과 김신용의 시가 구분되는 지점이 여기에 있다. 궁극적으로 이 시집의 주인공은 시인이 아니라 '도장골'에서 움직이고 숨 쉬고 살아 있는 자연 그 자체이다. 이들의 부지런한 움직임이 모여서 일구어내는 활력과 파동이 화음이 되어 시집 전체를 이끌어간다. 자연의 움직임을 겸허하게 받아 적는 시인의 민첩하고 섬세한 감각은 이 생명의 파동에 잔잔한 언어적 리듬을 더해서 생의 활력을 풍성하게 한다.

김신용의 시쓰기가 빛나는 지점은 동일화라는 주관성의 원리를 전면화하여 자연을 해석하고 지배하는 것이 아니라, 자연과 인간 사이의 간극을 솔직하게 드러내는 지점이다. 「투명한 벽 2」에서는 시를 쓰기 위해 백지 앞에서 긴장하는 시인과 시인의 집 마당에 처음으로 들어선 고라니의 모습이 등치되고 있다. 눈 쌓인 마당에 고라니가 막 첫발을 내딛으려는 순간과 시쓰기를 시작하려는 순간의 매혹과 초조함을 절묘하게 포착함으로써, 시인은 자연과 인간이 어떻게 서로를 대상화하지 않고 하나로 결합될 수 있는지를 보여준다. 그러나 이러한 순간은 결국 그 둘 사이에 '투명한 벽'이 놓여 있음을 자각하는 것으로 귀결된다. 김신용 시의 미덕은 이렇게 인간과 자연 사이에 투명한 간극이 놓여 있음을 인식하는 데 있다. 민달팽이와 잎사귀를 덮는 손길, 두꺼비와 나의 시선, 개구리와 나 사이에는 유리창과 같은 투명한 벽이 존재한다는 자각, 그것이 섣부른 동일화의 위험으로부터 그의 시를 건져내어 자연과 인간의 삶을 '따로 또 같이' 하게 만드는 것이다.

근대 이후 많은 시인들이 자연의 위기와 죽음을 애도하거나, 생명의 예찬이라는 형식으로 자연의 미학을 서정의 영토에 복속시켜 왔다. 이때 원초적 이미지로서의 자연은 그 자체로 현실의 황폐함과 기술문명의 폭력성을 비추는 이상적 거울로서 인식되어 왔다. 그러나 김신용과 신대철의 시는 인간의 시선과 언어의 포획을 벗어난 곳에서 자연이 만들어내는 생명의 파동, 삶의 율동을 고스란히 드러낸다. 이들은 통속화된 자연, 소비되는 자연이라는 굴레를 벗겨내고, 자연의 만상이 스스로 노래하고 울려대는 서정의 화음을 들려준다.

4. 환멸의 시간과 노스탤지어의 언어

김중일의 시는 근원적 아름다움이 상실된 세계 속에 남겨진 자의 절망과 분투에서 시작한다. 그의 첫 시집 『국경 꽃집』은 황폐한 현실에 던져진 21세기 낭만주의자의 고백으로 읽혀진다. 그의 낭만주의는 자아와 세계를 지탱해주는 최고의 가치인 미의 상실과 그 회복이라는 노스탤지어적 열망에 지배된다. 시원의 세계를 회복하기 위한 시적 분투는 '시간의 해방군으로부터 마을이 점령당하고, 해바라기들은 모두 흩어졌지요. 우리는 더듬이가 잘려나간 귀뚜라미처럼 모두 흩어졌지요'(「해바라기 전쟁」)에서처럼 황폐한 현실과의 대결과 그 좌절의 도정으로 펼쳐진다. 그의 시는 '이사를 하기 위해서 시계를 떼어낸 자리'에서 환하게 드러나는 훼손되지 않은 벽지의 색깔 같은, 현실에 의해서 퇴색되지 않은 무구한 시간에 대한 그리움에서 출발한다. '벽시계가 걸렸던 자리, 둥근 달이 번쩍 떠올랐다.'(「시간의 동력」)에서, '둥근 달'은 기계적 시간의 폭력성이 틈입하지 못하는 근원적 시간을 상징한다. 이러한 시간은 '전 생의 행성', '신비한 꿈 속에서 목격한 빛깔의 새'라는 비의적 이미지를 통해 환기되고 있다.

본원적 시간의 상실과 황폐한 현실에 대한 인식은, 사물과 이미지가 행복하게 합일되었던 은유적 세계에 대한 향수로 시인을 이끌어간다. 시 「마술사와 모자」에서 보듯, 폭력적인 합리성이 지배하는 세계에서 붕괴된 은유를 회복하는 길은 언어의 마법성을 환기하는 것이다. 그러나 마술이 사라진 현실에서 언어는 세계와 내밀하게 화합하는 대신 회복할 수 없는 균열만을 드러낸다. 「두 겹의 저녁으로 보는 테라스」에서 세계와 자아는 합일을 이루지 못한 채 서로 어긋나고 비껴간다. 사랑의 언어가 발화될수록 둘 사이의 거리는 점점 멀어지고 관계는 일그러진다. 결국 시인은 소통의 불가능성을 확인시키며, 비참하게 일그러진 서로의 얼굴을 보여주는 것으로 이 비극적 관계를 종결짓는다. 이 시에서는 현실의 합리적 평면성이 일그러지면서 세계의 균질적 지평이 붕괴되는 외상적 지점이 출현한다. 이렇게 시인은 현실/환상의 경계에서 일그러진 두 겹의 풍경을 전면화하는데, 그 틈새에서 드러나는 것은 '너희가 할 수 있는 일이라곤/자꾸 허물어져 내리는 담장 한쪽을 울음벽돌로 채워 넣는 일뿐'(「담장 속으로」)과 같은 깊은 절망감이다.

이러한 절망감은 시인 스스로가 억압적 현실을 구성하는 공모자가 된다는 점을 인식하는 부분에서 첨예하게 드러난다. '이 거리로부터 벗어나지 못한 것이 아니라/이미 깊숙이 지상에 못 박힌 자신이/마법양탄자처럼 날고 싶은 거리를 이제껏/단단하게 봉인하고 있었다는 것을'(「위험한 거리」)에서, 시적 자아는 거리의 질서와 체계를 봉인하는 못처럼 이 세계 들러붙어 있다. 자신이 이곳을 스스로 벗어나는 순간, 세계가 와해될 것이라는 두려움으로 인해 더욱더 깊숙이 세계 속으로 박혀들어 가는 자의 역설적 공포.

김중일은 이러한 공포를 벗어던진 자들을 '제국의 시계'에 저항하는 '기적의 혈맹단원'이라고 명명한다. '태양건설'이라는 아이러니한 이름으로 제국의 시간에 저항하는 이들의 싸움은 결국 '처형을 기다리며, 하얀 철창 사이 구겨진 얼굴을 들이밀고 있는' 비극으로 귀결될 뿐이다. 이 절망적인 싸움을 수행하는 혈맹단원들은 붕괴된 언어를 통해 시원적 존재의 회복을 꿈꾸는 시인들이다. '촛불로 쓴 문자', 알아 볼 수 없이 '타버린 활자'는, 모두들 빠져나간 마을에 남아 고독한 싸움을 수행하고자 하는 최후의 혈맹단원인 시인의 유일한 무기이다. 시인은 '꿈속에서 첨벙첨벙 맨발로 뛰쳐나온 소년의 발바닥처럼, 가시가 박혀 있다'에서, 상실된 꿈이 가시처럼 박힌 현실의 냉혹함 앞에 던져진다. 이렇게 『국경 꽃집』은 세계의 시간을 복원하고자 열망하는 낭만주의자의 도전이자 실패의 연대기이다. '꽃'을 저당 잡히고 현실의 시간을 얻어가는 전당포, 그곳은 미적 가치들이 불태워지고 생존의 시간만이 유일한 의미를 얻는 척박한 현실공간이다. 그러나 이 '꽃들의 전당포'에서 꽃들을 불태워 얻은 약간의 온기로 몸을 녹이고 언어를 연명해 가는 시인의 독백은 결연하다.

김중일의 시가 상실된 시원의 세계에 대한 노스탤지어적 열망으로 가득 차 있는 반면, 이영광의 시집 『그늘과 사귀다』는 현재의 시간을 지배하는 고통과 환멸의 문제에 집중하고 있다. 이번 시집에서 시인은 죽음의 언저리를 떠돌며 죽음의 풍경을 관찰하고 그리고 궁극적으로 죽음의 시간성을 탐색한다. 그에게 죽음은 삶을 떠나는 것이 아니라, 도처에서 삶을 지배하는 자명하고 엄격한 존재로 인식된다. '나는 그들이 검은 기억 속으로 파고 들어와 / 끝내 무너지지 않는 집을 짓고 / 떵떵거리며 살기 위해 / 아주 멀리 떠나 버린 것이라고 생각한다'(「떵떵거리는」)에서 보듯

'그들'은 죽음을 통해서 나를 떠난 것이 아니라, 오히려 '검은 기억'의 형태로 집요하게 귀환한다. 이들은 자신의 죽음을 기억하게 하는 것뿐만 아니라, 나의 죽음 나아가 세계에 깃들어 있는 숙명적인 죽음을 환기하기에 더욱 고통스럽다. '나의 죽음은 백주 대낮의 백주 대낮 같은 번뜩이는 그늘이었다'와 같이 대낮의 밝음 한켠에서 자신을 드러내는 그늘의 번뜩임은 죽음의 이미지를 강렬하게 환기하고 있다.

삶과 죽음이 첨예하게 부딪치는 순간의 장력은 이 시집 전체를 지배하는 강력한 파장을 만들어낸다. '얼어 터진 몸들도 / 아픔 안쪽은 예외없이 / 뜨겁게 끓고 있을 것이므로'(「沒骨」)에서, 차가운 육체의 감각과 내부에서 끓는 뜨거움이 그의 몸에서 격렬하게 부딪치고 있다. '아픔'이라는 징후는 이러한 날선 긴장의 순간을 감각적으로 발현시킨 것이다. 이 날카로운 감각은 때로 육체의 임계점을 넘어서는 지점으로 나간다. '작은 울음들이 목청껏 울고 간 먼 골짜기까지가 / 울음의 커다란 입이다. / 쟁쟁거리는 소리들이 간신히 잠든 지층까지가 / 울음의 고요히 타는 입이다'(「저수지」)에서, 인간과 동물들의 작은 울음을 품어내는 저수지의 침묵은 인간의 가청권에서 벗어난 거대한 울음으로 환기된다. '울음의 고요히 타는 입'에서, '울음'과 '타다'가 결합된 이 강렬한 수사는 밖으로 분출되지 못한 슬픔의 깊이를 통절하게 환기한다.

이렇듯 이영광은 예민한 절제와 긴장을 통해서 시집 전체에 팽팽한 울림을 만들어낸다. 그것은 너무 강하게 조여져 최초의 손길이 스치기만 해도 툭 끊어져버릴 듯한 현의 긴장감과 닮아 있다. 그 날선 긴장은 또한 혹한으로 얼어붙은 물위를 건너는 자의 마음과도 닿아 있다. '세상의 망극한 마음도 / 제 무게를 떨며 / 그 위를 또 맨발로 디디고 가야 할 때가 있다'(「물 위를 걷다」), 첫 시집의 제목인 '직선 위에서 떨다'의 변주라 할 이 구절에서 시인은, 육체의 무게를 걸고 얼어붙은 물 위를 건너가는 생의 극점을 포착한다. 죽음과 삶이 맞닿은 얼음의 표면 위를 건너야 하는 자의 긴장된 순간, 그것은 생을 바라보는 시인의 시린 마음이기도 할 터이다. 이러한 긴장은 서정의 곧추선 정신을 표상하는 것으로 읽어도 좋을 것이다. 그의 시 세계는 세계(자연)와 자아의 동일화에 기반한 이완된 서정이 아니라, 세계와의 긴장을 놓치지 않는 날선 서정시의 정신을 환기해 준다는 점에서 주목된다.

그러나 삶과 죽음을 관통하는 의식의 긴장으로 구축된 시 세계는, 현실의 호흡을 휘발시킴으로써 관념 속으로 침잠하게 될 우려가 있다. 정신주의라 명명된 전대의 시들이 시적 긴장을 유지하지 못하고, 내면화에 함몰되었던 것은 생생한 현실과 삶을 끌어안는 시선이 부족했기 때문이다. 이런 점에서, 이 시집에서 시인이 보여주는 일상에 대한 사유에 주목해 볼 필요가 있다. 그의 시적 변화를 보여주는 또 하나의 키워드는 '늙음'이다. '탕아의 객기 따위가 나를 늙게 했을 리가 없다/거울 속의 나는 내가 술 먹고 토해놓은 나 같다'(「그러니까」) '잠시도 쉬는 법이 없는 늙은 몸'(「미동도 않는 돌기둥」), '나는 불타올랐으나, 결국 식었던 거다/늙은 바람은 한계를 눈 단장하여'(「식은 풍경」)에서 보이는 늙음의 시간성은 불타는 생의 열기를 식혀버리고, 자아와 세계에 대한 환멸 속으로 시인을 이끌어 간다. 그리하여 '그대'(세계)와 절연된 채, '불현듯 어두워지는 세상, 앉아서도 지치는 마음'의 시간 속에 우두커니 앉아 있는 자아의 모습은, 시인이 감당해야 할 현실의 무게와 절망을 한꺼번에 드러내준다. 그러나 시인은 '어둠 속에서 멍청히 견뎌야 하는/망신과 굴욕의 세월'이 가져온 환멸의 시간을 견디는 일이야말로, 얼어붙은 물 위를 건너는 긴장을 가능하게 하는 일임을 인식하고 있다. 환멸과 긴장 사이의 팽팽한 장력, 그것은 '어디에도 닿을 수 없는데/멈추지 못하는 길'(「詩는」)의 운명을 견디는 시인의 몫이리라.

속화된 세계에 대한 환멸을 낭만적 열정으로 치환하는 김중일의 시와 현실의 무게를 고스란히 끌어안고 그것을 견디는 이영광의 시적 언어는 모두 세계에 대한 시선을 곧추세운 긴장으로 벼려진다. 그 날카로운 언어의 현을 울려내는 서정시의 음역이 깊고 아득하다.

5. 불화와 치유의 언어

파편화된 근대세계에서 자기 동일성을 구성하는 시적 형식으로서의 언어미학과 세계의 풍경화는 궁극적으로 사회적 울림과 교직될 때 깊은 의미를 가지게 된다. 주관성의 형식인 서정시 속에 사회적 목소리가 내장되어 있음을 지적한 아도르노의 말을 떠올리지 않더라도, 자아의 내밀한 음성 혹은 풍경화에 스며있는 세계의 울림에 보다 적극적으로 대응해 가려는 시적 내공이 요청되는 것이 우리 시의 현실이다. 시적 정서의 감상적 소비가 일상화된 현실 그리고 모든 진지함을 휘발시키는 의식의 가벼움이 미덕으로 여겨지는 현실에서, 우리의 시인들은 자본주의적 세계와 긴장된 대결을 수행하기 위해 어느 때보다 고투하고 있다. 최근 시인들은 대중문화와 현실의 지배논리에 대응하면서 직관과 순간의 미학에 기댄 독특한 시적 세계를 펼쳐 보인다. 이들이 보여주는바, 내면의 정서적 감응을 조율하는 서정의 미학은 현실과 자아의 균열을 언어 미학을 통해 극복하려는 시적 의지의 발현으로 이해될 수 있다. 질주하는 세계와 자아의 간극과 불일치에 주목하고 세계의 공허함과 일상의 틈새에서 새로운 출구를 열어가는 것. 이러한 시쓰기는 파편화된 세계를 동일성이라는 가상으로 봉합하는 것이 아니라, 섬광처럼 번쩍이는 순간의 집중된 힘으로 현실에 밀착해 들어가는 고투이리라.

/ 우울한 하품과 서정의 알리바이 /

1. 전율과 파문의 이중주

최근 우리 시의 주요한 흐름으로 떠오른 해체와 분열의 시적 담론은 이른바 '낡은 서정'의 폐기에 대한 요구와도 관계된다. 서정에 대한 의혹의 눈길들은, 오늘날의 서정시가 과거의 기억을 소환하거나 자연에 대한 상상적 동일화에 갇혀 있다는 비판에서 출발하여, 서정적 권위의 해체를 주장하는 데 이르기까지 다양한 진폭을 이룬다. 비평적 관점과 미학적 입장의 차이에도 불구하고 이들이 공통적으로 겨냥하고 있는 지점은, 폐쇄적이고 자족적인 미학에 갇혀 현실인식의 결핍을 은폐하려는 시적 경향에 대한 비판의 맥락에 닿아 있다. 삶의 구체성과 현실적 역사적 맥락을 사상한 채 지배담론의 언어 체계에 포획된 시적 경향 속에서 자본과의 공모가능성을 발견하고 이에 대한 성찰을 요구하는 것이기에 이들의 비판은 경청을 요한다.

그러나 계몽의 프로젝트에 내장된 억압성과 총체성의 비전 상실이라는 상황이 이러한 서정의 위기를 촉발하는 근본 동인이라 할 때, 문제는 좀 더 본질적인 지점에 닿아 있는 것처럼 보인다. 고착화된 서정의 아우라를 해체하려는 비판적 언어들은, 서정의 미학을 통해서는 근대의 파편화된 세계와 자아의 균열을 더 이상 재현할 수 없다는 위기의식에 기반하고 있다. 그간 제기 되어온 '전통'서정, '신'서정 혹은 '다른' 서정, '불온한' 서정 등 서정을 수식하는 다양한 술어들은 서정의 오랜 전통인 동일성 미학의 균열에 대한 자의식, 그 불안과 초조의 징후를 함축하고 있는 것처럼 보인다. 여기서 문제는 서정의 최종심급인 동일화의 기원에 대한 회의와 반성으로 이어진다. 이것은 문명과 자본의 체제 속에 놓일 수밖에 없는 시의 존재양식에 대한 물음과 연관되어 있으며, 나아가 근대의 폭력적 시스템에 포획된 세계와 자아의 관계 방식에 대한 성찰의 문제를 함께 제기한다.

주지하듯 서정은 근대의 파탄된 세계와 자아를 전경화 하는 냉소의 아이러니가 아니라, 사물과 세계에 대한 유비에 근접하는 동일성 속에 자신의 거처를 마련한다. O. 빠스는 이러한 서정의 미학적 특질을 현실의 모순적 부분이 화해하는 순간에 포착되는 총체적 현존의 비전이라고 명명한다. 이러한 총체성의 비전은 익숙한 풍경과 관습화된 미적 동일성의 지평을 단절하는 '전율'의 순간 속에서 현현한다. 낭만주의 미학의 오랜 기율이었던 전율은 근대 문명에 대한 부정의 자의식에 뿌리를 내림으로써 새로운 가능성으로 소환된다. 근대적 삶은 모든 감각을 동질성의 세계로 환원시킴으로써 이러한 전율의 기억을 박탈해 왔다. 계몽의 파탄이 전면화 된 근대적 지평에서, 이러한 심미적 전율의 체험은 상상적 동일성의 원리와 결별하는 서정의 새로운 영역을 담보해줄 수 있는 것처럼 보인다. 파탄된 총체성의 비전이 완결된 것의 상실과 회복이 아니라 매순간 새롭게 구성되어야 하는 것임을 환기할 때, 이러한 전율의 미학적 의미는 더욱 중요해진다.

이런 점에서 모든 동일성의 지평을 뛰어넘는 전율의 순간이야말로 주체와 객체를 분리시키는 근대이성의 폭압에 대응하는 서정적 동일화의 내포라 할 수 있겠다. 서정은 내부에서 스스로 균열되면서 팽창하는 이 전율의 감각과 더불어 그 고유한 질감을 획득한다. 가상의 자연과 기억을 심미화 하는 일군의 서정시들의 경우는 이러한 전율의 깊이를 얻지 못함으로써, 삶의 본원적 지점을 환기시키지 못하고 세계와의 상상적 관계 속에 머물고 있는 것처럼 보인다. 중요한 것은 서정이 자아와 세계의 갈등과 균열을 봉합하여 순연한 합일의 아우라를 덧띄우는 것이 아니라, 그 균열을 투시하고 그 속에서 존재의 본질을 성찰하는 시선을 획득하는 문제이다. 서정의 역동성은 삶과 죽음, 타자와 존재의 근원적 간극을 투시하려는 시선에서 생성되는 것이다. 근대의 파탄과 불안을 치유하는 서정의 미학은 자신의 고유한 내면을 보존해 가려는 시적 주체들의 최후의 거점이며, 매순간 새로운 의미를 획득하는 실존의 임계점이다. 이렇게 자족적 감수성과 밀폐된 자아의 고독한 독백으로부터 건져 올려진 서정의 다양한 진폭은 근대성의 자장에 포획되지 않는 새로운 미학의 출발점이 된다.

오랜 시작 과정에서 고유한 시적 방법론과 미학을 구축해온 황동규와 김명인의 시세계는 상상된 자연에 안주하거나, 기억을 현재 속에 고착화하지 않는다는 점에서 최근 서정시들이 놓인 위험지대를 비껴 선다. 이들은 자신이 통과해온 시간의 결을 따라 가면서, 삶과 죽음, 현실과 초월 사이의 충돌과 긴장을 현재화한다. 서정의 언어와 호흡을 타고 넘나드는 이들의 언어는 대상과 자아의 간극을 감싸 안으면서, 그 안에서 끊임없이 균열되는 존재를 실감하고 있어 흥미롭게 읽힌다. 특히 두 시인의 시에서는 죽음과 시간에 대한 사유가 두드러진다. 죽음이란 자아의 동일성에 균열을 내는 숙명적 타자의 출현이라 할 수 있다. 이들은 죽음을 관통하는 전율의 순간을 고유한 언어와 방법으로 포착함으로써 서정의 지평을 창조적으로 확장해 나가고 있다.

2. 하품과 허기, 시간의 흔적들

김명인의 『파문』은 시인이 걸어온 오랜 시적 여정이 도달한 새로운 풍경을 보여준다. 이 시집에서 그는 죽음과 시간에 대한 성찰을, 현실에 대한 섬세하고 고요한 응시의 시선으로 엮어낸다. 소멸의 시간을 배음으로 하여 삶의 미세한 결들을 직조해 내는 그의 시편들에서는 수묵화처럼 다양한 농담으로 죽음의 이미지가 배어나온다. 따라서 그의 언어는 생의 이면에서 미세한 파문으로 번져 나오는 죽음과 마주선 자의 고백이라 할 수 있겠다.

시인에게 세계의 만상은 죽음을 덮고 있는 환각이자 이미지로 인식된다. 이 환각이 균열을 일으키는 순간, 죽음이 선뜩하게 그 실체를 드러낸다.

바닥 없는 적요 속으로 피어올랐던 꽃뱀의 시간이
눈앞에서 순식간에 제 사족을 지워버렸다
아직도 한순간을 지탱하는 잔상이라면
연필 한 자루로 이어놓으려던 파문 빨리 거둬들이자
잘린 무늬들 그 허술한 기억 속에는
아무리 메워도 메워지지 않는
말의 블랙홀이 있다 마주친 순간에는 꽃잎이던
허기진 낙화의 심상이여!
꽃뱀 스쳐간 절벽 위 캄캄한 구멍은
하늘의 별자리처럼
아뜩해서
내려가도 내려가도 바닥에 발이 닿지 않는다
끝내 지워버리지 못하는 두려운 시간만이
허물처럼 뿌옇게 비껴 서 있다.

—「꽃뱀」 중

미당의 '화사'가 육체를 관통하는 욕망과 관능의 파토스로 끓어오른다면, 김명인의 '꽃뱀'은 육체적 열기와 호흡이 휘발된 '적요'의 상태 속에서 출현한다. 시인은 꽃뱀으로부터 일체의 상징성을 떨어내고, 그것이 환기하는 미적 순간을 관조하는 명상적 태도를 보여준다. 눈앞을 스쳐간 뱀의 이미지, 그것은 삶이라는 가파른 벼랑에 매달린 자아에게 한 순간의 환각으로 펼쳐진다. 고양된 생의 시간에 피어난 '꽃'의 미감은 가파른 삶의 호흡을 정지시키는 절대 시간의 표상이다. 환원 불가능한 이 절대성의 시간적 현현과 닿아 있는 아름다움에 대한 매혹이야말로 소멸과 죽음의 공포를 견디게 하는 힘이다.

그러나 시인은 이러한 황홀한 이미지 속으로 자아를 밀어 넣지 않는다. 오히려 이 환각이 남긴 파문을 거둬들임으로써, 그 절정에 오른 미적 심상의 내부에 자리한 검은 구멍을 응시한다. 이 시집에서 주요한 모티프로 차용되는 꽃의 이미지는 한껏 고양된 삶의 순간 속으로 소멸과 몰락의 시간을 끌어당기고 있다. 「봄꽃나무」, 「배꽃江」 등의 시에서도, 꽃은 항상 검은 그림자를 배음처럼 거느리고 피어난다. 이렇듯 시인은 '꽃뱀'이 환기하는 심미적 순간을 통해서 그 안에 숨겨진 죽음을 가시화한다. 자신과 마주친 꽃잎은 그 절정에 내장된 추락의 사건을 불러오고, 자아는 이 유현한 낙화의 이미지 속에서 자신의 죽음을 체험하는 것이다. '아뜩해서', '두려운 시간' 등의 시어는 낙화의 순간에 투사된 자아의 두려움과 공포를 효과적으로 환기시키고 있다. 결국 자아가 본 것은 절정의 꽃잎이 아니라, 낙화하는 꽃/뱀이 남긴 '잔상'(허물)이며, 그것은 동일화의 순간적 비전이 남긴 씁쓸한 흔적이다. '캄캄한', '부옇게' 등의 부사어들은 자아의 내면에서 솟아나는 불안과 공포를 환기시킬 뿐만 아니라, 발밑에 입을 벌리고 있는 검은 허방(죽음) 앞에서 느끼는 아득한 현기증을 동시에 함축하고 있다. 시는 자신의 발밑에 놓인 검은 허공을 감지하는 데서 비롯되는 허무의 정조로 가득 찬 채 종결된다.

흥미로운 것은 '말의 블랙홀'이라는 시어가 보여주듯, 죽음 앞에 선 존재의 공포감이 언어의 불가능성에 대한 절망과 겹쳐진다는 점이다. 언어에 대한 좌절은 시쓰기에 대한 자의식에 강한 균열을 만들어 낸다. 서정시에서 '말'이란 실제의 균열을 감추고 환각의 절대성 속으로 시인을 끌어당기는 주술적 힘을 가진다. 그러나 이 시에서 시인은 이러한 언어의 비의성에 대해 '잘린 무늬들 그 허술한 기억'의 파편성을 대비시킴으로써, 언어에 대한 절망을 극단적으로 가시화한다. 말(언어)을 통해서는 자신의 내면에 일어나는 이 매혹적인 순간을 결코 재현하거나 회복할 수 없는 까닭이다. '화사하게' '피어올랐던' 집중된 시간을 그려내고자 하는 '연필'의 검은 흑연은, 미적 순간의 광휘가 휘발된 거대한 공허와 심연을 열어줄 뿐이다. 그리하여 시인 앞에 남겨진 것은, '허물처럼 뿌연' 시간의 흔적뿐이다. 심미적 체험과 연관된 절대언어에의 욕망은, 말을 통해서 현실의 시간을 초월하고자 하는 시적 열망의 오랜 기원이며 동시에 그만큼 강렬한 절망의 발원지이기도 하다. 그의 절망은 환각이 남긴 '허물' 곧 시간의 흔적만을 만져볼 수 있다는 데서 비롯되는 것이다. '별자리'가 환기하는 영원한 미의 세계는 '아득한 거리' 속에서 절망의 깊이로 역전된다.

이렇게 시 「꽃뱀」은 미적 순간에 대한 황홀한 탐닉과 절망이 죽음이라는 존재론적 지점을 경유하여 언어에 대한 인식에 가 닿는다는 점에서, 시쓰기에 대한 시인의 근본적인 성찰을 드러내준다. '블랙홀 저쪽의 캄캄한 어둠이 / 세차게 너를 잡아당긴다'(「구멍」)에서처럼 매 순간 죽음은 시인의 실존을 끌어당기고, '메워질 수 없는 말의 블랙홀'은 거대한 백지 위에 절망으로 각인된다. 시인은 실존의 죽음과 언어의 죽음이 펼쳐놓는 심연을 동시에 견뎌내고 있는 중이다. 이렇듯 김명인에게 시쓰기는 죽음의 공포와 대면하는 작업인 동시에 언어의 블랙홀을 건너가는 도정이다.

한편 그의 시에서 부재-어둠을 가두는 시간 형식으로서의 '허물'은 내면의 '허기'로서 실감된다. '허기'는 죽음의 시간에 대응하는 육체의 반응이며 존재 균열의 징후이다. 죽음을 감지하면서 동시에 생을 욕망하는 허기의 감각은 그의 시를 구성하는 중요한 질료이다. 그런데 '환하거나 어두운 生의 허기'에서 알 수 있듯이, 시인은 허기를 통해 삶에 대한 실감을 직접적으로 불러오는 동시에 자아의 내부에 자리한 죽음을 감각적으로 포착한다. 이제 시인은 온 몸의 감각을 활짝 열어놓고 죽음의 시간이 발화하기를 기다린다. '온 힘을 다해 어둠 너머로 그가 흔들어 보냈을/플라스크 속 섬광의 파란 봉화들'에서와 같이, 어둠을 가르는 섬광은 결핍의 극단에서 가장 아름답게 타오르는 죽음의 빛이다. 이렇게 부재하는 시간의 흔적('허물')이 불러온 허기를 통해, '무정란의 시간'으로 인식되는 현재의 불모성은 생생한 삶의 질감으로 치환된다. 시집의 곳곳에서 출현하는 감각적 이미지들은 섬광처럼 빛나면서 삶과 죽음을 동시에 비추어 내고 있다.

특징적인 것은 이러한 허기가 육체의 감각으로 환원되는 것이 아니라 심미적 환각으로 수렴된다는 것이다. 허기의 결핍이 미적인 환각에 의해서만 가리워질 수 있다는 인식은 김명인의 시를 지배하는 심미적 욕망을 드러내 준다. 미적 세계에 대한 열망이 죽음을 가리는 환각을 낳고, 역설적으로 이 동일화의 환각 속에서 시인은 추락과 소멸을 경험하게 되는 것이다. '화사한 꽃무늬'의 이면에 공포와 불안이 자리하고 있듯이, 환각 속에서 자아는 허기로 벌어진 검은 입이 된다. '허물－허기－허무' 등의 시어가 충돌하면서 만들어내는 언어의 미묘한 진동은 환각의 미(美)에 내장된 어둠/무의 공간을 지속적으로 불러내고 있다. 세계와의 합일이라는 환각 속에서 죽음을 경험하는 이 전율의 순간은, 붕괴된 시간 경험을 본질로 삼는 근대의 현실에 대응하는 서정의 새로운 얼굴이다.

> 그 저녁은 낮의 생식 기어코 탈 났는지
> 밤새껏 곽란으로 끙끙거렸다
> 끝내 틀 수 없는 소통의 끝자리가 내 안에도 있었던가

견딜 수 없는 아픔 속에서도 오줌은 마려워
문을 열면 오싹, 한기가 절벽처럼 가로 막았다
화장실 더듬기조차 아뜩해 기대선 담벼락 너머
그래도 시커먼 동백숲 등대가 치켜든 달이
넘치도록 한잔 밤바다 퍼 담아 내밀고 있었으니

통증조차 온통 희푸른 파도 거품에 팔아넘기고 만
달빛 황홀한 世間살이
너무 환하여
발아래가 천 길 수심이어도 도리 없었다

—「매물에 들다」 중

이 시에서 '견딜 수 없는' 육체의 아픔은 자기 내부에 '틀 수 없는 소통의 끝자리'가 있다는 인식에서 비롯된다. 소통의 단절이란, '내부 수리 중인 등대를 보고 나서는/그 절벽 아래에서의 낚시가 갑자기 두려워졌다'(1연)에서 알 수 있듯이, 등대의 내부에서 발견하는 검은 공포와 연관되어 있다. 폐허처럼 버려진 등대 내부에서 '삭은 내장'과 같은 죽음을 발견하는 순간 자아가 느낀 공포와 불안은 '곽란'의 고통으로 표출된다. '아픔/곽란'이란 죽음을 감지하는 육체의 반응이며, 그것은 '천 길의 수심'으로 암시되는 소멸의 운명을 온전히 받아들이지 못하는 폐색된 존재의 신음으로 흘러나온다.

이러한 육체의 고통은 세계와 자아가 소통하는 순간에 휘발된다. 자신을 압도하면서 그 매혹 속으로 빨아들이는 황홀한 풍경 속에서 시인은 장엄한 전율을 경험한다. '오싹'이라는 시어를 통해서 환기되는 냉기의 서늘한 느낌은 자아와 세계 사이의 단절을 순간적으로 포착한다. 그러나 다음 순간 이 오싹한 감각은 곧바로 우주를 향해서 황홀하게 개방된다. 이렇듯 '불안한 시간'의 흔적인 고통을 휘발시키는 희열 속에서, 자아는 누추한 현실을 뛰어넘어 우주적 호흡 속으로 합일된다. 이러한 황홀과 전율의 감각은 근대의 불안과 공포에 대한 미학적 반응을 지시한다는 점에서 의미를 지닌다.

근대이성은 자기 외부의 세계를 주관성의 이름으로 억압하고 타자화함으로써, 그 간극 속에 자기보존의 근거를 구축해 왔다. 이러한 폭력적 관계 속에서 세계와 자아의 분리와 단절이라는 불구적 현상이 강화되어 왔던 것이다. 세계와의 연속성 붕괴와 사물화를 증거하는 파편적 시간의식은 서정의 균열을 가시화하는 가장 주요한 징후로 여겨진다. 이러한 시간의 균열에 대한 자의식은 김명인의 오랜 시작의 밑바탕이 되어 온 화두이다. 그는 시간의 붕괴를 실존적 위기와 불안의 징후로 내면화함으로써 근대의 소실점 너머에서 무한의 시간을 이끌어 온다. 이렇듯 세계와 자아의 단절을 넘어서는 전율의 순간은 계몽의 기획에 내포된 파괴와 불균형을 넘어설 수 있는 가능성을 열어준다.

그런데 이 동일화의 순간은 절대적 동일성의 이름으로 타자를 수렴하는 것이 아니다. 세계와 자아의 황홀한 결합의 순간에도 시인은 자신의 발아래 천길 수심이 놓여 있음을 끝내 지워버리지 않는다/못한다. '범람하던 배꽃천지 그 환하던 물살이/배꽃 진 뒤에 이어질 꽃의 긴 부재를 잊게 했었네…… 며칠 동안만 화사하던 배꽃 江가에서/나 배꼽 드러내놓은 채 환하게 웃었네, 웃고 있네'(「배꽃江」)에서, 소멸의 시간을 잊게 하는 환각에 대한 동일화의 욕망이 시를 이끌어가는 동력이다. 그러나 시인은 만개한 꽃의 시간 속에 '꽃의 긴 부재'라는 어두운 시간성을 함께 끌고 온다. 죽음의 공포를 망각하는 환한 웃음의 시간에조차 '두려운 시간'으로 환기되는 부재의 음영이 드리워져 있으며, 이러한 두 겹의 시간은 '순간'의 긴장을 구축해 내는 데 기여한다.

김명인의 시적 특질은 전율의 순간을 초월의 심상으로 현재화하지 않는 점에 있다. 이것은 미학적 전율을 감당하면서 그것을 현실화하는 매개인 '육체'가 전경화 될 때 더욱 구체적으로 확인된다. '寒地의 꽃 더 아름답다 여기는 것은/온몸이 딛고 선 辛苦 때문일까'(「꽃을 위한 노트」)에서 육체의 고통은 '꽃'의 아름다움 속으로 용해된다. 이렇게 시인은 온몸의 감각으로 채워진 현재의 시간이 어떻게 기억을 대치하는가를 보여준다. 그는 상상된 과거를 현재로 소환하지 않는 대신, 세계의 현재성과 직접 접촉하면서 그 순간의 전율을 감각화 하는데, 이러한 충만한 순간이 서정의 질료로 팽창하면서 타오른다. 삶과 죽음, 빛과 어둠, 존재와 부재가 합일되는 이러한 시간 속에 내포된 긴장을 사유하면서 그는 새로운 시적 풍경을 열어간다. 「고복저수지」, 「따뜻한 적막」 등의 시에서는 생의 잔상을 지워냄으로써 어두운 풍경의 음조를 전경화 한다. 어둠은 자아의 감각을 최대치로 확장시켜 소멸해가는 사물들의 언어를 불러낸다. '파문'은 사물과 자아가 서로 공명하면서 울려내는 언어의 흔적이다. 이러한 울림은 자아와 세계의 유현한 합일을 드러내기 위함이 아니라, 삶의 밑바닥에 자리한 우울을 환기한다는 점에서 새롭게 읽힌다.

다음 시에서 시인은 자아의 내부에서 비쳐 나오는 빛과 현실의 어둠을 겹쳐놓고, 스러져가는 시간의 이미지를 독특한 질감으로 현상하고 있다.

저 배는 변화무쌍한 유행을 머릿결로 타고 넘으며
갈 데까지 흘러갈 것이다 그동안
세헤라자데는 쉴 틈 없이 입술을 달싹이면서
얼마나 고단하게 인생을 노 저을 것인가
자꾸만 자라나는 머리카락으로는
나는 어떤 아름다움이 시대의 기준인지 어림할 수 없겠다
다만 거품을 넣을 때 잔뜩 부풀린 머리끝까지
하루의 피곤이 빼곡이 들어찼는지
아, 하고 입을 벌리면 저렇게 쏟아져 나오다가도
손바닥에 가로막히면 금방 풀죽어버리는
시간이라는 하품을 나는 보고 있다!

—「조이미용실」 중

시인은 귀갓길의 어두운 골목에서 불이 켜진 '미용실'을 들여다보고 있다. 그는 시적 풍경 속으로 스스로를 투사하지 않고 어둠 속에서 주인 여자의 언어와 하품의 파동만을 감지하고 있을 뿐이다. 여기서 시인은 소멸과 폐허의 공간을 홀로 견디는 미용실 여자를 세헤라자데라는 가상의 인물과 겹쳐놓는다. 수족관처럼 폐쇄된 '미용실'의 공간 속에서 언어만이 그녀의 삶을 지속시키는 주술이다. '인생을 노 저어'가는 늙은 세헤라자데의 음성은, '자꾸만 자라나는 머리카락'과 같은 무한하게 흘러가는 시간에 대한 고단한 저항의 언어이자, '잔뜩 부풀린 머리'처럼 새로운 미를 창조하는 생성의 언어로 고양된다.

이러한 언어 속에는 '변화무쌍한 유행'처럼 놀라운 속도로 변신하는 근대의 시간에 대한 성찰이 담겨 있다. 시인에게는 거품처럼 부푸는 미적 환각만이 이 끝없는 반복과 권태로 채워진 시간을 견디게 하는 힘이다. 그러나 거품처럼 부푼 아름다움이란 곧 사라져버릴 순간의 다른 얼굴이며, '자꾸만 자라나는' 권태로 채워진 환각일 뿐이다. 시에서 삶의 권태에 대항하는 의식의 피로는 '하품'이라는 행위에 집약되어 드러난다. 하품은 아름다움에 대한 욕망으로 온몸을 긴장시키면서 팽팽하게 부풀었다가 순식간에 꺼져버리는 시간의 은유이다. '허기'의 감각이 충만함에 대한 기대로 벌어진 결핍을 환기한다면, 하품은 꺼져가는 시간성과 소멸의 분위기를 함축한 채 우울하게 벌어지는 '입'으로 가시화된다.

김명인의 시는 하품과 파문이라는 두 개의 결로 직조된 텍스트이다. 파문은 타자를 깨우고, 타자의 내부에서 울음을 불러내는 행위이다. '파문'이 수평적으로 퍼져가면서 세계에 대한 감응을 촉발시킨다면, '하품'은 생의 권태와 고독을 외부로 밀어내는 우울한 행위이다. 이러한 고독과 감응, 고립과 소통, 하품과 파문의 경계야말로 서정을 노래하는 언어의 현(絃)이다.

김명인은 '미용실'의 공간을 신화적·초월적 세계로 이끌어가는 것이 아니라 현실의 누추한 밑바닥에 붙들어 놓는다. 급박하게 변해가는 세월과 무관하게 서 있는 미용실은 온갖 유행 담론이 휩쓸고 가는 시적 현실에서 자신의 미학을 고수고자 하는 시인의 내면을 상징하는 것으로 읽힌다. 언어를 통해서 권태와 소멸의 공포를 견뎌가는 세헤라자데는 죽음과 싸우면서 동시에 죽음의 시간을 살고 있는 시인의 분신이다. 이렇게 우울한 하품으로 채워진 '미용실'은 신화적 아우라를 박탈당한 우리 시대의 서정 미학이 자리한 지점을 드러내 준다. 이 시대의 서정은 자신의 고유한 아우라를 탈색당한 채 낡은 미용실 속에서 자신의 명맥을 유지하고 있는 것이다. 그러나 현실의 논리에 침식당할 듯 위태로운 이 공간이야말로, 서정이 힘겹게 자신의 존재를 소명하고 있는 지점이다. 우리의 뮤즈는 이렇듯 피로하고 늙은 세헤라자데의 하품으로 낡은 서정을 노래한다. 그러나 이 우울한 하품은 팽창하고 수축하는 시간의 주름으로 새로운 노래를 만들어 내고, 시인의 숨결은 근대의 멜랑콜리를 넘어서 전율의 순간으로 펴져간다.

3. 죽음의 복화술, 시간의 음영

모든 개별자에게 죽음은 영원한 타자이며 회귀해야 할 내면의 자연이다. 죽음과 맞닿는 순간 경험하는 생생한 낯설음의 관계야말로 자아와 타자의 간극을 가장 선명하게 보여주는 사건이라 할 수 있다. 시 「풍장」 연작을 통해서 알 수 있듯이, 황동규의 시적 화두는 죽음의 문제로 수렴되는데, 그에게 죽음을 사유하는 방식은 역설적으로 삶의 의미를 새롭게 발견하는 방법론이 된다. 시집 『꽃의 고요』에서 황동규는 죽음에 대한 사유를 더욱 깊이 밀고 나간다. 그런데 흥미로운 것은 이 시집에서 몇 편의 시를 제외하면 시적 풍경 속에 죽음의 그림자가 비치지 않는다는 점이다. 많은 여백을 내장한 시의 화폭에는 투명한 자연의 풍경들이 자리 잡고 있다. 시 「이런 풍경」에서는 떡버들, 수양, 수련, 미루나무, 두꺼비 등의 사물들이 모여서 하나의 풍경을 구성한다. 시인은 이러한 풍경에 관여하지 않으면서, 절묘하게 시적 대상인 두꺼비의 아픔과 감응하고 있다. '나는 눈높이 지구가 너무 눈부셔 더듬거린다'는 마지막 진술은 풍경과 자아가 시공간적 간극을 넘어 은밀하게 공명하고 있음을 보여준다. 이렇게 자아의 개입을 배제한 풍경이 자신의 존재를 드러낼 때, 그 풍경 속의 사물은 스스로 말을 하는 존재가 된다.

작은 강물
언제 바다에 닿았는지
저녁 안개 걷히고 그냥 빈 뻘
물새들의 형체 보이지 않고
소리만 들리는,
끝이 따로 없는.

누군가 조용히
풍경 속으로 들어온다.
하늘가에 별이 하나 돋는다
별이 말하기 시작한다.

—「홀로움」 중

일반적으로 자연을 연상할 때 자연스럽게 어우러지는 소재들 예컨대 '강물'과 '뻘'과 '물새'는 이 시의 풍경 속으로 종속되지 않는다. 강물은 자신의 시간을 흘러 바다에 닿고, 빈 뻘은 물새들의 형체를 붙들어 놓지 않는다. 누군가 풍경 속으로 들어오는 사건과, 하늘가에 별이 돋는 행위는 아무런 연관성 없이 배치된다. 하늘에 돋은 별이 말하는 것 역시 단독자의 자족적인 행위가 된다. 이렇듯 무한히 흘러가는 시간 속에 자신을 내맡긴 사물들은 시적 자아의 주관성에 종속되지 않은 채 자신의 자리를 찾아 가고 있다. 시인은 이러한 자족성의 순간에 '홀로움'이라는 이름을 부여한다. 부사의 불구성을 명사의 자립성으로 바꾸어 놓는 이 '홀로/움'이란 명명은, 통합된 전체이면서 동시에 무한한 간극을 내장한 미묘한 언어적 울림을 감당한다. 그 속에는 흘러가는 부사성의 흐름을 붙들어 놓는 존재(명사)의 긴장이 함축되어 있다. 이렇게 사물의 말에는 유동/정지, 부재/현존의 집중이 자리하고 있으며, 이러한 풍경의 자족성 앞에 선 시인은 말을 잃고 '더듬거리며' 세계의 말을 듣는 존재가 된다.

> 방금 황국의 성대에서 굴러나오는 목소리,
> 저 황금 고리들, 태어나며 곧 사라지는
> 저 삶의 입술들
>
> ―「가을 아침」 중

시인은 꽃의 시각적 미감을 소리로 바꾸고 그것을 '삶의 입술'이라는 비유로 치환한다. 시에서 꽃의 언어는 황금의 고리로 은유되는데, 이 '고리'는 텅 빈 내부와 원환이 만들어내는 긴장 속에서 둥그런 형태를 얻는다. 안/밖, 텅 빔/충만의 경계 위에 놓인 고리는 탄생과 죽음을 동시에 내포한 언어적 긴장을 담고 있다. 소리를 내기 위해 비어 있는 입술 내부의 공간은, 비어 있으되 음성으로 가득 찬 공간이기도 하다. 이렇게 황국과 고리와 입술의 시각적 유사성과 황국과 황금의 노란빛, 그리고 '굴러나오는' 목소리의 유동적인 청각적 심상을 자유롭게 넘나들면서 시의 미감은 증폭된다. 이때 '입술'은 삶의 생기로 가득 찬 언어의 에로스적 충동을 감당하면서, 동시에 입을 닫는 순간 검은 구멍으로 사라지는 개방과 폐쇄의 경계를 함축한다. '태어나며 곧 사라지는'이라는 시어는 이 충만한 '입술'에 가두어진 부재의 시간을 불러낸다.

이렇게 세계는 삶의 언어를 통해 자기 안에 자리한 죽음의 언어를 동시에 출현시킨다. 사물의 언어가 시인에게 도달하는 가장 극적인 순간은 부재의 검은 구멍이 입을 벌리는 순간이다. '부음'은 자아에게 도달하는 최초의 언어이자 최후의 언어이다. 그것은 삶을 통해서 발화되는 죽음의 언어 곧 죽음의 복화술이다. '삶의 입술'을 빌어 내게 오는 죽음의 전언은 세계와 자아의 영원한 간극을 드러낸다. 이렇듯 '부음'의 형식으로 달려온 죽음은, 일상적 삶으로부터 자아를 단절시킴으로써 시간에 대한 새로운 감각을 환기한다.

황동규의 시에서 죽음과 대면하기 '직전'의 시간은 생의 고양된 순간으로 타오른다. 삶에 대한 감각이 최대치에 이르는 이 시간적 팽창 속에서 에로스적 욕망과 죽음이 서로 부딪치면서 날카로운 섬광을 만들어 낸다.

> 황혼이 어둠에 막 몸 내주기 전 어느 일순
> 홀린 듯 물기 맺힌 눈 아니고는 제대로 쳐다볼 수 없는
>
> —「슈베르트를 깨뜨리다」 중

> 허물 벗기 직전 매미의 몸
>
> —「허물」 중

> 저 풀어지기 직전 마지막으로 몸 매무시하는 구름
>
> —「다시 몰운대에서」 중

'황혼이 어둠에 막 몸 내주기 전'의 시간적 팽창은, 제대로 쳐다볼 수 없을 만큼 눈이 부시다. '홀린 듯 물기 맺힌' 눈으로만 볼 수 있는 이러한 황홀한 절정은 이성적 시선으로는 투시할 수 없는 절대의 순간을 환기한다. '마지막으로 몸 매무시 하는 구름'의 육체성 또한 '풀어짐'이라는 소멸의 시간을 관통하여 역으로 투사됨으로써 그 고양된 의미를 획

득한다. 이렇게 황동규의 시에서 '직전'의 시간성은 육체의 경계를 넘나드는 에로스적 욕망으로 팽창하고 있으며, 이 '직전'의 시간 속에서 삶과 죽음, 생성과 소멸이 교차한다. '어둠', '허물벗기', '풀어지기'라는 미래적 사건을 함축하고 있는 현재는, 곧 해체될 운명을 예감하기에 삶의 절정이며 동시에 소멸의 출발점으로 인식된다. 그러므로 이 '직전'의 순간에 자신을 투사하는 시인은 생의 절정과 소멸을 동시에 살고 있는 셈이다.

황동규의 시에서 이러한 순간의 파장은 감각적 전이를 통해서 육체성으로 인입된다. 죽음과 삶이 맞닿는 순간 감각의 밀도는 최대치에 이르게 된다. 타오르는 순간의 '밝음'에 의해서 텍스트의 여백에 응집되었던 어둠이 불현듯 환기되고, 자아의 내부에 웅크렸던 '죽음'이 그 모습을 드러낸다. 예컨대, '손가락 끝의 쨍한 아픔', '방금 켜지는 황금감들'이 보여주는 선명한 감각적 이미지들은 시인의 실어증('말더듬')과 침묵을 깨뜨림으로써, 풍경의 밑그림에 가라앉았던 어둠을 비추어 시간의 밀도를 최대화하는 데 기여하고 있다. 육체의 감각이 불러올리는 빛과 어둠의 섬광은 텍스트 표면에 시간의 경계를 선명하게 각인한다. 이렇듯 황동규의 시에서 순간의 에피파니는 죽음을 통해 생의 감동을 불러내는 역설적 시간으로 현현한다.

> 아들 또래들이 정신없이 고스톱 치며 살아 있는 방을 건너
> 빈소를 나왔다.
> 이팝나무가 문등(門燈)을 뒤로하고 앞을 막았다
> 온 가지에 참을 수 없을 만큼
> 참을 수 없을 만큼 밥풀을 가득 달고.
> '이것 더 먹고 가라!'
> 이거였니.
> 감각들이 온몸에서 썰물처럼 빠질 때

네 마지막으로 느끼고 본 게, 참을 수 없을 만큼?
동체(胴體) 부듯 욕정이 치밀었다.

나무 앞에서 멈칫하는 사이
너는 환한 어둑발 속으로 뛰어들었다.

―「참을 수 없을 만큼」 중

시인은 죽음의 공간('빈소')에서 이팝나무를 만난다. '고스톱'을 치며 살아 있는 생의 소란함을 뒤로 한 채, 빈소를 나서는 시인의 눈앞에 만개한 나무가 서 있는 것이다. 죽음을 비추는 빈소의 불빛과 달리 꽃핀 나무는 생의 절정을 뿜어내고 있는 중이다. 죽음의 공간에서 자아가 경험하는 생에의 욕망은, 세 번에 걸쳐 반복적으로 쓰인 '참을 수 없을 만큼'이라는 수식어를 통해서 팽창하는 꽃의 절정 속으로 투사된다. 온몸의 감각이 '썰물처럼' 사그라드는 이 순간, 절정에 이른 에로스적 팽창은 죽음을 관통한다. 시집의 곳곳에서는 '참을 수 없을 만큼'으로 수식되는 충일되고 고양된 에로스가 넘쳐흐른다. 그것은, '지구가 너무 눈부셔'에서와 같이 시인이 접하는 세계의 생기가 '너무'의 과잉으로 넘치고 있음을 보여준다. 넘쳐흐르는 에너지는 소멸 '직전'의 순간으로 응집되어 폭발한다. '동체 부듯 욕정이 치밀었다'는 진술은 자아가 죽음과 생이 맞부딪치는 격렬한 전율의 순간에 참여하고 있음을 보여준다. 이때 '치밀다'라는 서술어는 '참을 수 없을 만큼' 강화되는 욕망의 비등점을 보여주는 동시에 그 공허감을 끌어안는다.

이렇게 시인은 소멸과 욕망을 동시에 경험하면서 죽음 속으로 깊숙이 빨려 들어간다. 결국 친구의 죽음을 알리는 부음은 자신의 죽음에 대한 전언이었던 셈이다. 그러나 시인은 이러한 죽음의 순간 속으로 자신을 온전히 투사하지는 않는다. 시의 마지막 연에서 자아는 죽음이라는 금기 앞에서 '멈칫'하는 반면, '너'는 그 속으로 뛰어 들어간다. '멈칫'과 '뛰어들었다' 사이에는 '빈소'와 '이팝나무'의 사이의 거리 곧 삶과 죽음의 간극이 자리한다. 이렇게 한없이 벌어지는 시간의 간극을 심미적으로 봉합하려는 시인의 자의식은 '환한 어둑발'이라는 모순적 술어 속으로 집약된다.

김명인의 시가 소멸하는 시간의 질감을 드러내는 데 관심을 갖는다면, 황동규는 시간의 에피파니에 주목함으로써 죽음의 순간을 삶의 감각으로 조형하고 있다. 김명인의 시에서 꽃뱀과 마주친 순간은 그 이면의 어두운 구멍을 가리는 심상으로 출현한다. '마주친 순간에는 꽃잎이던/허기진 낙화의 심상이여!'에서 '-던'의 시제는 이 마주침의 순간이 소멸의 시간 속으로 빨려 들어가고 있음을 보여준다. 이렇게 김명인의 환각이 부재와 기억에 의존하여 구축되는 데 비해, 황동규의 그것은 삶의 감각이 최대치로 고양된 현재 속에서 폭발하는 시간성으로 탄생한다. 관조와 명상을 통해서 근대의 우울한 내면을 응시하는 김명인의 서정과 달리 황동규는 도취와 열광의 순간적 전율을 감각화 함으로써 동일성의 지평으로부터 벗어나고자 한다. 또 현재의 어둠 속에 웅크리고 내면에서 번져 나오는 빛을 응시하는 김명인의 시선과 달리, 황동규는 확장된 감각의 빛을 펼쳐내면서 내부의 어둠을 비추고 있다. 그에게 내면의 어둠은 '꽃의 고요'가 환기하는 정적으로 표상되는데, 만상의 소리를 수렴한 이 공백의 지대, 그 고요한 비움의 상태는 역동적인 도취의 순간을 동시에 끌어안고 있다.

> 사람과 기도와 춤이 어울려 하나가 된다.
> 인간의 바램이 복 비는 신전 제단이 되지 않고
> 폐허에 던져져도 미소 짓는 혼불의 바램이 될 수 있다면,
> 그 바램이 일어서서 첫발 내디딘다면!
> 넘치듯 살아 움직이는 동서양 혼성합창이
> 누가 춤사위만 한번 떼면

모두 불현듯 춤을 추며 돌 것 같다
(…중략…)
세마 모자 쓰고 방금 두 팔로 허리를 받치며
춤추듯 건너편 코너를 도는 나를 만난다.
그가 빙긋 웃는다.
내가 나를 놀래켰다.

—「이스탄불 그랜드 바자르에서」 중

세계는 누군가 춤사위만 떼면 모두 춤을 추며 돌 것 같은 긴장으로 충만하다. 춤을 추는 행위 속에서 주체와 술어 사이의 구별이 지워지고 심미적 행위만이 남는다. '사람과 기도와 춤이 어울려 하나가 된다'에서 보이듯 침묵이 희열과 통하는 순간, 언어의 팽팽한 긴장을 혼융의 에로스로 바꾸어 놓는 '춤'이 탄생하는 것이다. 그것은 자아와 타자, 동양과 서양, 인간과 신의 호흡이 함께 울려 모든 간극을 무화시키는 우주적 율동이다. 그런데 타자와의 교감, 혹은 합일을 의미하는 이 혼융의 언어는 매끄러운 독백이 아니라 미세한 균열을 내장한 언어이다. 시에서 그것은 내가 나를 만나는 경이로운 체험을 통해서 드러난다. '그'의 웃음이 '나'의 놀람으로 치환되는 순간, 자아와 타자 사이의 간극은 죽음과 삶의 거리처럼 낯설고 아득하게 벌어진다. '내가 나를 놀래켰다'에서 환기되는 낯설음은 이 전율의 순간에 무수한 균열의 금을 새겨 넣는다. 그러나 이러한 '균열'의 심미성은, 동일성의 해체를 전략적 무기로 삼는 미학적 입장과는 차이를 내포하고 있다. 춤의 역동적 에너지 속에서 체험되는 균열의 순간은 분열의 탄성만큼이나 강렬하게 웃음의 장력 속으로 흡인되는 까닭이다. 그리하여 어둠 속으로 홀로 뛰어 들어갔던 나의 뒷모습이 이제 '빙긋 웃으며' 정면으로 달려오는 것이다. 죽음의 언어는 이렇게 웃음의 얼굴로 자신을 드러낸다.

김명인이 「조이미용실」에서 하품과 파문으로 삶과 죽음을 성찰한다면, 황동규는 언어와 춤으로 죽음의 복화술을 변주한다. 황동규는 세계의 풍경 속에 내장된 죽음의 언어를 읽어내고, 그 합일의 순간 속에 내장된 존재의 균열을 가시화한다. 이런 점에서 그의 시는 죽음의 언어를 통해서 삶을 이야기하는 혼성의 언어이며, 사물의 풍경 속에서 음영을 읽어내는 서정의 복화술로 구축된다고 하겠다. 그것은 자아 내부의 균열과 음영을 동시적으로 발화하는 주름진 언어이다. 내부의 균열을 은폐하면서 개진하는 이 두 겹의 언어는 서정의 독백 속에 무수한 파문이 진동하고 있음을 보여준다. 세계와의 간극을 응시하는 지점에서 탄생한 김명인과 황동규의 시는 먼 곳에서 퍼져오는 유현한 울림이 아니라 균열로 얼룩진 서정의 전율 위에 구축된다.

4. 서정의 알리바이를 넘어서

최근 시에서 드러나는 급격한 지각변동의 징후들, 즉 파격적인 언어를 종횡무진 구사하는 신진들의 등장과 이들을 미학적 지형 안에 포섭하려는 비평적 언어 사이의 충돌 이면에는 서정을 둘러싼 의혹과 물음이 놓여 있다. 탈색된 서정의 위기를 환기하는 언어들은 서정적 권위의 해체를 주장하거나 다른 서정을 소환함으로써 서정시 내부에서 불온한 도발을 감행하기를 요청하는 중이다. 주지하듯 자본주의와 서정의 불행한 만남은 서정의 심미적 가치와 존재 자체를 위협하면서 그것을 지배담론 내부로 포획해 가는 비극으로 귀결된다. 근원적 합일과 소통이라는 서정의 기율은 이러한 폭력성 앞에서 한정 없이 무력한 것이 사실이다. 근대성의 전횡 아래서 이제 서정은 자신을 지탱해온 동일화의 원리를 폐기하고, 붕괴된 주체의 고통에 찬 비명이나 냉소에 자신의 근거를 마련할 수밖에 없는 것처럼 보인다.

그럼에도 불구하고 서정이, 자본에 의해 포획되지 않는 잉여의 영토에 자신의 준거를 마련함으로써 폭력적 근대에 대한 위반의 에너지를 생성하고 있다는 점은 여전히 유효하다. 서정은 단순히 파열된 목가적 관계를 회복하고자 하는 반근대 담론으로 회귀하는 것이 아니라, 동일성의 자장에 은폐된 균열을 드러내는 부정의 자의식 속에 그 미학적 의미를 구축하고자 한다. 이러한 서정의 가능성은 미적 관습에 안주 하는 것이 아니라, 무수하게 주름진 삶과 세계의 질감과 연관되어 있다. 따라서 폭력적 세계에서 절망과 패배의 방식으로 시간의 폐색을 견디는 것, 자기 내면의 죽음과 마주서는 것, 타자와의 간극을 응시하는 것, 그 가열한 시선 속에서 서정의 언어는 새롭게 살아날 수 있을 것이다. 근대의 시간 앞에 마주선 서정은 운명적으로 자신의 패배를 예감한다. 그러나 그 패배의 절망을 자신의 출발점으로 삼는 것이야말로, 강요된 동일성이라는 혐의를 벗어나 스스로를 구원하는 이 시대 서정의 알리바이이며, 도착적 서정을 넘어서 창조적이고 생산적인 서정의 가능성을 예감할 수 있는 첨점이 될 것이다.

/ 첨단의 노래를 불러라? /

1. 궁핍한 시대의 노래

한 시인의 분류를 빌려 오자면, 문명의 금속성을 재생하는 디지털시대의 사이보그적인 시인과 전통 서정의 음유시인이 나란히 등장하는 것이 최근 우리 시의 풍속도이다. 더 빠른 속도를 추구하는 광속의 울림과 느림의 권리를 주장하는 슬로우 모션이 하나의 광고판에 공존하는 시대, 환상이 되어버린 복고와 첨단의 공포가 비벼진 문화의 틈새에서 끊임없이 새로운 시들이 태어나고 있다.

낡고 친숙한 세계를 벗어 던지고 변화하려는 시적 욕망은 새롭고 낯선 것을 찾아 떠나는 원심적 강박증으로 나타난다. 새로움을 향한 탐색은, 지나간 것에 대한 반성적 성찰보다는 끊임없이 낯선 것을 찾아 나서는 탐식에의 욕망으로 표출된다. '너무나 많은 첨단의 노래만을 불러왔다'는 김수영의 자기고백을 환기하지 않더라도, 다양한 형식 실험으로 분출되는 시적 흐름의 이면에는 이러한 새로움에 대한 강박이 자리하고 있다. 새로움의 극단을 추구하는 시학은 현대의 속도를 내면화하고, 그것을 자기 분열과 해체의 동력으로 삼는 젊은 시인들에게 자주 발견된다. 시대의 첨단에 닿아 있는 이들의 시적 촉수는 현실의 파탄적 속도를 시적 호흡으로 바꾸어 놓으려는 자기 파괴적 열정에 지배되는 것처럼 보인다.

한편 이러한 새로움의 강박 한편에는, 친숙한 정서적 코드 속에 조율된 감정을 배양하는 구심적 흐름이 존재한다. 이른바 새로운 서정이라는 이름으로 확산된 시편들은 대중성과의 서정성의 접점에 위태롭게 자리하고 있다. 이들은 현대의 속도와 기계적 소음 사이에서 상실된 것들을 환기시키고 근원적 자아와 자연의 미학을 추구한다는 점에서 오래된 서정의 기율을 반복하고 있는 것처럼 보인다. 유행처럼 되돌아오는 정서의 반복성과 회귀성은 낡은 것처럼 보이는 시적 정서를 새롭고 낯선 것으로 바꾸어 놓는다. 서정적 감수성은 기계문명의 속도전에 피로해진 감각을 위무하면서, 자연과의 동화라는 정서적 판타지를 제공하는 '오래된 미래'의 시제로 출현한다. 이러한 서정의 문법으로 귀환한 시인들이야말로 또 다른 의미에서 첨단의 시인들이라고 할 수 있다.

문제는 세계에 대한 전면적인 부정의 정신으로 무장한 전위적 언어들이건, 혹은 잘 조율된 음역에 안착한 서정적 언어들이건 모두 새로운 미학적 동력을 생성하지 못하고, 첨단에의 강박증에 시달리고 있는 것처럼 보인다는 데 있다. 끊임없이 새로운 미학을 추구하는 한편 무서운 속도로 그것을 소비해버리는 현실에서 언어의 진정성에 대한 탐구는 어느덧 풍문이 되어버린다. 그리하여 다양한 음색이 혼재하는 우리의 시적 흐름은 외견상의 풍요로움에도 불구하고 또 다른 의미의 궁핍한 시대를 맞이하고 있는 것이다. 이러한 시적 현실에서 한 걸음 물러나 자신의 고유한 음색으로 노래하는 시인들의 작업에 귀를 기울여야 하는 이유는 여기에 있다.

노래방에서
누군가 아주 느린 곡조의 가요를 노래하면
따라 듣기에만도 나는 진땀이 난다
(…중략…)
장식음과 바이브레이션
모음의 젖과 꿀이 넘쳐 흐르네

나는 간신히 음표에 올라앉았다
음과 음 사이의 거리가
내게는 항시 아득하여
나는 총총히 노래했다
짤달막한 모음의 나의 노래요
내 노래는 언제나 단조로웠다

—황인숙, 「삶의 음보」 중

'장식음과 바이브레이션 / 모음의 젖과 꿀이 넘쳐흐르는' 윤기 나는 노래를 들으면서 시인은 숨이 차고 진땀이 난다고 고백한다. 삶의 여백을 채워 넣는 장식과 기교를 따라가지 못하고, 오직 총총하고 단조로운 걸음으로 산책하듯 걸어가는 시인의 음역과 보폭은 단순하기 그지없다. 그러나 음을 부리지 못하고 '간신히 음표 위에 올라앉은' 시인의 시 세계는, 음과 음 사이의 아득한 거리를 최선을 다해 건너가려는 열정으로 채워진다. 이 단조롭고 짤막한 노래에는 첨단의 언어가 지니지 못한 진정성과 묵직한 울림이 내장되어 있다. 삶의 깊숙한 곳에서 퍼져 나오는 시적 울림은 첨단의 강박으로 점철된 궁핍한 시대의 언어를 조율하여 깊은 호흡을 만들어내는 언어의 들숨과 날숨에서 태어난다.

이러한 시를 읽다보면 문득 드러난 절개지를 만날 때처럼 현실의 표면에 갑작스럽게 펼쳐지는 생의 이면과 마주치게 된다. 일상의 척박한 단면을 가로지르는 이러한 시적 에피파니는 첨단의 영토를 숨 가쁘게 질주하는 대신 섬세하게 조율된 언어의 깊은 음역을 펼쳐 보인다. 이들이 노래하는 정서의 질감과 깊이는 첨단의 이름으로 부유하는 서정의 음역을 든든하게 지탱하고 있다.

2. 어긋난 삶, 날아가는 불

조은의 시는 다양한 형태와 질감을 지닌 고통의 풍경에서 출발한다. 그녀의 시집 『따뜻한 흙』에서는 이전 시에서 보여주었던 죽음과 삶, 고통과 어둠의 주제들이 다양하게 증폭되면서 변주되고 있다. 고통, 병, 아픔 등으로 조형된 언어에는 현실의 풍경 너머에 자리한 근원적 어둠을 투시하는 시선이 담겨있다. 시인은 '재빨리 모르는 한 죽음에다/나의 죽음을 겹쳐보'(「울음소리에 잠을 깼다」)기도 하고, 맹인 모녀의 표정을 읽으며 그들과 한 방향으로 걸어가기도 하고,(「궁궐 앞길을」) 육교 위에서 행상을 하는 할머니를 바라보기도 한다. 이렇게 삶의 그늘진 곳을 응시하는 시선에 포착되는 것은 세계의 결핍과 공허이다. '탈모가 심한 노인인 줄 알았다/키 작고 뒤통수가 훤한 그 아이가'(「웃음」)에서 이미 늙어버린 아이의 그로테스크한 모습을 통해, 시인은 삶의 내부에 자리한 죽음과 고통의 의미를 읽어낸다. 아이의 '훤한 머리'의 충격적인 모습은 구멍 난 삶의 표면을 섬뜩하게 환기한다.

> 아픈 친구와 밥을 먹었다. 그의 몸은 삶의 바닥에 닿아 더없이 어두웠다. 어둠이 소용돌이치는 말은 귀를 곤두세우고 몸을 구부려도 알아듣기 힘들었다. 입안에서 음식물 씹는 소리가 내 귀를 멀게 한 것인가. 허기를 채우는 동안 그의 어둠은 내 몸밖에 있었고, 그는 배고픔도 못 느끼는 어둠 속에 있었다.
>
> —「고통의 돌기」 중

친구와 밥을 먹는 것은 친구의 아픔을 공유하고자 하는 행위이다. 그러나 어둠 속에서 소용돌이치는 친구의 고통은 나에게 전달되지 않는다. 음식물 씹는 소리로 나타나는 현실적 허기는 타인의 고통이 나에게 전달되는 것을 방해하고 있다. 자아의 '허기'는 친구의 고통과 무관한, 고립된 개체가 느끼는 육체의 감각일 뿐이며, 나의 '몸밖'에 있는 친구의 고통은 나의 허기를 숨겨주지 못한다. 이렇게 시인은 타인의 고통이 육체의 경계를 넘어올 수 없다는 사실을 확인한다. 나의 허기와 친구의 고통 사이에는 영원히 닿지 못할 간극이 존재하는 것이다. 결국 고통이란 그것을 감당하는 개인의 몫으로 주어진 것이며, 따라서 고통 속에서 각자는 철저하게 타자가 될 수밖에 없다. 고통의 풍경들은 도처에 생겨나 자아를 둘러싸지만, 타자의 고통과 나는 합일되지 못하고, 아픔을 함께 나눌 수 없다는 절망 속에서 시인의 고통은 깊어진다.

조은의 시는 실존적 개체들의 내부에 자리한 고통을 호명하고, 그 고통에 닿아가기 위한 방법론으로 쓰여진다. '나와 무관한 그 울음에 / 콧등이 시큰했다 / 나는 여자의 먼발치에 주저앉았다'(「낯선 기도」)에서, 나와 무관한 한 여자와의 거리를 확인하면서도 시인은 그 울음의 공간을 떠나지 못한다. 이렇게 타자의 슬픔 / 고통은 자아의 내부에 자리한 어둠을 환기하는 매개이며, 동시에 자아로 하여금 현실에서 떠나지 못하게 하는 인력(引力)으로 기능한다.

> 그를 만나지 않았다면 나는
> 능소화 핀 길을 어제처럼 걸었을 거다.
> (…중략…)
> 다시 뒤돌아봤을 때도
> 노인은 나를 보고 있었다
> 어디서부터 삶이 어긋났는지
> 이제야 알았다는 듯

혀 같은 눈으로 나를 노려보며

—「언젠가 그런 모습으로」 중

일상에 틈입한 노인의 갑작스런 시선은 시인이 날마다 걸어 다니는 세계를 낯설게 바꾸어 놓는다. 노인은 자신의 미래 곧 언젠가 도래할 죽음을 환기시킨다는 점에서 위험한 존재이다. 그의 시선은 현재를 붕괴시키고, '나도 어딘가 주저앉아 / 그 같은 사람들의 모습을 바라보게 될 거라'는 삶의 어두운 진실을 폭로한다. 여기서 존재의 근원적 운명인 죽음이 이토록 불안하고 고통스럽게 인식되는 것은 자기 삶이 '어긋난 삶'이었다는 자각 때문이다. '어긋나는 삶 / 어긋나는 빛 // 결코 내게서 싹틀 수 없는 것들이 / 버석거리는 내 몸에 / 또다시'(「어긋나는 것들」)에서 드러나는바, 삶에 대한 비극적 인식은 '능소화 핀 길'로 위장된 현재의 내부에 감추어진 균열을 깨닫는 데서 비롯된다. 이러한 어긋난 삶은, '잉태의 기억도 생산의 기억도 없는 몸'(「따뜻한 흙」)의 불모성에 대한 인식을 통해 구체화된다. '들판에서 산에서 출렁대며 빛나던 길들도 / 네 안에서 얼어있다 / 생은 네게서 차가운 매듭을 짓고 / 두 눈 가득 성에 끼었다'(「아직도 너에겐」)에서처럼 자아의 육체는 고갈되고 얼어붙은 시간성을 담고 있다. 이렇게 현재의 허구성을 붕괴시키는 타자의 시선은 육체의 틈을 열어 불모의 내면을 차갑게 들추어낸다.

조은의 시에서 삶의 허구성을 붕괴시키는 타인의 시선은 자아의 시선을 내부로 귀환하게 만든다. 레비나스에 의하면 개별적 자아는 타인의 얼굴에 공감함으로써 존재의 근원적 고독—죽음으로부터 벗어날 수 있다. 고통스러운 타인의 얼굴에서 죽음의 의미를 읽어내고 거기서 다시 자기 운명을 발견할 때, 비로소 현재의 절망과 죽음의 숙명을 초월할 수 있는 가능성이 열린다. 타인의 얼굴을 경유하여 자기의 내부로 돌아오는 시선 속에는 죽음의 운명을 초월하려는 의지가 내장되어 있는 것이다.

새가 내 머리 위를 불덩이처럼 맴돈다. 언제 저 새가 이 방으로 들어왔을까? 애써 침잠시킨 어두운 한 세계가 역행하고, 숨골이 활짝 열리는 열기, 어떻게 저 새가 이 방으로 들어왔을까? 웅크린 내 몸을 깔고 있는 지렛대 같은 어둠을 극도로 부풀리며 새는 활기차게 난다. 내 몸에서 번쩍 눈을 뜨는 먼지들, 전신을 뒤집으며 소용돌이치고, 휘청거리며 내게서 멀리 떨어져나가는 깜깜한 길 하나.

—「새」 전문

이 시에서 의식의 내부를 맴도는 불덩이의 이미지는 어긋난 삶의 틈에서 솟구쳐 오르는 역동성을 보여준다. 새는 웅크리고 침잠한 자아의 내면을 휘저어 새로운 시간성을 불어 넣는다. 새의 활기찬 비상은 먼지 쌓인 시간을 전복시키고, 자아의 '숨골을 열어' 놓는다. 그리하여 몸 속에서 '번쩍 눈을 뜨는 먼지'의 시간은 불덩어리의 열기를 통해 상승하고자 하는 의지로 전환된다. 폐쇄된 방이 새의 움직임을 통해 소용돌이를 이루며 새로운 시간으로 열려지는 것이다. 조은의 시에서 침잠한 생, 불모의 육체를 전복하는 새의 비상은, '언제부턴가 움푹 꺼진 시멘트 바닥엔/균열이 생겼다/(「내 안에도 드문드문 저런 곳이 있다」)', '그 틈으로 생성의 활기로 가득 찬 상쾌한 물의 기운이 올라온다'(「내게도 저런 곳이」)에서처럼 각질화 된 삶의 틈새에서 흘러나오는 생기와 동일한 의미를 지닌다.

조은은 날아다니는 불덩어리로 변용된 새의 이미지를 통해 먼지의 시간을 이탈하고자 하는 욕망을 보여주고 있다. 그런데 시에서 '전신을 뒤집으며', '소용돌이치고', '휘청거리는' 새의 동적인 움직임은 자아의 내부에서 떨어져 나가는 '길'의 캄캄한 이미지와 대비를 이룬다. 극도로 어둠을 부풀리는 새의 비상이 불덩이의 이미지로 전이되어 상승하고 있다면, 깜깜하게 떨어져 나가는 길은 어둠 속으로 하강하는 존재를 암시한다. 상승하는 새와 하강하는 길의 이미지는 자아의 내부에서 서로 길항하면서 팽팽한 긴장을 이룬다. 운명을 초월하고자 하는 시인의 욕망은 상승과 하강, 빛과 어둠의 긴장 속에서 삶의 동력으로 치환된다. 고통스런 현실이라는 밑그림 위에서 펼쳐지는 조은 시의 긴장된 힘은 삶과 죽음의 날선 경계 위에서 초월의 욕망을 탄주하는 기술에서 태어난다.

새들은 먼지를 달구며
불덩이처럼 방 안을 날아다닌다
나는 문 손잡이를 잡고 숨 죽이고 서서
저 지옥의 순간에서 단번에 삶으로 솟구칠
비상의 순간을 보고 싶을 뿐이다
(…중략…)
살려는 욕망으로만 날개짓을 한다면
새들은 절대로
출구를 찾지 못하리라
한 번쯤은 죽음도 생각한다면……

—「한 번쯤은 죽음을」 중

어둠에서 삶으로 단숨에 솟구치는 새의 역동성은 이 시집 전체를 지배하는 가장 강렬한 이미지를 구축하고 있다. 시인은 삶과 죽음이 서로 팽팽하게 잡아당기는 지점에 놓인 새를 통해서 존재의 역설적 상황을 보여준다. 살려는 욕망만으로 비상이 가능한 것이 아니라, 죽음의 얼굴을 대면해야 비로소 그것을 넘어설 출구를 찾을 수 있다는 역설 말이다. 여기서 조은의 시에서 그토록 다양하게 변주되는 고통과 죽음의 기원을 엿볼 수 있다. 시인에게 고통이란 궁극적으로 삶과 죽음의 경계에 놓여 있는 존재의 근원적인 표정인 동시에, 그 속에서 삶을 향한 사랑이 생성되는 역설적 징후이다. 죽음으로 대변되는 아픔과 고통이 발효되어 빛으로 전환되는 순간이 그것을 증거한다. '존재의 원형을 바꾸며 들끓고 있는 구더기 떼처럼, 삶을 희구하는, 희끗한 눈빛! 창문에 붙어 있는 어둠의 눈 속에서 나도 한철 내내 고물거리고 있습니다'(「겨울 한철」)라는 구절은 죽음 속에서 삶을 꿈꾸고, 어둠 속에서 빛의 투명함이 탄생하는 사건을 보여준다.

이렇게 조은은 새로운 생명을 탄생시키기 위해 썩어가는 고통의 표정 속으로 걸어 들어간다. 그녀는 타자의 고통을 통해서 자기 내면의 어둠을 환기하고, 거기서 새로운 생을 향한 열망을 피워 올린다.

공원 수돗가에 바지와 셔츠와 속옷을 벗어놓고
거침없이 몸을 씻고 있는 남자
옷을 입고 있는 자들의 눈빛이 난분분하다

그의 야윈 몸에서
햇빛 누에처럼 고물거린다

—「어디서 겨울을 났나」 중

더러운 사내의 몸은 햇빛에 비추어져 한 마리의 누에로 변신한다. 이 눈부신 광경은 '옷 입고 있는' 일상의 시선으로는 볼 수 없는 신비한 시적 순간을 현현한다. 누추한 삶을 눈부신 비상으로 대치하는 것은, 세계의 고통을 응시하는 시인의 따뜻한 시선이다. 이러한 상상력은 첫 시집 『무덤을 맴도는 이유』에서 드러나듯 삶이면서 죽음인, 무덤이면서 자궁인 세계의 이미지를 다시 한 번 환기하고 있다. 시집의 제목 '따뜻한 흙'은 죽은 것을 발효시켜 새로운 것을 태어나게 하는 죽음의 육체성, 그 온기를 의미한다. 그녀의 시는 삶과 죽음이 서로 몸 바꾸는 경계에서 피어나는 빛과 온기로 가득하다.

3. 시간의 빈틈을 메우는 사선의 활강

장대송의 시집 『섬들이 놀다』는 낯이 익고 친숙한 시편들로 채워져 있지만, 이러한 시들이 보여주는 정서의 질적 함량은 만만치 않다. 첫 시집 『옛날 녹천으로 갔다』에서 드러나던 두 흐름, 곧 「초분(草墳)」의 탈속적인 세계와 「엘리베이터를 타면 맹금류의 직장에 걸린 풀 같다」의 비판적 의식 사이에 놓인 간극이 완전히 사라진 것은 아니지만, 시인은 현실을 투시하는 시선의 냉정함을 안정된 정서로 감싸 안아 더욱 깊어진 시적 세계를 구축하고 있다.

장대송은 삶을 가득 메운 일상의 풍경 속에서 시간의 빈틈을 발견한다. 그는 사물과 사물 사이의 공간적 여백을 시간적으로 확장하여 은폐된 삶의 본질을 투시하고 있다. 사물의 결여를 드러내는 '빈 공간'은, 시간이 부식하는 삶의 허무와 공허를 가시화하는 것으로 읽힌다. 가령, '내가 살고 있는 15평 공간의 시간들은 용적률을 최대로 높인 산소통의 시간들처럼 언젠가는 폭발할 것이다'(「금대」)에서, 현실적 삶의 긴장은 '시간의 밀도'로 암시되며, 이러한 압축된 시간의 폭발 가능성은 '15평의 공간적 용적'으로 환산되는 삶에 긴장과 불안이 은폐되어 있음을 폭로한다.

> 테트리스를 한다 마포 삼성아파트와 현대아파트 사이에 생긴 공간을 메우자 건물들이 와르르 무너져 내렸다 도원빌딩과 일진 빌딩 사이에 길쭉하게 만들어진 공간을 채우려는데 동일건설 노동자와 일진 알루미늄 노동자들이 체불임금지급과 해고노동자 복직을 외치는 아우성으로 가득 차 있다 (…중략…) 다시 자판기 포즈 키를 풀자 어디서 날아왔는지 지친 날개짓의 황조롱이는 황사에 덮인 빌딩 벽에서 나온 상승기류에 몸을 내맡기고 정지비행을 한다
>
> —「황조롱이 2」 중

테트리스는 빈 공간을 직각의 평면화된 시간으로 메우고 파괴시키는 게임이다. 공간화 된 시간을 채우는 이 단순한 게임은 도시적 삶의 권태로운 반복을 표상한다. 또한 끊임없이 채워지면서 사라지고 다시 나타나는 빈 공간은, 존재의 결여를 드러내는 동시에 그것을 채워가도록 선고받은 존재의 운명을 암시하고 있다. 시에서 게임의 화면을 파고드는 '노동자의 목소리'는 반복과 파괴라는 공간적 게임의 규칙을 붕괴시킨다. 그것은 근대공간의 비인간성에 대한 부정의 언어이자, 관성화된 반복의 리듬을 파괴하는 힘으로 읽힌다. 여기서 빈 공간을 채우는 아우성의 파괴력은 사선으로 날아드는 황조롱이의 날개짓으로 상징되고 있다. 인공적 공간을 해체하는 황조롱이의 활강은 공간의 좌표 위에 포획되지 않는다. 상승이면서 동시에 정지의 몸짓으로 표상되는 황조롱이의 활강은 세계의 폭력적 전복을 꿈꾸는 '테러리스트'의 환상으로부터 출현하는 것이다.

현실 속에서 우리는 공간에 구속된 삶을 살아가고 있다. 근대 이후 반복되는 삶을 구성하는 동질화된 시간의식은 양적이고 공간적인 표상에 귀속되며, 이렇게 양화된 시간이 공간의 이미지로 극대화, 추상화 된 것이 테트리스의 도상이다. 도회의 빌딩 사이를 사선으로 넘나드는 새의 활강은 블록처럼 닫힌 테트리스의 공간을 붕괴시키고, 새로운 시간성을 출현시킨다. 이러한 활강 속에 자신을 투사함으로써 시인은 고착된 현재의 좌표에서 벗어날 수 있다. 그는 사각의 평면적 공간에 포획된 주체가 아니라 움직이고 변화하는 존재로서 시간의 생성에 참여한다.

이렇게 장대송은 시간을 잡아먹는 순환과 반복의 테트리스적 공간과, 이 공간의 벽을 뚫는 황조롱이의 비상을 대비시킴으로써 일상의 평면을 붕괴시키는 강렬한 시적 순간을 담아내고 있다. 그는 '삶의 울타리를 벗어나면 새의 몸으로 들어갈 수 있을까. 아침이 되기 전 새의 몸 속에 있고 싶다'(「새의 영혼」)에서와 같이, 새의 영혼이 됨으로써 공간적 육체로부터 벗어나기를 꿈꾼다. 새가 되고 싶은 욕망은 「일식과 흰뼈」에서 육탈의 욕망으로 강화된다. '삶의 가벼움에 짓눌렸던 뼈들이 날아가고자' 하는 새-되기의 욕망은 장대송의 시를 지배하는 주요한 동력이다. 다음의 시에서도 새의 환상은 정지된 삶의 평면을 가르고 솟구치고자 하는 의지를 직접적으로 드러낸다.

> 진눈깨비가 빌딩 벽에 흐르는 기류를 타고 하늘로 솟구쳤다
> 황조롱이가 치솟는 눈발을 헤치며 아래로 내리꽂혔다
> 도화동 소공원에서 모이를 쪼고 있는 비둘기를 낚아챈
> 황조롱이가 솟구치는 눈발을 따라 유유히 사라졌다
> (…중략…)
> 고층건물 송신탑에 둥지를 튼 황조롱이, 그가 탄 전파는 단파일까 중파일까
> 기류를 타고 온 전파가 성층권에서 날아온 철새라면,
> 황조롱이의 시간은 공간이겠지
> 황조롱이가 사라진, 하늘을 배회하던 시간들, 거미줄에 매달린 이슬처럼 날카롭다
>
> -「황조롱이 1」 중

시인은 일상의 한복판을 가로지르는 황조롱이의 활강을 통해서, 공간에 잠식되었던 시간이 새롭게 돌출하는 순간을 포착하고 있다. '솟구치다'와 '내리꽂히다'라는 술어가 교직되면서 만들어내는 역동적 운동의 주체인 황조롱이는 일상의 흐름을 끊어 놓는 테러리스트와 같은 존재로 출현한다. 공원의 비둘기를 순식간에 낚아채는 그 날쌘 움직임은, 나른한 일상을 전복하는 시간적 비전을 열어 놓는다. 고층건물 송신탑에서 발생하는 전파가 철새의 일회적인 삶을 드러낸다면, 황조롱이는 이 '주파수' 위에 혹은 너머에 존재하는 힘의 상징이다. 고층 건물의 높이를 초월한 비상은 그가 맴돌던 공간('하늘')에서 실현된다. 이때 '하늘'은 고층건물이 상징하는 양적이고 동질적인 시간의 의미를 무한의 공간으로 확장하고 있으며, 따라서 그것은 공간인 동시에 시간성으로 각인된다.

'하늘'로 상징되는 무한의 시간이 '이슬'의 순간 속으로 응축될 때 무한과 순간은 하나로 합쳐진다. 하늘로 치솟는 황조롱이는 찰나의 순간성 속에서 비약하며, 그 순간 일상의 공간성을 베어내는 날카로운 시간적 운동으로 현현하는 것이다.

장대송의 시에서 날카로운 시간의 궤적은 미지근한 일상, 긴장 없는 세계를 가차 없이 베어낸다. 그것은 '그릇 속의 단무지는 행복하다/ 랩 가운데에 면도칼을 댄다'(「휴일」)에서, 휴일의 이완된 삶을 베어내는 면도날의 섬뜩함과도 연결되며, '구두수선용 송곳에 찔리고 싶다'(「「배롱꽃 핀 고향길」)와 같은 자기파괴의 정념으로 표출되기도 한다. 면도날이 상징하는 날카로운 파괴의 욕망은, 평면화 된 일상에 대한 부정의 자의식이 만들어낸 강렬한 흔적으로 남겨진다.

그의 시는 일상의 붕괴와 초월의 욕망을 표현하는 한편, 현실적 세계의 여백을 발견하여 삶의 무의미함과 공허함을 드러내기도 한다. 시 「눈화장을 하는 여자」에서, 그는 아이섀도우를 그리는 여자의 눈에서 검은 우물의 이미지를 읽는다. 여자의 눈 뒤에는 밤의 시간이 숨겨져 있고, 그것은 어두운 우물의 이미지를 떠올리게 한다. 이렇게 낯선 여자의 눈은 우물로 변용되고, 우물은 다시 자아를 응시하는 타자의 눈으로 바뀐다. 아이섀도우가 칠해진 검은 눈은 블랙홀처럼 자아의 그림자를 빨아들인다. 시인은 현재를 집어삼키는 검은 시선(eye-shadow)을 통해 붕괴되는 삶의 운명을 포착한다. 시 「여름이 지나간 자리」는 일상을 뒤덮는 공허함을 미학적으로 승화시키는 절제된 응시가 돋보이는 작품이다.

> 여름은 가고 가을은 아직 저 언덕 절개지를 서성거리는데, 빈자리가 크다
> 전주 시외버스 터미널 앞 도로 연석선에 앉은 종림 스님과 승룡이가 '더위사냥'을 한다
> 한손에는 담배를 한손으로 '더위사냥'을 먹고 있는데, 시간의 빈자리가 크다
> 밭벼밭을 지나 절개지 은억새 위로 내려앉은 햇살이 '더위사냥'을 하는 얼굴

을 스친다
순간, 커다랗게 만들어지는 빈자리, 그 자리를 가득 채우는 허공.

—「여름이 지나간 자리」 전문

시인은 여름이 지나간 자리의 시간적 공복감을 한 폭의 풍경화로 펼쳐 보인다. 시간적 계기성을 단절하는 '빈자리'의 공간적 부피감은 현실적 삶의 무의미와 권태를 동시에 노출하고 있다. 그것은 여름에서 가을로 이행되는 시간적 흐름이 베어져 열리는 절개지의 풍경이다. 얼굴에 내려앉은 햇살은 일상이 덮지 못하는 시간의 여백, 즉 지나간 것과 오지 않은 것 사이에 놓여 있는 존재의 불안정성을 환기시킨다. 동시에 햇살은, '가득 채운 허공'이라는 역설을 통해 여백을 충만하게 채워 넣음으로써, 빈 시간을 결여로 느끼지 못하도록 만들고 있다. 이렇게 장대송의 시가 비추는 것은 비어있으면서 충만한 시간의 거대한 여백이다. 시인은 촌철의 시간을 영원성의 공백으로 전환시킴으로써 현실의 권태와 무의미를 감싸 안는다. 이 거대한 시간의 공백은 황조롱이로 상징되는 순간의 비약과 겹쳐지면서, 테트리스의 공간 너머에 존재하는 시적 영토를 환기한다.

무엇보다 이 시집에서 두드러지는 것은 시간에 대한 절제된 응시라 할 수 있다. 장대송은 첨단의 속도가 구축한 세계를 날렵하게 비판하기보다, 느린 산책자의 시선으로 시간의 뒤를 따라가며 시간이 세워놓은 것들을 차례로 어루만진다. 『옛날 녹천으로 갔다』에서와 다르지 않게, 이번 시집에는 자연의 풍경을 그린 시편들이 다수 등장하고 있다. 그러나 이러한 시들은 감성적으로 순치되거나 정서의 습기가 배어들지 않는 건조한 삶의 풍경으로 묘사된다. 그는 감성의 습도에 착색된 신서정의 시편들이 보여주는 매끄러운 정서의 결 대신 투박한 언어의 흔적을 그대로 드러낸다. '절망이 기교를 낳고, 기교가 절망을 낳는' 악무한이 오랫동안 우리의 전위적이고 실험적인 시들이 벗어나지 못한 운명과도 같은 것이었음을 떠올릴 때, 장대송의 투박한 시적 작업이 담아내는 진정성의 깊이는 더욱 돋보인다. 현대 문명의 한복판에서 테트리스와 황조롱이를, 데모대의 농성과 빗소리를 섞어 놓는 그의 시적 태도는 당당하고 오연하다.

4. 환(幻)의 시선과 맹목(盲目)의 삶

박형준의 시는 소멸이라는 화두를 짐지고 가는 실존의 풍경을 담고 있다. 내면의 지극한 정서와 절묘한 언어적 감각, 그리고 시적 순간의 발견에 탁월한 솜씨를 드러내는 그의 시편들은 존재의 궁극적 운명의 지점을 응시함으로써 빛을 발한다. 그의 시는 유년의 누추한 기억과 일상의 그늘을 그려낼 때조차 궁극적으로 실존이 부딪치는 소멸의 지점을 향해서 수렴된다. 이렇게 일상의 풍광이 거세된 시는 상실된 근원으로서의 신화적 시간에 뿌리를 대고 있다. 세계와의 연속성에 바탕을 둔 기억의 작용을 통해 근원적 시간과 접속하는 시쓰기는 상실된 시적 아우라에 대한 동경과 열망의 형식으로 이해될 수 있다.

> 어느 추운 겨울밤, 머언 옛날이었습니다.
> 서울역 지하도에 할머니가 박스로 城을 만들어
> 그 안에 웅크리고 있었습니다.
> 계단으로 눈발이 비치기 시작하더니,
> 무를 밭에서 막 뽑아낸 듯 사정없이 바람이 허벅지를
> 도려내고 있었습니다.
> 저는 갈 곳이 없어 할머니의 성에 하룻밤 묵어가기를 청했습니다.

(…중략…)
할머니의 품안에서 돋아나는 불꽃이
저의 굽은 손과 차디찬 허벅지에
흰 속살인 듯 속삭이고 있었습니다.

눈을 떴을 때는 박스로 만든 성 안에는
매운 재만 폭삭 내려앉고 있었습니다.

—「동지」 중

위의 시에서 박형준은 현실의 어둠과 순간적으로 타오르는 불빛이 빚어내는 황홀경의 세계를 대비시킴으로써 시쓰기에 대한 자의식을 고백적으로 드러낸다. 시인은 동지라는 시간적 배경이 암시하는 진하고 깊은 어둠 속에 서 있다. '겨울밤', '지하도', '동지' 등이 환기하는 차가움은 모든 꿈을 상실한 냉혹한 현실을 암시한다. 그런데 지하도에 웅크린 할머니는 이러한 누추한 현실을 환상의 세계로 바꾸어 놓는다. 피어오르는 성냥의 불빛은 '굽은 손'과 '차가운 허벅지'의 결핍을 녹여내는 온기 담고 있다. 지하도를 지나가던 시인은 이 성냥의 불빛이 펼쳐놓는 몽환적인 환(幻)의 세계로 미끄러져 들어간다. 이러한 제의를 통해서 펼쳐지는 비의적인 환의 세계야말로 현실의 냉혹함을 견디게 하는 출구이다. 이 순간 노숙자 노인은 미적 세계를 불러오는 제사장으로 변모한다.

어둠 속에서 성냥의 불빛이 드러내는 환의 세계는 현실을 초월하는 시적 꿈꾸기를 암시한다. 차가운 눈발을 녹이는 불빛은 지하도로 상징되는 현실의 결핍을 치유하는 시적 세계의 열림을 보여준다. 그것은 누추한 현실에서 이미 상실해버린 시적 아우라의 귀환으로 읽어도 좋을 것이다. 신비한 빛에 둘러싸인 '성'은, 현실에서는 '박스로 만든' 허약한 공간에 불과하지만, 환의 세계에서 그것은 누구도 근접할 수 없는 절대성의 공간으로 상승한다. 이렇게 박형준의 시쓰기는 순간적으로 타오르는 언어의 불빛을 통해 현실의 결핍을 치유하는 비의적 과정으로 실현된다.

그런데 문제는 이러한 환상의 빛이 상실될 때 현재의 결핍이 더욱 깊고 선명하게 드러난다는 점이다. 시에서 '매운재'의 이미지는 환의 소멸이 가져오는 쓸쓸함과 허무의 정조를 함축하고 있다. 미당의 시 「新婦」에서 기다림과 덧없는 열정의 귀결점인 '매운 재'가 내면의 정념과 비극적 열망의 열기를 간직하고 있음에 비해, 박형준의 시에서 그것은 소멸과 허무의 정조로 차갑게 식어있다. 그의 시는 '소멸'의 이면을 이루는 허무의식에 강하게 지배되고 있는데, 그것은 초월의 욕망이 타오른 뒤에 남게 되는 이 덧없는 '재의 시간'에 대한 인식에서 비롯된다. 초월에 대한 욕망과 허무의 의식은 시 「백동백이 있는 집」에서도 변주된다. 이 시에서 동백꽃의 붉은 빛을 희게 표백하는 초월적 욕망은 백동백의 '흰빛'과 '쉰 목소리'를 통해서 이미지화 되고 있다.

이렇게 박형준의 시쓰기는 일상 속에 은폐된 근원적 시간경험으로서의 소멸의 문제를 투시한다. 그의 시에서 현실의 시간은 결핍과 함몰된 상처의 기억으로 드러난다. 시집의 곳곳에 흔적처럼 배어 있는 어린 시절의 결핍과 현재의 누추함을 그는 심미적 초월성의 언어로 감싸 안는다. 궁핍한 유년기를 지배하는 축축한 꿈의 한켠에 놓인 소멸에의 욕망은 신화적 시간을 통해 영원성을 꿈꾸는 것으로 표출된다. 옥따비오 빠스의 말을 인용하자면 이러한 서정시의 원리는 파편화된 세계에 대응하는 아날로지의 시학에 바탕을 두고 있다. 객체로서의 세계와 균열된 주체의 총체성을 회복하여 자아를 우주적 존재로 고양시키려는 은유의 순간성은 근대적 세계의 분열상을 풍요롭게 통합할 수 있는 미적 가능성을 담고 있다. 그의 시쓰기는 세계의 분열된 시간을 미학적으로 통합하려는 열망에서 출발한다. 훼손된 현실의 시간에 미적 시간을 대응시킴으로써, 현실의 균열을 넘어서는 행복한 통합을 꿈꾸는 것이다.

이런 점에서 그의 시쓰기는 '빨래하기'라는 제의적 비유를 가능하게 한다. 시 「冬毋冬月」, 「새벽」 등의 시에서 빨래하는 행위는 육체적 삶의 색깔과 냄새를 씻어내는 과정이며, 그것은 비천한 현실을 정화하는 제의를 상징한다. 이러한 제의를 통해서 얻어진 흰옷, 흰속살, 백동백 등 '흰빛'의 이미지는 현실의 빛깔을 탈색하고 증류한 절대의 시공간을 상징한다. 흰빛은 현실을 제거함으로써 스스로 아름다움의 성채에 갇히고자 하는 미학적 인간의 자기 초월적 욕망을 대변하는 색채이기도 하다. 「능구렁이 울음소리」에서 미적 세계를 상징하는 '붉은' 헝겊은 억압된 욕망의 징표이다. '키 큰 대나무 공중에서 젓가락만큼씩 꽃이 진해진다 / 이제는 집을 수도 뗄 수도 없는 붉은 헝겊이 내게는 미의 전부였음을 안다'에서 대나무의 수직성과 팽팽하게 솟구친 뱀, 붉은 꽃의 이미지는 현실과 초월적 세계가 맞닿는 순간의 장력을 내포하고 있다. 삶과 죽음이 교차하는 이 순간 속에 시인은 미적 욕망에 사로잡힌 영혼의 고통스러운 울음('구렁이의 울음')을 새겨 넣는다. 시 「성에서 1」에서 '나무에 기대어 / 하늘로 뻗어 올라가는 길을 더듬는다. / 밤이 되면 성은 기다란 몸을 추슬러 / 푸른빛을 섞은 뱀이 되어 나무 위로 올라간다'와 같이 자기 몸을 사다리로 삼는 뱀의 형상은 푸른빛의 이미지와 결합된 초월에의 욕망을 선명하게 가시화하고 있다. 이러한 미학적 상승의 의지는 그의 시에서 거꾸로 하강의 욕망으로 변주되기도 한다.

> 담 아래 작은 우물이 있었다.
> 담벼락 밑에 뚫린 아득한 구멍 속에서
> 빈집이 간직한 말소리가
> 어둡게 텅텅 울려나고 있었다.
> 폐허의 울음소리, 나는
> 발목도 안 올라오는
> 우물에 무릎을 꿇고 머리를 디밀고 싶었다.
> 우물에 먹혀 영원히 함께 죽고 싶었다.
>
> —「城에서 1999」 중

이 시에서 박형준의 미학주의는 자기소멸과 파괴의 타나토스적 울림으로 급격하게 전이되고 있다. 우물과 구멍은 죽음의 시공간을 암시하고, 이 폐허의 구멍에서 들리는 울음소리는 시인을 소멸이라는 블랙홀로 끌어당기는 언어의 유혹을 상징한다. 소멸의 운명에 대한 적극적인 충동은 '우물에 먹혀 죽고 싶은' 나르시시즘의 열망으로 표출된다. 이 검은 우물의 '아득한' 깊이는 환에 매개된 미학적 시선의 운명적 귀결을 암시하고 있다. 환(幻)의 성채에 감금된 시인은 미적 정열 속에서 스스로를 소진시키는 극단의 지점을 향해서 달려 나간다.

이렇게 죽음과 자기의 소멸에 매혹된 자아의 모습은 박형준의 시쓰기에 대한 또 다른 비유를 가능하게 하는데, 그것을 은둔자의 성 쌓기의 과정이라 명명할 수 있겠다. 시 「창문」에서 폐쇄된 공간 속에서 놓인 자아는 '창문'을 통해서 현실을 엿보고 있다. 그는 폐쇄된 공간에 고립된 은둔자로서 세계와 절연된 채 자기 내면을 향한 시선만을 보여준다. 외부로부터 고립된 채, 밖을 내다보는 은폐된 시선으로만 자신을 드러내는 자에게 소통의 통로인 창문이란 존재하지 않는다. 그에게 남아 있는 것은 내면의 어둠만을 들여다보기 위해서 열린 나르시시즘의 창이다. '검은 우물'은 이러한 나르시시즘적 소멸의 충동을 표현하는 다른 이름이다.

한편 박형준의 시에서 폐쇄된 자아의 시선은 고독하고도 쓸쓸한 이교도의 시간으로 변주되기도 한다. 그는 침례교도, 중국인, 종교적 주문을 외우는 할머니, 노인, 불구자 등 일상적 세계로부터 배제된 이방인들에게 자신을 투사한다. 이들은 모두 근대적 시간의 광폭한 속도로부터 소외된 혹은 이탈된 존재들이다. 시인은 현실로부터 거부된 혹은 현실을 거부한 존재들에 자신을 투사함으로써 일상의 진부함과 공허함으로부터 스스로를 절연시킨다. 일상적 세계와 불화함으로써 자신의 존재를 확인해 가는 시인의 운명이란 자기만의 고유한 시간을 축조하는 이교도의 그것과 다르지 않다.

창공의 별이 사라진 시대에, 박형준은 내면의 빛에 의지하여 현실의 어둠을 건너가고 있다. 현실에 대한 능동적 담론이 지배적이었던 전대의 시쓰기의 지형도를 그는 내면의 지도로 바꾸어 놓는다. 그의 시는 반성적 시선의 냉정함으로 현실을 투시하기보다는 미학적 몽상으로 자기 내면의 어둠을 응시하는 데 바쳐진다. 이런 점에서 그의 시가 보여주는 서정의 문법은 현실과 자아의 균열을 주관화된 시선으로 봉합한다는 혐의에서 자유로울 수 없는 것처럼 보인다. 궁핍한 세계로부터 절연된 채, 미적 성채에서 흘러나오는 불빛의 환에 매혹된 자아의 시선은 현실에 대한 맹목(盲目)과 겹을 이루고 있는 까닭이다. '현실에 드러난 몽상은 햇빛이 들어간 필름처럼 금방 타 버린'(「몽상가」)다는 인식은, 현실에 노출된 환의 세계가 어떻게 허무주의로 귀결될 수 있는가를 보여준다. 몽상가의 백일몽이란 현실 속에서 흔적으로만 존재할 뿐이라는 점을 자각하면서도, 그 소멸의 흔적에 자신의 시적 운명을 걸어보려는 열망이 그의 시적 출발점이며 궁극적 도달점이다. 견고하게 봉인된 미적 성채로부터 새로운 가능성의 출구를 열어젖히는 문제는 시인이 지고 가야 할 몫이리라.

5. 단순한 노래의 힘, 자명함의 벽을 넘다

황인숙은 우리 시의 언어적 율동감을 가장 아름답게 운용하는 시인이다. 그녀의 시에서는 언어의 호흡과 리듬감이 생생하게 살아 숨쉬며, 작고 비루한 것들의 표정을 읽어내는 섬세한 감각과 절묘하게 어우러지고 있다. 그녀의 언어적 호흡이 생동하는 다음의 시편을 보자.

나뭇잎들이, 나뭇가지들이 파르르 떨며
숨을 들이켠다
색색거리며 할딱거리며, 툭, 금방 끊어질 듯
팽팽히 당겨져, 부풀어 터질 듯이
파르르르 떨며 흡! 흡!
하늘과 땅의 광막한 사이가
모세관처럼 좁다는 듯 흡! 흡!
흡!흡!흡! 거대한, 흡!

—「폭풍 속으로 1」 중

이 시에서 시인은 폭풍이 부는 날의 나뭇가지들의 움직임을 섬세하게 포착한다. 폭풍 속에서 파르르 떨면서 숨을 들이키는 행위는 거대한 위협 앞에서 생존하고자 하는 의지의 최대치를 보여준다. 폭풍 속에서 숨을 들이키는 행위만으로 자기를 보존하고자 하는 간절함이 '흡!'이라는 시어에 함축되어 있다. 들숨과 날숨 사이에 놓여진 '흡'은 '색색거리다', '할딱거리다', '떨다' 등의 서술어의 의미를 안으로 삼켜버린다. 그리하여 자아는 음절의 폐색(閉塞)에 갇혀버리게 된다. '하늘과 땅의 광막한 사이를 모세혈관보다 좁은 것으로' 느끼는 절박한 상황 속에서, 삼켜지는 호흡은 긴박해지고 그럴수록 호흡의 크기는 점점 커져 간다. 그런데 주목할 것은 세계와 사물을 삼켜버리는 '흡!'의 세계가 절망적 폐쇄성만을 환기시키는 것이 아니라, 내적 율동을 통해서 생명의 호흡으로 변주된다는 점이다. 'ㅎ'의 개방성과 'ㅂ'의 폐쇄성이 교차되어 날숨과 들숨이 반복됨으로써 생겨나는 생동감이 현실의 무거움을 완화시킨다.

이 시에서 황인숙은 외부를 향한 열림과 내적인 닫힘의 경계를 매순간 넘나드는 존재의 이중성을 발랄한 호흡을 통해 표현하고 있다. 이러한 언어적 감각은 '장식의 언어'를 거부하고 언어의 날숨과 들숨만으로 삶의 의미를 선명하게 포착하는 황인숙의 고유한 창법(唱法)을 보여준다. '짤달막한 모음의 노래'를 고집하는 그녀의 시에서는 의미보다 먼저 음성이 환기하는 감각이 전경화 되며, 이러한 감각적 언어의 탄성은 '자명한 현실'의 이면을 열어가는 열쇠가 된다.

여기는 내게 자명한 세계
낙엽더미 아래는 단단한, 보도블럭

보도블록과 나 사이에서
자명하고도 자명할 뿐인 금빛 낙엽들

나는 자명함을
퍽! 퍽! 걷어차며 걷는다

내 발바닥 아래
누군가가 발바닥을 맞대고
걷는 듯하다.

―「자명한 산책」 중

낙엽더미 아래 놓여있는 단단한 보도블록은 시인이 걸어가는 길의 의미를 '자명'하게 확인시켜 준다. 발바닥이 보도블록의 단단함에 닿는 순간 세계는 확신에 찬 모습을 드러내며, 시인은 보이는 것만을 따라서 걷게 된다. 이러한 세계의 확실성에 대한 회의의 태도를 시인은 '퍽! 퍽!' 걷어차며 걷는 행위로 표출한다. '퍽! 퍽!'의 시어가 보여주는 파열적이고 반동적인 어감은, 이 걷어차는 행위가 블록의 표면에서 튕겨져 나오고 있음을 보여준다. '퍽!'의 공격성은 바닥을 향해 가해지는 나의 저항을 함축하지만, 그것은 곧 단단한 세계의 표면이 시인에게 되돌려 보내는 반동적 힘을 환기한다. '흡!'이라는 시어가 들숨과 날숨의 경계를 동시에 함축하듯이, 이 '퍽'이라는 음절은 세계에 대한 나의 부정과 나에 대한 세계의 거부를 동시에 내포하고 있다.

이렇게 나와 세계의 경계를 통해, 그녀는 가시적 세계의 자명함이란 바로 이러한 단절 위에서 성립하는 것임을 폭로한다. 시인이 자기 발바닥 아래 누군가의 발바닥이 닿아 있는 것처럼 느끼는 것은 이러한 세계의 확실성에 대한 불신을 의미한다. 이때 '닿다'의 감각은, 현실의 자명함을 넘어선 지점을 환기시킨다. 그것은 명확한 경계를 지우는, '듯하다'의 불확실성 속에서 환기되는 세계이다. 시 「명아주」에서 기억 속의 과거는, 감각적 명징성을 붕괴시키는 '듯도 하다'라는 시어의 반복을 통해서 어렴풋이 떠오른다. '그리운 듯도 하고 아닌 듯도 한'이 보여주는 희미한 내면의 상태는, 서로의 경계를 지우면서 침투하는 감각과 기억의 유동적인 특성을 보여준다.

감각의 불투명함을 통해서 확실성의 언어를 지워 가는 황인숙은 합리적 이성이 구축해 놓은 세계의 원리를 붕괴시키는 지점을 향해 나간다. 그녀의 시에서 모든 것을 구획하고, 정의하는 확실성의 세계에 대한 미학적 대응은 '하늘로 뚫린 계단'의 이미지를 통해 구체화된다. 계단의 평면적 이미지는 '회오리처럼 소용돌이처럼' 휘젓는 역동적인 이미지로 전환되며, '정수리가 하늘로 뚫린 계단'이 보여주는 무한한 확장의 이미지는 집과 담장들이 만들어놓은 경계를 뛰어 넘는다. 닫힌 공간을 뚫고 오르는 계단은 '비상하는 새'의 이미지를 닮아 있다. '하늘', '한없이 한없이', '회오리', '휩쓸린다'에서 반복되는 'ㅎ'음의 전면적인 개방성은 굳어버린 세계를 해체하는 시적 호흡을 효과적으로 드러내고 있다.

> 복개천 위에서 나는 골몰한다
> 부글거리는
> 더부룩한 뱃속
> 나는 복개천의 뱃가죽에
> 발 구른다, 쿵! 쿵쿵!
> 햇빛으로 배부른 비둘기들이 놀란 눈으로

꾸륵, 트림한다
개울물 노랫소리 들린 듯하다
가느다랗게 졸졸졸

— 「복개천에서」 전문

이 시에서 세상의 폐허를 덮어 은폐하는 복개천은 현대 문명의 뻔뻔함을 상징하고 있다. 온갖 쓰레기로 가득 찬 복개천은 문명이 은폐하고 왜곡시킨 모든 것들이 버려져 있는 공간이다. 시인은 복개천의 부글거리는 내부를 더부룩한 배의 이미지로 보여준다. 끝없는 탐식으로 점철된 문명의 탐욕은 배부른 비둘기의 불편한 이미지와 겹쳐진다. 비둘기가 뱉어내는 트림은 붕괴와 폭발의 위기를 병증으로 앓고 있는 문명의 불안정함을 환기한다. 이 매끄러운 복개천의 뱃가죽 위에서 시인은 발을 구른다. '발을 구르는' 행위를 통해서 복개천의 안에서 흘러가는 개울물 소리를 듣는 것이다. '졸졸졸'의 투명한 울림은 '꾸룩'거리는 소화불량의 문명 너머에 존재하는 훼손되지 않는 세계의 반향이며, 그것은 현실의 부패한 음색을 치유하는 근원적 노래의 출현을 의미한다.

발을 구르는 시인의 행위는 단단하게 구축된 문명의 현실에 대한 부정의 몸짓이며, 이때 '쿵쿵'의 음성적 자질은 '꾸륵'과 '졸졸졸'이라는 상반되는 시적 언어의 경계에 놓인다. 세계를 걷어차는 행위를 담고 있는 시어 '퍽!'이, 세계에 대한 거부의 감정을 둔탁한 울림으로 표현한다면, '쿵쿵'은 문명의 표면 위를 떠도는 가벼운 움직임을 생각나게 한다. 복개천의 내부와 외부를 동시에 울려대는 '쿵쿵' 소리는 복개천의 어둠 속에서 '졸졸졸'이라는 생명의 울림을 끌어내고자 하는 능동적인 유희로 읽히는 것이다. 이렇게 황인숙의 '단조로운 시'는 언어의 감각을 통해서 세계와 자아의 관계양상을 재구성하는 데서 빛을 발한다.

황인숙은 거대한 인공의 축조물과 '졸졸졸'이라는 모음을 대비함으로써, 이 단조로운 노래가 병든 문명 속에서 꿈꿀 수 있는 유일한 가능성임을 보여주고 있다. 폭식과 소화불량의 문명으로 과부하 된 삶을 치유하는 경쾌한 '졸졸졸'의 리듬 감각은, 이 시대를 가볍게 노래하며 통과하는 황인숙의 독특한 발성법을 보여준다. '훕', '퍽', '쿵' 등의 부사어들이 서로 충돌하면서 튀어 오르는 언어적 탄성 속에서 현대적 시간의 공허함은 경쾌하게 해체된다. 그리하여 그녀의 시에서 주체로 떠오르는 것은 주어와 술어에 매이지 않는 이 부사성의 언어들이다. 황인숙은 매력적이고 경쾌한 언어의 탄성을 통해 새로운 시간을 빚어냄으로써 현대성의 가속도에 대한 미학적 대응을 실현하고 있다. 광폭한 속도에서 벗어난 것들, 현대성의 신민이 아니라 그 주변에 밀려난 '공터'와 같은 아웃사이더의 세계야말로 그녀의 시 세계의 진정한 주인이다. 딱딱한 문명의 축조물 위로 '불쑥 솟아난 공터'(「공터」)는, 모니터의 평면 위를 활강하는 장대송의 황조롱이처럼 자명한 세계를 해체하는 시적 에피파니를 보여준다.

6. 새로운 시간의 출구를 위하여

자본의 지배와 파괴적인 현실의 논리를 뚫고 나가려는 시적 운명을 짊어진 시인들의 시쓰기는 상업화 혹은 대중주의의 나락으로 떨어질 위험과 동시에 폐쇄된 미학주의의 성채에 고립될 위험을 내포하고 있기에 훨씬 지난한 과정으로 여겨진다. 조은 · 장대송 · 박형준 · 황인숙 시의 묵직한 울림 속에는 서정적 언어의 매력과 그 속에 내포된 강렬한 에너지가 자리하고 있으며, 이러한 시적 언어는 해체와 분열의 수사가 지배하는 현실의 중력에 대응하는 새로운 미학적 출구를 보여주고 있다.

이 시인들은 시적 언어나 이미지의 조형에 크게 관심을 기울지 않으면서도, 척박한 삶 속에서 시적 언어를 건져내어 자신만의 고유한 미학을 일구고 있다. 그들은 현실에 대한 차가운 냉소나 환멸의 시선을 던지는 대신, 투명한 응시로 삶의 주름과 결들을 꼼꼼히 펴서 읽어낸다. 타인의 고통을 응시하고 거기에 자신의 고통을 겹쳐 놓는 조은의 시는 육체의 불모성을 따뜻한 흙으로 껴안아 새로운 삶의 시간을 구축한다. 새의 육체를 꿈꾸는 장대송은 삶의 평면을 활강하는 '황조롱이'라는 상징을 통해서 새로운 비상을 꿈꾸고 있다. 박형준은 환의 세계를 통해서 현실의 엄혹함을 미적 자의식으로 초월하고자 하고, 자명성의 세계를 부정하는 황인숙은 시냇물 소리를 통해 소화불량의 문명을 벗어날 가능성을 찾고 있다.

세계의 표정을 세밀하게 더듬어 읽는 이들의 투시적 시선 속에는 또한 자신을 응시하는 냉정한 감각이 자리하고 있다. 그것은 현실을 왜곡시켜 보여주는 볼록거울이나 미세한 삶을 과장하는 현미경이 아니라, 대상을 전면적으로 드러내는 투명한 렌즈이다. 실험적 모색과 첨단의 새로움이 각광받고, 새로운 영토를 향한 모험의 열정이 과도하게 넘쳐나는 최근의 시적 흐름 속에서, '첨단의 노래'가 보여주는 날선 긍지 대신 투명한 응시를 선택한 이들의 언어는 가속화되는 세계의 열기를 식히는 냉각수처럼 서늘하게 읽힌다.

/ 서정, 질병과 환후를 건너는 노래 /

1. 질병과 환후의 시간

'아프다'라는 술어 속에서는 삶과 죽음, 생성과 소멸의 시간이 교차하고 있다. 아픔은 세계에 묻혀 있던 실존의 감각을 깨어나게 하고, 무엇보다 세계와 분리된 자신의 '몸'을 자각하게 한다. 아픔의 감각이 발화하는 순간, 세계와 자아 사이에 틈이 생겨나고 세계는 캄캄한 어둠이 되어 내게서 물러난다. 그리하여 아픔은 오롯이 육체를 가진 내가 홀로 겪어야 하는 운명이자 사건이다. 아픔은 나로 하여금 세계로부터의 진정한 소외를 경험하게 하고 현실을 새롭게 인식하도록 촉발하는 계기가 된다. 이렇듯 아픔은 세계와 삶의 의미를 선명하게 환기해주는 통로이자, 실존이 최대치로 팽창함으로써 자아와 세계가 첨예하게 맞닿는 경계라 할 수 있다. 이러한 아픔의 감각은 개별자의 실존적 내면상태를 넘어서 근대적 육체의 발견과 연관된다는 점에서 주목된다.

근대 이후 아픔은 내면적 상실의 상태를 넘어 육체의 질병으로 가시화됨으로써, 세계와 주체의 새로운 관계양상을 드러내주는 기호가 된다. 수잔 손택이 지적했듯이, 질병에 대한 근대의 담론은 다양한 은유적 장치를 통해서 당대의 관습적 사유체계 속으로 그것을 포획한다. 즉 근대의 '병'은 상징적 체계 내부에 등기됨으로써, 주체와 세계의 역학관계를 드러내는 '질병'으로 의미화 되는 것이다. 이상적 징후로서의 병을 치유의 대상으로 설정하는 근대의 위생담론은 병을 재현의 언어 속으로 포획하고, 이를 통해서 개별적 주체를 규율하는 억압 체계를 가동시킨다. 가라타니 고진의 말을 빌면, 질병을 바라보는 이러한 인식에는 근대 이후 계몽의 대상으로 인식된 육체에 대한 폭력적인 시선이 내장되어 있다. 따라서 개별자의 고유한 신체와 병에 대한 해석은, 병을 둘러싸고 구축된 담론들에 대한 성찰적 의식 속에서 새롭게 펼쳐진다. 시인들은 질병에 덧씌운 은유를 거부하고, 그 고유한 의미를 새롭게 탐색함으로써 근대적 사유의 질서와 경계를 넘어서고자 한다. 이들이 온몸으로 앓는 '병'은 세계에 대한 자아의 실존적 기투이자 근대적 사유체계의 전횡에 대한 심미적 저항의 언어로 재탄생한다.

육체의 질병에서 정신의 광기에 이르기까지, 시인들이 보여주는 질병은 근대적 삶의 권태와 공포와 대결하고자 하는 의식의 산물이다. 그들은 근대의 징후를 자신의 고유한 병증으로 앓아내면서, 그 병증의 근원적 지점까지 육박해 들어가 지배담론의 억압성을 해체하고자 한다. 다시 말해 시인의 육체가 앓고 있는 환후는 '질병'이라는 근대적 병리학의 체계에 포획된 자아를 새롭게 발견하는 통로라 할 수 있다. 이렇게 근대 서정시에서 세계와 대면하는 자아의 반응으로서의 질병과 환후는 새로운 주체의 출현 계기가 된다. 이런 점에서 서정시에 나타나는 질병은 일상의 질서를 해체하고 분열시키려는 전복적 의식과 상상력의 출발점으로 읽혀진다. 신경질과 분열증, 허기와 결핍, 권태와 피로, 공황과 착란 등으로 표현되는 다양한 신체적 증상들은 현실의 병적 징후를 내면화함으로써 억압적 질서에 대항하고자 하는 심미적 방법론으로 실현된다.

2. 신경질과 방귀, 풍경으로부터의 자유

이창기는 시집 『나라고 할 만한 것이 없다』에서 일상적 세계의 풍경을 정제된 호흡으로 풀어놓고 있다. 아침의 산책길이나 낮잠 등 일상의 모습을 그려내거나, 자연으로 회귀한 삶의 단편을 보여줄 때 그의 시는 안정된 서정의 리듬과 호흡을 타고 있다. 그리하여 「토끼뎐」, 「우리는 지금 바그다드로 간다」와 같은 시에서 보여주는 날선 음색은 시집 전체의 리듬을 거스르는 불협음으로 느껴지기도 한다. 그러나 정돈된 시행을 세밀히 들여다보면, 그 이면에서 삶의 피로와 불안이 풍경의 내부를 균열 시키고 있음을 알 수 있다.

시 「즐거운 소라게」에서 시인은 '제집 드나드는 재미에 / 갑자기 즐거워진 소라게'의 자족적인 즐거움에 자신을 투사함으로써, 자신만의 영토를 구축한다. 자아와 타자의 분리를 명징하게 드러내는 단절의 의식은, '나의 하늘과 / 별과 / 구름과 / 시에게 이르노니 / 너희 마음대로 / 떴다 지고 / 흐르다 멈추고 / 왔다 가거라!'와 같은 구절에서 보듯, 자신과 타자의 영토를 분리함으로써 세계의 자율성을 보증한다. 자연과 나의 동일성을 구축하는 대신 양자의 간극을 선명하게 드러내는 이러한 태도는, 이창기의 시가 세계와 자아의 상상적 합일에 바탕을 둔 서정주의 시들과 결별하고 있음을 보여준다. '이미 오래 전에 한 사내를 소화시킨 듯한 / 저 여인은 누구인가 / 저 여인이 기억하는, 혹은 잊고 있는 나는 누구인가'(「자전거 바퀴에 바람을」)에서 시인은 스스로에게 묻는다. '저 여인'이 기억하는 '나'는 누구인가라고. 여기서 시인은 '저'의 지시성을 반복하여 강조함으로써 여인과 나 사이의 간극을 극대화하고 있다. 이때 자연의 은유인 '여성'은 '나를 소화시키는' 거대한 힘을 지닌 존재로 나타난다. 그녀의 내부에서 이미 '소화'된 존재인 자아가 이 물음을 통해 자신을 발견할 때, 그것은 해체된 존재를 스스로 깨워내는 행위와 다르지 않다. 이렇게 타자 속에 녹아든 자신을 자각하는 순간, 자아와 세계 사이에는 거대한 단절이 생겨난다. 시인은 이러한 균열의 사태를 '신경질'이라는 육체적 반응의 양식으로 표출한다. 시집 전체에서 딱 한번 출현하는 '신경질'이라는 시어는, 일상적 풍경을 조율하는 이창기 시의 파열적 리듬을 출현시키는 진앙이다.

이른 아침
개똥을 치운 뒤
뒷짐 지고 헛기침하며
텃밭을 둘러보러
산수유나무 옆을 돌아가다
얼굴을 휘감는 거미줄을 신경질적으로 걷어냈습니다
(…중략…)
그러다 허리를 굽혀
부지런히 몸 놀려 잎 뒤로 숨으려는
배추벌레 한 마리를
손끝으로 막 눌러 죽이려는 순간
느닷없이,
힘차게,
아침 방귀가 터져나왔습니다

—「나의 아침 방귀에 당신의 신중한 하루가」 중

시인의 얼굴을 뒤덮은 거미줄은 존재를 휘감은 시간의 유한성을 상징한다. 거미줄을 신경질적으로 걷어내는 행위를 통해서 그는, 시간 앞에 선 자의 무력함과 소멸의 운명에 대한 거부의 태도를 보여준다. 세계에 대한 자아의 신경질적 반응은, '오늘의 나를 가두고 키우는/이 견고한 시간의 제방은 누가 쌓았는가'(「蓮花堂釣行記」)에서 보듯, 시간에 매인 자의 '피로'에서 비롯된다. 시간에 대한 강박에서 발생되는 신경질은, '누군가 실수로 베어버린 자신의 밑동을 / 아득하게 내려다보는 강낭콩 줄기처럼 / 등짝이 서늘하다'(「누가 나의 낮잠을 깨우는가」)에서 자아가 느끼는 '서늘함'의 감각과 닿아 있다. 밑둥이 잘려진 상실감이 불러오는 서늘함은 세계에 대한 자아의 낯설음(uncanny)을 환기시킨다. 이렇게 세계와 자아의 어긋남에서 비롯된 불안감은 신경질이라는 육체적 징후로 표출되고 있다.

신경질은 근대적 세계의 특징적 요소로 지적되는 소외의 감각과는 차별화된다. 신경질은 육체의 감각적 특성과 관련되어 있다는 점에서 개체의 고유한 경험과 반응의 양식을 드러내는 기호이다. 이창기 시에서 신경질은 육체적 징후인 동시에 근대적 세계 속에 놓인 자아의 존재 방식과 그 미학적 원리를 견인하는 주요한 모티프가 된다. 그의 시에서 신경질은 세계 속에서 자아가 느끼는 시간의 질감을 드러내 줄 뿐 아니라, '그 어둠의 코앞에 / 지금은 / 머리 깎고 입 다물고 / 물끄러미 나를 바라보는 / 내가 있네'(「지난 주말에 들르겠다던 친구를 기다리며」)에서처럼 자기 인식의 방법론으로 기능한다. 이때 '머리 깎고 입 다무는' 것은 자신의 내부에 펼쳐진 어둠을 들여다보기 위한 경건한 제의적 행위이다. 일상의 흐름을 정지시키고 내면성을 열어놓는 이러한 행위는, 일상적 풍경 이면에 놓여진 죽음을 응시하는 시선을 출현시킨다. 시인은 '지금은'이라는 시간부사를 한 행으로 배치함으로써, 절멸의 순간과 마주선 현재의 시간성을 텍스트에 각인한다. 이 '지금'의 시간 속에는 죽음과 삶의 팽팽한 긴장 위에 놓인 존재의 우울, 불안 등이 응축되어 있으며, 신경질이란 결국 이러한 내적 분열의 증상에 다름 아니다. 표제작 「나라고 할 만한 것이 없다」에서, '코를 킁킁거리며 온몸 구석구석 냄새를 맡는' 것이나, '사정없이 몸을 흔들어 나뭇잎을 떨어뜨리는' 것, 그리고 '버럭 소리를 지르는' 행위는 이러한 신경질의 징표들이다.

신경질이 세계와 자아의 단절과 균열에서 비롯된다면, 방귀는 자아의 내부에서 생성되는 분출의 운동을 보여준다. 방귀는 몸의 내부의 빈 곳이 만들어내는 울림이다. 막혀 있던 몸의 감각을 뚫고, 자아와 세계를 연결 짓는 소통의 행위이다. 이때 방귀가 '배추벌레 한 마리를 눌러 죽이려는 순간'에 터져 나왔다는 사실이 의미심장하다. 그것은 자연 혹은 타자에 대한 나의 공격성을 제어하는 무의식적인 몸의 반응이다. 방귀는 인식과 행위 이전에 '몸'이 스스로 자연의 감각을 회복하는 순간을 보여준다. 미몽의 상태에 놓여있던 세계는 이 방귀 소리에 놀라 화들짝 깨어난다. 여기서 '신경질'이 방귀로 변용됨으로써, 폐쇄된 자아를 개방적인 존재로 전이시킨다는 점에 주목해야 한다. 방귀를 통해 '잠'에 빠진 몸이 '깨어나고', 신경질적인 '신중함'은 '시끌벅적한' 생기로 전환된다. 이렇게 시인은 신경질의 징후를 걷어내고 소리가 휘발된 침묵의 세계에 시끌벅적한 삶의 호흡을 끌어들이고 있다. 이창기의 시는 신경질의 긴장과 방귀의 이완 사이에서 쓰여진다. 그는 정지된 풍경 속에 신경질의 미세한 파장과 방귀의 울림이 만들어내는 시적 리듬을 불어 넣음으로써 삶의 새로운 풍경을 펼쳐 보이는 것이다.

3. 허기와 허공의 시적 변주

정끝별의 시집 『삼천갑자 복사빛』에서 가장 주목되는 것은 '비어 있는 몸'의 이미지이다. 그녀의 이전 시에서 몸은 사물들을 포용하고 희생하는 여성적 기호로서 나타났었다. 그러나 이번 시집에서 '허기'로 인해 비워진 몸은 바람이 들락거리는 '허공'의 이미지와 절묘하게 조화를 이루면서 존재의 본질에 대한 물음에 닿아 가고 있다.

정끝별의 시에서 존재와 생의 근원적 지점을 통찰하게 하는 시선의 열림은 몸의 비움과 연관되어 있다. 몸의 비움은, '뱃속의 오래된 허공',

'둥근 허기'(「가지에 걸린 공」)에서와 같이 결핍을 환기시키는 '허기'의 상태로 드러난다. 이러한 허기와 슬픔이 집약된 시가 「사과 껍질을 보며」이다. '너를 감싸 안았던 둥그렇게 부풀었던 몸은 어디로 갔을까'에서, 살(몸)을 상실한 껍질이 만들어내는 공간은 몸에 대한 기억을 닮아 있다. 부패하는 껍질의 어두운 운명은 폐허의 시간을 움켜쥔 채 소멸하는 존재의 운명을 환기시킨다. '더 빈 바람으로 제 속을 채운 / 한 떼의 검은 타이어들'(「검은 타이어가 굴러간다」)에서도, 타이어의 빈 공간은 '헛 돌며 돌진하는' 일상적 삶의 이면에 은폐된 공허함을 가시화한다. 시인은 '닳고 닳아 고무 타는 냄새'를 피우면서도 질주를 멈출 수 없는 세계의 맹목성 속에 감추어진 '허공'을 발견함으로써 그 속에 놓인 존재의 위기를 드러내고 있다.

자아의 내면에 자리한 허기는 병의 징후로 표출되기도 한다. '속 깊은 기침을 오래 하더니 / 무엇이 터졌을까 / 명치 끝에 누르스름한 멍이 배어나왔다'(「자작나무 내 인생」)에서, 멍은 외부의 충격으로 생겨나는 것이 아니라 울혈처럼 안으로부터 배어나온다. 바깥으로 분출되는 기침과 달리, '멍'은 '신경줄까지 드러낸 헝큰 마음'에서와 같은 내적인 파열을 환기한다. 이렇게 '멍든 몸'은 내부의 폐허를 드러내는 징후적인 몸이다. 시인은 폐허의 심리적 상태를 '숯덩이가 된 폐가(肺家)'라는 언어적 이중성을 통해 표현하고 있다. 肺/廢의 이중적 울림 속에 자아의 슬픔과 고통이 배어 나온다. 이 멍과 울혈은 '꽉 막힌 / 내 생의 배꼽도 종일 / 덜컹대며 벌렁이고'(「겨울 바람은」)와 같은 막힘과 단절에서 비롯된다. 소통이 거부된 막힘의 상황은 「밥이 쓰다」와 같은 시에서 '쓰디쓴'이라는 감각으로 환기된다. '쓰다'라는 서술어는 '돈을 쓰고 머리를 쓰고 손을 쓰고 말을 쓰고' 등으로 변주되면서 현실적 삶의 피로를 관통한다. 병든 몸이 감지하는 '쓰다'라는 감각은 존재의 내적 '허기'를 암시하고, 반복되는 일상의 피로와 권태가 만들어낸 욕망 속에서 이 허기는 더욱 깊어진다. 이때 결핍으로서의 '허기'는 근대적 세계가 낳은 또 하나의 병증이라 할 수 있다. '포만'을 향한 끝없는 욕망은, '안에서부터 제 거죽 몸을 먹어치우는' 거대한 탐식의 행위로 표출되기도 한다. 이렇게 충족되지 않는 욕망을 생산하는 '허기'는 '일사불란하게 굴러 가는'(「검은 타이어가 굴러간다」) 세계에 대한 시인의 역설적인 대응 양상을 보여준다.

정끝별 시에서 주목되는 것은 결핍과 욕망으로서의 허기가 존재의 미학으로 바뀌는 지점이다. 그녀의 시에서 허기는 포만을 향한 욕망인 동시에, 포만의 상태를 거부하는 열정으로 치환된다. 이때 허기는 부정태로서의 결핍 상태가 아니라, '궤도를 돌게 하는' 생의 동력이 된다. 그리하여 허기로 인해 비워진 몸은 '막힘과 맺힘 뚫어내고 비워내 / 바람이 들고 나는 몸'(「바람을 피우다」)에서와 같이 '바람이 들고 나는' 통로가 됨으로써, 세계와 소통하게 되는 것이다. 이러한 열림을 시인은 '바람을 부리고 / 바람을 내보냄으로써 / 저기 다른 몸 위에 제 몸을 열어 / 온몸에 꽃을 피워내는 일'이라고 말한다. 몸의 열림이란 자신의 몸을 개방함으로써 새로운 생을 꽃 피우는 일인 것이다. 이렇게 허기는 소멸의 시간성에 묶인 자아로 하여금 육체를 열어 놓게 함으로써 시간의 운명을 넘어서게 한다. 이 시집에서 '흰 꽃', '흰 눈' 등 백색의 이미지는 허기와 공복의 열린 시간성을 상징하고 있다.

마음에 종일 공테이프 돌아가는 소리

질끈 감은 두 눈썹에 남은

봄이 마른다

허리띠가 남아돈다

몸이 마르는 슬픔이다

사랑이다

길이 더 멀리 보인다

—「춘수(春瘦)」 전문

시인은 이 시에서 '몸이 마르는 슬픔'의 심리적 공복(허기)의 상태를 미학적으로 변용시키고 있다. 마음에서 종일토록 돌아가는 '공테이프' 소리는 텍스트 행간의 여백을 울림으로써, 봄이라는 충만한 시간성에 내재된 공복감으로 치환된다. '공테이프'는 기록의 부재 혹은 상실된 추억을 환기시키는 기호이다. 상실과 부재가 낳은 심리적 허기는 '허리띠가 남아도는', '몸이 마르는' 등의 헐거운 육체성을 통해서 표현되고 있다. '종일'이라는 부사는 '과거'에 한정된 부재의 시간을 무한으로 확장시키는 기능을 한다. 이렇게 '몸이 마르는 슬픔'이라는 정서적 공복감을 무한의 시간성으로 이끌어감으로써, 내면을 채운 허기는 비로소 '사랑'으로 승화되기에 이른다. 이러한 사랑은 '질끈 감은 눈썹'과 '더 멀리 보인다' 사이의 역설 속에서 얻어진다. 허기가 불러내는 슬픔이 곧 사랑이 되는 역설, 이 역설적인 사랑의 시선을 통해 '길이 멀리 보는' 시선의 열림이 가능해진다. '삼천갑자'의 무한 속에 비치는 '복사빛'은 바로 그 허기와 사랑이 겹쳐지면서 생성되는 빛이다. 시인은 사랑의 언어를 통해서 쓰디쓴 삶의 시간을 넘어서고자 한다.

4. 피로와 분열증, 초감각의 선경을 위하여

정남식은 『철갑고래 뱃속에서』에서 예민한 감각을 통해 '철갑'의 시공간에 갇힌 신체의 징후를 살피고 있다. 그는 '철갑고래'로 알레고리화된 현실적 삶을 '피로'로서 감지한다. '화상처럼 피로 5도다'라고 그가 선언하듯 중얼거릴 때, 시인은 육체의 모든 감각을 동원하여 밀려드는 현실의 무게를 견디고 있는 것이다. '나는 누워있다 大자로 아주 누워있다 움직일 수가 없다 누가 나의 목과 팔목, 발목에 곤충 표본처럼 핀을 꽂아 두었기 때문이다'(「게으른 자의 천국」)에서, 표본처럼 핀에 꽂힌 자아는 '타인의 빗발 같은 시선'의 공격성에 노출되어 있다. 이렇듯 '고래의 뱃속'과 같은 폐쇄적 세계에 포획된 공포와 불안에 대응하기 위해서 시인은 감각을 최대치로 확장시킨다. '나의 눈은 아귀와 같은 허기'(「안개 인간」)에서처럼 감각을 극대화함으로써 시인의 시각은 현실의 비명과 과잉된 소음을 탐욕스럽게 흡수한다. 이때 과도하게 예민해진 감각의 과부하 상태는 육체적 증상으로 표출된다. 예를 들면, '내 연애의 위장은 즉시 급성 위경련으로 극통이다'(「연애의 물」)에서, 위경련이 불러오는 '극통'은 연애의 고통과 절망을 직접적으로 환기하는 효과를 갖는다. 이렇게 날카롭게 벼려진 감각의 촉수는 현실의 시공간에 예민하게 반응하면서 자의식의 분열증을 낳는다.

정남식의 시를 지배하는 것은 감각의 과부하에 의한 '초조와 불안' 등의 병적 징후들이다. 이러한 육체의 이상적 징후들은 자아의 내적 분열을 드러내준다. 근대성의 원리는 감각을 이성에 복속시키고 육체를 규율함으로써 폭력적으로 주체 구성에 관여한다. 그러나 정남식은 감각적 질서를 붕괴시킴으로써 육체에 작동하는 지배적 원리에 대한 반항을 수행한다.

> 내 감각은 이미 해체되어 얼굴 속 얼의 굴, 이목구비 속에 覺자 화두로 각기 청각 시각 미각 후각으로 상호 교통하며 錯覺境에 들어가 있다 고로 아낙의 쌍소리를 헛소리에, 그의 떵실한 몸은 허깨비에, 그의 재재재재한 혀는 무취에, 그의 발정한 몸내는 무의하도다…… 이러한 후안 속의 무치의 심굴은 초감각

한 선경이로다…… 헐헐……

—「굴속에 들어가기」 중

시각, 청각, 후각 등의 감각기관이 해체된 얼굴은 베이컨의 뭉그러진 육체를 떠올리게 한다. 이러한 감각의 착란 상태는 구체적 사물로서의 여성성마저도 무의미하게 인식하는 상태에 도달하게 된다. 여자의 '얼굴과 혀, 발정한 몸내'를 변별하지 못하게 될 때, 자아와 대상 사이의 거리는 완전히 무너진다. 이러한 지각 불능의 상태를 시인은 '초감각한 선경'이라 부른다. 대상에 대한 인식적 거리가 사라진 이 '초감각'의 상태 속에서 얼굴의 평면적 배치는 붕괴된다. 얼굴의 평면성이 거부되는 곳에서 열리는 '굴(窟)'은 육체성을 넘어선 죽음의 검은 구멍이다. '얼굴이 마르지 않는다/시간의 비가 주르륵 — 흐르기 때문이다'(「얼굴」)에서, 시간성에 가두어진 존재의 얼굴은 '권태가 극한에 이른' 긴장의 상태 속에 놓여 있다. 권태가 극에 이르렀을 때 자아의 의식은 백지 상태가 되며, 이 백지—얼굴은 죽음의 검은 구멍과 마주 선다. 그리하여 '얼굴은 한 장 마분지가 되어 내게 제출 된다/……/당신 얼굴에 생의 표정을 써넣으시오/그 마분지를 잡은 손에 피로를 느낀다'(「얼굴」)에서처럼 현실성을 휘발시킨 마분지(백지)—얼굴은 생의 표정을 그려내지 못하고 죽음(피로)에 지배된다.

이러한 백지의 시간성은 생의 표정을 써 넣기도 전에 피로와 권태에 포획된 자의 초조와 불안을 보여준다. 멀리는 보들레르부터 가깝게는 이상에 이르기까지 권태는 근대적 삶의 폭력성을 가시화하는 징후로 이해되었다. 정남식은 현실과 접촉하는 감각을 극대화하여 역설적으로 감각으로부터의 해방을 추구함으로써 전대의 시인들이 극복하고자 했던 권태라는 질병을 새롭게 해석하고 있다. 그의 시에서 감각의 질서를 무너뜨리고 출현하는 새로운 시간성은, '덩어리의 몸' 혹은 '희미하게 반죽된 얼굴'에서와 같이 질료적 상태로 환원됨으로써 권태의 영토를 넘어선다. 이렇게 감각을 질료로 환원함으로써 분열증의 자아는 생성의 존재로 전이된다. '철갑 고래'의 시간성에 묶였던 자아가, 이제 '나는 돌에 부딪치고 모래에 스민다/…… 자취 없이/나는 바다가 되었다'(「물결」)에서처럼 생성의 흐름을 타게 되는 것이다. 정남식 시의 미적 거점은 감각을 해체하고 분열증을 극대화함으로써 근대적 시간의 억압적 폐쇄성을 넘어서고자 하는 데 놓여 있다. 그의 시가 보여주는 매력은 '초감각'의 지평을 열어 놓음으로써 감각의 영토성을 벗어나고자 하는 의식의 강열도에서 분출된다.

5. 광기와 발작, 병든 자의 게토

박진성의 시집 『목숨』은 '병든 자의 게토'에서 울리는 비명으로 가득 차 있다. 그의 시에서 '병'은 정상적 삶의 궤도 내부로 자아를 포획하려는 근대의 기획에 맞서는 심미적 전략으로 읽힌다. 푸코에 의하면 병원은 감옥과 마찬가지로 주체를 구성하는 근대의 규율체계로 작동한다. 곧 병원은 근대적 사유 체계에 의해 관리되고 규율화 된 육체를 재구성하는 억압의 공간이다. 박진성의 시에서도 병원은 자아를 포획하는 권력의 상징적 공간으로 나타난다. '거리가 온통 병실이구나'(「대숲으로 가다」)라는 구절은, 시인의 환시(幻視)를 통해 현실의 억압성을 환기시킨다. 또 '어떤 검사도 病의 속까지 닿을 수는 없네'(「나쁜 피」)에서, 병은 '검사'가 상징하는 지배적 언어체계에 포획되지 않는 내부의 공간을 지시하고 있다. 병원 속에 갇힌 시인은 '나를 계몽하려 하지 마세요, 의사선생님'라고 외치면서 계몽의 시선을 비껴 나간다. 질병의 상징인 '나쁜 피'는 계몽의 시선을 거부하고 세계의 억압에 대응하려는 미적 저항의 징표이다.

박진성은 '병' 속으로 자신을 밀어 넣음으로써 매개되지 않은 감각과 육체의 직접성을 환기시킨다. 그는 '노란 알약을 삼키면 아를의 노란 집이 환하게 빛나고'(「반 고흐와 놀다」)에서처럼 '알약'이라는 상징적 기호를 배반하면서 자신만의 독특한 환상을 창조하고 있다. 교란되는 감각이 낳은 착란 속에서, '고흐'와 나는 한 인물이 되고 세계는 온통 노란 색으로 빛나게 된다. 이러한 분열증은 지배적 질서의 코드화된 사유에 대항하는 '놀이'로 치환된다. '놀이'로서의 병은, 인과적 체계 속에서 병인을 규명하고 치유하려는 사유의 테두리를 비웃으면서 멀리 나간다.

> 고요 속에서 소용돌이치는 현기증, 어지러운 공기를 가득 채운 내 몸은 몇 개 불빛을 집어삼킬 것이다(내려가고 싶다, 나는 미치지 않았다) 새벽이면 철제문이 열리겠지 어두운 낭하로 집요하게 파고드는 불빛, 출구가 없는데 바람아, 물체의 몸에서 튕겨 나온 빛의 알갱이들아, 아프러 오는가 아파서 오는가
>
> —「봄밤」 중

시인은 '아프러'와 '아파서' 사이에 내재하는 인과적 차이를 해체하여 자아를 '소용돌이치는 현기증' 속으로 빨아들인다. '발작'은 자아의 인식과 감각을 무차별적으로 휩쓸어버리는 소용돌이다. 그것은 '일천팔백팔십팔년아를 일천구백구십오년오베르 잠 속에서 선생의 몸을 빌립니다'에서와 같이 시간적 질서를 파괴하고 공간을 중첩시킴으로써 일상적 삶을 교란시키고 새로운 시공간을 열어 놓는다. 시인은 자아를 포획한 권력과 계몽의 시선을 해체하는 이 '발작'의 징후를 언어 이전의 언어인 '아라리'로 언표하고 있다. 그의 표현을 빌면, '아라리'는 '불안, 강박, 우울, 공황발작'(「아라리가 났네」) 등 근대의 병리적 언어로는 포착할 수 없는 병적인 상태의 에너지를 방출한다. '나는 비등점이란 말입니다. 내 안의 것들이 타다타닥 소리를 내며 몸 비틀고 있단 말입니다'(「나쁜

피」) 혹은, '내 몸이 꽃이파리모냥 바르르 떨고 있는디'(「아라리가 났네」)에서와 같이, 아라리는 언어로 표상될 수 없는 감각적 전율의 소용돌이 속에서 자아를 분열시킨다.

이렇게 박진성은 자신의 육체와 의식에 가해지는 사회적 각인을 거부함으로써 진정한 병적 상태로 나아간다. 이 분열적 증상은 '방법으로서의 분열이 아니라 찢기우면서 배워야 할 겁니다'(「반 고흐와 놀다」)와 같이 방법적 자의식의 테두리를 벗어난다. 그의 시에서 육체의 '찢김'과 의식의 파열은 현실의 중력으로부터 탈주의 선을 그리며 펼쳐진다. 이 지점에서 그의 시는 근대의 억압에 대응하기 위해 육체의 병을 조작하고 실험하는 이상(李箱)의 간교한 의지와 갈라진다. 그는 세계의 포획으로부터 이탈하고자 하는 충동을 '광기와 발작'이라는 병적 징후를 통해서 직접 실천하고 있는 것이다.

이러한 분열의 언어들로 시인은 '병든 자들의 게토'를 구축하는데, 그의 페르조나인 '고흐'는 이 게토의 첫 번째 이름으로 등록된다. 박진성의 시적 호흡은 캔버스에 색의 질료적 흐름을 풀어놓았던 고흐의 터치의 리듬을 닮아 있다. 고흐의 붓질이 세계의 중력을 광기의 소용돌이 속으로 끌어당기듯, 박진성의 호흡은 육체의 발작적 진동을 따라 충돌하는 언어의 속도감을 살려내고 있다. 이러한 속도감은 '실핏줄처럼 물에 길을 내는 물고기 한 마리는 온 몸이 목이어서'(「목숨」)에서 보듯, '소용돌이'의 급박한 리듬과 조응하는 '목숨'의 율동으로 드러난다. 이 시집에 자주 등장하는 물의 이미지는 억압과 금지의 공간인 병원과 대비된다. 물, 수궁(水宮), 금강 등의 흐름은 상징적 질서를 거부하는 의식의 '흐름'을 보여준다. 병—발작—소용돌이—강—소생의 계열적 흐름은 병원—감옥—죽음의 억압의 흐름을 해체함으로써, 현실의 중력으로부터 이탈하려는 운동에 최대치의 긴장을 부여한다. 이러한 소용돌이의 운동성이 죽음과 삶의 팽팽한 긴장을 앓고 있는 육체의 '발작'으로 표출된다. '발작'은 고통의 감각이 응축되면서 휘발하는 향유의 순간을 보여준다. 이러한 발작의 소용돌이를 속에서 '병'은 생성의 에너지로 전이된다. 그의 시는 육체의 고통스런 감각을 소용돌이의 운동으로 환원함으로써 생성되는 미학적 에너지로 끓어오른다.

6. 질병의 상상력, 치유의 미학

세계와 자아의 동일화에 기반한 서정시에서 아픔-병은 세계와 자아의 소통을 가시화하는 징표로 이해된다. 근대의 시인들은 들끓는 세계의 병증을 내면의 환후와 질병으로 치환함으로써, 완고한 세계의 미묘한 균열 속으로 그들의 감각을 침투시키고 그 병증을 심미적으로 고양시킨다. 시인들은 막힌 몸의 구멍을 열어 우주를 호흡하고, 실존의 허기를 감각함으로써 존재의 어두운 바닥을 응시한다. 또 도회적 삶의 난폭한 소음을 피로와 분열증으로 앓아내고, 광기와 발작으로 병든 자들의 게토에서 새로운 언어적 울림을 발명하기도 한다. 이렇듯 시인의 몸에서 자아의 병증과 세계의 병증은 뒤섞이고 부딪치며 끓어오른다. 이 끓는 몸의 강열도는 복고적 정조에 침윤된 서정의 영토에서 낯선 생성의 에너지로 터져 나온다.

III

검은 스크린에 감광된 빛의 언어들

/ 욕망의 지형학과 유목민의 시쓰기 /

유하 론

1. 욕망의 거리에서 시의 변방(邊方)으로

최근 몇 년간 우리 시는 역사적 전망의 상실과 이념적 사유의 공백이 가져온 위기의식 속에서 환멸과 죽음, 허무주의로 가득 찬 시적 분위기를 만들어 왔다. 텍스트를 채운 환멸과 죽음의 수사들은 세계에 대한 성찰과 반성적 물음 대신에 자기위안의 폐쇄적 공간에 시인의 내면을 가두어 버린다. 소외된 자아의 환멸에서 벗어나기 위한 시적 모색은, 고립된 개인의 삶을 파고들어 무한증식하는 자본의 폭력으로부터 탈주하려는 열망으로 표출된다. 이런 점에서 1980년대 후반 이후 우리 사회를 지배하는 자본의 논리와 욕망의 문제를 방법적으로 사유해 온 유하의 시쓰기는 현실의 구조적 억압에 대한 의미 있는 성찰이자 모색으로 읽혀진다.

후기 산업사회에 젖줄을 댄, 이른바 '키치세대'로 명명되는 시인 유하는 누구보다도 풍성하게 소비사회의 세례를 받은 시인이며, 한편으로는 누구보다도 깊숙하게 그 세계의 허구성을 꿰뚫어 본 시인이다. 현실을 지배하는 욕망의 전장인 '무림(武林)'에서, 자본주의적 소비와 쾌락으로 가득 찬 '압구정'과 '세운상가'를 거쳐 황폐한 '경마장'에 이르는 유하의 시적 여정은, 현실을 채운 소비적 쾌락과 충동, 그리고 욕망에 대한 맹목적인 추구의 과정에서 드러나는 환멸을 담아내는 도정이기도 하다. 도시의 아들인 유하는 거리의 유혹을 비판할 때조차, 그 거부와 비판의 시선 속에 담긴 매혹을 숨기지 못한다. 마샬 버먼이 도시적 아이러니라고 부른, 매혹과 반항의 분열된 시선은 초기 시집 『바람부는 날이면 압구정동에 가야 한다』에서부터 『천일馬화』에까지 그대로 이어지고 있다. '천일야화'에서 죽음을 유예시키며, 죽음에 대항해 가던 이야기(말)의 성스러움은, 『천일馬화』에서는 눈을 가린 채 달리는 경마장의 말처럼, 죽음을 향해 맹목적으로 질주하는 언어로 바뀌고 있다. 이렇게 무협지와 영화, 광고카피 사이를 종횡무진 넘나드는 패러디와 농담, 요설과 수다의 시적 형식들은, 삶의 진정성 대신 이미지와 환상을 대치시키며 끝없이 자기증식 하는 욕망의 현실에 대응하는 언어전략이라 할 수 있다.

그러나 이러한 언어적 비틂 속에는 물신사회에서 현실과 팽팽한 긴장을 유지한 채 언어의 줄타기를 해야 하는 시인의 위기의식이 내장되어 있다. 그것은 패러디와 풍자의 가벼운 언어 전략이, 끝없이 달려가는 욕망의 악마적인 속도를 따라갈 수 없다는 인식에서 비롯된다. 소비사회의 이미지와 기호의 현란한 몸바꿈은 텍스트의 언어로 고정되기를 거부한 채 모든 단단한 것을 녹여버리며 흘러간다. 이렇게 무한 증식하는 욕망은 끊임없이 새로운 기호들을 욕망하고 생산해 내면서 질주하고 있다. 그것은 1980년대 후반에 쓰여진 유하의 초기 시에서 그토록 생생한 위력을 발휘하던 첨단의 상품의 기호와 이미지들이 오늘날 얼마나 낡은 것으로 취급되고 있는지를 생각해 보면 쉽게 이해할 수 있다. 그리하여 유하는 거리를 흘러가는 욕망에 대한 매혹 속에서도 자본의 거대한 흡반 속으로 빨려 들어가는 자기소멸의 위기를 감지한다. 허구적 욕망과 도시의 이미지를 언어로 포획하려는 시인의 의지는, 경마장에서 이윤과 쾌락을 향해 베팅하는 도박사와 마찬가지로 끝없는 자기상실의 위기에 시달리게 되는 것이다.

유하는 도시적 욕망에 대한 매혹과 환멸의 이중적 시선을 유지하면서, 자본의 폭력적인 힘과 이에 맞서는 주체의 위기를 그려낸다. 맹목으로 질주하는 욕망의 궤도, 그 닫힌 공간의 횡포에서 벗어나려는 그의 시적 작업은 일상의 세계를 전복하는 새로운 시간성을 구축하는 일과 맞물려 있다. 그는 구속된 세계를 거부하고 열린 공간을 향해 이동함으로써, 새로운 시간의 궤적 위에 자신의 삶을 올려놓는 유목민의 시적 태도를 보여준다. 욕망의 거리로부터 '시의 변방'을 향하여 떠나는 시쓰기는 세계의 허위와 불구성에 대한 반성을 통해 닫힌 공간의 횡포에서 벗어나려는 의지의 표현으로 읽을 수 있다. 그것은 매순간 몰락과 생성을 동시에 경험하면서 창조적 시간을 생산하는 과정이다. 모든 고착된 체계와 질서를 거부하며 창조적 시간을 만들어 가는 유목민의 시쓰기는 죽음의 수사와 환멸의 냉소주의가 위기의 담론으로 만개한 현실을 뚫고 나갈 시간적 가능성을 보여준다는 점에서 새롭게 읽어볼 필요가 있다.

2. 죽음의 공간을 관통하는 몇 가지 풍경들

이미 알려진 바와 같이 유하는 '압구정'이라는 현실의 공간을 하나의 문화적 징표로 우리 문학사의 지도 위에 올려놓았다. 압구정은 후기 산업사회의 문화적 징후들의 집결지이며, 우리가 딛고선 자본주의적 세계의 허구성과 추악함을 적나라하게 보여주는 공간이다. 미로 같은 산동네의 뒷골목과 재개발 구역의 남루한 지붕들이 거대한 불야성의 현대 백화점(이 이름의 기막힌 상징성을 보라!)과 동시대의 이름으로 겹쳐진 현실에서, 압구정은 우리의 사회역사적 모더니티가 내포한 허구적 속성을 적나라하게 보여주는 상징적 지점이다. 유하의 초기 시는 압구정으로 상징되는 문화적 풍속도의 허구성을 언어적으로 포착하는 데서 출발한다.

> ① 불빛을 발견한 오징어의 눈깔처럼
> 눈에 거품을 물고 돌진 돌진
>
> 불같은 소망이 이 백야성을
> 만들었구나, 부릅뜬 눈의 식욕, 보기만해도 눈에
> 군침이 괴는, 저 불의 부페 色의 盛饌을 보라
>
> —「바람부는 날은 압구정동에 가야한다 4」 중

> ② 쩝쩝대는 파리크라상, 홍청대는 현대백화점, 느끼한 면발 만다린
> 영계들의 애마 스쿠프, 꼬망딸레부 앙드레 곤드레 만드레 부띠끄
> 무지개표 콘돔 평화 이발소, 이랏샤이마세 구정 가라, 오케
>
> —「바람부는 날은 압구정동에 가야한다 3」 중

시 ①에서 유하는 '불의 성찬'으로 드러나는 욕망의 불길에 휩쓸려 소멸의 위기에 놓인 자아의 모습을 보여준다. '불야성', '수정샹들리에'가 발산하는 불빛은 자아의 시선을 교란하는 폭력적인 힘이다. 이러한 불빛의 폭력성은 자아의 의지를 마비시키고 시선을 봉쇄하는 기능을 한다. 그리하여 '군침이 괴는' '눈의 식욕'이라는 시어에서 볼 수 있듯이, 반성적 사유기관인 '눈'은 욕망의 상징으로 전이되며, '거품을 물고 불빛을 향해 달려드는' 맹목의 시각으로 퇴화되는 것이다. 이렇게 시인은 '뢴트겐처럼' 압구정의 욕망을 찍어내는, 욕망의 수용기관으로 전락한 시선을 통해 현실의 속도에 휩쓸려 방향을 잃게 되는 존재의 비극을 드

러내고 있다.

시 ②에서는 '모든 잔잔했던 것을 풍차 돌리는' 무서운 가속도를 통해 자본주의적 현실을 비판한다. 쉴 새 없이 거리를 질주하는 '흐벅진 허벅지'들은 지칠 줄 모르고 몸 바꾸기를 실현하는 욕망의 환유이다. 시인은 이 욕망의 기호들을 바람과 결합시킴으로써, 제어할 수 없는 속도로 펼쳐지는 현실의 풍경을 보여준다. 여기서 시 텍스트는 다양한 상품의 기호들이 동일한 음운의 연상을 통해서 이어달리는 언어의 카니발적 공간으로 전화된다. 언어의 연쇄적 사슬이 만들어내는 텍스트의 속도감은, 각각의 기호들이 의미와 맥락을 상실한 채 나열되어 동시다발적으로 분출하는 욕망의 가속성을 효과적으로 드러낸다. 시적 공간을 가득 채우고 있는 것은 시간적 연속성을 상실한 채 병치되는 '공간의 언어'들이다.

현실의 강력한 흡착력으로 인해 시선을 교란 당하게 되거나, 욕망의 연쇄적 흐름을 뚫고 들어가지 못한 채 대상의 표면에서 떠도는 시적 자아는 도시의 미로 속에서 길을 잃는 존재이다. 이때 자기상실의 미로인 '압구정'은 '그 누가 저 은총의 도시 가득 무진장 쏟아져 내리는 불의 폭포수를 보며 / 폭포가 말라버린 내일의 암흑 따위를 생각하겠는가'(「바람이 부는 날이면 7」)에서와 같이, 미래의 시간과 단절된 현재의 공간적 속성을 환기시킨다. 되돌아갈 과거도, 나가야할 미래도 존재하지 않는 폐쇄된 현재의 '공간' 속에는 끓어오르는 욕망의 속도만이 있을 뿐, 그 속도가 지향하는 구체적 방향은 존재하지 않는다.

한편 유하의 시에서, 모든 희망이 거세된 채 무한궤도를 돌아야 하는 '경마장'은 이러한 압구정의 공간적 변종이라 할 수 있다. 거세된 생명력과 반복된 질주의 무의미가 집약된 경마장은 생에 대한 열정과 창조적 희망 대신에 질척이는 절망과 환멸로 가득한 공간으로 그려진다.

> 파우스트가 달려간다, 딸라 이자가 달려간다, 지중해의 여인이

달려간다, 한 마리 유니콘처럼, 관능적인 다리를 내뻗으며, 3코너, 4코너를 돌아,
직선주로로, 결승점을 향해—

—「천일馬화」 중

'경마장'을 달리는 말들은, 욕망을 충족시켜줄 물질을 향해 질주하는 황폐한 인간 군상의 알레고리이다. 또한 '돌고 도는 말의 원형 트랙'은 충족되지 않는 욕망을 선고받은 자본주의적 일상의 흐름을 보여준다. 시에서 자아를 지배하는 욕망의 흐름에 고정점이 존재하지 않듯, 그 욕망을 표현하는 언어들 역시 거리의 소음을 따라 환유적으로 미끄러져 갈 뿐이다. 시인은 급박하게 흘러가는 언어의 속도감을 통해 내면을 지배하는 숨가쁜 욕망의 흐름을 효과적으로 표현하고 있다. 이렇게 유하에게 '욕망의 평등사회'라는 '압구정'과 '경마장'은 욕망의 '덧없는 지속'으로 채워진 공간이다. 변화와 발전의 동력으로 자기를 반성하게 하지도 않고, 자기갱신의 필요성도 존재하지 않는 그곳은 '수족관'과 같은 닫혀진 공간으로 표상되며, 나아가 거대한 죽음의 영토로 인식된다.

유하의 시에는 '세운상가'라는 또 하나의 공간이 존재한다. '수정의 샹들리에'로 비유되는 '압구정'이 독점자본에 의해 축조된 눈부신 지상의 공간이라면, '세운상가'는 제도권에서 밀려난 포르노와 해적판 문화가 흘러 모인 지하의 공간으로 그려진다. 또 '압구정'이 제도에 의해서 형성되고 확장, 증폭되는 사회적 욕망을 보여준다면, '세운상가'라는 공간을 채우는 것은 개체의 내면에 잠복한 불순한 욕망이다. 그러나 개인의 내밀한 욕망과 사회적 욕망이 서로 긴밀한 연관성을 갖는다는 점에서, 이 두 공간은 사실은 하나의 공간에 겹쳐진 두 개의 그림자일 뿐이다.

다음 시에서 유하는 세운상가라는 현실의 공간을 육체 속으로 전이시킴으로써, 자본주의적 욕망이 어떻게 주체를 잠식해 가는지를 보여준다.

세운상가, 욕망의 이름으로 나를 찍어낸 곳

내 세포들의 상점을 가득 채운 건 트레이시와 치치올리나
제니시스, 허슬러, 그리고 각종의 일제 전자제품들,
세운상가는 복제된 수만의 나를 먹어치웠고
내 욕망의 허기가 세운상가를 번창시켰다.
(…중략…)
환한 불빛으로 세운상가는 서 있고
오늘도 나는 끊임없이 다가간다. 잡힐 듯 달아나는
마음 사막 저편의 신기루를 향하여,
내 몸의 내부, 어두운 욕망의 벌집이 웅웅댄다
그렇게 끝없이 웅웅대다가 죽음을 맞으리라
파열되는 눈동자, 충동의 벌떼들이 떠나가고
비로소 욕망의 거울이 나를 놓아줄 것이다.

―「세운상가 키드의 사랑 2」 중

이 시에서 자아의 내면에서 울려나오는 욕망의 웅성거림은, '세운상가'라는 어두운 공간에서 번성하는 욕망과 하나로 겹쳐진다. 새로운 대상을 찾아 헤매는 허기진 욕망은, 자아로 하여금 유혹의 불빛을 향해 '끊임없이 달려가게' 만든다. 이때 육체의 모든 기관은 '세운상가'라는 환상적 공간을 향해 집중되어 있다. 그러나 다음 순간, 욕망의 대상인 세운상가는 현실의 맥락을 벗어나 '마음의 사막 저편의 신기루'처럼 도달할 수 없는 허구적 공간으로 변이된다. 시인은 '잡힐 듯 달아나는'이라는 진술을 통해서, 도달할 수 없는 대상을 향한 갈증과 충족되지 못하는 욕망의 허기가 자아의 내면을 채우고 있음을 보여준다. 이렇게 허구적 욕망 위에 구축된 후기산업사회의 현실은 끝없는 결핍과 허기를 낳고, 자아로 하여금 '오늘도'라는 현재성에 붙박혀 영원히 그곳에서 벗어나지 못하게 만든다. 이러한 '세운상가'의 이미지를 통해서 유하는, 허구적 대상을 향한 욕망의 증식 과정이 끝없는 결핍 속에서 자기를 해체시키는 과정에 다름 아니라는 인식을 보여준다. 그는 다음 시에서 충

족되지 못할 운명을 타고난 욕망이 역으로 주체의 자리를 장악함으로써 자아를 해체시키는 데 이르고 있음을 보여준다.

> 고담市의 뒷골목에 뒹구는 쓰레기들의 환희, 유혹
> 나의 뇌수는 온통 세상이 버린 쓰레기의 즙,
> 몽상의 청계천으로 출렁대고
> 쓸모없는 영혼이여, 썩은 저수지의 입술로
> 너에게 무지개의 사랑을 들려주리
> 난 구정물의 수력발전소,
> 난지도를 몽땅 불사른 후의 에너지
>
> —「세운상가 키드의 사랑 3」 중

자아를 지배하는 욕망의 흐름은 죽음을 향한 질주이다. 이 시에서 욕망의 담지체로서의 육체는, '고담시의 뒷골목'을 채운 쓰레기와 구정물이 출렁이는 공간으로 그려진다. '쓰레기의 즙', '몽상의 청계천', '썩은 저수지', '구정물' 등 어둡고 더러운 액체는 육체를 가득 채운 죽음의 이미지들인 것이다. '썩은 입술'은 이러한 죽음의 이미지들이 시적 자아의 육체를 잠식하고 있음을 보여준다. 쓰레기들의 부패에서 발생하는 검은 에너지는 긍정적인 생의 활력이나 사랑의 열정으로 고양되는 것이 아니라 자기를 집어 삼키는 환멸로 바뀐다. 이러한 환멸의 의식 속에서 시인은 더럽게 썩어가는 현실의 풍경을 자기 육체의 부패로 변용하고, 이는 생과 죽음을 그 육체 속에서 '불사르는' 격렬한 자기 부정으로 이어진다.

여기서 시인은 욕망에 의해 '찍혀진', '복제된' 존재를 통해, 주체의 자리를 잠식당한 자의 환멸을 보여준다. 자아의 내면을 채우는 복제된 이미지는 욕망에 의해 훼손된 육체의 이미지로 드러나는데, 이는 진정성과 가치가 사라지고, 복제된 욕망만이 남은 현실에 대한 시인의 반성적 자의식을 보여주는 것이다. 흥미로운 것은 자본주의적 현실의 허구적 욕망을 부정하려는 시인의 의지가, 그 욕망을 내장한 자신의 육체마저 해체하려는 타나토스적 열망으로 표출된다는 점이다.

나방이 날아간다 불빛의 퇴폐를 향하여
날개의 상투성이 견딜 수 없는 것이다
거미여인의 키스, 저 죽음과 바꾸고 싶은!
더 이상은 자기 육체가 아닌 곳으로
내려가고 싶다,
(…중략…)
죽음을 위반하세요, 당신은 아주 즐겁게
파먹힐 거예요 은빛 그물은 광기의 그리움,
생이 엎질러진 곳에 생이 있어요, 그의 광기가
마침내 중독된 삶의 권태를 살해 하리라
거미 여인의 날카로운 키스여, 나방이 날아간다
일상의 어둠 저편으로 날개의 족쇄를 내던지며,
식욕의 殺意가 빚어낸 저 황홀한 무늬의 퇴폐,
끈끈한 덫의 은빛 유혹 속으로

―「거미여인의 키스」 중

여기서 시인은 죽음이라는 금기를 위반함으로써, '상투성' 혹은 '중독된 삶'의 권태로 특징지어지는 일상을 벗어나고자 한다. 불투명하고 둔탁한 나방의 색채는 일상의 권태를 껴입은 자아의 무거움을 상징한다. 불빛을 향해서 날아가는 나방의 행위는 죽음을 통해 육체와 일상의 구속력으로부터 벗어나고자 하는 의지를 보여준다. '더 이상 자기 육체가 아닌 곳'을 향해 돌진하는 나방의 움직임 속에는, 권태와 일상의 풍경을 벗어나기 위해 자기 육체를 해체하고자 하는 비극적 소멸의지가 내장되어 있다.

이렇게 유하는 '압구정', '경마장', '세운상가'라는 폐쇄된 공간을 채운 욕망을 육체적 공간으로 전이시키고 있다. 그는 현실의 공간성을 육체의 공간성으로 치환함으로써, 자기 육체를 욕망의 전장(戰場)으로 제공한다. 그리하여 그의 시적 육체는 외적인 욕망과 내적인 욕망이 충돌하고 뒤섞이는 카오스의 공간으로 떠오른다. 이런 점에서 욕망으로 가득 찬 육체를 파괴하는 행위는, 현실의 폐쇄된 공간을 해체하는 하나의 의식(儀式)이기도 하다. 자기 내부의 욕망을 붕괴시킴으로써 현실의 허구성을 파괴하려는 유하의 시는, 육체의 병적 징후들로 상징되는 후기 자본주의의 부정성을 넘어서려는 적극적 열망에서 생성되고 있다.

3. 죽음을 넘어서는 힘—몰락과 생성의 변증법

위에서 살펴본 것처럼 유하의 시에서 '압구정'과 '세운상가'는 각각 지상과 지하라는 공간적 대립에도 불구하고 두장접이 그림처럼 동일한 풍경으로 마주보고 있다. 불빛의 유혹을 거부하는 '압구정'의 시선과 죽음의 불빛을 향해 달려드는 '세운상가'의 시선이 하나로 겹쳐지면서 환멸의 풍경을 완성한다. 그런데 주목할 것은 압구정과 세운상가는 모두 시간성이 부재하는 고립된 공간으로 표상된다는 점이다. 이 파편적이고 고립적인 '공간'을 넘어서려는 시적 의지는, '나 상처 없이, 내일도 없이 흘러가리 / 무덤도 잡을 수 없는 저 나비의 발길로'(「재즈처럼 나비처럼」)에서, 새로운 시간을 찾아가는 나비의 이미지로 표현된다.

> 세상의 열병이 내 몸 속에 들어와 불을 밝혔네
> 금지된 생의 집어등이여, 지하의 모든 나를 불러내다오
> 나는 사유의 야바위꾼, 구멍난 영혼, 흠집 가득한 기억의 육체들을

별빛의 찬란함으로 팔아먹는다네
내 마음의 지하 상가는 여전히 승냥이 울음으로 붐비고
나 끝끝내 목이 쉰 야외전축처럼
해적을 노래부르고 해적의 애꾸눈으로 사랑하리.

-「세운상가 키드의 사랑 1」 중

여기서 시인은 욕망의 현실을 자기 영혼의 불구성으로 치환시켜, 그것을 넘어서려는 의지를 표현하고 있다. '세상의 열병'은 몸의 내부로 들어와 내면에 잠복한 욕망을 깨운다. 이러한 욕망의 매혹적인 감각은, '생의 집어등', '별빛의 찬란함'에서 흘러나오는 가상의 빛으로 치환된다. 그 빛은 '승냥이 울음'과 '목 쉰 야외전축'에서 흘러나오는 소리와 더불어 시의 내부에서 다양한 음색으로 충돌하고 있다. 그런데 이 현란한 불빛 속에서 드러나는 것은 '구멍난 영혼, 흠집 가득한 기억의 육체'라는 불구성의 기호들이다. '해적판의 진실' '후끼된 진실'이라는 현실의 허위성 역시 '애꾸눈'이라는 육체적 불구로 표현되고 있다. 이러한 기호들은 하위문화의 어두운 욕망에 매혹당한 자의 고통스럽지만 감미로운 열정을 드러내준다. 시인은 쓰레기와 구정물, 구멍난 영혼, 흠집의 육체에서 얻어지는 격렬한 상승의 에너지를 발견하고, 거기에서 '끝끝내 목이 쉬도록' 그치지 않는 노래와 사랑의 열망을 이끌어내고 있다.

시인은 자기부정의 에너지에 내장된 뜨거움이 사랑의 노래로 바뀌는 지점, 즉 '육체를 채우는 구정물의 에너지'가 '별빛의 찬란함'으로 치환되는 지점을 향해 달려간다. 그리하여 육체의 공간성이 무너진 지점에서 새로운 '노래(시)의 시간'이 생성된다. 이때 비로소 '압구정'과 '세운상가'의 고립된 공간성으로부터 내면을 향한 시간성이 열린다. 자본주의적 현실에 대한 환멸에서 출발한 시쓰기는 이렇게 불구의 육체를 경유하여 새롭게 열려진 시간성의 출구를 찾아간다.

항문이 되고 싶은 입술,
난 말의 종착역에서 거꾸로 거슬러 올라가기를 꿈꾸었다
참치가 육체의 막장을 이끌고 허기의 환회로 사라지듯
나 늙고 더러운 욕망의 끝에서,
세상의 맨 처음에 어리둥절 주둥아릴 부딪는
시의 어린 물고기떼를 한없이 뱉어놓을 수만 있다면!

―「참치죽이 있는 LG 25시의 풍경 2」 중

이 시에서 시인은 '늙고 더러운 욕망'을 넘어선 자리에서 '어린 물고기'라는 시적 시간을 생성해 내려는 의지를 보여준다. 어린 물고기로 비유된 시쓰기는 시인에게 욕망의 진창을 넘어설 가능성을 열어 준다. '항문이 되고 싶은 입술'이라는 진술에 내포된 시인의 욕망은, 말(언어)의 출발지인 입술과 말의 종착역인 항문의 자리를 뒤바꾸려는 의지에서 비롯된다. '말의 종착역'으로부터 출발점으로 거슬러 올라가려는 가역의 의지는, 죽음의 시간을 거슬러 가려는 고투에 다름 아니다. 이때 항문과 입술이 하나의 공간으로 겹쳐지듯, '늙은 욕망'과 '어린 물고기'는 하나의 시간 속에 겹쳐 놓인다. '어린 물고기떼'의 푸른 생명력은 늙은 육체의 공간('막장')에 귀속되지 않고, 새로이 생성되는 시간성 속을 헤엄쳐 간다. 시인은 이러한 창조적 순간에 터져 나오는 '환희의 빛'을 통해 '육체의 막장'에 고인 어둠이 사라지는 풍경을 펼쳐 보인다. '막장'이라는 닫힌 '공간'에서 '생성의 시간'적 열림을 가능하게 하는 상상의 통로는 자본주의적 죽음의 시간 속에서 '시'가 갖는 궁극적 의미를 드러내 주는 중요한 지점이다.

유하의 시쓰기는 소멸하는 장르인 시에서 새로운 가능성을 발견하는 데서 출발하고 있다. 상실된 언어를 통해서 구원을 발견하는 '언어의 노복'(「태풍의 작명가를 위하여」)이라는 자기인식은 죽음의 '공간'인 현실 속에서 내면성의 '시간'을 탐색하는 작업으로 이어진다. 이러한 시쓰기는

'언어' 곧 '시'에 대한 새로운 눈뜸이며, 이러한 눈뜸을 통해 시인은 언어를 통해 사물과 소통하는 시쓰기의 본질적 지점에 다가간다.

① 난 내 감각의 바늘로 그 보이지 않는 피사체들을
고정시키고 싶다. 오, 내가 열망한 건 미이라의 언어
모든 피사체들은 렌즈 속에서 불멸하는 죽음을 산다

죽음이라는 방부제가 모든 삶의 절실한 이미지들을
그대로 보존시켜 줄 것이다

―「사진기 속엔 그녀가 살지 않는다」 중

② 우린 종종 이름이라는 이미지의 우산 속으로 도피해 가고
'죽음'이라는 단어가, 서서히 죽음을 향해가는 나를
때론 안심시킨다,
(…중략…)
소멸하는 모든 것들은 이름을 욕망한다
나는 소멸하는 모든 것에 이름을 붙이고 싶다
소멸을 향하여 움직이는 것들은
이름을 붙이는 그 순간, 필사적인 환희의 전체로 정지한다

―「태풍의 작명가를 위하여」 중

인용된 두 시에서 시인은 소멸하는 대상들을 언어로 박제하여, 정지의 순간에 붙들어 놓고자 한다. 시 ①에서 사진기에 피사체를 가두고자 하는 욕망은, 언어를 통하여 사물에 닿아가려는 시인의 욕망과 일치한다. 카메라의 렌즈가 피사체를 한 순간 속에 붙잡아 영원히 고정시켜 놓듯이, 언어는 '이미지' 속에 사물을 잡아가둔다. 사물을 언어 속에 영원히 박제시켜 놓은 '미이라의 언어'는 시간의 흐름을 정지시킴으로써 얻게 되는 영원성을 상징하고 있다. 결국 현실을 지배하는 죽음의 시간으로부터 벗어나는 길은, 언어로 '이름 붙여진 이미지'의 영원성으로 귀

환하는 일이 되는 것이다. 이 정지된 시간성은, 그러나 단순한 부동의 정지 상태를 보여주는 것이 아니다. '불멸하는 죽음을 산다'라는 진술에서 알 수 있듯이, 그것은 영속적인 현재를 지향하는 시간이며, 이 정지된 현재 속에서 죽음은 영원히 유예된다.

시 ②에서도 언어로 대치된 '죽음의 이미지' 속에 거주함으로써 시인은 운명적 죽음을 유예시키고 있다. '이름을 붙이고 싶다', '욕망한다' 등의 시어는, 소멸하는 존재들을 시간의 운명으로부터 구원하고자 하는 시적 의지를 담고 있다. 덧없는 욕망의 흐름 속에서 소멸하는 것들을 영원한 존재로 상승시키고자 하는 의지는 '필사적 환희'의 순간, 곧 정지된 영원이라는 미학적 순간성에 기대고 있다.

이렇게 유하는 '정지'의 순간을 통해, 죽음으로 치닫는 현실적 욕망의 흐름을 차단하는 새로운 시간을 열어가고자 한다. 압구정의 가열한 바람 속에 내장된 욕망의 가속도는, 이 순일한 정지의 순간에 비로소 숨을 멈춘다. 자본주의적 삶의 가속도는 정지를 용납하지 않는다. 자본의 힘과 속도의 논리는 자아를 빨아들고 욕망을 끊임없이 부추기고 확장시켜 결국은 자기 파괴의 지점으로 이끌어간다. 이러한 욕망의 흐름이 정지되는 순간, 자아는 현실의 맨땅에 추락하고 말 것이다. 그러나 유하의 시에서 이 정지된 시간성은 폭주하는 자본주의의 가쁜 호흡을 중단시키는 미학적 순간으로 재탄생한다. 죽음의 풍경으로 채워진 현실의 공간을 뚫고 나가는 것, 속도가 정지된 곳에서 새로운 시간을 영속시켜 나가는 것, 여기에 그의 시쓰기가 열어가고자 하는 가능성의 지점이 놓여 있다.

> 나를 악착같이 포옹해 내려는 집 밖에는 보름달이 떠 있다
> 온 우주의 문밖에서 난 유일하게 달과 마주한다
> 유목민인 달의 얼굴에 난 내 운명에 대한 동의를 구하지만
> 달은 그저 냉랭한 매혹만을 보여줄 뿐이다.

난 일탈의 고독으로,달의 표정을 읽어내려 애쓴다
그렇게 내 인생의 대부분은 달을 노래하는 데 바쳐질 것이다

달이 몰락한다 난 이미, 달이 몰락한 그곳에서
둥근 달을 바라본 자이다.
달이 몰락한다, 그 속에서 미처 빠져나오지 못한
내 노래도 달과 더불어 몰락해 갈 것이다.

-「달의 몰락」 중

아무도 바라보지 않는 '달'은 현란한 도시의 불빛 속에서 허구처럼 허공에 붙박혀 있다. 그러나 도시의 불빛으로부터 소외된 달은 욕망의 더운 발바닥을 식혀주는 '냉랭한' 매혹을 품고 있다. 시인은 이러한 달의 매혹에 끌려 '집 안'이라는 현실의 공간으로부터 '우주의 문 밖'으로 나간다. '문 밖'의 공간은, 몰락과 생성이라는 달의 순환적 시간성이 지배하는 곳이다. 이 태초의 달은 시인에게 일상적 산문의 세계를 벗어난 시적 세계의 열림을 보여주는 신화적이고 우주적 존재였다. 그러나 무수한 가상의 불빛들이 지배하는 세계에서, 달은 자신의 매혹과 아우라를 상실하고 몰락한다.

그러나 시인이란 달의 몰락이라는 현실 속에서도, 새로운 충만함의 시간을 예견하는 존재가 아닌가. '몰락/생성'을 동시적으로 보는 바라보는 시적 시선은 '몰락한다'와 '몰락할 것이다'라는 시간적 간극에 달빛의 충만함을 채워 넣는다. 그리하여 부재의 상태 속에 충만함을 담고 있는 달의 노래는 생성의 시간을 향해 열리게 된다. 몰락과 생성을 하나로 묶어놓는 내면화된 시간은, 종말을 향해 달려가는 직선적 시간이 아니라 순환적인 생성에 바탕을 둔 시적인 시간이다. 그것은 '나의 시간은 무한한 곡선,/은륜의 텅빈 내부로 물이 고이듯 시간이 머문다'(「나는 추억보다 느리게 간다」)에서처럼, 맹목의 질주가 그려내는 직선의 운동이 아니라, 물이 고이듯 내면으로 스미는 '느림'의 운동이며 곡선의 시간으

로 출현한다.

이 시에서 몰락한 달의 이미지는 자본의 현실 속에서 존재 의미를 상실해 가는 문학의 운명을 비유하는 것으로도 읽힌다. 유하는 몰락한 달의 '매혹'을 통해 자기 내면으로부터 싹터오는 글쓰기의 욕망을 표현한다. 몰락(부재) 속에서 둥근 달의 이미지를, 노래의 충만함을 보는 시인은 시적 세계가 붕괴된 이후에도 그 노래가 남긴 빛을 잊지 못하는 존재이다. 이때 자본주의적 시간으로부터 이탈한 존재인 시인은, 규범화되고 고정된 삶의 질서를 거부하는 '유목민'의 이미지로 출현한다. 유목민은 삶을 현재의 공간에 귀속시키지 않는다. 그들은 끊임없이 열린 공간을 향해 이동함으로써, 자신의 삶을 시간의 궤적 속에 올려놓는 존재들이다. 고정된 궤도를 이탈하여 새로운 생의 지도를 만들어 가는 시인들. 유하의 시쓰기는 이렇게 '예정된 멜로디를 벗어난' 유목민의 시간을 통해, 폐쇄된 시공간을 넘어설 새로운 가능성을 탐색하고 있다.

4. 닫힌 공간을 넘어서 소통의 시간으로

유하는 현실의 욕망을 편력하면서도, 고유한 내면의 시간을 확보하고 그 시간을 타자와의 소통의 공간으로 전화시키고 있다. 세계와의 동일화를 꿈꾸는 서정의 순간 혹은 시적 소통의 순간은 그의 시에서 새로운 양상으로 구축된다. 초기 시에서 그는 욕망과 허구의 소음이 흘러넘치는 압구정 거리에 '푸른 비닐우산'이라는 은유적 공간을 만들어 낸 바 있다.

> 난 이 거대한 도시 속에서
> 유일하게 빗방울들의 노크 소리를 듣는다

푸른 비닐을 두드리며 황홀하게
나의 비밀번호를 호명하는 물방울의 목소리
나는 열리기 시작한다

—「푸른, 비닐 우산을 펴면」 중

비를 피하기 위해서 급히 펼쳐든 오백 원짜리 비닐우산이 예기치 않았던 새로운 세계를 자아에게 보여준다. 시에서 비닐우산의 내부는 압구정의 거리와 완벽하게 차단된 내면공간으로 나타난다. 물방울의 수직적 낙하에 의해서 만들어지는 '우산'의 집중된 내부는, '젖과 꿀이 굽이치며'(「압구정」) 흘러가는 욕망의 수평적 흐름을 단절시키는 순간성의 공간이다. 빗방울의 투명하고 푸른 울림이 욕망의 열기를 잠재우는 시적 세계를 만들어 내는 것이다. 우산의 내부는 비밀번호를 호명하는 빗방울 소리에 의해, 푸른빛의 신비로운 공간으로 확장되기 시작한다. 푸른색이 보여주는 싱싱한 생명력과 경쾌한 빗방울의 울림은 응축된 내면공간을 공명시키면서 확장되어 나간다. '비밀번호'를 통해 자아에게만 허락된 이 '열림'의 순간이 타자와의 소통을 가능케 하는 영속적이고 내밀한 세계를 만들어 내는 것이다.

휘파람새가 비상하기 직전의 날개,
그 소리없는 찰나의 전율을 빌려
난 너의 내부에 둥지를 튼다

—「휘파람새 둥지를 바라보며」 중

시인은 나—너라는 분할된 존재 사이에 소통이 이루어지는 순간을 포착하고 있다. '찰나'의 순간적 운동성은 움푹하게 패인 '둥지' 속으로 시인의 시선을 집중시킨다. 새의 비상을 포착하는 시선의 빠른 운동은, 대상의 내부를 파고들어가 '둥지'라는 공간을 낳는다. 비상의 가벼움을 간직한 집인 '둥지'는, '메가톤급 태풍'으로 상징되는 욕망의 무게와 대비되는, 가벼운 휘발성의 공간이다. '둥지'의 가벼움은 '폐수로 가득한 육체'의 무게를 공기처럼 가벼운 것으로 바꾸어 놓는다. 이러한 변이의 눈부신 '찰나'는 전율이라는 감각적 매개를 통해서 타자와의 소통으로 고양된다. 자아를 타자의 내부로 침투시키는 이 집중된 순간에 서정의 음역이 열린다. 그것은 자아와 세계, 주체와 타자의 내밀한 소통이 만들어 낸 새로운 시간이다.

이러한 시적 순간은 시인이 사물을 변용시켜 타자와의 동일화를 꿈꾸는 은유적 순간과 겹쳐진다. 은유의 시간성은 환유적으로 펼쳐지는 욕망의 공간적 변주와 대비를 이루면서, 욕망과 죽음의 검은빛을 푸른 생명력의 빛으로 전환시키는 데 기여한다. 이러한 소통의 세계를 구축하는 것은, 시 '압구정' 연작에서 보이듯, 기표의 연쇄 속에서 의미를 상실하는 공간의 언어들이 아니라 자아와 타자를 결합시키고 동화시키는 시간적 언어들이다.

이렇게 보면 유하는 압구정과 세운상가, 경마장이라는 자본의 공간을 경유하여 서정의 고유한 영역으로 돌아 온 셈이다. 그는 죽음의 현실에 대응하는 새로운 시간성을 열어 놓음으로써, 폐쇄된 공간의 구속을 넘어 내밀한 소통의 세계를 구축해 간다.

> 나 빠른 시간의 물살 바깥에서 따스한 알로 정지하네
> 그토록 느린 저녁의 산책이여, 송진 내음의 사랑은
> 가슴에 환한 명상의 불빛을 밝히고, 나 그대의
> 이름들과 함께 이 저녁의 넓이를 한없이 키워가네
>
> ―「느림」 중

'빠른 시간의 물살/느린 저녁의 산책'이 보여주는 '빠름/느림'의 긴장은, 시간의 물살을 끌어당겨 자신의 보폭으로 조절하는 시인의 내면 속에서 정지된 시간으로 전환된다. 이 시가 보여주는 느린 속도감은 '압

구정'의 소음과 '경마장'의 속도, 그리고 '세운상가'의 벌떼소리와는 반대되는 지점에 놓인다. 느린 정지의 순간은 '온갖 향기 붐비는 혀의 광장'과 대비되는 적막의 공간 속에 새로운 의미를 구축하고 있다. 이 적막의 시간은 '명상의 불빛'이 서서히 번져나가듯 세계를 향해 자아의 내면을 천천히 확장시켜 나간다. '송진내음의 사랑'이 보여주는 사랑의 불빛으로 저녁의 어둠은 환하게 살아나고, '따스한 알'의 이미지가 담고 있는 시간적 가능성은 소멸의 시간인 '저녁'을 생명의 시간으로 바꾸어 놓는다. 그리하여 '시간의 물살 밖에 정지하는' 이 순간은 생의 흐름이 멈추는 절대적 우주의 시간으로 고양된다. 이렇게 죽음의 수족관으로 비유되었던 압구정의 고립된 공간과 대비되는 서정적 소통의 시간성이 열리는 것이다.

유하의 시에서 현실의 공간인 '압구정', '세운상가'는 파편화된 개체의 욕망 위에 구축된 닫힌 공간이다. 그 속에서 시인은 위기와 죽음의 이미지만을 건져냈을 뿐이다. 폐쇄된 공간에서 열린 공간으로, 단절된 시간에서 영속적인 시간으로의 전환은, 타자와의 소통을 바탕으로 한 서정의 시간 속에서 가능해진다. 이렇게 유하의 시적 지향은, 분열되고 개체화된 자본주의적 삶의 양식을 시간성 속에 통합함으로써 상실된 서정을 회복하고자 하는 데 놓인다.

우리는 그의 시에서 또 다른 공간인 '하나대'의 의미를 이러한 서정의 문법에 비추어 새롭게 읽을 수 있다. 이미 많은 논자들이 유년의 공동체가 붕괴되지 않은, 근원적 향수의 공간으로서의 '하나대'의 의미에 주목한 바 있다. 자본주의적 세계와 대립되는 농경문화적 삶의 세계를 의미한다는 점에서 하나대는 향수의 공간이다. 또 자본의 왕성한 식욕에 의해 잠식된 과거의 공간이라는 점에서, 하나대는 자본주의 문명과 대칭적 지점을 이룬다. 그러나 주목할 것은 '하나대'가 단순히 과거의 공간, 향수의 공간만으로 머무르지 않는다는 사실이다.

오, 정글어가는 한 마을이
저 모든 것들을 오래 오래 길러온 어머니였습니다
그 어머니 이제, 가실비 젖은 짚비눌처럼
온 삭신으로 흙 속으로 꺼져가려 합니다
꺼져가는 어머니 안간힘으로 일으켜 세우기라도 하려는 듯
숲이란 숲 왼갖 새들이 울대가 터져라
어둠이 터져라 일제히 악다구니로 울어쌉니다
귀 먹먹한 새 울음에 툭 솔방울 하나 구르다 멈추는 그곳,
깊이 깊이 정글어버린 한 마을이 있습니다.

—「정글어 가는 하나대를 바라보며」 중

이 시에서는 생명을 소진해가는 어머니의 모습과 그 생명을 일으켜 세우려는 자연의 안간힘이 팽팽하게 맞서고 있다. '어둠이 터져라 울어대는' 울음의 '귀먹먹한' 소란과 '솔방울이 구르다 멈춘' 정적의 대비 속에서, 하나대는 소멸하는 공간이 아니라 새로운 생성의 공간으로 상승하고 있다. 시에서 '어둠이 터져라' 울어대는 새의 울음이 '꺼져가는 어머니의 삭신'을 일으켜 세운다. 시 「할머니와 넘서밭」에서 할머니의 호미가 '넘서밭'이 잠들지 않게 일깨웠듯이, 새들의 울음이 어머니의 꺼져가는 몸—대지를 깨우고 있는 것이다. 이때 할머니의 늙은 자궁을 상징하는 넘서밭은 숭고한 노동의 힘(할머니의 호미질)에 의해 푸른 생명력을 지닌 자궁의 이미지로 살아난다. 소멸하는 것을 일으켜 세우는 이러한 힘에 의해, 하나대는 생명이 탄생하고 순환하는 영속적인 공간으로 떠오르게 된다. 그곳은 죽음과 삶, 어둠과 빛이 서로 어우러지고 희생과 소생이 공존하는 제의적 공간이다.

싸리눈에 덮힌 겨울 들녘 난 한 마리 쥐벼룩처럼
폴짝폴짝, 아아, 그곳엔, 지상의 맨 처음 눈의 시간부터
눈 같은 살결을 펴올리기 위해 무수히 잘려져나간,

피대줄에 걸려 나락과 뒤섞여 나락으로 떨어져나간,
방앗간 아재 수많은 팔뚝의 그루터기들이 싸리눈을 뚫고
일제히 솟구쳐 하늘만한 들판을 으으으으아——
눈부신 비명으로 들썩 들어올리고 있었다
(…중략…)
방아는 시커먼 무쇠의
몸체를 돌리며 무심히 돌아가고 아재의 옷소매는
땅속에 끌텅을 묻은 그루터기 하나
휘감은 채 휑하니 펄럭거리고

—「그루터기, 잘린 팔뚝 같은」 중

이 시에서 잘린 팔뚝과 그루터기의 이미지가 겹쳐짐으로써 겨울 들판의 불모성은 생산을 위한 희생제의의 공간으로 전화된다. '무심한 방아의 돌아가는 소리'와 '하늘만한 들판을 들어 올리는 소리'의 대비 속에서, 시커먼 기계에 팔뚝을 희생하면서도 신생의 하얀 쌀을 쏟아놓는 생명의 숭고한 힘이 가시화된다. 이때 정적의 겨울 들판은 쌀알의 흰빛이 주는 눈부심과 쥐벼룩처럼 튀는 화자의 가벼운 행동이 어우러진 역동적인 공간으로 바뀐다. '무쇠방아의 큿김'과 '잘린 팔뚝', 자아의 가벼움, 그루터기들이 각각이 만들어내는 움직임은 이 희생의 공간을 축제의 공간으로 바꾸어 놓는 데 기여하고 있다.

이렇게 유하의 시에서 하나대는 만월의 충만함과 그믐의 부재가 함께 존재하는 공간, 생성과 소멸을 동시적으로 포괄하는 생의 순환적 원리가 지배하는 공간으로 드러난다. 불모의 들판을 재생의 공간으로 바꾸는 축제의 활력은, 압구정과 세운상가라는 현실의 공간 속에서 찾아볼 수 없었던 생성의 동력을 내장하고 있다. 즉 '하나대'는 생성과 희생의 제의를 통해서 몰락과 충만을 동시에 구현하고 있는 유목민의 시적 공간이라 하겠다.

압구정을 채운 욕망의 흐름 속에서 '비닐우산'이라는 내밀한 서정적 공간을 발견했듯이, 시인은 소멸하는 하나대에서 숨겨진 생명의 힘을 발견한다. 하나대는 압구정과 세운상가의 단절된 공간성을 넘어서는 지속의 시간 위에 놓인 공간이다. 그것은 자본주의적 세계의 고립과 폐쇄성을 반성하는 데서 떠오르는 순환의 공간이기도 하다. 소멸하는 세계를 순환적 시간성 속에 올려놓음으로써 영속적인 생명력을 되찾으려는 유하의 시적 지향은 불모의 현실에서 생성을 꿈꾸는 도정을 향한다. 자본주의의 죽음의 공간을 경유해 온 그의 시쓰기는 소통으로 열려진 서정의 시간에 뿌리를 내림으로써 현재적 의미를 얻고 있다.

5. 새로운 시간을 꿈꾸며

1980년대 후반부터 전개 되어온 유하의 시적 도정은 자본의 흡착력이 작용하는 현실의 닫힌 공간에 대한 성찰과, 서정의 복원이라는 새로운 시적 가능성에 대한 물음으로 이어져 오고 있다. 그의 시쓰기는 폭력적인 욕망과 주체의 위기를, 새로운 시간성 속에서 치유하려는 지향을 보여주며, 그것은 우리의 현실이 부닥친 불모의 시간을 극복하는 서정의 가능성에 대한 믿음을 바탕으로 하고 있다. 서정의 반성적 복원이라 불릴 수 있는 이러한 세계는, 달아오른 욕망의 발바닥을 식히고, 고정된 삶의 질서를 거부하며 현실과의 불화를 창조적 동력으로 삼아 시의 변방으로 떠나는 유목민의 시간에서 생성된다. 분열된 개체와 흔들리는 욕망의 담론들이 뒤엉킨 요즘의 시적 상황에서 우리 시에 필요한 것은 이러한 새로운 시간성을 꿈꾸는 일일 것이다. 이런 점에서 몰락하는 서정의 시간을 품고 새로운 시간을 꿈꾸는 유하의 시쓰기는 우리 시가 탐색해야 할 새로운 영토를 보여준다고 하겠다.

/ 수원(水源)을 향한 속인의 시쓰기 /

황지우 론

1. 끔찍한 모더니티와 육체의 언어

지난 세기의 마지막을 장식하던 환멸과 고립, 죽음의 수사들이 잦아든 우리의 시적 영토는 이제 문명과 자본에 의해 파탄된 삶을 위무하는 새로운 서정의 흐름, 혹은 시적 언어의 감각을 실험하려는 첨단의 언어들로 채워지고 있다. 그러나 주체와 세계를 둘러싼 무수한 위기의 담론이 사라진 영토에서 피어오른 이 새로운 언어들이 우리 세대의 문학적 의미를 감당하기에는 지나치게 부박해 보인다. 동일화의 언어를 통해 세계를 내면화함으로써, 주체와 세계의 불화를 봉합하려는 서정의 카타르시스적 욕망과 세계와의 불화를 극단적으로 밀고나가는 과잉된 열정의 언어들, 그 이면에는 현실에 대한 총체적 반성의 결핍이라는 근본적인 문제가 내장되어 있다. 자연과 인간의 교감이라는 보편적 정서에 호소하여 문명의 파탄된 시간을 치유하려는 서정시들은 안타깝게도 자본주의적 질서체계가 구축한 상상적 시계(視界) 너머로 시선을 던지지 못하고 있다. 또 형식적 실험과 언어의 파괴를 통해서 지배 담론에 대한 위반을 감행하는 모험적 언어들 역시 개별 주체들의 발화에 그치고 있는 것처럼 보인다. 따라서 주체와 세계를 둘러싼 고정된 사유틀을 전복하고, 세계에 대한 성찰을 통해서 새로운 방향을 모색해 가려는 실천적 노력이 현재의 우리 시에 더욱 요청된다고 하겠다. 이런 점에서 당대의 현실에 대한 반성적 사유와 시쓰기의 방법론을 함께 모색해 온 황지우의 시를 새롭게 읽어보는 일을 우리 시의 현재를 반성적으로 재점검하는 작업으로서 의미를 지닐 것이다.

황지우는 첫 시집 『새들도 세상을 뜨는구나』의 발간 이래 다양한 실험적 모색을 통해 우리 시의 주요한 흐름을 이끌어 왔다. 그의 시적 작업은 우리 현실이 몸담고 있는 근대의 혼란에 대한 성찰과 반성을 동력으로 삼아 현재에 이른다. 황지우 자신이 우리의 사회문화적 근대의 특수성을 '지배적인 근대적 조건에, 전근대적인 조건과 후기 근대적 조건이 중층 결정되어 있는 혼돈'(「이제 문학은 은둔하자」)이라고 규정했거니와, 전통적인 의미의 서정시에서 해체시에 이르기까지 다양한 실험을 망라하는 그의 시적 작업 역시, '전근대와 근대, 후기 근대'가 역동적으로 혼재하는 양상을 보여주고 있다. 『새들도 세상을 뜨는구나』와 『겨울-나무로부터 봄-나무에로』에서 보여준 소위 '해체시' 이후, 『게 눈 속의 연꽃』을 거쳐 『어느 날 나는 흐린 주점에 앉아 있을 거다』에 이르는 '분열의 전략'까지 황지우가 밀고 나가는 지향점은 당대의 현실과 맞닿는 첨단에 놓여 있으며, 그 내부에는 근대성에 대한 성찰과 비판적 대응이라는 일관된 흐름이 자리하고 있다. 다음의 글에서 황지우 시의 근저에 놓인 근대성에 대한 자의식과 시적 전략의 연원을 파악할 수 있다.

> 저의 처녀 시집 『새들도 세상을 뜨는구나』는, 이렇게 제가 저의 육체로서 경험한 80년대 초반의 세계에 대한 환멸을 혼잣말처럼 중얼거렸던 것이고, 침묵은 부역을 의미했던 우울한 시기에 그렇게라도 쓰지 않으면, 미쳐버릴 것 같은

> 광적인 필연성으로 기록한 저의 젊은 날의 괴상망측한 팬터마임이었다고 할 수 있겠습니다. 그 팬터마임은 좀 넓게 말하면 제 삶을 이끌어온 모더니티의 은폐된 본질이 파시즘임을 여지없이 드러난 시점에서 파시즘의 진짜 얼굴인 공포에 대응하는 방법이었다고 할까요?
>
> –「끔찍한 모더니티」 중

이 글에서 황지우는 자신의 시적 일탈과 형식 파괴의 동인을 서술하고 있지만, 우리는 여기서 두 가지 중요한 점을 포착할 수 있다. 먼저 황지우가 당대 지배 권력의 야만적 속성을 '끔찍한 모더니티'로 인식하고 있다는 점이다. 주지하듯 우리의 근대는 식민지와 해방 후의 정치적 격동 속에서 주체를 억압하는 야만의 힘으로 성장했으며, 그것은 주체를 가위눌리게 하는 폭력으로 작용해 왔다. 식민지 이래 왜곡된 근대의 길을 걸어온 우리 시사의 고통스런 여정은 1980년 광주를 통과하면서 근대성이 파시즘의 권력적 횡포와 다르지 않다는 사실을 다시 한 번 확인하게 된다. '광주'는 근대의 이상과 폭력성 사이에서 혼란을 겪던 주체들이, '끔찍한'이라는 술어로 수식되는 야만적 폭력을 모더니티의 본질로서 직시하게 되는 결정적인 계기가 된다. 1980년대 대다수의 시인들이 그렇듯이, 황지우 역시 '광주'라는 원체험으로부터 자유롭지 못하며, 다양한 형식 파괴와 실험으로 요약되는 시적 모색은 훼손된 역사와 더럽혀진 모더니스트로서의 자의식에 기원을 두고 있는 것이다. 이러한 자기부정 속에는 그의 시적 정신을 성숙시킨 것이 바로 끔찍한 불구의 근대라는 의식이 자리하고 있다.

현실의 다양한 국면에 의혹의 시선을 던짐으로서 '시적인 것'을 발견하려는 그의 실험의식의 밑바탕에는 이 '끔직한 모더니티'에 대항하려는 전략적 의지가 개입된다. 1980년대 황지우의 형태파괴 시가 겨누었던 과녁은 근대의 광기였으며, 이러한 시적 작업은 근대의 폭력으로부터 상처 입은 주체의 자기치유를 위한 과정으로 이해된다. 그것은 1990

년대 이후 '일상'의 이름으로 자신을 은폐하면서 교묘하게 시인의 발목을 잡는 사이비 근대에 대한 저항의 언술로 변모된다. 이러한 해체의 방법론을 통해 그는 근대적 사유와 가치를 전복하려는 시적 모험을 이끌어 간다.

또한 위의 글에서 황지우가 폭력적 현실의 체험을 '육체'의 문제와 연관시키고 있다는 점이 주목된다. '육체로 경험한 80년대'라는 진술은 체험의 직접성을 의미하는 것을 넘어, 그 체험이 시인의 의식을 긴박하는 보다 본질적인 지점에 닿아 있음을 보여준다. 그에게 있어서 육체란 자기인식의 통로인 동시에 현실적 권력의 작용점으로 의미화 되며, 따라서 현실의 지배담론에 대한 시적 저항 역시 육체를 통해서 실현된다. 황지우의 시가 보여주는 육체의 언어는, 뒤에서 보다 구체적으로 서술하겠지만, 이 추악한 공포에 대면하는 주체의 위기의식을 드러내는 장치이다. 그것은 '깨지기 쉬운 질그릇'이라는 은유를 통해서 드러나고 있는데, 이 '깨지기 쉬운 질그릇 같은 몸'(「나의 누드」)에 내포된 의미는 1980년대를 관통하는 공포의 권력에 대면해야 했던 주체의 자기붕괴와 연관된 위기의식이다. 그는 의도적으로 비틀린 시적 형식을 통해서 '질그릇'과 같은 육체에 가해지는 현실의 억압과 환멸을 폭로하는 한편, 세계를 구축하는 언어의 순정함에 대한 믿음의 붕괴를 동시에 드러낸다. 그는 초기 시에서 방송프로, 신문기사, 광고, 만화 등 현실의 다양한 육성을 수용함으로써 시를 현실과의 막다른 경계 지점까지 몰아가는데, 이러한 시쓰기의 전략은 근본적으로 언어의 소통가능성에 대한 불신에서 출발한다. 언어적 소통에 대한 신뢰가 깨어지는 순간, 시는 '괴상망측한 팬터마임'으로 변형되어 나타난다. 한편 1990년대에 들어 근대의 광기가 일상의 권태라는 이름으로 치환될 때, 현실과의 아슬아슬한 긴장 속에서 지탱되던 육체는 '늘어진 살', '뚱뚱한 가죽부대'의 이미지로 변화된다. 황지우는 늘어진 육체로 환기되는 '사소한 끔찍함'의 시대, 일상적 욕망을 무한히 복제, 확장 나가는 자본주의의 끈질긴 힘에 대응하기 위해 '분열의 전략'을 수행한다. 해체와 분열을 아우르는 이러한 일탈적, 형식적 실험의 근저에는 시가 육체-언어로 빚어진 것이라는 인식이 자리하고 있다.

이렇게 더럽혀진 모더니스트로서의 자의식은 근대의 광기에 의해 훼손된 육체로부터, 자본에 잠식된 이완된 육체에 이르기까지 황지우의 시적 궤적을 관통하는 화두이다. 그의 시적 육체는 세계인식을 드러내는 방법론이자 근대성의 억압을 폭로하고 노출하는 시적 전략이 실현되는 장으로 기능한다. 따라서 근대적 현실과 사유에 대항하는 방식으로 시적 실험을 수행하는 황지우의 시 세계를 살펴보기 위해서는 육체의 언어에 대한 탐색이 필연적인 것처럼 보인다. 이 글의 목적은 근대를 위반하는 방식으로, 근대를 향한 사유에 자신을 내던지는 모험을 감행한 더럽혀진 모더니스트의 시적 여정을 점검해 보는 것이다. 열광과 권태로 특징지어지는 두 연대를 아우르는 '징후로서의 육체'에 대한 탐색은, 욕망의 담론들이 횡행하면서 뿌려놓은 혼란과 소문의 미로에서 우리 시가 찾아가야 할 새로운 가능성을 살피려는 작업이기도 하다.

2. '시적인 것'의 발견과 수화(手話)의 언어

황지우의 초기 시의 특징적인 요소는 다양한 시적 일탈과 형식의 파괴이다. 그는 신문기사, 만화, 오락실의 소음, 일상의 천박한 농담들에 적극적으로 텍스트를 개방한다. '일상적 현실에서 낯설게 환기되는 새로운 국면을 발견하려는'(『사람과 사람 사이의 신호』) 이러한 전략은 현실의 억압에 대한 시적 대응이라는 정치적 문맥에서 보다 효과적으로 이해될 수 있다. 시인은 '돈범벅, 피범벅인 프로야구'로 대변되는 자본주의적 욕망의 매카니즘과 정치적 폭력이 결합되어 삶의 곳곳에 편재한 당대의 현실을 '소음'으로 인식하며, 이 소음을 텍스트에 직접 수용하여 지배 담론에 대한 저항을 시도한다. 「대답 없는 날들을 위하여 1, 2, 3」, 「버라이어티쇼, 1984」, 「徐伐, 셔블, 셔볼, 서울, SEOUL」 등의 시에서 황지우는 현실의 다양한 소음을 텍스트의 내부로 옮겨 놓는다.

> 장만섭씨(34세, 보성물산주식회사 종로지점 근무)는 1983년 2월 24일 18:52 #26, 7, 8......, 화신 앞 17번 좌석버스 정류장으로 걸어간다. 귀에 꽂은 산요 레시바는 엠비시에프엠 "빌보드 탑텐"이 잠시 쉬고, "중간에 전해드리는 말씀," 시엠을 그의 귀에 퍼붓기 시작한다
>
> 쪼옥 빠라서 씨버 주세요. 해태 봉봉 오렌지 쥬스 삼배권!
> 더욱 커졌씁니다. 롯데 아이스콘 배권임다!
> 뜨거운 가슴 타는 갈증 마시자 코카콜라!
> 오 머신는 남자 캐주얼 슈즈 만나 줄까 빼빼로네 에스에스 패션!
>
> —「徐伐,셔블, 셔볼, 서울, SEOUL」 중

이 시에서 라디오의 광고, 오락실의 소음, 일상의 농담들이 여과 없이 텍스트의 전면에 흘러넘치고 있다. 이러한 절제되지 않은 요설은 현실의 폭력적인 소음에 둘러싸인 주체의 모습을 드러내는 시적 장치이다. 시집 『새들도 세상을 뜨는구나』와 『겨울-나무로부터 봄-나무에로』에 실려 있는 대부분의 시편들에서 시인은 현실의 소음을 시에 끌어들여 '시적인 것'을 현실과의 경계까지 최대치로 밀고 나간다. 이러한 소음을 한편의 시로 성립시키는 것은, 현실 속으로 분산되려는 소음의 원심력과 그것을 '시적인 것'으로 끌어당기려는 시적 구심력 간의 긴장이다. 당대의 언술을 빌려 그것으로 현실을 넘어서려는 이러한 '정치적' 일탈의 형식은 현실과 시적인 것의 경계에서 긴장을 이루는 텍스트의 장력에 의해서 유지되고 있다.

이러한 시적 언어들은, 정치적 억압을 내면화한 '벽'을 넘어서려는 시인의 욕망을 드러낸다. 과잉된 소음과 진실의 부재라는 현실의 아이러니를, 그는 '벽'의 이미지가 환기하는 단절의 상황으로 인식한다. '예비군편성 자신신고'의 벽보 내용을 그대로 제시한 「벽 · 1」이나, 텍스트 전편이 백지로 제시된 「묵념 5분27초」와 같은 시들은, 황지우가 광주로 상징되는 시대의 비극에 침묵하는 현실을 '단절의 벽'으로 인식하고 있음을 보여준다.

> 이 벽은 신문이다, 보다시피
> 이 벽은 지방 일간지 7면 문화면이다, 보다시피
> 이 벽은 파스텔로 회칠한 벽이다
>
> -「벽 · 2」 중

> 그 길은 모든 시간을 길이로 타나낼 수 있다는 듯이
> 直線이다.
> 그리고 그 길은, 그 길이
> 마지막 가두방송마저 끊긴 그 막막한 심야라는 듯이
> 칠흑의 아스팔트다
>
> -「흔적 II ……」 중

시인은 일간지 문화면을 거짓으로 덧칠한 '벽'으로 비유하고 있다. 그것은 '통곡의 벽 안쪽은 그 벽 밖의 / 통곡이 들리지 않는 모양이다'(「베이루트여, 베이루트여」)에서처럼, 세계와 주체의 단절을 은폐하는 허위의 공간이다. 진실이 봉쇄된 '막막한 심야의 길', '칠흑의 아스팔트' 역시 현실의 고통을 차단하는 벽에 다름 아니다. 뿐만 아니라 '매스컴은 반컴뮤니케이션이다'라는 진술에서 보여주듯, 자아와 세계의 소통을 왜곡하고 있다는 점에서 매스컴 역시 단절의 벽으로 인식된다. 결국 벽과 같은 현실 앞에서 시인이 발견하는 것은, 방송매체에서 흘러나오는 온갖

소음이 결국은 거대한 침묵과 다름없다는 아이러니뿐이다. 이렇게 황지우는 현실에서 세계와 자아의 소통을 불가능하게 하는 단절을 읽어내고 있다. 그의 시가 보여주는 형식의 개방성과 일탈은 주체를 긴박하는 견고한 '벽'을 해체하고자 하는 의지의 전략적 표출로 이해된다. 그는 현실의 소음에 텍스트를 개방함으로써 '소음의 현실'과 '침묵의 벽'이라는 이중의 억압으로부터 해방을 추구하는 것이다.

그의 시에서 전통적인 시 형식으로 상징되는 제도와 관습, 규범을 전복하는 해체의 전략은 주체의 분열을 드러내는 방법론으로 기능한다. 「그들은 결혼한 지 7년이 되며」, 「아, 이게 뭐냐구요」, 「근황」 등 다수의 시에서는 '혼수상태'에 이른 자기 분열의 수사들이 쏟아진다. 이러한 양식적 해체는 주체의 분열을 가시화하는 방법론이며, 그 기원에는 억압적 현실을 해체하고 전복하려는 정치적 함의가 내장되어 있다. 여기서 황지우의 해체 전략이, '시적인 것'과 현실 사이의 '아슬아슬한 긴장' 속에서 생성되고 있음에 주목할 필요가 있다. '시'의 관습적 실재성을 부정하는 대신 '시적인 것'을 구축하려는 의식의 바탕에는 현실에 대한 반성적 시선이 자리하고 있다. '나의 풍자는 절망으로부터 오고, 나의 절망은 열망으로부터 오고, 나의 열망은 욕망으로부터 오고, 나의 욕망은 生으로부터 온다. 이 生으로부터 理性에 이르는 가느다란 실핏줄이 내 시의 家系다'(「그들은 결혼한 지 7년이 되며」)에서 보여주는바, 소음의 현실을 '시적인 것'으로 바꾸어 놓은 동인은 바로 '이성(理性)의 호흡'이라 할 수 있다. 이렇게 합리적 이성의 호흡과 분열의 언어가 충돌하고 긴장하는 지점이 황지우의 시쓰기가 출발하는 진원지이다.

한편 황지우의 시에서 해체의 전략에 의해 균열된 텍스트는 지배담론에 포섭되지 않는 '수화(手話)'의 언어(「끔찍한 모더니티」)로 표출된다. 언어의 순정함에 대한 믿음이 파괴된 자리, 언어가 소통의 기능을 다하지 못하는 지점에서 시는 수화(手話) 즉 '괴상망측한 팬터마임'으로 변형된다. '팬터마임'이란 언어 이전의 '몸짓'이며, 단절과 억압의 현실을 넘어서고자 하는 '육체의 언어'이다. 그것은 현실적 언어의 영향력이 미치지 못하는 틈새에 자리잡고 있으며, 폭력적 권력의 균열점을 찾아내어 지배담론을 해체하려는 역동성을 내포한다. 황지우의 실험적 해체의 형식은 '팬터마임'이라는 육체의 언어에 의해 다시 쓰여진 현실의 텍스트이며, 이때 텍스트의 물질성과 자아의 육체성은 상동적 관계로 구축된다. 이런 점에서 그의 시는 권력의 문자가 아니라 팬터마임의 육체성으로 구축되는 텍스트라 할 수 있다.

3. 정화의 세계를 향한 부서진 육체의 비상

'더럽혀진 모더니스트'로서의 황지우의 시적 출발은 자의식에 균열을 가한 '광주'라는 트라우마에서 비롯된다. 새로운 세계를 향한 열망이 폭력적 권력에 의해 무참히 좌절된 광주의 체험은, 사회역사적 모순의 결절점이자 근대성에 숨겨진 야만성이 적나라하게 노출된 사건이다. 권력의 광기에 맨몸으로 노출되었던 이 대재난(Catastrophe)의 체험은 육체에 가해지는 '아픔'으로 전이되어 주체의 내면을 지배하기 시작한다. 현실의 공포에 대면하는 주체의 위기는 '깨지기 쉬운 질그릇 같은 몸'(「나의 누드」)이라는 은유를 통해서 표현된다. 비틀리고 해체된 시적 형식은 '깨지기 쉬운' 육체에 가해지는 세계의 폭력성을 노출하는 방법론이 된다.

시 「초토」에서 시인은 광주 이후 살아남은 자신의 목숨을 '파리 목숨'에 비유함으로써, 정신적 불모의 상황을 직접적으로 표출한다. 광주의 트라우마는 '그날의 아픔은 묘사되지 않는다'(「밤병원」)에서처럼 '묘사할 수 없는 아픔'으로 표현된다. '묘사'란 현실에 대한 비판적 거리와 주체의 고정된 시선을 전제할 때 가능한 방법이다. 그러나 황지우의 시에는 이러한 고통을 객관화할 심리적 거리가 존재하지 않으며, 세계의 재난을 묘사하고 반성할 주체도 붕괴되어 있다. 이러한 의식의 붕괴 상태는 공포에 '질식된 육체' 혹은 '죽은 몸'의 이미지로 표현된다.

①어제 나는 내 귀에 말뚝을 박고 돌아왔다
오늘 나는 내 눈에 철조망을 치고 붕대로 감아 버렸다
내일 나는 내 입에 흙을
한 삽 처넣고 솜으로 막는다.

—「그날그날의 현장 검증」 중

②머리가 너무 복잡해. 파내어 버렸으면 좋겠어. 가끔, 발목에 쇠고랑을 채워 나를 공중에 매어 놓는 걸 상상한다구
거꾸로 매달려 죽은 몸으로 흔들리고 싶어. 정육점 고기들처럼.

—「이준태의 근황」 중

시 ①에서 현실의 폭력 속에 질식하는 주체의 절박한 상황은 자기의 귀에 말뚝을 박고, 눈에 철조망을 치고, 흙으로 입을 막는 등 감각을 봉쇄하는 행위로 표현되고 있다. '어제와 오늘, 내일'이라는 시간이 '그날그날'이라는 익명의 시간으로 흘러가는 것은, 현재의 상황이 어떠한 희망도 기대할 수 없는 죽음의 시간임을 드러내 준다. 시 ②에서도 정육점의 고기처럼 매달린 육체의 그로테스크한 모습을 통해 극도의 공포와 불안 속에 흔들리는 주체의 모습이 나타난다. 현실의 공포로부터 벗어나기 위해 정육점고기처럼 매달리기를 바라는 진술 속에서, 시인이 고통스런 현재를 '죽은 몸'의 시간으로 파악하고 있음을 알 수 있다. 권력의 야만성과 폭력성을 상징하는 유기된 육체의 이미지는 시 「화엄광주」에서 더욱 강렬한 표현을 얻는다.

사람의 대가리가 뽀개진 수박 덩이처럼 뒹굴고

사람이 없어졌으므로
부처가 없어졌네
사람이 없어졌으므로 부처도
터져나온 내장은 저렇게 순대로
몸뚱어리는 어디론가 가버리고 다만
대가리만 남아 푸욱 삶아져
저렇게 눈감고 소쿠리에 臥禪하고 있는 거이네

-「화엄광주」 중

시인은 폭력이 가장 직접적으로 실현되는 육체의 파괴된 이미지를 통해, 붕괴되는 주체의 모습을 선명하게 보여주고 있다. 몸뚱이와 대가리가 분리된 육체들, 내장이 터져 나온 끔찍한 시체들의 모습은 권력의 광기가 남겨놓은 상흔들이다. 이렇게 황지우에게 '광주'는 부처가 순대국집 앞의 돼지머리와 동일시되는, 모든 가치와 진실이 사라진 폐허로 인식된다. 그것은 역사적 시간의 흐름이 멈추고 죽음의 응고된 육체가 지배하는 절대상실의 세계이다.

황지우의 1980년대 시적 작업은 역사적 재난을 자기의 내면으로 끌어당겨 그 상처를 치유하는 데 바쳐진다. 그의 시에서 '죽음의 육체'로부터의 벗어나고자 하는 욕망은 중력으로 상징되는 권력의 자장에서 이탈하고자 하는 상승 의지로 표현되고 있다. '작두날 위에 나를 무중력으로 세우는/ 힘'(「나는 너다 17」)에서 볼 수 있듯, 시인의 내면과 현실이 한 올의 틈도 없는 '작두날'과 같은 섬뜩한 긴장 관계에 놓일 때, 육체는 현실의 모든 구속을 끊고 비상한다. 이러한 순간은 현실의 '악'을 향해 자신을 내던지는 시적 순간으로 포착된다. 황지우는 폭력 앞에 자신을 던지는 자기파괴의 열정 속에서 광주의 어둠을 뚫고 나갈 가능성의 시간을 발견한다.

다음의 시에서 시인은 현실의 폭력과 주체의 육체가 부딪치는 죽음의 정점에서 황홀하게 빛나는 시간을 노래하고 있다.

워매, 강옥이, 배가 이상하네, 배가,
음, 으으음흠, 내 배를, 흑! 지나갔어,
뜨거운, 숙명, 어떤, 일생이, 무자게 큰, 죄악이,
돌이킬 수 없는 방향으로, 나를 통과,
통과, 관통했네, 강옥이,
(…중략…)
저 빛 터지는 창으로, 내가,
완전연소된 삶으로, 막 빠져나가려 하네.
내 몸은 지금, 연기, 냉갈 같네.
(…중략…)
강옥이, 최초로 보는, 허공이, 보이네.
새벽을 앞 둔, 저 청정 허공, 지난 겨울,
자네들이랑, 무등산 중봉, 눈밭에서, 보았던,
새벽을, 앞 둔 그, 허공, 그 예감의 빛 속
으로, 가네,
나, 불화살 한 촉으로, 허공으로,

―「윤상원」 중

이 시는 분열의 수사가 넘쳐나는 초기 시 중에서 유일하게 집중된 서정의 순간성을 보여주는 예외적인 작품이다. 시인은 당대의 폭력적 권력과 첨예하게 자신의 육체를 대면시켰던, 그리하여 죽음으로 육체를 해체하고 현실을 넘어선, 광주의 상징적 인물인 '윤상원'을 시적 화자로 등장시킨다. '무자게 큰 죄악'으로 인식되는 현실의 광포함은 '나―윤상원'의 육체를 관통함으로써 '환한 빛'으로 정화된다. 어둠을 관통하는 '불화살'의 강렬한 속도감은, 고요와 암흑의 순간을 지나 '청청한 허공'으로 비상하는 육체의 이미지를 효과적으로 보여주고 있다. 육체가 허공으로 해체되는 이 순간은, 죽음의 순간인 동시에 몸의 물질성이 정신의 투명성으로 고양되는 초월의 순간이기도 하다. 시인은 쉼표와 쉼표로 시의 호흡을 단절시킴으로써, 균열된 시적 형태를 통해 육체가 해체되는 순간을 시각적으로 표현하고 있다. 이러한 텍스트의 균열은 육체가 허공으로 산산이 흩어지는 순간의 떨림과 긴장을 효과적으로 전달한다. 이 시를 관통하는 집중된 정서는, 외부 권력으로부터 닥쳐오는 재난을 피하지 않고 그 가운데 자신을 던져 넣는 열정에 의해 지배되고 있다. 현실의 악을 온몸에 관통시킴으로써 오염된 세계를 정화하고자 했던 '윤상원'은 죽음을 통해서 훼손된 현실을 넘어선 존재이다. 이러한 순결한 정신의 파토스는 주체를 불멸의 존재로 고양시킨다. '청정 허공'의 무구한 세계를 향한 의지적 어조 속에는 고양된 불멸(不滅)을 향한 시적 욕망이 작동하고 있다.

김현을 비롯하여 많은 논자들이 주목한 바 있는, 황지우 시의 낭만적인 요소는 이러한 초월에의 지향을 지적한 것이다. 그러나 황지우의 시가 보여주는 자기해체의 의지는 주관적인 자기 초월의지와는 구별되어야 한다. 그의 시적 지향은 현실을 배제한 '해탈'의 방향으로 나가는 것이 아니라, 역사의 상처 속으로 자신을 더욱 깊이 들이밀어 그것을 정화하려는 방향으로 진행되고 있기 때문이다. 시 「화엄광주」에서 그가 보여주는 것은, 현실의 고통과 역사의 상처를 끌어안음으로써 생성되는 정화의 세계이다.

저 도청 앞 분수대에
유리 줄기 나무 높이 솟아오르리라
그 투명 가지가지마다
지금까지 참았던 눈물 힘껏 빨아올려
유리나무 상공에 물방울 뿌린 듯
수많은 摩尼 보배 꽃, 빛이 되리라

—「화엄광주」 중

'도청 앞 분수대'에서 환기되는 광주의 유린된 육체성은, 억눌려 있던 고통들이 일시에 터져 나와 '유리나무'처럼 광대하고 무한한 허공으로 솟구치는 장엄한 풍경 속에서 치유되고 있다. 이 '유리나무'의 투명성은 억압적 현실의 경계를 뚫는 힘을 응축하고 있다. 즉 '솟아오르다', '힘껏 빨아올리다' 등의 시어가 내뿜는 역동성에 의해 참았던 고통이 그만큼 강한 반동으로 솟구치는 것이다. 물줄기의 치솟는 역동성 속에서 현실의 시간은 전복되고, '눈물'이 '꽃'으로 바뀌는 아름다운 광경이 연출된다. 고통의 눈물이 물방울의 투명한 빛으로 개화되어, 현실의 어둠을 '보배 꽃, 빛'으로 비추어 내는 것이다. 이제 '광주'는 현실의 상처를 치유하는 동시에, 희생된 몸이 부활하는 제의적 시공간으로 치환된다. '유리나무'가 내뿜는 빛 속에서 펼쳐지는 '화엄'의 세계는 역사의 흐름이 정지된 '현재'의 시간을 뚫고 현현하는 유토피아적 순간을 보여준다. 이러한 비극적 카타르시스는, 근대의 폭력적이고 왜곡된 시간을 넘어설 수 있는 시적 비전을 열어놓는다. 이렇게 스스로의 육체를 제의(祭儀)의 공간으로 삼음으로써 도달한 시 「화엄광주」를 통해, 황지우는 역사적 시간의 광포함을 미학적으로 승화시킨다.

1980년대를 관통하는 황지우의 시적 도정은 '훼손된 육체'로 상징되는 죽음의 공간으로부터 투명한 '유리나무'의 정신적 상승을 향해 나가는 길이었다. 그가 시집 『게 눈 속의 연꽃』에서 천착하고 있는 '선(禪)적인 것'은, '나를 버림으로써', 나를 둘러싼 경계를 깨치고 나가는 '해탈'의 순간을 의미한다. 이런 점에서 '선적인 것'은 투명한 허공을 향해 육체를 투사함으로써 얻어지는 상승의 순간성과 상통한다. 그것은 역사적 문맥을 배제한 것이 아니라 폭력적인 근대의 시간에 대한 성찰에 닿아 있다. 따라서 '선적인 것'의 시적 전략은 현실의 내부에서 '시적인 것'을 발견하려 했던 초기시의 연속성에 놓인 것으로 이해된다.

위의 시에서 시인은 '유리나무'의 육체를 현실의 폭력에 대항하는 강하고 견고한 금강석으로 조형해 낸다. 그것은 시 「윤상원」에서 보았듯이, 끔찍한 모더니티의 야만과 광기를 뛰어넘는 새로운 육체의 이미지이다. 자신의 몸을 담보로 근대의 부정성을 해체하려는 이러한 시적 의지는, '더럽혀진 모더니스트'로서의 고질적인 불구성을 극복하려는 황지우의 자의식을 보여준다. 이런 점에서 「화엄광주」가 이루어낸 신화적 시간은 우리 시가 도달한 아주 특별한 '모더니티'의 한 지점을 이룬다고 하겠다. 바로 이 지점이 황지우 시가 도달한 최대치의 행복이자 그 한계이기도 하다. 자기 파괴를 통해서 얻어진 이 순간성의 유토피아가 근대의 폭력적 힘, 그 포획력을 어떻게 견뎌내는가 하는 것은 여전히 남는 문제이기 때문이다.

이 점을 살펴보기 위해서 육체의 운명인 '중력'으로부터 벗어나려는 상승의지 한편에 진창의 현실이라는 인력(引力)이 존재하고 있음에 주목해야 한다. '아무리 아무리 높히, / 높히 / 날어도 새는 / 따 우로 / 다시 / 나려앙근다'(「착지」)에서 보여주는, 육체의 운명에 대한 인식은 그의 시 전반을 관통하는 또 하나의 흐름을 이루고 있다. '이 땅에 오려면 몸을 닻으로 내려야 한다(「에서. 묘지. 안개꽃. 5월. 시외버스 하얀」)'는 진술에서 보이듯, 육체는 주체를 땅으로 귀환하게 하고, 현실에 비끌어 매어 놓는 '닻'이다. 육체의 이러한 숙명성에 대한 인식은, '바깥을 향한 욕망' 즉 현실을 벗어나기 위한 이탈의 욕망을 진흙의 현실에 착지시킨다. '광주'의 고통스런 경험을 밑그림으로 한 시집 『게 눈 속의 연꽃』에는 '아픔', '아픈 몸', '병'이라는 시어가 지배적인 화소로 등장한다.

몸의 일부들이
전남대학 대학병원 로터리 한켠
호남의수족관 유리 진열대에 놓여 있다
볼트로 관절을 연결한 플라스틱 다리들, 팔뚝들
그리고 자잘한 손금이며 퍼런 실핏줄하며
분홍빛 손톱의 흰 초승달까지
영락없이 '살아 있는' 사람 손 같은 살색 고무손,
전생대 얼음 속에서 갑자기 튀어나와
저기, 아직도 구멍 흔적이 남은 대학병원 붉은 벽돌 앞

히말라야소나무를 가리킨다, 가리키는 듯하다
링겔병을 꽂은 채 환자가 소나무 아래
휠체어에 앉아 있다
아, 아픈 사람만이, 實感난다, 사람 같다.
비로소 사람에 가까워지려 저렇게 끙끙거리는

—「湖南義手足館」 중

'의수족관' 진열대에 놓인 플라스틱 팔뚝과 다리들은 치유되지 못한 현실의 아픔을 상징적으로 보여준다. 붉은 벽돌에 남은 구멍의 흔적은 사라지지 않는 역사의 상흔을 환기시키며, '살색고무손'의 섬뜩한 물질성은 삶으로 위장된 '죽음'을 선명하게 가시화한다. 의수족이 실물에 가까워질수록 위장된 죽음의 고통은 더욱 심화된다. 어떠한 위장(僞裝)을 통해서도 그 아픔을 감출 수 없다는 시인의 인식은 '히말라야 소나무'의 생명력과 링겔병을 꽂은 환자를 대비시키는 데서도 드러난다. '환자'는 소나무의 생명력과 의수족(義手足)의 사물성이 환기하는 죽음의 경계에 놓인 존재다. 아픔이 감지되지 않는 불감의 시대에 시인에게는 생명을 향한 열망을 지닌 이 '아픈 사람'만이 실감(實感)된다. 아픔은 현실에 붙들려 있는 육체의 운명을 환기시키는 것이기 때문이다. 즉 '약과 마음을 얻었으면/아픈 세상으로 가서 아프자'(「산경」)에서와 같이 육체의 '아픔'은 '아픈 세상'의 진실을 드러내는 통로가 된다. '아픈 몸'을 통해서 시인은 세계의 고통을 자기화하고, 그것은 '지불해야 할 월세와 같은 고통'의 삶을 수락하는 자세로 이어진다. 황지우의 시 도처에서 드러나는 '시간성으로 퉁퉁 불어오른 몸'이라는 고통스런 이미지는, 육체를 벗어 던진 '화엄'의 이미지를 진창의 현실 속에서 구현하려는 의지의 표현으로 읽힌다.

황지우는 세계의 고통을 감지하고 그것을 육체화 하는 과정을 통해 새로운 주체의 모습을 보여준다. 그는 근대의 광기에 의해 역설적으로 추동된 상승의 세계로 육체를 끌어올리면서, 한편으로는 현실의 진창으로 끌어내리는 이중적 행위 속에 시적 영역을 구축한다. 『게 눈 속의 연꽃』에서는 고정된 공간인 '집'과 이동의 공간인 '길'의 대립이 변주됨으로써, 집(육체)의 '바깥'으로 나가려는 욕망과 귀환하려는 욕망 사이의 갈등이 드러난다. 그러나 황지우의 시가 두 개의 방향 곧 안과 바깥, 상승과 하강, 고정과 이동, 비상과 착지라는 갈등을 반복하면서도, 여전히 현실의 진창에 머무르게 되는 것은, 앞서 언급했듯이 '화엄'의 유토피아를 현실에 '착지'시키려는 시적 의지가 강하게 자리잡고 있기 때문이다.

황지우는 허구의 이미지로 사라질지도 모르는 이 유토피아를 현실의 육체 속에 구현하기 위해 끊임없이 '아픈 몸'을 환기시킨다. '화엄'의 유토피아와 '신림동 바닥'의 진창 사이에 놓여 있는 이 '아픈 몸'은 현실의 억압이 작용하는 고통의 공간이면서 동시에, 그 속박을 끊어낼 가능성을 담고 있는 신생의 공간으로 의미화 된다. 그것은 '온몸이 으스러지도록 / 으스러지도록, 부르터지면서 / 터지면서 자기의 뜨거운 혀로 싹을 내밀고'(「겨울-나무로부터 봄-나무에로」)에서처럼 '으스러지고 부르터지는' 고통의 시간을 견디고 드디어 '온몸으로 나무'가 되는 과정으로, 그리고 '자기 육체'를 매질하여 일생일대의 바다를 건너 '율도국'으로 날아가는 새(「오늘, 箴言의 바다 위를 나는」)의 모습으로 비유된다. 세계의 고통을 자기 것으로 수락하면서 동시에 그것을 넘어 비상하는 새는, 선배시인 김수영이 수십 년 전에 '온몸'으로 밀고 나가고자 했던 근대의 폭력성과 허구성을 역시 자신의 '온몸'으로 뚫고 나간다.

4. 착란의 수사와 이완된 '광대'의 몸

파시즘의 광기가 일상의 권태로 전화된 1990년대 이후의 황지우의 시쓰기는 많은 변화를 보여준다. 물론 거기에는 1980년대와 1990년대를 가르는 심연이 가로 놓여 있으며, 그 간극은 이념적 지표의 와해라는 크나큰 상실에서 기인한다. 황지우는 이러한 세계상실의 경험을 시적 방법론의 모색을 통해 구체화한다. 앞서 살펴보았듯이, 1980년대 정치적 억압에 대항하는 해체 전략의 밑바탕에는 침묵과 단절을 넘어서려는 소통에 대한 욕망이 투사되어 있었다. 그러나 『어느 날 나는 흐린 주점에 앉아 있을 거다』에 와서, 황지우는 혼란과 불안이 뒤섞인 의식의 내부에 확대경을 들이밀어, 자신의 내부에 끓어오르는 분열적인 언어를 그대로 풀어놓는다. 이러한 분열의 수사학은 이념적 지평의 해체와 권태로 채워진 현실의 왜곡상을 그대로 비추어 낸다. "90년대 나의 전략은 마음에서 일어나는 사건을 탐침하는 것이다. 나는 우울, 상실감, 분열, 환각, 공포, FLIGHT OF IDEAS 증세와 관련된 '유사 광증'을 실험했으며 이는 앞에서 말한 우리 삶에 유지되고 있는, 그래서 더욱 지옥 같은 혼돈에 대응하는 것이라고 생각했다"(「이제 문학은 은둔하자」)고 말하고 있듯이, 그는 분열의 전략을 통해 세계의 혼돈 속으로 미끄러져 들어간다.

①
나를 집어삼킨, 나의 필사적인 요양원,
나는 왜 그곳을 버리고 떠나왔는가?

—「낮에 나온 별자리」 중

②
내 두개골은 불타버린 回路같애.
휴즈가 나간 사상: 야튼 난, 난
도마 위의 그 스테인리스 식칼을 두 눈 찔금 감고 지나왔지,
때로 나는 내가 두려워! 내가 나를 어떻게 믿어?
(…중략…)
내 머리는 무슨 가스 같은 것이

꽉 차 있는 것처럼 늘 머엉해.

—「우울한 거울 2」 중

인용된 부분은 주체의 내면에서 끓어오르는 혼돈과 분열을 보여주고 있다. '휴즈가 나간 사상'으로 대변되는 이념적 공백은 '머엉한' 의식의 진공상태로 환기된다. 텅 빈 의식을 채우는 혼돈은 현실의 어디에도 착지하지 못하고 흔들리는 자의식의 균열을 드러내고 있으며, 그것은 통사적 불안정함을 통해 표현된다. 또한 자기 행위에 대해 확신하지 못하고 끊임없이 반문하는 독백의 어조는 불안정한 주체의 내면을 효과적으로 드러내고 있다. 이러한 의식의 '혼수상태'는 현실에 대한 반성적 시선의 붕괴를 증거하는 것이다.

옥상물탱크에 올라가 어머니를 부르며 울고 있는 산부인과 의사 김박사.
독살당할까봐 밥을 안 먹는 부인, 아무데서나 성기를 내놓는 청년,
신을 만난 자, 자살 기도자, 몽상가, 알코올 중독자, 사기꾼, 저능아;
이 현기증 나는 나선형의 심연에 메아리를 만들면서 들여넣는
나의 노래는 과연 유효한가? (그가 일어선다)

—「석고 두개골」 중

황지우에게 이념적 열정이 사라진 뒤의 현실은 온갖 광인들의 집합소이다. 몽상가, 알코올 중독자, 사기꾼 등 현실로부터 추방된 자들이 만들어내는 세계는 혼돈으로 끓어오른다. 그는 이러한 현실의 혼란을 자기 내부로 옮겨 놓음으로써 내적 분열을 가시화한다. 광증으로 가득 찬 내부를 들여다보는 주체가 '현기증'을 느끼는 것은 현실의 혼란이 존재의 위기감으로 전이되고 있음을 의미한다. 초기시의 해체 전략이 현실의 소음을 텍스트 내부로 끌어들였다면, 이제 현실의 혼란은 내부의 광증으로 전이되고, 이 내부의 혼돈이 다시 현실을 되비추는 일그러진 거울이 된다.

여기서 '분열과 착란'이라는 날(刀)로 현실을 공격하기 위해 황지우는 정교한 곡예사처럼 전략의 줄타기를 하고 있는 것처럼 보인다. 그에게 '이성'은 착란과 분열의 줄타기를 하는 광대의 균형봉인 셈이다. 그러나 '대리석탑 속에 잠들어 있던 이성은 그날 후로 여태/내 삶을 험난한 물결 위에 떠다니게 했달까'(「靑銅 마로니에 숲」)에서 볼 수 있듯, 이성이 잠들어 버린 현실에서는 권태와 환멸이 거대한 입을 벌리고 주체를 위협한다. 이러한 위기의식은 '도마 위의 그 스테인레스 식칼을 두 눈 찔끔 감고 지나왔지' 혹은 '관자놀이에 손가락을 대고 방아쇠를 당기는 시늉을 하면서 거울 앞에 서 있었지'와 같은 구절에서 죽음의 예감으로 암시될 만큼 심화되고 있다.

그리하여 내부의 광증을 폭로하는 시적 전략은 스스로를 자해하는 극단적이고 파괴적인 방식으로 진행되기도 하다. '나는 이렇게, 아직도 박해받고 있어. 내가 자청한 박해,/내가 위조한 연극, 내가 꾸미고 있는 생체실험'(「석고 두개골」)에서 보이는 것처럼, 방법으로서의 분열은 이제 시인을 얽어매는 덫이 된다. 이러한 자기부정과 환멸이 자기 황홀의 나르시시즘과 미묘하게 뒤엉킬 때, 시인은 '나선형의 심연'이라는 블랙홀 속으로 빠져들게 된다. 시 「해바라기씨」에서 서울의 인사동과 도쿄의 길이 뒤엉키고, 1930년대와 1990년대라는 시간이 혼동되어 그 혼란한 미로 속을 헤어 나오지 못했던 것처럼, 시인은 스스로 조작한 분열의 미로에 갇혀 버린다. 결국 분열의 전략 속에서 자아의 의식은 피로와 환멸, 권태로 물들게 되고, 반성적 시선의 붕괴는 자기 몰입의 황홀증으로 귀결된다.

위의 시에서 '나의 노래는 과연 유효한가'라는 시인의 독백은, 광증과 죽음의 징후로 뒤덮인 현실에 던지는 시의 존재 가능성에 대한 물음이며, 그것은 '19세기가 여기가지 오는 동안 우회하고 우회해서' 도달한 우리의 근대에 대한 반성적 물음과 닿아 있다. 1990년대 이후 황지우가 구사하는 착란과 분열의 전략은, 근대의 혼란을 비추는 울퉁불퉁한 거울의 표면처럼 텍스트의 비균질성을 가시화 방향으로 진행되었다. 그리하여 폭주하는 언어와 과잉된 독백은, 긴장을 잃어버린 육체의 이완된 이미지와 겹쳐진다.

5. 광증의 세계를 건너는 고갈된 육체의 연기(演技)

황지우의 시는 1990년대로 넘어오면서 육체의 긴장을 상실한다. 당대의 고통을 실감하던 '아픈 몸'의 이미지는, 감각을 상실한 '뚱뚱한 가죽부대'의 늘어진 육체로 변화된다. 나와 세계 사이의 '작두날' 같은 팽팽한 긴장이 사라진 대신, 이 늘어진 육체를 채우는 것은 권태와 환멸의 시간이다. '맛탱가리 없는 세기를 뚫고 나온 나에게 가장 견딜 수 없는 것은 지루한 것이었다'(「몹쓸 동경」)에서 드러나는바, 권태는 일상의 이름으로 포진한 근대적 폭력의 다른 이름이다. 일상에 포획된 '탄력 잃은 육체'는 권태로 늘어진 세계의 환유이며, 나른한 포만감은 세계에 대한 반성적 시선의 부재를 암시한다. 이렇게 성찰의 자의식이 휘발된 자리에서 우울하게 늘어진 '속인(俗人)'이 출현한다.

> 가로로 쓰러져 있는 서투른 書架와 끊임없이 부글거리는 수족관,
> 그렇지만 이 무대에서 번역될 만한 비극은 없다.
> (…중략…)
> 나는, 아내가 그를 일으켜주고 목욕시켜주고 나에게 밥도 떠먹여주고
> 똥도 받아주고, 했으면 좋겠다.
> 나는 그의 남은 生을, 그녀에게 몽땅 떠맡기고 싶다
> (…중략…)

세상에 조금이라도 복수심을 갖고 있는 자들의 어쩔 수 없는 천함보다야
無爲徒食輩가 낫지 않겠는가! 나는 소파에 앉아서 하루종일,
격조 있게, 놀았다.
탄식하는 시계가 분침과 시침을 벌려
역광을 받는 공작새처럼 화사한 오후를 만들고,
내가 손대지 않은 無垢한 시간을 뜯어먹은 누에가
다른 종류의 생을 예비하는 동안

—「살찐 소파에 대한 日記」 중

이 시에서 아파트의 협착한 실내 공간은 연극무대처럼 배치되어 있다. 반복되는 일상의 지루함으로 채워진 거실은 현실이 개입되지 않은 진공의 상태를 보여준다. 이렇게 정물화 같은 실내에서는 수족관의 부글거림도 생의 활력으로 전환되지 못하고 무력함만을 환기하고 있다. 무대의 한가운데 놓여진 '살찐 소파'는 세계의 욕망을 무분별하게 섭취하여 팽창하는 육체를 상징하며, 이 소파 위에서 자아는 '너무 많이 남아도는 나의 시간들이 누에똥처럼 떨어지는' 시간의 잉여 속에 파묻힌다. 시에서 소파가 상징하는 무위의 세계에 투항한 나른한 의식과 이완된 시선은, 일상의 권태와 퇴폐를 더듬고 연극적으로 과장된 분열과 착란을 연출하고 있다. 삶의 비애에 탐닉하는 이러한 자아의 존재는 불구의 '미성년'인 동시에 조로(早老)의 육체로 표상된다. 이런 점에서 모든 의식의 긴장이 사라진 공백에서 쓰여지는 '살찐 소파'의 일기는 퇴행의 기록이며, 그것은 현실을 권태로 뒤덮는 '끔찍한 모더니티'의 변종이라 하겠다.

황지우는 이러한 퇴행의 과정을 '비극적 요소가 거세된 희극'으로 무대 위에 올려놓는다. 그러나 시인이 지적하고 있듯이, 현실의 무대 위에서 공연될 '비극'이 더 이상 존재하지 않는다. 이러한 인식 속에는 비극적 제스처가 강화될수록 역설적으로 더욱 희극적이 되는 현실의 부조리에 대한 짙은 환멸이 배어 있다. 이념이 퇴장한 무대에서 상연되는 희

극은 고갈된 육체의 언어로서 공연될 뿐이다. 시인은 '뚱뚱한 가죽부대'의 잉여적 육체와 '마이미스트'의 고갈된 육체라는 이중성 속에 현실에 대한 환멸을 교직하고 있다. 극단적으로 대립되는 이러한 육체의 형상에서, '위조된 연극'을 통해 환멸의 시대에 대응하려는 황지우식의 유희를 읽을 수 있다.

> 조명이 밝아지면 무대 전체가 하나의 커다란 유리상자이다. 그 안에
> 우선, 사막이 있다 치자; 바람의 늑골만 남은, 힘들게 숨쉬는, 짐승, 같은
> 사막; 끊임없이 옮겨가는 모래 구릉에다가 나는 정육면체 유리 상자들을
> 갖다가 놓는다. 그것들은, 제멋대로인 듯하지만 섬세하게 계산된 위치에다
> 갖다 놓는 동작을 나는 얼굴에 흰 분칠을 한 마이머로서
> 연기해야 했다; 슬픔이 구원일 수 있게. 긴 팔과 가느다란 허리를 가진
> 마이머라면 나는 좋겠다
>
> ―「모래 지평선이 있는 유리상자」 중

이 시에서 '흰 분칠'을 한 마이머의 창백하고 왜소한 육체는, 별자리처럼 생의 지도 위에서 반짝이던 이념이 무너진 자리에 남겨진 시인의 황폐한 정신을 비유하는 것으로 읽힌다. 세계의 시선에 노출된 마이머는 무대 위에 유리상자를 갖다 놓는 행위를 반복하고 있다. 사막에 유리상자를 쌓는 역할을 '계산된 동작'으로 반복하는 것은 불모의 공간을 벗어나려는 행동이며, 정지된 시간의 권태를 이겨내려는 몸짓이다. 그러나 불모의 공간에서 희망의 몸짓을 계속 하도록 선고받은 이 어릿광대의 연기가 보여주는 것은 현실에 뿌리 내리지 못한 가공의 비상일 뿐이다. '승천'을 흉내내는 마이머의 상승의 몸짓은 '유리상자 속의 종이나비들'이 보여주는 감금된 비상의 이미지와 겹쳐지면서 결국 실패로 귀결된다. '대낮의 어지러운 별자리'에서 보이듯 이제 별은 어둠 속에서 가야할 길을 지시해 주는 빛나는 이정표가 아니라, 어지러운 혼돈으로 시선을 가로막는 장애물이거나 환각을 유발시키는 허구적 이미지이다.

따라서 가공의 무대 위에서 무한히 반복되는 이 승천의 유희가 슬픔이라는 자기 위안의 눈물로 귀결되는 것은 전혀 어색하지 않다.

무의미한 유희로 상징되는 마이머의 몸짓은, 세계와의 소통을 지향하던 1980년대식의 '팬터마임'(「끔찍한 모더니티」)과는 거리를 두고 있다. 해체의 '팬터마임'이 억압의 벽을 넘기 위해 언어와 현실의 긴장된 경계 위에서 행해진 저항의 몸짓이었다면, 이 시에서 보이는 마이머의 행위는 어떠한 의미도 생성하지 못하는 자족적인 몸짓이다. 그리하여 자신의 '무위도식'에 격조를 부여하고, 그 과장된 포즈를 통해서 '비속한' 삶을 넘어서려고 하는 시적 전략에는, 시 「윤상원」의 '상승하는 육체'가 보여준 숭고함과 비장함의 미학이 결여되어 있다. 1990년대의 권태와 광증을 텍스트에 담아내는 분열의 전략이, '기교'적 엄살의 수준으로 떨어져버릴 위험을 내포한 것으로 읽히는 것은 이러한 점과 무관하지 않다.

여기서 우리는 1980년대 황지우의 육체를 떠받치고 있던 '에고'의 그림자를 지적해야 할 필요성을 느낀다. 황지우는 지식인으로서의 자기부정의 몸짓에 숨겨져 있던 것이 '자기를 위한 자기부정'(「뼈아픈 후회」) 곧 나르시시즘에 기원을 둔 에고의 허위의식이었음을 고백한다. '에고의 사막'을 채운 열기는, 타자는 물론 시인의 내면까지도 남김없이 태워버리는 자의식의 발열을 보여준다. 여기서 나르시시즘의 내부를 채운 극한의 고열과 일상의 권태 사이를 오가는 것이 1990년대 황지우의 시적 분열의 기원임을 알 수 있다. 1980년대의 얼어붙은 대지를 뚫고 솟아오르던 '겨울-나무'의 풍부한 육체성이 거세된 '사막'은, 이념의 신상(神像)이 불탄 자리에 남은 환멸의 현실에 대한 뼈아픈 은유이며, 마이머는 이 폐허의 현실을 투사하는 고갈된 자아의 육체를 상징한다.

마이머의 예술은 권태와 폐허의 세계를 건너가는 시쓰기의 운명을 상징하는 것으로 읽힌다. 위의 시에서 마이머는 어떤 비전도 창출하지 못한 채 왜곡된 모더니티의 세계를 반복적으로 재현하고 있을 뿐이다. 새로운 전망을 생성해 내지 못하고 '종이나비'만 날리는 마이머의 행위를 통해, 시인은 반복의 플롯에 갇혀버린 예술가(시인)의 자화상을 보여준다. 종이꽃과 나비의 환상은 새로운 창조성이 고갈된 채 무시간 속에 갇혀 끊임없이 자기복제만을 거듭하는 예술의 어두운 비전인 셈이다. 이렇게 현실에 대응하는 방법적 전략을 모색하고 실험해 온 황지우의 시쓰기는 분열과 환각의 전략으로 1990년대의 현실을 되비추며 마주 서 있는 것이다.

6. 대담한 육체와 수원(水源)을 향하여

열광의 연대인 1980년대를 거쳐 현재에 이르는 황지우의 시적 여정에는 우리의 근대문학이 걸어온 굴곡의 상흔이 새겨져 있다. 그의 시적 육체에는 근대의 외상인 광주의 흔적이 각인되어 있고, 폭력적인 죽음의 시간을 극복하기 위한 자기 파괴의 검은 열정이 담겨 있다. 또한 그의 시적 육체는 질그릇처럼 위태롭게 현실의 '아픔'을 끌어안고 있다. 이 '아픈 몸' 곧 병든 현실을 시적으로 담아내려는 욕망에 의해 빚어진 텍스트의 밑바탕에는, 죽음의 시간을 극복하고자 하는 의지가 자리하고 있었다. 1980년대에 시인은 '벌 받는 나무'의 육체를 빌어, 세계로부터 고통 받는 자신의 내면을 육화(肉化)해 놓았다. 육체를 '매질'함으로써 새로운 세계를 향해 나가려는 미학적 열정, 이 고통의 육체에서 피어나는 언어는 그의 시적 육체가 가장 행복하게 개화된 지점이었다. 1980년대와 결별하면서 황지우가 잃어버린 귀중한 의미 중의 하나는 고통 받는 육체의 이미지이다. 생명력을 상실한 채 노화해 버린 육체, 권태로 늘어져 탄력을 잃은 채 부패 되어가는 육체 속에는 더 이상 새로운 세계를 향한 열망이 존재하지 않는다. 모든 희망의 언어를 삼켜버린 혼란 속에서 시적 육체는 앙상하게 고갈되고, 분열의 전략은 주체를 삼키는 환멸의 나르시시즘으로 전이된다.

그러나 다음의 시에서 우리는 황지우의 고갈된 육체가 근대의 한복판을 가로지르는 새로운 율동의 미학으로 펼쳐질 가능성을 발견할 수 있다.

> 서울 톨게이트를 빠져나오면 고속도로 비상 활주로;
> 질주하는 속도들을 가로질러 노랑나비 한 마리,
> 팔랑팔랑 水原으로 날아간다
>
> 맞은편 대한항공 광고탑엔
> 꿈같은 봄 햇살 바깥으로 나온,
> 창공에 가서 놀고 있는,
> 탱탱한 銀날개

—「차 속에서의 사색」 중

시인의 시선은 '고속도로, 비상활주로, 대한항공 광고탑' 등 질주와 속도감을 내포한 근대적 기호에 둘러싸인 한 마리 노랑나비를 바라보고 있다. '팔랑팔랑'이라는 가볍고 율동적인 시어로 표현된 나비의 움직임은 '광고탑의 은날개'로 상징되는 근대의 속도를 부정하는 시 정신을 상징한다. 여기서 나비의 가벼운 '춤'은 죽음의 근대를 '가로지르는' 예술의 존재방식을 암시하고 있다. 억압적인 모더니티의 무게를 벗어던진 나비의 율동에는 생의 근원인 수원(水源)을 향한 시인의 깊은 열망이 담겨 있다. 1980년대 '자기 몸을 쳐서 날아가던 새'의 열정과 '온몸으로 봄이 되던 나무'의 치열한 실천의 움직임이 이 나비의 가벼운 춤과 겹쳐진다. 이렇게 나비의 비상을 통해서 시인은 근대의 폭풍과 피로, 권태라는 파장을 넘어서고자 하는 미적 실천을 가시화하고 있다. 어두운 정치성과 모더니티의 격랑을 뚫고 찾아가는 수원, 그곳이 끔찍한 모더니티에 대한 반성적 성찰을 시적 전략으로 삼아 1980년대를 뚫고 온 속인(俗人) 황지우의 시가 도달하고자 하는 지점이다.

황지우가 보여준, 현실에 대한 성찰과 방법론적 탐색은 동시에 당대의 이념적 지평을 뚫고 나가고자 하는 시적 모험의 소산이다. 이러한 시쓰기의 궤적은 파편화된 경험의 영역에 머물러 있는 최근의 시적 흐름에 시사하는 바가 크다. 세계와 주체를 화해시킴으로써 삶의 균열을 봉합하고자 하는 위태로운 서정과 미학적 관습을 해체하는 함량 없는 실험의 부박한 풍경 속에서, 우리 시에 무엇보다 시급한 것은 망각된 성찰의 시선을 회복하는 일이다. 근대를 위반하는 생존 전략으로서의 시쓰기가, '은날개'가 몰고 올 폭풍과 피로, 권태라는 파장을 견딜 수 있을 것인지 혹은 현실의 바다에 추락할 것인지, 또 그것이 죽음으로부터 구원에 이르는 오르페우스의 노래가 될 수 있을 것인지 무수한 질문을 던지면서 나비는 수원을 향해 날고 있다.

/ 지독한 옛사랑의 향기와 행려의 궤적 /

박영근 론

1. 끊어진 길, 그리고 불망기(不忘記)

오늘의 시인들이 서 있는 자리는 망실된 이념의 파편과 '끔찍한' 모더니티의 표상들이 자기분열 하는 지점이다. 이념적 열망은 낡은 기호로 폐기되고, 현실의 공백을 채우는 일상의 공허함과 팽창하는 욕망은 자본이라는 물신이 부여한 삶의 조건으로 자리 잡게 되었다. 이렇게 이념적 가치가 휘발된 망각의 대지에서 다양한 시적 경향이 번성하고 있다. 복고적 낭만성을 바탕으로 대중적 감응을 불러일으키는 신서정의 미학이 그 중 하나이다. 이들은 현실의 피폐함과 직접 대면하기보다 내면의 은둔적 정조에 뿌리를 내림으로써 탈속의 미학에서 정서적 위안을 얻고 있는 것처럼 보인다. 한편에서는 현실의 지배적 담론에 대한 전복의 전략을 구사하는 시적 경향들이 환멸과 유희의 언어를 통해 현실의 표면 위를 가볍게 질주하는 수사적 모험을 감행하고 있다. 이러한 시적 경향들은 자본주의적 세계의 근원적 환부를 직시하기보다는 자족적인 미학을 구축하는 데 집중한다는 점에서 공통점을 지닌다.

이렇게 이질적이고 다양한 경향들이 지배하는 최근의 시적 영토에서 1980년대의 정서에 뿌리를 내린 박영근의 시는 묵묵히 전대의 열망과 기억의 흔적을 더듬고 있다. 『저 꽃이 불편하다』는 노동자 시인으로 출발하여 이념의 붕괴와 1990년대의 폐허를 건너온 박영근의 다섯 번째 시집이다. 이 시집에서 시인은 역사성이 휘발된 일상의 시간에 과거를 불러올림으로써 붕괴된 세계와 망실된 기억의 의미를 탐구하고 있다. 현실의 속도와 거꾸로 달려가는 그의 시쓰기는 진보라는 미래를 향해 질주하는 맹목의 시선을 반성적으로 성찰하는 자리에서 태어난다. 시집의 제목이 보여주듯 그의 시를 지배하는 것은 세계에 대한 '불편한 시선'이다. 현재를 '불편하게' 응시하는 그의 시선은, 현실에 포진한 위기의 담론 혹은 과거를 향한 복고적 정조가 빚어낸 탈시간성의 세계를 반복하는 대신, 주체와 현실이 가파르게 맞닿는 지점을 응시하고 있다. 이러한 시선의 집요함은 한편으로는 끊임없이 위기를 생산하면서 다른 한편으로는 일상이라는 이름으로 자의식을 포박하는 현실의 각질을 뚫어내려는 노력으로 읽힌다. 현실로부터 역동적인 갱신의 의지와 이념적 표상을 발견하지 못하는 궁핍한 시대, 세계의 파탄을 내면의 분열로 겪어내는 박영근의 시는 '길이 끊어진 세대'의 우울한 자화상이며, 망실된 과거를 향해 바쳐지는 불망기(不忘記)라 하겠다.

2. 실업, 어둑한 행려의 시간

전작 시집 『지금도 그 별은 뜨는가』에서 '눈 속에 매서운 꽃눈 틔우리'라는 선연한 언어를 통해 표출되었듯이, 박영근의 시쓰기는 현실의 고난을 뚫고 나가려는 의지와 이를 지탱하는 확신의 언어에 의해 구축되고 있었다. 그런데 이 '꽃눈'의 상징적 비전은 『저 꽃이 불편하다』에서 많은 굴절을 겪는다. 이번 시집을 관통하는 것은 '나에게는 현실이 없었다'라는 진술로 요약될 수 있는 도저한 부정의식이라 할 수 있는데, 이러한 변화는 시인을 둘러싼 세계와의 불화, 그로 인한 자기상실의 위기감과 긴밀하게 연관되어 있다. 사실 소비사회의 물화된 주체의 위기에 주목하는 것은 1990년대 이후의 시에서 두루 발견되는 요소이며, 이런 점에서 본다면 박영근이 보여주는 자본의 현실에 대한 비판과 위기의식은 별반 새로운 문제의식이라고 할 수는 없을 것이다. 그럼에도 그의 시가 보여주는 현실에 대한 비판과 성찰적 문제의식은 이즈음 우리 시가 포착하지 못하는 현실의 사각(死角)지대를 비추고 있다는 점에서 주목할 만하다.

주지하듯 1980년대의 시인들은 타자로서의 현실을 극단적으로 부정함으로써 자신의 실존적 정당성을 확인 받아왔다. 진보적 이념에 대한 강한 동일화에 바탕을 둔 언어 속에는 시적 주체의 확실한 자기 선언이 내장되어 있었던 것이다. 그러나 1990년대 이후, 이념적 좌표와 시대적 공준이 사라진 현실에서 시인은 자기 존재의 확실성을 보증해줄 타자를 상실하게 되었다. 1990년대 이후 진보적 시의 주체들이 경험하는 위기의식은 '활처럼 긴장해도 겨냥할 적이 없는' 현실 곧 타자의 상실에서 기인하는 것이다. 그런데 한편으로 이러한 자기 상실의 경험 속에서 시인들은 현실과의 관계를 근본적으로 재정립하고 새롭게 모색할 수 있게 된다. 따라서 세계상실과 자아 분열의 문제는 1990년대 이후의 진보적 시들이 필연적으로 통과해야만 했던 심연이라 할 수 있다.

박영근의 시가 보여주는 분열의 의식과 상실의 언어들은 변모된 현실에 대응하려는 내적인 고투의 과정을 생생하게 드러내줌으로써 현실의 한복판을 깊숙하게 관통해 간다. 이러한 시적 세계는 주체의 균열이 자본주의적 현실의 광적인 속도에서 기인한다는 사실을 직시하는 데서 출발한다. 다음의 시에서 시인은 상품화된 현실이 가하는 폭력성을 통해서 자본주의가 거대한 죽음('카타콤')의 세계임을 보여준다.

> 저 고층 아파트를 보라고 E-MART가
> 당신이나 나를 연중무휴로 쎄일하고 있잖아
> 예전에 TV케이스를 만드는 공장이 있던 자리예요
> 요즘 세상의 전위는 저런 걸 거야
> 다 바꾸어버리거든
>
> -「봄빛」 중

노동과 생산의 열기가 사라진 시대에 자본은 거대한 물신이 되어 자아를 굽어보고 있다. 대형 광고판에 숨겨진 자본의 손가락은 소비에 의해서 촉진되고 팽창되는 욕망을 가리킨다. 여기서 시인은 광고판으로 상징되는 대량 소비사회에서 팔려가고 있는 것이 상품만이 아니라 바로 자신이라는 인식을 통해 상품화 된 존재의 비극성을 폭로한다. 주지하듯 자본주의 세계에서 개인은 소비를 통해서만 주체가 되며, 또한 스스로를 상품화함으로써만 존재의 근거를 얻게 된다. 끓어오르는 욕망을 동력으로 하여 질주하는 자본의 수레바퀴는 잉여와 결여, 소비와 실업이라는 쌍생아를 낳는다. 따라서 자본이 지배하는 현실은 과잉된 생산과 소비에 의해 추동되는 휘황한 현실과 실업이라는 절박한 어둠이 공존하는 세계이다. 이렇게 개인이 상품의 형식으로 존재하게 될 때, '실업자'는 팔리지 못한 상품과 같이 무가치한 존재가 된다. 소비의 주체가 되지도 못하고, 또한 팔려 나가는 상품도 되지 못한 개인은 폐기되어 버리거나 제거되어야 할 잉여의 존재가 되는 것이다. 현실에서 소외된 '실업'의 상태는 무엇보다 주체로서 자기 존재의 의미를 상실하게 만든다는 점에서 심각한 위기로 내면화될 수 있다. 자본주의는 이렇게 물화된 노동과 주체의 폐기라는 이중적 의미에서 죽음의 공간으로 인식된다.

박영근은 실업자의 이미지를 통해서 현실로부터 배제되고 추방된 자들의 모습을 보여준다. 이 시집에서 노동으로부터 소외된 실업의 절박함은 '취업 공고판'이 '광고판'으로 바뀌었을 뿐, 첫 시집 『취업 공고판 앞에서』의 '나는 갈 곳이 없었다'와 동일한 절망적인 진술로 반복되고 있다. 실업의 현실은 일상적 세계가 퍼뜨리는 권태에 침윤된 시간이 아니라 생존이라는 치열한 긴장으로 유지된다. 그러므로 박영근의 시적 주체는 자본주의적 일상이 배설하는 피로와 권태를 모른다. 그의 현재는 매 순간이 생존의 벼랑이며 끊어진 길이고 닫힌 문이다. 이렇게 실업이라는 존재의 위기감은, 환멸의 제스처를 뚫고 자본주의의 근본적인 맥락을 관통하고 있다. '현실의 어디에도 나는 없었어요.'라는 자기 상실의 고백이 '나에게 현실이 없었다'라는 현실 부정의 진술과 겹을 이루는 것은 이런 까닭이다. 이러한 절박함은 질주하는 문명에 대한 절망의 제스처와 환멸로 무장한 최근의 시들이 놓치고 있는 현실의 이면을 고스란히 비추어낸다.

이번 시집에서 가장 인상적인 시 중 하나인 「그 여자」에서 박영근은 실업이라는 현실 속에 내재된 존재의 균열을 실존적 깊이로 심화시키고 있다.

공장마다 굳게 철문이 닫혀 있는 거리는 텅 비어 있다.
키 큰 플라터너스 나무들이 일렬종대로 서서 담벽을 가리고 있는
외진 공장
좁은 마당에서 웬 여자가
작업복에 톱밥을 허옇게 쓰고
송판을 자르고 있다

전기톱날이 맹렬하게 돌아가며 내지르는 소리뿐,
그 여자는 혼자다

몸이 자꾸 떨려 돌아서 나오는데
행려병자 하나가 어둑하게 길을 걷고 있다

—「그 여자」 전문

이 시에서 실업자인 시인의 절망감은, 공장의 굳게 닫힌 철문과 텅 빈 거리가 보여주는 배타적인 거부감 그리고 플라터너스 나무에 의해 가려진 그늘이 만들어내는 적막감과 효과적으로 결합되고 있다. 시인은 이러한 적막함을 배경으로 '송판을 자르는 여자'의 이미지를 강렬하게 부각시킨다. 톱날의 섬뜩한 예리함과 송판이 부딪치면서 만들어내는 소리는 적막함을 깨뜨리면서 시인의 시선을 사로잡는다. 시적 공간을 울리는 맹렬한 울림은 톱밥을 뒤집어 쓴 채 일하는 여자의 내면에 감추어진 울음 혹은 비명처럼 들린다. 여자의 내부에서 끓어오르는 울음은 전기톱의 소리를 통해, 문 밖에서 그녀를 바라보는 시인에게 전달된다. 그것은 고독한 노동을 엿보는 시인의 내면에 고여 있는 비애와 분노, 절망을 흔들어 깨움으로써 공장의 안과 밖으로 나뉘어진 둘 사이의 거리를 무화시킨다. 톱날의 강렬한 진동이 빚어내는 울림이 '톱밥을 허옇게 뒤집어쓴 여자'와 '어둑한 행려병자'라는 이미지를 하나로 뒤섞어 놓음으로써, 비명과 적막, 노동과 실업, 그리고 삶과 죽음의 경계를 지워버리는 것이다. 이 극적인 전이의 순간을 시인은 '떨림'이라는 감각을 통해서 감지하는데, 이러한 육체의 감각은 고스란히 실존적 어둠으로 환치되고 있다. 그리하여 공장마당을 돌아서 나오는 시인의 시선에 비친 '행려자'는 바로 가야할 곳을 상실한 채 떠도는 자신의 모습으로 떠오른다.

'무덤 속을 비추고 있는 광고판의 위용 앞에서' 더 이상 가야할 곳이 없으며, '끝없는 행려가 있을 뿐'이라는 인식. 현재를 바라보는 시인의 '불편한' 시선의 기원은 여기에 있다. 이러한 행려의 자의식은 과잉생산과 소비의 이면에 끔찍한 실업의 현실이 자리잡고 있다는 사실, 그리고 공허한 일상의 이면에 생존을 위한 노동과 비명이 함께 자라고 있음을 간파하는 시선을 통해서 얻어진다.

나의 실업은 아주 사소한 것이었고
전화는 불통이었다
수직으로 솟은 거대한 탑에 새들이 내려앉아 노래를 불렀다
죽은 사람들이 다시 살아나 며칠 동안 신문을 팔았다
80년대와 90년대가 두서없이 찾아왔고
아, 지긋지긋한 不立文字, 임시
막사의 희극, 찢어진
얼굴
나에게는 현실이 없었다
다시 시간이 흘러간다

―「나는 지금 어디를 바라보고 있는 것일까」 중

이 시에서 나의 생존의 절박함에 아랑곳하지 않고 질주하는 시간의 폭력은 '찢어진/얼굴'로 경험된다. 이러한 세계를 현실로 인정하지 않으려는 자의식과 세계 사이에 놓인 공허한 간극은 더욱 심화된다. 여기서 시인은 수직으로 솟은 거대한 탑으로 상징되는 축적의 시간을 임시적이고 희극적인 것으로 조롱한다. 시에서 파편화된 문장을 통해 가시화되는 언어의 균열은 자기상실의 위기를 보여주는 한편, 세계의 지배원리인 문법에 대한 부정의 태도를 드러내준다. 이러한 부정의 의식 속에서 시인이 '나에게는 현실이 없었다'라고 현실의 부재를 선언할 때, 그것은 고스란히 '나는 지금 어디를 바라보고 있는 것일까'라는 물음이 되어 자신에게로 되돌아온다.

이렇게 박영근의 시에서 실업이 내포한 절망의 색채는 현재의 시간에 시인이 감지하는 위기의식으로 심화된다. '환한 대낮인데/어디선가 나도 모르는 곳에서/흐느끼는 내 울음소리를 듣는다'(「북두」)에서 환한 대낮과 대조되는 내면의 어둠, 그리고 주체의 위기와 불안을 암시하는

울음의 행위를 통해 시인은 1980년대 보편적이고 역사적 목소리 속에 묻혀 있던 내면의 균열을 가시화 한다. 1980년대의 현실에 밀착되었던 시적 주역들이 1990년대 이후 냉소적이고 위악적인 자기분열의 방법론을 선택하거나, 혹은 선언적이고 당위적인 초월의 세계로 비약함으로써 망각의 영토로 이동해 간 것에 비해, 박영근은 1980년대의 호흡과 고통스런 기억을 여전히 끌고 다닌다.

그의 시에서 떠도는 '행려자'의 이미지는 자본주의적 현실 속에서 위기와 불안을 안고 살아갈 수밖에 없는 존재를 환기시키는 한편, 역사의 망각을 거부하는 고통스런 의식을 드러내 주는 상징이다. '길 위에서, 길을 잃으며 // 저를 찾고 있는 / 망가진 사내 하나를 보았다'(「겨울비」)에서 보여주는바, 현실에서 배제됨으로써 가능성을 박탈당한 '망가진' 실존은 시인이 도달한 정신의 막다른 지점을 보여준다. 1980년대의 진보적 시인 중 하나인 백무산은 그의 시에서 '옛길을 버리고 왔건만 / 새 길 끊겼네'(「경계」)라고 노래한다. 여기서 '끊어진 길'은 1980년대 진보적 진영의 시에게 닥쳐온 이념 상실을 상징하는 것으로 해석된다. 주목할 것은 이 '끊어진 길' 앞에서, 타오르던 이념적 열망의 이면에 가려진 그림자 곧 자기고백과 내적 성찰의 문제가 전면적으로 떠오르기 시작한다는 점이다. 1990년대 이후의 진보적 시의 가능성은 이러한 내면성의 문제에 보다 깊이 있게 천착함으로써 새로운 시적 영토를 개척하는 데서 찾을 수 있다. 결단과 확신의 언어로 점철된 1980년대의 시에서 의식적, 무의식적으로 배제되었던 내면적 언어의 복권을 통해, 현실에 대한 가파른 부정의 자의식을 튼실하게 떠받치는 시적 호흡이 살아날 수 있는 까닭이다. 그러나 한편으로 이러한 내면의 언어가 이미 폐허가 된 이념의 잔해들에 대한 고통스런 회억의 수사로 빠지게 될 우려도 간과할 수 없는 것이다. 따라서 내면의 미로를 더듬어 가는 과정에서 허무의 심연 속으로 빨려 들어가지 않기 위해서는, 무엇보다 현실과 이어진 실꾸리를 단단히 쥐고 있어야 한다. 박영근의 시에서 '늘 분명했던 말들이 지금은 비틀거리는 말들과/엉망으로 하나가 되어 취해간다'(「나는 걷고 또 걷는다」)처럼, 행려자의 걸음으로 상징되는 '비틀거리는 언어'는, 확신과 결단의 언어들이 난파된 잔해 속을 헤쳐가는 자의 손에 쥐어진 실꾸리이다. 비틀거리는 행려자의 균열된 언어를 통해 그는 자본의 광적인 속도로 채워진 현실의 한복판을 가로지르고 있다.

3. 과거는 어떻게 피어나는가

『저 꽃이 불편하다』는 지나간 시간과 '길이 끊어진' 현재 사이에서 균열되는 내면의 드라마를 생생하게 보여주는 시집이다. 시인이 놓인 현실은 질주하는 자본의 수레바퀴 속에서 매순간 과거와 결별하라고 외친다. 이념적 열정이 녹아 사라진 망각의 고속통신망 위에 과잉된 기호들만 흘러넘친다. 이렇게 팽창하는 현재의 시간 속에 '지나간 날들은 이미 없다/남은 날들조차 다만 길 위에서 웃으며 팔 수 있을 뿐'인 현실이 펼쳐지는 것이다. 스스로를 비추어줄 과거의 부재와 팔려가야 할 상품으로 전락한 미래 사이에 놓인 현재는 변화와 갱신이 존재하지 않는 공허한 지속으로 인식될 뿐이다. 이러한 현재의 공허함을 단절하기 위해 시인은 시간의 흐름을 되구부려 미래와 과거를 하나로 이어놓는다.

다음 시에서 그는 자신이 걸어온 길의 끝이 미래를 향해 열려진 것이 아니라 과거와 닿아 있다는 고통스러운 인식을 드러내고 있다.

나는 그 장지문을 열기가 두렵다

거기 먼저 와

> 나를 보고 울음을 터트릴 것 같은,
> 저 눈 벌판도 덮지 못한
> 내가 끌고 온 길들
>
> —「길」 중

시인은 미래를 향해서 걸어왔건만 길이 끊어진 자리에서 그가 만나는 것은 과거의 얼굴이다. 과거와 결별하고 떠나온 자의 눈앞에 망각된 시간이 유령처럼 따라와 서 있는 것이다. 내가 끌고 온 길(과거)이 먼저 도착하여 미래의 이름으로 나를 기다리는 아이러니. 이렇게 되살아난 과거는 현재와 대화하지 못한 채 대립하고 있을 뿐이다. '불 땐 흔적도 없이, 물이 끓지 않는'(「길」) 생의 온기가 사라진 '빈 방'에 갇혀 있는 과거, 그 봉인된 시간 앞에 서서 그는 두려움을 고백하고 있다. 이러한 분절된 시간의식은 미래로 나갈 출구를 찾지 못한 채 행려자로 떠돌 수밖에 없는 시인의 운명을 결정짓는 중요한 요인이 된다.

박영근의 시에서 자본주의적 현실에 대한 환멸보다 더욱 근본적인 것은 과거에 대한 부채의식이다. 1980년대를 지배하는 '5월'의 상흔과 완전히 결별하지 못한 그의 행려는 과거를 등에 짊어진 채 떠돌아야 하는 운명을 담고 있다. 닫힌 공간 속에 봉인되었던 과거는 현재를 향해 꿈틀거리며 피어난다.

> 공장 담벼락을 타고 올라
> 녹슨 철조망에
> 모가지를 드리우고 망울을 터트리다
> 담장 넘어 비로소 피어나는 꽃들,
> 흐르는 바람에
> 햇살 속에
>
> 어둠에마저 빛나는, 내가 아직도 통과하지 못한

어떤 오월의 고통의
맨얼굴

—「꽃들」 중

공장의 담벼락을 타고 올라 녹슨 철조망이 만든 경계를 넘어서 피어나는 꽃, 이것이 미래에 먼저 와 있는 과거의 얼굴이다. '흐르는 바람 속에 / 햇살 속에' 피어 있는 꽃의 이미지는 '어떤 오월의 고통의 / 맨얼굴'이라는 구절을 통해서 과거와 맞닿는다. 시인은 '오월'과 '맨얼굴' 사이에 '고통의'라는 부가어를 첨가함으로써 '오월'이라는 상징적 기호가 환기하는 고통을 에두르고 있다. 이러한 유보의 언술 속에는 과거의 '맨얼굴'과 직접 대면하지 못하는 자의 고통이 함축되어 있다.

이 시에서 볼 수 있듯이 박영근의 시적 자의식은 '오월의 맨 얼굴'이 담고 있는 상처의 기억에 결박되어 있는 것처럼 보인다. 그 기억의 강한 장력으로 인해 시인은 1990년대 이후의 시간을 모두 공허한 현재로 인식하며, 따라서 그가 걸어온 길은 시간의 변화를 경험하지 못하고 '과거의 방 문 앞'에서 서성이는 것으로 귀결된다. 이렇게 새로운 비전으로 열려지지 못한 미래는, '먼저 와 있는' 과거에 의해 삼켜진다. 상실된 미래에 대한 인식을 통해 박영근은 1990년대 이후의 시를 특징짓는 일상성이라는 수사에서 비껴서고 있다. 그의 시가 맞닿는 현실은 역사성이 휘발된 일상의 수사가 아니라, 끊임없이 환기되는 과거에 사로잡힌 상처의 연대기로 서술된다. 역사의 망각 위에 선 현재는 공백의 시간이며, 동시에 치유되지 않는 과거의 상처에 잠식되는 불안한 시간으로 인식된다.

과거를 응시하고 소환하는 이러한 시선은 최근의 젊은 시인들이 보여주는 기억의 방식과 차이를 보여준다. 유년 혹은 자연이라는 무시간성의 지표를 향한 회상에 기대어 현재의 폭력성으로부터 벗어나려는 시인들과 달리, 박영근은 과거와 직접 대면하는 고통스러운 마주침의 순간과 그 순간에 드러나는 자아의 균열을 포착한다. 과거가 초월의 아우라를 입지 않고 맨얼굴로 출몰하는 순간, 그것은 파탄된 내면을 상상적으로 봉합하는 대신 현재와의 균열을 심화시키는 방향으로 나간다. 이렇게 박영근의 시쓰기는 상실된 과거를 고통스럽게 되돌아보는 행위이며, 그것을 통해서 현재의 공허한 시간 속에 진정한 과거를 불러올리는 작업이다. 그 과정에서 과거에 대한 지독한 사랑과 환멸이라는 이중적 울림이 퍼져 나온다.

> 모를 일이다 내 눈앞에 환하게 피어나는
> 저 꽃덩어리
> 바로 보지 못하고 고개 돌리는 거
> 불붙듯 피어나
> 속속잎까지 벌어지는 저것 앞에서 헐떡이다
> 몸뚱어리가 시체처럼 굳어지는 거
> 그거
> 밤새 술을 마시며 너를 부르다
> 네가 오면 쌍소리에 발길질하는 거
> 비바람에 한꺼번에 떨어져 뒹구는 꽃떨기
> 그 빛바랜 입술에 침을 내뱉다
> 아무도 모르는 곳에서 내가 흐느끼는 거
>
> 내 끝내 혼자서 살려는 이유
> 네 곁을 떠나지 못하는 이유
>
> —「저 꽃이 불편하다」 전문

이 시에서 과거는 '희미한 옛사랑의 그림자'가 아니라, '불붙듯 피어나 속속잎까지 벌어지는' 선명한 꽃의 이미지로 피어난다. 그것은 과거를 향한 시인의 뜨거운 열정이 피워 올린 꽃이다. 과거라는 지독한 애인은 시인에게 현재와 미래마저 저당 잡힐 것을 요구한다. 과거를 향한 사랑이 지독한 만큼 그것을 감당하는 고통의 짐도 무거워진다. 미래를 향한 전망이 닫혀 있는 만큼 현재로 소환된 과거의 흡착력은 강렬해지고, 이 어둡고 위협적인 '꽃덩어리' 앞에서 자아는 주춤거리며 '시체처럼 굳어'진다. 현재의 눈앞에서 '속속잎까지 벌어지는' 과거는 자아를 빨아들이는 검은 음부이며 블랙홀이다. 과거의 얼굴이 죽음을 환기하는 진한 향기를 지닐수록, 술을 마시며 이름을 부르던 사랑의 열정은 '쌍소리에 발길질'이라는 과잉된 폭력으로 표출된다. 과거와 뜨겁고도 아프게 닿아 있는 자아의 내면은 이렇게 과거에 대한 사랑과 환멸 사이를 오가며 흔들리게 되는 것이다. 과거에 대한 열망과 난폭한 파괴의 욕망이 뒤섞이고, '빛바랜 입술'에 침을 뱉는 난폭한 거부의 행위와 홀로 흐느끼는 고통스런 내면이 교차한다. 이러한 분열적인 자의식은 2연의 '내 끝내 혼자 살려는 이유'와 '네 곁을 떠나지 못하는 이유' 사이의 행간에서 고통스럽게 파열되고 있다.

박영근은 과거에 대한 응시를 통해서 고통의 기억을 환기하는데, 이러한 지독한 사랑의 이중성 속에는 지나간 연대의 망각을 거부함으로써 현재의 공허한 시간을 단절하고자 하는 시적 의지가 내포되어 있다. 이런 점에서 기억의 형식으로 과거를 소환하는 박영근의 시쓰기는 최근 시들이 보여주는 탈시간의 진공상태를, 역사와 기억의 형식으로 메꾸어 가는 작업이라 할 수 있겠다.

4. 흰빛, 침묵과 응시의 세계

박영근의 시에서 행려자의 이미지는 지독한 사랑의 고통을 견디는 '아픈 몸'으로 변주되고 있다. 1980년대의 '끔찍한 모더니티'로부터 1990년대 폐허의 사막을 건너오면서 황지우가 시적 비유로 사용했던 이 '아픈 몸'의 이미지는 박영근의 시에서 보다 현실적인 질감을 얻고 있다. 왜곡된 모더니티의 발열점으로 선택된 '오월'의 트라우마를 황지우는 '화엄'이라는 상징의 형식으로 애도하는 데 성공하고 있다. 즉 애도와 망각의 형식을 빌어서 과거와의 결별을 수행하는 황지우의 육체는 1990년대의 이후 '살찐 소파'의 공허한 시간성으로 전이된다. 이렇게 '아픈 몸'이 내포한 현실의 병적 징후가 후기 자본주의적 삶의 권태와 우울 속으로 해소되는 과정은 1980년대의 진보적 시의 변모에 대한 알리바이를 제공한다.

한편 박영근의 시에서 '아픈 몸'은 실업이 환기하는 생존의 문제와 절박하게 연결됨으로써, 과거를 끊임없이 환기시키는 역할을 한다. 그의 시에서 행려자의 이미지는 치유되지 않은 채 현실의 틈새로 출몰하는 과거의 유령이며, 그것은 시인이 아직 통과하지 못한 '기억'의 원체험으로 자신을 되돌아오게 만드는 장력이다. 이렇게 보면, 그의 시적 행려는 망각의 대지 깊숙이 뿌리내려 현재에 들러붙어 있는 과거의 의미를 구원할 가능성을 탐색하는 과정으로 이해된다. 다음의 시에서 이러한 박영근의 시쓰기가 내포한 가능성과 위험성을 동시에 읽을 수 있다.

밤하늘에 막 생겨나기 시작한 별자리를 볼 때가 있다, 그래
고통은 그냥 지나가지 않는다
아무도 없는 곳에서 혼잣소리로 미쳐갈 때에도
밥 한그릇 앞에서 자신을 들여다보는 일이
치욕일 때도
그것은 어느새 네 속에 들어와 살면서
말을 건네지
살아야 한다는 말
(…중략…)
믿어야 할 것은 바람과
우리가 끝까지 지켜보아야 할 침묵

그리고 그 속에서 타오르고 있는 불
이렇게 우리 헤어져서
너도 나도 없이 흩날리는
눈송이들 속에서

그래, 이제 詩는 그만두기로 하자
그 숱한 비유들이 그치고
흰 빛, 흰 빛만 남을 때까지

—「흰 빛」 중

이 시의 비극적인 정조는 '밤하늘에 막 생겨나기 시작한 별자리'가 더 이상 가야할 길을 비춰주는 등불이 되지 못한다는 인식에서 비롯된다. 삶의 방향을 알려줄 등불이 사라진 시대, '제가 가 닿을 길을 모르면서' 가야 하는 행려자 앞에 펼쳐진 어두운 현실은 고통과 치욕의 시간으로 각인된다. 이러한 고통의 시간이 '살아야 한다'는 현실과 맞닿는 순간 그것은 새로운 의미를 담기 시작한다. 하나의 동일한 언어 속에서 이념적 표상을 발견하고 거기에 자신을 투사했던 전대의 열망이 사라진 폐허에서, 자아를 지탱하는 것은 '살아야 한다'는 엄정한 사실이다. 이 '살아야 한다'는 당위적 진술은, 가야할 길을 상실한 자로 하여금 '실업'의 시간인 현재를 견디며 홀로 자신과 대면하게 만드는 준엄한 세계의 명령어이다. 시에서 '너도 나도 없이 흩날리는' 눈송이들은 하나의 길을 향해 모여들지 않고, 허공 속에서 각자의 길을 찾아 흩어지고 있다. 이렇게 눈송이의 분산되는 운동 속에서 시인은 현실에 맞서야만 하는 자신의 고독한 운명을 발견하고 있다.

어둠으로 채워진 현실을 건너가는 박영근의 시적 행려는 어떤 비유나 수사적 언어를 통해서 그려지는 것이 아니다. 시인은 모든 비유와 수사적 언어들이 잠든 곳, 굴절된 이념과 얼룩진 현실이 휘발된 '흰 빛'의 세계를 꿈꾼다. 그런데 이 '흰 빛'의 시간에 내포된 아름다움은 그만큼의 위험을 내포하고 있다. '흰 빛'의 세계는 새로운 시간적 가능성을 드러내 주는 동시에, 현실의 굴곡을 탈색시킨 초월적 세계를 환기하는 까닭이다. 이런 점에서 '흰 빛'의 세계는 박영근의 시가 도달한 새로운 가능성이자 한계 지점이라 하겠다. '늙은 비구 하나이 경을 읽다가/돌에 새긴 비문 속으로 돌아간' 혹은 '이 강에서 하루쯤 더 걸으면 폐사지의 부도를 만날 수도 있다'에서처럼 그의 행려는 언제든 존재의 허무주의로 떨어져버릴 가능성을 안고 있는 것처럼 보인다. 그러나 '흰 빛'의 시간이 끝까지 '지켜 보아야 할 침묵이며 불'이라는 자각은 이러한 우려를 가능성의 방향으로 돌려놓게 한다. 그가 궁극적으로 도달하고자 하는 '흰 빛'의 세계는 '고통은 그냥 지나가지 않는다'는 뼈아픈 자각, 즉 '내가 통과하지 못한' 과거를 '끝까지 지켜보아야'한다는 역사적 시선을 통해서만 닿을 수 있는 세계이다. 따라서 '본디 있던 자리'(「물의 자리」)를 향한 그의 시적 행려를 단순히 과거를 찾아가는 회귀의 여정으로 읽을 수는 없다. '본디 자리'를 향한 그리움은 세계의 붕괴를 경험한 존재가 자기 환멸이라는 극점을 통과함으로써 도달할 수 있는 세계이기 때문이다. 철저한 자기부정의 과정이 생략된 채 현실과 주체 사이의 갈등을 무화하려는 해탈의 언어들과 박영근의 시는 여기서 갈라진다.

진보적 시의 전위에 서 있던 박노해, 백무산의 최근의 시들은 이러한 자기반성을 치열하게 통과하는 대신 보편성의 세계, 우주적 상생의 원리를 선택함으로써 새로운 현실에 대응할 수 있는 역동성을 담지 못하고 있는 것처럼 보인다. 당대의 진보적 시의 언어들 즉 '저기 저 지천으로 피어 있는 것이 무어냐/아뿔사, 이미 푸른 잎을 무수히 이고 있는 나무야/벌써 지천으로 피어 있는 꽃들아/나 아직 멀었구나/밖과 안이 따로 없는 것들아'(백무산, 「봄은 어디서 오나」) 혹은 '꽃시절 다 바치고 다시 한번/앙상히 말라가는 온몸으로/남은 생을 다 바쳐 피워가는 꽃/패배를 패배시킨 투혼의 꽃/슬프도록 환한 목화꽃이여'(박노해, 「목화는 두 번 꽃핀다」)에서 그려지는바, 미래를 향해 견고하게 피어난 꽃의 이미지와 박영근의 침묵의 언어는 대조를 이룬다. 박노해와 백무산의 시에서 현실의 향기가 탈색된 자기 결단과 신념의 언어들이 이념적 조형성으로 빚어지고 있다면, '나에게 현실은 없었다'라는 도저한 자기고백을 통과한 박영근의 시적 언어는 현실의 담장을 맨몸으로 기어올라 치열하게 피어난다.

5. 폐허를 가로지르는 행려자의 별

현재 속에 과거의 의미를 고통스럽게 새겨 넣는 박영근의 불망기는 완결된 것이 아니라, 끊임없이 비틀거리며 죽음의 시간을 가로지르는 행려 속에서 계속 쓰여지고 있다. 그의 시는 환멸과 냉소라는 뗏목을 타고 세기를 건너온 시인들, 자본주의적 현실의 표면을 가볍게 스쳐 가는 유희적 언어와 절망의 포즈를 포장하는 서정의 가벼움이 닿지 못하는 지점을 향해 힘겹게 뻗어가면서 피워 올린 꽃이다. 많은 시인들이 망각을 덧뜨운 자리, 그 먼 기억의 수원을 향해 뿌리를 내리려는 고투가 길고 고통스러울수록 그가 피워 올린 꽃은 가벼운 독자들을 끊임없이 '불편하게' 만들면서 지독한 옛사랑의 향기를 내뿜고 있다. 이 지독한 옛사랑의 기록은 과거에 대한 낭만적 회상이 아니라, 현재의 삶이 놓여있는 자본의 영토에 대한 냉철한 응시에서 태어난다. 혼돈의 현실을 뚫고 갈 이념적 좌표를 갖지 못한 시대, 순치된 정서와 현란한 이미지의 조형술이 지배하는 시적 현실 속에서, 박영근의 시는 새로운 시간을 향한 고독한 행려의 궤적을 보여주고 있다. 폐허를 가로지르는 행려자의 별.

/ 백지의 자궁, 언어의 탄생 /

김길나 론

1. 백지 위의 여행

시인은 백지 위를 여행하는 자이다. 그의 출발지는 언어이며 그가 도달하고자 하는 최종의 지점 역시 언어이다. 언어로부터 출발해서 최초의 언어로 회귀하는 여정. 이때 언어란 최초의 말이 출생하는 지점, 곧 언어와 사물 사이의 마술적인 일치가 가능했던 시절의 언어를 의미한다. 이러한 언어는 합리성의 이름으로 모든 개별적이고 고유한 것의 이름을 박탈하고 동질화하는 근대적 언어 지평에서 더 이상 존재할 수 없는 것이다. 그리하여 최초의 동일성을 상실한 언어는 합리성의 자장 내에서 추상화된 기호로 변질된다. 추상화된 언어는 도구적, 인식적 기능 속에 스스로를 감금함으로써 자아와 세계를 끝없는 분열 속으로 밀어넣게 된다. 이러한 추상적 언어는 근대적 세계에서 균열된 존재의 비극성을 드러내주는 기제이다. 언어를 통해 근원적 동일성의 세계를 꿈꾸는 시인들의 오랜 열망은 이러한 언어의 균열을 응시하는 지점에서 출발한다.

시인은 상실된 최초의 언어를 상기함으로써, 근대적 언어의 불구성과 결핍을 극복하고자 하는 존재이다. 사물과 언어가 행복하게 합일되는 저 시원의 언어는 합리성의 지평에 놓인 존재들에게는 상실된 기원으로 환기된다. 그것은 우주와 자연의 유비로서의 언어가 들려주는 비의적인 세계이다. 이런 점에서 언어의 근원을 탐색하는 시쓰기는 하이데거의 말을 빌면, 소멸의 운명 앞에 놓인 인간이 언어 가운데서 살아가기 위해서 언어의 본질을 소환하는 작업이다. 상실된 언어를 찾아 나서는 김길나의 시쓰기는 자아와 세계, 언어와 문자 사이에 가로놓인 검은 틈새를 건너는 도정이다. 백지 위의 경계를 걷는 이 여행은 부재와 죽음을 품고 진행된다. 그녀가 꿈꾸는 최초의 언어 속에는 창조와 소멸, 붕괴를 거듭하는 시쓰기의 운명이 새겨진다. 따라서 그녀의 시를 읽는 것은, 언어와 문자 사이의 균열의 틈새를 파고 들어가 그 속에서 죽음과 삶, 소멸과 생성, 존재와 부재를 함께 경험하는 일이 될 터이다.

2. '검은 이브'의 시간과 출렁이는 모음들

김길나의 시쓰기는 근대적 언어에 내장된 숙명적 결핍에 대한 인식에서 출발한다. 도구화된 언어의 각질을 벗겨낸 순수언어의 세계를 불러냄으로써, 세계와 자아의 동질성을 회복하려는 시적 지향은 차가운 근대성의 지평을 횡단하는 언어의 가능성을 열어준다.

> 사람의 말이 생겨나기 이전에 벌써
> 나무가 순수한 모음으로만 말하는 나무의

언어를 나는 팔랑이는 나뭇잎 아래서 들었어

―「홀소리 여행 1」 중

이 시에서 '나무의 언어'가 환기하는 '순수한 모음'이란 인간의 말이 생겨나기 이전의 언어이다. 이러한 언어는 구체적인 의미와 문법으로 해석될 수 없는 비의적 세계에서 들려온다. 시에서 '팔랑이는 나뭇잎'이 담고 있는 언어는 문법적 틀 속에 귀속되지 않는 '순수한 모음'의 형상으로 나타난다. '사람의 말이 생기기 이전', '벌써', '들었어' 등은 이 순수언어의 과거성을 환기한다. 이 과거형은 인간의 말이 생겨난 '이후'의 사태를 함축하는데, 이는 '언어'가 생겨나는 순간이 곧 근원적 세계를 상실하는 순간이 된다는 비극적 역설의 사태를 내포하고 있다.

시인은 인간의 말이 생겨나기 이전의 '언어'를 들어버린 자이다. 그는 언어의 발생이라는 현재의 사건에 연루되지 않은 자이며, 이 최초의 존재로서의 시인은 '들었어'와 같이 과거시제에 놓여 있다. 그리하여 그는 망실된 기원을 상기(想起)함으로써 '언어 이전'을 향해 떠나간다. 이런 점에서 시쓰기는 상실된 근원의 언어를 회복하는 과정이며, '들었어'에 함축된 과거를 현재의 시간성 위로 끌어올리는 작업이 된다.

언어 이전의 나라에서 얼핏 불어오는
영혼의 모음(母音), 아기의 옹알이 안에는
순결한 모음들 출렁이다 내가 아기 곁에서
원시의 모음을 발음할 때 벌써
내 몸 안에 도도히 흐르는 흰 강물 소리

―「홀소리 여행 1」 중

'모음'의 언어는 오염되지 않는 순수한 영토이자 근원적 대지이다. 그것은 완전한 형태로 드러나는 것이 아니라, 신의 입김처럼 저 어두운 미지의 영토에서 '얼핏' 불어온다. 그것은 지각으로 포착될 수 있는 것이 아니며, '말하다'(발성하다)라는 동사를 거치지 않는 '옹알이'의 언어들로 존재한다. 규범적 세계로 진입하기 이전의 언어인 '옹알이'는 자아와 모태로서의 세계가 분리되기 이전의 언어이다. 들숨과 날숨이 교차하면서 만들어지는 이 언어는 자궁 속 태아의 호흡을 닮았다. 이러한 '원시'의 모음을 발음하는 순간 자아의 몸은 '흰 강물'로 채워진다. '출렁이는' 옹알이의 유동적 질감은 '도도히 흐르는 강물 소리'로 넘쳐흐르면서 세계와 자아 사이의 거리를 지워버린다. '영혼의 모음'은 이러한 우주적 자궁에서 숨 쉬는 자아의 내적 호흡을 의미하는 것이다. 모음은 들숨과 날숨 사이에서 태어나는 몸의 언어이다. 지성의 매개를 거부하는 '몸'의 세계는 문법적이고 규범적인 세계의 원리에 종속되지 않으며, 근원적 언어는 몸이 환기하는 감각적 직접성 속에서 살아난다.

이렇게 시인은 언어에 덧씌워진 규범적 형식화를 거부하면서, 그 내부에 흐르는 언어의 특질에 주목하고 있다. 여기서 '흰 강물'이 환기하는 빛깔에 주목해 보아야 한다. 흰색은 모든 사물의 빛깔을 소거한 근원적 빛이며, 모든 가능성의 시간을 품고 있는 태초의 빛이다. 시에서 이 흰 빛이 펼쳐놓은 무한한 잠재성의 시간이 세계를 뒤덮는다. 그리하여 현실 속에서 '얼핏' 드러났던 근원적 언어는 나의 몸을 휘돌아 세계를 향해 분출된다.

한편 '도도히 흐르는 흰 강물'이 보여주는 분출하는 흰빛의 역동성은 모든 색들이 귀환하는 장소인 '검은 빛'과 겹쳐진다.

> 태양이 작열하는 검은 대륙의 어느 강가에
> 나는 서 있었지 검은 이브였던 나는
> 미지의 세상을 향해 아—라고 닿소리 하나 없는
> 원초의 발성을 내질렀지
>
> —「홀소리여행 1」 중

이 시에서 주목되는 것은 '검은 이브'의 이미지이다. 태초의 여성인 이브는 모든 색채를 품고 있는 '검은 자궁'으로 환기된다. 검은 색은 이성과 합리성, 규범을 삼켜버린 거대한 카오스의 빛깔이다. 그것은 아직 오지 않은 '미지'의 시간이며, 동시에 태초에 존재했던 '검은 대륙'의 시간이다. 이러한 원초적 카오스의 세계에서 최초로 태어나는 모음은 '닿소리 하나 없는 원초의 발성'의 충족성을 지닌다. 그런데 타자의 존재를 요구하지 않는 모음의 충족성은 미지의 세상을 '향해' 발화되는 순간, 곧바로 자신에게로 회귀할 운명을 지니고 있다. 이러한 근원적 충만함은 타자를 갖지 못한 자기충족성의 세계이며 그것은 곧 외부를 상정하지 않는 죽음의 절대성을 환기한다. 이런 점에서 모음의 발성은 탄생인 동시에 죽음이며, '검은 이브'는 생성인 동시에 죽음을 품고 있는 시간의 자궁을 의미하게 된다.

이렇게 시인은 최초의 언어의 탄생 속에서 죽음과 삶을 동시에 끌어안고 있는 시쓰기의 의미를 발견한다. 김길나의 시는 최초의 언어가 탄생하는 순간을 포착함으로써 언어를 둘러싼 현실적 관계들을 소거한다. 그녀의 시가 보여주는 원초적 언어에 대한 갈망은 균열된 언어를 치유할 수 있는 근원적 세계를 회복하고자 하는 의지의 소산으로 이해된다. 「홀소리 여행 1」에서 '얼핏'이라는 시어는 이러한 언어의 존재양식을 함축하고 있다. 어둠 속에서 '얼핏' 드러나는 순간은 존재와 부재 사이에 가로놓여 있는 언어의 움직임을 보여준다. 이 순간성 속에서 언어는 '언어 이전'이 지시하는 바 부재의 흔적으로 존재하게 된다. 시인은 이러한 흔적의 언어 속에서 상실된 원초적 세계를 꿈꾼다. 그리하여 '원시의 모음'을 발음하는 나의 행위는 아이의 '옹알이'를 언어로 번역하는 행위가 된다.

비극은 시인이 발화하는 모음이, 근원적 언어 자체가 아니라 그것의 '번역'일 수밖에 없다는 점에 있다. 이것은 모든 언어가 '발성'되는 순간 곧바로 균열되기 시작한다는 인식으로 이어진다. 언어는 자궁에서 태어나는 순간 거세될 꼬리를 달고 태어난다. '어느 날 막힘 없이 입 벌린 태초의 모음에 점 하나 더 찍히는 순간, 야—'에서처럼 태초의 모음에 덧붙여진 '점'은 근원적 언어에 덧붙여진 과잉이며 결핍이다. '야—'라는 모음 속에 마침내 타자의 존재가 들어앉기 시작하고 그로부터 언어는 분열하기 시작하는 것이다.

이렇게 원초의 발생이 무구한 대지를 찢는 순간, '야—'가 발성되는 그 순간에 만물의 소음이 끼어들기 시작한다. 웅성웅성, 수군수군, 주절주절 이합집산 하는 언어의 난장이 펼쳐지는 것이다. 근대의 언어는 이 태초의 유비적 관계를 상실한 채 떠돌기 시작한 기호이며, 스스로 자가분열하는 기호의 놀이 속으로 타락한 언어인 것이다. 어느 소설가의 말을 빌면, 이제 '말'은 '말(馬)처럼 뛰는 말(言)'이 된 것이다. 태초의 언어가 균열하면서 마구 증식하기 시작하는 순간, 상실된 언어를 찾아 나서는 시인의 여행이 시작된다.

3. '닿음'을 향한 도정

김길나의 시적 여행은 타락한 언어적 지평 내에서 근원적 언어를 찾아가는 여정이다. 세계의 소음을 뚫고 출발지점으로 회귀하고자 하는 시쓰기는 단절과 분열을 숙명으로 수용하는 근대적 언어의 불행한 자의식을 극복하려는 열망에서 출발하고 있다.

저 아득한 원시의 길 없는 길에서
길을 찾아
말을 찾아

오늘도 나는 그대에게로 간다

—「홀소리 여행 1」 중

시원을 향해 가는 언어의 탐색은 '그대'라는 타자를 향해 가는 내면의 여정과 겹쳐진다. 이러한 도정은 '길 없는 길' 위에서 펼쳐지는데, 여기서 '길 없는 길'이란 자기를 배반하는 언어의 모순적 성격을 함축한 말이다. 그것은 훼손된 언어를 부정하면서도 동시에 그것을 통하지 않고서는 시원의 언어에 이를 수 없는 시쓰기의 본질적 모순을 의미한다.

스스로를 부정하지 않고서는 자기에게 이를 수 없는 언어의 아이러니는 닿소리의 세계에서 더 두드러진다. 모음이 원초적 언어의 충만한 세계를 이룬다면, 닿소리는 홀로 설 수 없는 불구의 언어이다. '가 닿지 않고서는 말도 글자도 그 아무 것도 아닌 닿소리들을 데리고 오늘도 나는 그대에게로 간다'에서 보듯, 닿소리는 '닿음'의 대상인 타자를 전제하지 않고서는 존재할 수 없다. 닿소리들은 타자에 대한 '닿음'을 통해서만 자기를 실현하는 불구와 결핍의 존재인 것이다. 그리하여 모음의 여행이 충만한 자기를 향한 회귀의 여행이라면, 닿소리의 여행은 타자를 향한 닿음의 욕망을 내포한 결핍의 운동이다. 모음의 여행이 자기에게서 출발하여 시원으로 되돌아오는 시간성 속에 놓인다면, 자음의 여행은 타자를 향한 공간의 확산과 응집, 중첩과 풀림의 운동 속에서 진행된다.

ㅁ

어느 날부터는 대문이 닫힌다 나 사각의 방에 담긴다 내 안의 말랑말랑한 것들이 굳어지고 고착되는 사이 내 눈앞에는 사각 틀로 찍어낸 존재의 복제품들이 지폐로 얼굴을 가리고 서 있다 내 몸 안의 세포들이 복제를 꿈꾸는 동안 內壁의 벽화에는 혼돈의 모자이크가 증식하고 균열이 번식한다

—「닿소리 여행」 중

시각적으로 'ㅁ'은 '닫힌 대문' 혹은 '사각의 방'의 형상을 지니고 있다. 폐쇄된 입구를 지시하는 '사각의 방', '사각 틀'은 무정형의 것들—말랑말랑한 것들/언어 이전의 것들—이 고정된 형식 속에 고착된 양상을 가리킨다. 모음이 '발성'의 순간에 소리를 매개로 출현한다면, 자음은 '글자'라는 물질적 형태에 포박되어 고정된 형태의 변주를 통해서 스스로를 드러낸다. 이러한 닿소리의 공간성은 '사각의 틀로 찍어낸' 복제품의 세계 혹은 계량화된 세계이다. '지폐'는 이러한 고착된 세계를 환유적으로 드러낸다. 이러한 고착된 세계에 놓인 자아 역시 오염된 언어에 갇힌 존재이다. 그리하여 '내 몸의 세포들'은 고유성을 상실한 채 복제를 꿈꾼다. 이렇게 자기 자신조차 복제된 존재이며, 근거를 상실한 위조화폐라는 비극적 인식은 근원적 언어의 상실이 가져온 자기붕괴의 상황을 지시하고 있다.

이 시에서 시인은 음성적 자질을 배제하고 네 개의 각이 만들어내는 형태적 폐쇄성을 강조한다. 그런데 닿소리 'ㅁ'이 환기하는 폐쇄적 공간의 내부에서는 무수한 혼돈과 균열이 증식하고 있다. 시인은 이러한 혼돈과 '균열의 모자이크'가 만들어내는 분열적 상황을 통해, 언어의 상실과 붕괴를 경험하는 존재의 위기를 동시에 보여준다.

> ㅍ
> 직각으로 공간을 구획하여
> ㅁ을 덧대고 한 쌍의
> ㄷ을 양방향으로 돌려세우고 점 속에 응집된 힘. 힘에서 뻗쳐 나온 획의
> 이동, 그 속에서 끊임없이 변신하고자 하는
> 글자의 적의가 번뜩이지
>
> —「닿소리 여행」 중

'ㅁ'의 폐쇄된 공간성에 응집된 힘은 'ㅍ'에서 외부를 향해서 '뻗쳐' 나온다. '힘에서 뻗쳐 나온 획'의 이동은 문자 속에 가두어진 호흡의 폐

색을 뚫고 분출된다. 이러한 분출은 스스로 변신하고자 하는 글자의 욕망을 담고 있다. 'ㅁ', 'ㄷ'의 형태를 빌어 변신하는 글자의 운동에는 자아의 의지가 개입하지 못한다. 언어 스스로가 조합하고 분열하고 완성하는 것이다. 이제 글자 자신이 복제하는 주체이자 복제되는 대상이 된다. 이렇게 완고한 직선의 도형이 만들어내는 억압성은 스스로를 복제해 가는 '글자'의 자기변신 속에서 강화되고 있다. 시인이 '끊임없이 변신하고자 하는 글자'의 속성에서 번뜩이는 적의를 읽어내는 것은 이러한 이유에서이다.

김길나는 고착된 닿소리의 형태 속에서 '글자'의 억압성을 뚫고 나가는 '닿음'을 향한 욕망을 읽어낸다. 상실된 모음의 언어를 회복하기 위한 열망 속에 진행되는 그의 시쓰기는 이러한 고착성과 억압을 벗어 던지는 고투의 과정이다. 그것은 '길 없는 길'에서 보이듯 이율배반의 모순 속에 자아를 던져 넣는 행위이기도 하다. 이렇게 기원의 언어를 찾아가는 여행은 근대적 지평에 고착된 언어의 물질성을 거부하고 거기에서 해방됨으로써 새로운 언어적 가능성을 탐사하는 작업이 된다.

4. 닿음 혹은 붕괴

김길나의 시에서 닿소리/홀소리의 '여행'은 각각 두 흐름으로 펼쳐진다. 그러나 여기서 닿소리와 홀소리를 구별하는 것은 형식적 구획일 뿐이다. 이 두 계열의 행로는 기실 동일한 궤도를 달리는데, 이것은 궁극적으로 타자를 향한 '닿음'의 욕망 속에서 합치된다. 타자와의 합일을 통해 근원적이고 충족적인 세계로 회귀하기, 그것은 자음과 모음의 아름다운 결합을 통해서 실현된다.

ㅎ
하늘 아래서
점과 線이 만들어 놓은 마지막
도형, 완고한 직선을 구부리고
날선 각을 펴는 함마소리
신음소리가 붉게 고이는
충혈된 ㅎ이 앞선 닿소리들을 데리고
미명의 안개 속에서 목마르게
모음을 찾아가는
지금 자궁 안 백지는 파도가 한창이다
흰 빛을 찢는 파도가

—「닿소리 여행」 중

‘ㅎ’은 자음의 마지막 자리에 놓인다. ‘ㄱ’에서 출발하여 ‘ㅎ’에 이르는 길은 닿음의 순간을 향한 언어의 정련과 담금질의 시간을 함축한다. 점과 선이 만든 마지막 도형의 형태를 둥글게 만드는 작업은 ‘날선 각을 펴’기 위한 ‘신음’과 충혈의 과정을 거친다. 그리하여 닿소리는 금속성을 벗어 던지고 부드러운 흐름을 담게 된다. 이제 모든 닿소리들이 담겨 있는 ‘ㅎ’은 닿소리이되 닿소리가 아니다. 그것은 형태적으로 ‘ㅇ’을 내장함으로써 폐쇄된 세계에 숨구멍을 열어 놓는다. ‘ㅁ’이 닫힌 대문이라면, ‘ㅇ’은 숨쉬기 위해 열려진 입이다. 그리하여 ‘ㅎ’은 자음인 동시에 모음이며 여성인 동시에 남성인 양성구유의 몸을 가지게 된다.

이렇게 시인은 ‘ㅎ’ 속에서 놀라운 교접이 펼쳐지고 있음을 보여준다. 시에서 자음의 남성성이 모음의 여성성을 향해 달려가는 광경은 우주적 교합을 연상시킨다. ‘ㅎ’은 스스로의 존재를 무화시킴으로써 거대한 호흡으로 변하고 드디어 숨쉬기 시작하는 것이다. 이 호흡이 만들어내는 ‘파도’의 흐름이 자궁을 가득 채운다. 모든 언어들이 잠재태로 내장된 ‘백지’는 무수한 의미가 숨 쉬고 있는 언어의 자궁이다.

소리는 소리에 닿는다 말에 닿는다
신생의 언어가 삶을 떠메고 드디어
사유의 기둥 견고한 말의 사원으로 들어가는
쟁쟁한 금속성의 빛!
단단한 아버지의 배를 찢고 나온 일출의 핏물,
핏물 번지는 징소리가
태어난 글자와 글자 사이에서 서늘하게 울리는 그
긴 떨림 긴 여운으로 번쩍, 백지 위의 흰빛 여백이
눈을 뜬다

—「홀소리 여행 5」 중

이 시에서는 언어를 출산하기 위해 시인의 내부에서 끓어오르는 장엄한 드라마가 펼쳐진다. 비정형의 '소리'가 드디어 '말'에 닿는 순간 '언어'가 탄생된다. 이러한 닿음의 사건은 주체와 객체, 혹은 자아와 우주가 합일되는 비의적 순간을 환기한다. 이 신생의 언어 속에 삶의 모든 무게가 실린다. 즉 언어가 삶을 떠메고 가는 광경이 펼쳐지는 것이다. 삶이 언어를 부리는 것이 아니라, 언어가 삶을 떠메고 가는 이 역설적 풍경을 통해 시인은 근원적 언어 속에서 삶의 결핍과 부재가 치유되는 과정을 보여준다.

이 신생의 언어는 언어의 물질성으로부터 해방된 빛의 이미지로 변용된다. 물질적 감각성으로부터 해방된 언어는 더 이상 음성이 아니라 말의 사원을 향해서 '빛'처럼 스미거나 '징소리'의 울림으로 변이된다. 여기서 시인은 언어가 글자/문자의 고착된 틀에서 벗어나 빛과 소리라는 가장 근원적인 질료로 되돌아가는 순간을 포착한다. 이 변용의 순간에 사유의 단단한 기둥에 의해 가두어졌던 의미로부터 언어가 해방된다.

이러한 언어적 전환은 '들어가다'와 '나오다'라는 술어 사이에 존재하는 사건이 된다. 인간은 언어를 통해서 사유 내부로 '들어가는' 동시에 그 언어를 통해서 구축된 사유의 고정성을 배반한다. '단단한 아버지의 배를 찢고 나온 핏물'의 구절에서도 사유/육체 사이의 대립을 읽을 수 있다. 아버지가 상징하는 제도와 문법의 고착성은 고정된 사유의 틀을 지시한다. 이러한 아버지의 세계를 '찢으면서' 탄생하는 소리는 근대적 언어지평 위에 구축된 사유에 대한 강렬한 부정의 자의식을 표출한다. 새롭게 태어난 언어는 징소리로 환기되는 근원적인 소리 곧 '떨림'의 형상으로 드러난다. 이러한 울림/떨림은 사유의 기둥이 구축한 '글자'의 세계를 투명하게 관통한다. 그리하여 언어는 '글자와 글자' 사이의 여백의 울림으로 존재하는 것이다.

이렇게 아버지의 상징적 언어로 구축된 글자의 세계가 부정됨으로써, 글자의 억압성으로부터 해방된 언어의 울림이 텍스트를 채운다. 그리하여 백지 위의 여백은 새로이 탄생할 언어를 잉태한 자궁이 된다. 여기서 백지가 보여주는 흰빛은 '흰 강물'의 흰색과 겹쳐진다. 이러한 흰빛은 '번쩍'이 지시하는 순간성 속에서만 이 백지 위에 출현한다. 그 순간에 몸 속의 근원적 흰빛이 눈을 뜬다. 이러한 순간은 근대적 언어가 상실한 비의적 언어의 탄생과 잠재성의 언어를 발견하는 놀라운 체험으로 고양된다.

김길나는 시에서 타자에 대한 '닿음'은, 현재에 고착된 언어의 고립성을 뚫고 시원의 언어를 현재로 끌어올리는 관계의 방식을 보여준다. 자음의 'ㅁ'과 'ㅇ' 사이에 일어나는 몸바꿈이 그것이다. 닿음의 경험에 의해서 '사람'에서 '사랑'으로의 언어적 변전이 일어난다. '사람'의 'ㅁ'의 폐쇄성이 '사랑'의 'ㅇ'으로 바뀌는 것은 자아와 타자가 하나로 결합됨으로써, 개별적 고립적 존재를 충만한 존재로 변화시키는 사건이다. 이렇게 타자를 향한 '닿음'의 지향은, 근대적 언어의 고착성을 뚫고 시간성 위에 펼쳐지는 언어의 운동성을 담고 있다.

이제 시원의 언어를 향한 여행은 그 최종점에 도달한다. 여기서 닿소리 'ㅇ'은 충만한 시간을 담고 있는 근원적 시공간을 환기한다. 그것은 원의 모양처럼 닫혀 있으면서도 열려있고 비어 있으면서도 채워진 이중의 시간성을 내포한다. 각진 자음의 형태를 궁글린 'ㅇ'의 형태는 우주로 뚫린 숨구멍의 은유이다. 이러한 'ㅇ'를 통해서 시인은 자아와 세계, 주체와 타자 사이의 합일을 읽어낸다. 그것은 '무수한 복제와 지폐'들이 펼쳐놓는 환유적 언어의 놀이를 중지시키고, 그 무의미한 반복을 중단시킴으로써 우리들로 하여금 우주적 시간을 체험하게 한다.

5. 백지 위에 출렁이는 언어들

김길나는 닿소리와 홀소리의 여행을 통해, 자아와 세계의 합일과 소통을 향한 시적 지향을 보여준다. 이러한 시적 세계에는 합리성의 원리가 지배하는 근대의 균열을 치유하고자 하는 열망이 내포되어 있다. 시인은 '글자'로 상징되는 억압성 너머에 놓인 근원적 언어를 통해 물질성에 고착된 언어를 자유롭게 풀어놓는다. 이러한 언어를 향한 도정은 타자와의 합일을 지향하는 '닿음'의 운동으로 구체화 된다. 그것은 아버지의 언어가 상징하는 억압성으로부터 근원적인 몸의 언어를 회복하고자 하는 열망을 의미한다. 이러한 언어는 근대의 특징적인 이분법 즉 정신/몸 혹은 문자/음성 사이의 구별을 해체함으로써 '몸-언어'의 가능성을 보여준다. 백지의 자궁에서 울려나오는 '옹알이'의 원초적 울림이 그것이다.

그리하여 이제 여행은 끝났는가. 근원적 언어의 자기 충족성이 실현되는 순간은, 광활한 백지 위에서 또다시 붕괴를 경험하는 순간에 다름 아니다. 백지는 언어의 죽음과 삶을 동시에 잉태하고 있는 자궁이자 무덤이 된다. 시원의 언어를 찾아 떠나는 현란한 시적 여행은 끝없는 붕괴를 경험하면서 동시에 생성되는 언어의 운동으로 출렁거리고 있다.

Ⅳ

시간의 제국과 황혼의 빛깔

/ 망각의 언어와 정치적 몸의 탈환 /

1990년대 '몸'에 대한 반성적 읽기

1. 몸, 담론의 수원지

광기와 열광의 연대를 마감하고 1990년대의 지평으로 넘어오면서, 문학 장에서 가장 두드러진 흐름으로 부상되어 온 것이 몸을 둘러싼 담론이다. 이성과 계몽의 억압에 억눌린 몸의 언어들이 거대담론에 균열을 내고 스스로 누수 되면서 자신의 고유한 목소리로 발성하기 시작한 것이다. 그러나 잠깐 시선을 돌린다면, '몸'이라는 화두가 이 시기에 들어 새롭게 제기된 것이 아니라, 근대 문학의 흐름을 관통하는 중요한 요소로 기능해 왔음을 알 수 있다. 주지하듯 근대 문학 성립 초기부터 근대성에 대한 모순적 열정은 계몽의 담론 내부에서 다양한 양상으로 분화되어 왔다. 이때 문학 주체들이 경험한 근대성의 공포와 불안, 그리고 억압들은 고스란히 그들의 '몸'에 각인되었던 것이다. 근대의 매끄러운 표면에 부딪쳐 그 공포를 육체적 질병을 통해 자각했던 시인 이상과, 당대의 경직되고 편협한 이데올로기 장벽을 온몸으로 부딪쳐 넘어서고자 한 김수영에게도 몸은 계몽에의 열정과 분열된 자의식을 드러내는 이중의 텍스트였다. 또한 파시즘적 정권의 강압을 목마름이라는 육체적 고갈 상태로 파악했던 김지하를 거쳐 1980년 광폭한 정치권력에 의해 도륙된 광주의 몸은 지배 권력의 광기를 증거하는 실체로 각인되었다. 이렇게 근대 문학 성립 이후 '몸'이라는 화두는 문학 주체의 자기 인식의 매개인 동시에 근대성을 둘러싼 미학적 논의의 토대를 이루는 밑그림이 되어 왔다.

그럼에도 당대의 역사적, 문화적 무의식을 내장한 '몸'이 1990년대 이후 문화적 담론의 중심으로 솟아오른 데에는, 두 연대 사이에 가로놓인 역사적 지각 변동이 중요한 동인으로 자리하고 있다. 황지우가 시 「뼈아픈 후회」를 빌어서 고백했듯이, 광주의 상흔이 찍힌 '몸'은 '끔찍한 모더니티'가 내포한 공포와 좌절의 환유적 표상이었다. 그에게 '이념적 신상(神像)'으로 끓어올랐던 1980년대 몸을 통해 표출된 세계에 대한 변혁의 열망은, 1990년대에 들어 자기 환멸과 소멸의 공포로 착색되기 시작하였다. 문학 주체들의 내면을 지배하는 이러한 폐허의 의식은 전대를 지배해온 계몽서사의 붕괴와 해체, 그 이념적 공백을 채운 자본의 증식력과 소비사회의 기호들에 대한 환멸에서 비롯되는 것으로 보인다.

이렇게 우리 문학에서 역사적 지평의 전환과 이념적 붕괴의 내적 드라마는 몸을 통해서 경험되고, 몸이라는 텍스트 위에 서술되고 기록되어 왔다. 따라서 역사적 현실과 직접 맞닿는 몸의 표면은 무수한 담론들이 서로 긴장하고 갈등하는 역사적 공간으로 의미화 되었다. 다시 말해 몸은 다양한 이념적, 정치적 담론들이 흘러드는 수원지이자, 이들이 충돌하고 경쟁하면서 새롭게 쓰여지고 재구성되는 텍스트인 것이다.

현재 새로운 미학적 화두로서의 몸의 출현은, 거대담론의 붕괴와 미시적이고 일상적인 것들의 부상을 증거하는 한편 이성과 감성, 정신과 육체의 이분법 위에 구축된 계몽 이념의 붕괴와 균열을 드러내는 지표로 읽혀진다. 몸의 언어들은 이성의 대립물로 육체를 억압하고 배제함으로써 자기 동일성을 구축해온 합리성의 균열 지점에서 분출되었으며,

그것은 전대의 언어들이 경험하지 못한 새로운 미학적 영토를 우리 앞에 펼쳐 놓았다. 포스트모더니즘, 페미니즘 등 풍부한 이론적 지지를 바탕으로 하여 비평적 언어로 개화한 몸의 담론은 주체의 내부에 자리한 불확실성과 균열을 드러내는 징표로, 이른바 동일성의 미학을 해체하는 미학적 전위로 등장하기 시작하였다. 이러한 변화는 고립된 주체를 표상하는 몸으로부터, 세계와의 관계성 속에서 생성되는 몸으로의 관점 이동을 내포한다. 메를로 퐁티가 시사하듯, 세계와 자아, 타자와 주체 사이의 상호관계성 속에서 구성되는 몸은 계몽의 담론에 포획된 몸의 대상성, 즉물성을 벗어던지고, 비로소 몸 자체의 언어로 말하기 시작한다는 데서 의미를 갖는다. 문학 주체들이 훼손된 전대의 몸에 새겨진 정치적 기억을 탈각하면서 비로소 '몸'이 말하는 새로운 소리에 귀기울기 시작한 것이다. 그리하여 1990년대 이후 몸을 둘러싼 다양한 논의들은 모더니티에 내포된 지배원리를 폭로하고, 동일자의 원리에 의해 구축된 근대성의 내부로부터 그 균열을 가시화하는 역동적 언어들로 채워진다. 이런 점에서 몸은 탈근대, 탈주체화의 미학적 영토를 개척하기 위한 새로운 도정의 출발점으로 읽힐 수 있다.

그러나 1990년대 이후 비평적 지평을 관통하는 몸의 담론은 우리 시대의 문화적 기류 속에서 그 의미와 생산성을 확보하지 못하고 '여성성과 관련된 몸'이라는 소재주의를 맴돌고 있는 것처럼 보인다. 결론을 앞서 말하자면, 이러한 징후는 이 시대의 몸에서 '기억'이 사라졌다는 사실에서 기인한다. 다시 말해 1990년대의 몸은 지배적 담론에 대한 부정, 고정된 주체성에 대한 저항과 해방의 새로운 지평을 열어놓는 대신 그 표면에 새겨진 역사적 기억과 정치적 흔적을 소거하고 휘발시켜 버린 것이다. 일상의 세계로 저공비행하는 우리 시대의 문화적 기류 속에서 몸의 담론이 어떻게 그 답보적 상태를 깨치고 생산적 가능성으로 펼쳐질 수 있는가 하는 문제는, 몸을 둘러싼 담론과 권력의 배치 속에서 몸이 어떻게 능동적으로 자신의 언어를 찾아갈 수 있는가 하는 문제와 연결되어 있다.

이런 점에서 새로운 문화적 지평에서 몸이 갖는 의미는, '몸'이 통과해온 전대의 역사적 맥락과의 연속성 속에서 성찰적으로 해명되어야 할 필요가 있다. 이를 위해서는 1990년대 이후의 새로운 몸과 전대의 '몸'을 겹쳐 읽으면서, 그것을 둘러싼 역사적 담론이 어떻게 변화되는가를 살펴보는 작업이 요구된다. 이 글은 우리 문학의 전환기인 1990년대 이후의 시에서 몸 담론의 의미를 성찰하고, 이를 통해서 우리 시대의 문화적 지평에서 몸이 갖는 의미를 새롭게 확인하기 위해서 쓰여진다.

2. 역사의 각인과 조각난 몸

앞서 말했듯이 몸은 세계와 무관하게 고립적으로 존재하는 것이 아니라, 사회적 체계와 개인이 부딪치는 장소이다. 사회적・정치적 맥락과 가치체계는 개별자의 몸을 통해 지속적으로 경험되고 내면화된다. 감시와 처벌이라는 근대적 훈육의 양식에 주목한 푸코가 지적하는 것은, 다양한 층위의 사회적 담론이 육체에 각인되어 작동하고 있으며 이들을 통해서 주체가 구성된다는 점이다. 즉 개별자의 몸에 새겨진 사회적 각인은 개개인의 습속, 인식 체계와 충돌하면서 정서적, 감수성의 차원에서 작동하기 시작하는 것이다. 이런 점에서 몸은 당대의 권력적 구조와 이념적 지표가 새겨지는 표면이며, 동시에 이에 대항하는 다양한 이념적 가치들이 긴장하고 충돌하는 전장(戰場)이라 할 수 있겠다.

1980년대의 우리 시의 몸은 당대의 역사적 체험과 결부되어 자각되고 인식되었다. 폭력과 광기로 얼룩진 '광주'는 그간 우리 사회를 지배해 온 근대화의 이념에 내포된 신화와 허구성이 폭로된 사건이다. 야만의 얼굴과 직접 대면한 공포의 기억은 당대 시인들의 의식을 지배하는 트라우마였으며, 광주 이후의 시쓰기는 어떤 방식으로든 그 끔찍한 기억으로부터 벗어나기 위한 지난한 여정이었다고 해도 과언이 아니다. '광주'로 상징되는 역사적 상흔과 기억은 당대의 시에서 '훼손된 몸'이라는 알레고리를 빌어서 표현되었다. 붕괴된 육체의 이미지를 통해서만 시인들은 공포와 광기와 환멸로 얼룩진 당대 현실에 억눌린 자의식을 가까스로 표출할 수 있었던 것이다.

> 어제 나는 내 귀에 말뚝을 박고 돌아왔다
> 오늘 나는 내 눈에 철조망을 치고 붕대로 감아 버렸다.
> 내일 나는 내 입에 흙을
> 한 삽 처넣고 솜으로 막는다.
>
> —황지우, 「그날그날의 현장 검증」 중

이 시에서 1980년대를 관통하는 권력의 광기와 폭력성은 '말뚝 박힌 귀, 붕대가 감긴 눈, 솜으로 막힌 입' 등 신체적 훼손의 장면을 통해서 드러난다. 다른 시 「화엄광주」에서도, 적나라하게 제시된 '뭉개진 얼굴'의 사진은 당대의 정치 권력에 의해 개인의 몸이 사물화된 대상으로 전락하는 장면을 생생하게 보여주고 있다. 주목할 것은 이러한 훼손된 몸의 시각적 즉물성이 미학적 전략으로 작동하는 방식이다. 시에서 권력의 이데올로기적 폭압에 대응하는 시인의 행위는 자신의 육체에 '말뚝을 박고', '철조망을 치고', '솜으로 막아버리는' 가학적인 것으로 표현된다. 질식할 듯한 현실의 절망감을 시인은 스스로의 육체를 봉쇄하는 극적인 행위를 통해서 표출하는 것이다. '어제 오늘 내일'로 반복되는 시간은 변화와 새로움이라는 생명의 본질을 거세당한 채, 이 고통스런 현실이 영원히 막막하게 되풀이될 뿐이라는 절망적 인식을 보여준다. 그리하여 죽음과도 같은 현실의 억압에 대응하는 시인의 태도는 자기 육체를 부정하고 파괴함으로써 스스로 죽음을 선택하는 것으로 귀결된다. 이러한 극단적인 자기 파괴의 행위는 '거꾸로 매달린 정육점의 고기'처럼 몸의 물질성을 전면화하는 양상으로 표출된다. 황지우의 시에서 눈, 코, 입 등 모든 감각기관이 봉쇄된 몸은 '정육점고기'와 같은 즉물성으로 치환됨으로써, 생명력이 거세된 현실의 비극성을 환기하고 있다.

황지우를 비롯한 1980년대 시인들에게 '아픈 몸'은 폭력적 권력이 각인되는 비극적 지점이며, 동시에 주체가 경험하는 자기 소멸의 공포와 절망을 드러내는 징후적 표지로 인식된다. 이들의 시쓰기는 육체를 봉인하는 자기 파괴의 매저키즘을 통해서 악한 권력의 본질을 폭로하는 전략적 지점에서 실현된다. 지배 권력에 의한 절멸의 공포를 적나라하게 보여주는 이 '조각난 몸'의 이미지는 권력적 기표가 억압적으로 작동하는 현실의 허구성을 폭로하고, 야만적인 폭력에 저항하기 위한 거점으로 재탈환되고 있다.

이렇게 당대의 시인들은 정치적 경험과 억압에 의해 스스로를 온전한 신체로 인지할 수 없는 분열된 자의식의 표상으로 절단되고 해체된 몸의 이미지를 차용한다. 특히 사회 전체를 지배하는 자본의 폭발적 증식력은 자본의 표상인 기계를 통해 몸에 대한 억압을 환기한다. 박노해의 시 「손무덤」에서 '절단된 손'은 냉혹한 기계로 상징되는 자본의 지배를 폭로하는 섬뜩한 상징물이다. 그의 시는 개발의 프로젝트를 통해 성장해온 자본과 그 권력적 자장에 포획된 노동자들의 삶에 대한 처절한 인식에서 출발한다. 열악한 노동 과정에서 '절단된 몸'이 환기하는 비극적 이미지는 자본의 악마적 증식에 의해 희생된 개인의 정체성에 대한 알레고리이다. 동시에 절단된 몸의 이미지는 근대화의 발전적 서사 속으로 개별자의 욕망을 흡수하는 자본의 허구성을 폭로하는 균열의 지점을 보여주는 것이기도 하다. '절단된 손', '닳아 없어진 지문' 등 몸의 파편적 기호들은 근대성의 프로젝트에 포섭되지 않은, 배제된 잉여물로서 당대의 기억 속에 저장된다. 그리하여 모든 것을 삼켜버리는 거대 자본의 내부에서 용해되지 않고 떠다니는 이 절단된 몸의 기억은 자본의 악몽으로 회귀한다. 1980년대를 굽이쳤던 저 거대한 저항의 물결은 절단된 몸이 귀환하는 지점에서 분출된 기억에의 욕망으로 읽을 수 있다.

그러나 한편으로 이 시기 자본의 세계에 대한 저항이, 진보적 서사에 매개된 거대한 육체를 건설하려는 의지로 표출된다는 점이 흥미롭다. 절단된 몸을 새로운 몸으로 복원하고 재구성하려는 욕망은 계몽의 프로젝트 내부에서 스스로를 구성하려는 주체화의 욕망을 의미한다. 그런데 진보의 이념을 통해 구축된 '저항의 몸'은 상상된 역사의 몸이며, 모든 차이를 흡수함으로써 총체성으로서의 역사를 재구하려는 정신적인 몸(mindful-body)이다. 주목할 것은 이러한 역사적 몸이 외부에 대한 부정을 통해 스스로의 동일성을 확인하려는 배타적인 자기보존의 원리 위에 구성된다는 점이다. 이때 몸의 이미지는 주체/타자 사이에 절대적 분할선을 긋고, 스스로를 순수한 것으로 보존하려는 권력적 동일성의 상징물로 외화된다. 이러한 역사적 몸은 현실을 지배하는 권력의 광기와 자본이라는 기계―괴물과 대결하면서, '푸르른 평등의 세상'으로 표상되는 새로운 고향을 향해 나아가려는 오디세이의 몸이라 할 수 있겠다. 이들에게 몸은 세계의 원리에 대한 명징한 인식을 보증하는 이성의 눈(eye)으로 환유된다. 합리성의 이름으로 결박된 몸은 신체의 특권화 된 감각인 '눈'으로 대치된다. 즉 시각(눈)이 개별 주체의 감성과 지각을 삭제시키고 주체를 전유하는 근대성의 강력한 기관으로 부상하게 되는 것이다. 이렇게 1980년대의 몸은 역사적 몸을 대변하는 계몽의 눈으로 치환됨으로써, 개별자의 몸이 가진 고유한 지각의 방식과 감수성을 활성화시키는 데 이르지 못하게 된다.

이러한 시각의 지배와 권력화에 대한 회의와 그 붕괴의 조짐은 1980년대 후반에 들어서 징후적으로 드러나기 시작한다. 유하의 다음 시는 근대성의 유혹과 그 속에 내포된 죽음을 투시함으로써 역설적으로 시선의 균열을 암시하고 있다.

눈앞의 저 빛!
눈앞의 저 빛!
그러나 저건
죽음이다

의심하라!
모오든 광명을.

—유하, 「오징어」 전문

'의심하라! 모오든 광명을'이라는 선언은 '온 몸이 눈이 되어버린' 근대적 주체에 대한 회의와 강렬한 부정의식을 담고 있다. 세계와 타자의 자명성에 대한 의심일 뿐만 아니라, 주체에 대한 모든 감각적 확신을 흔들어대는 이 '의심'이 겨냥하는 것은 무엇인가. 의심할 것은 빛으로 상징되는 합리적 이성의 눈이며, 그 눈으로 환치된 자신의 몸이다. 이렇게 근대이성의 이름으로 번쩍이는 빛이 곧 '죽음'임을 인식하는 순간, 현실의 상징질서에 대한 주체의 전면적인 부정은 자신의 눈을 찌르는 사건으로 귀결된다.

이념적 좌표를 상실한 채 세기말 죽음의 언저리를 떠돌면서 문학 주체들이 경험한 분열과 혼란은 이러한 시각의 상실에서 비롯된 혼란으로 이해된다. 근대 이성의 균열과 내면화된 지배의 해체, 그리고 진보의 이름으로 구축된 서사에 대한 불안은 1990년대의 몸이 열리는 신호탄이었던 것이다. 환언하면 합리성의 원리로 구축된 세계로부터 이성의 '눈'이 빠져나간 지점에서 새로운 감각의 '몸'이 부상하는 것이다.

3. 자본의 감시와 탈주하는 몸

1990년대 이후의 문학은 근대 합리성의 이름으로 결박되었던 몸의 소리를 듣고 그것을 통해 말하기 시작한다. 조각난 몸의 상징성 속에 각인된 역사적 언어들이 휘발되고, 대신 분화된 몸의 부분들이 말하기 시작한 것이다. 그것은 근대 이성의 시각지배의 붕괴와 상상된 역사적 몸의 해체를 동시에 의미한다. 다음 시에서 우리는 새로운 육체가 탄생하는 사건을 목도하게 된다.

> 150cm 40kg의 몸매 속의 자유
> 독방처럼 어둡고 좁은 몸 안에서
> 탈옥은 곧 죽음인 몸 안에서
> 그녀는 필사적이다.
> (…중략…)
> 그녀는 심장에다 볼륨 높은 헤드폰을 대고
> 혈관이 울리도록 비트 리듬을 쏟아 붓는다.
> 가슴이 술 먹은 듯 커지는 느낌이다.
> 얇은 티셔츠가 점점 팽팽해지더니
> 가슴이 비어져나오는 것 같고
> 속옷같이 흰 배꼽이 드러나는 것 같다.
> 독방이 한결 넓어 보인다.
> (…중략…)
> 매일 똑같은 시간에 독방을 감시하러 오는
> 저 잠 없고 빈틈없는 간수!
> 그녀의 독방은 다시 무덥고 퀴퀴해진다.
> 확 벗고 찬물 좀 끼얹었으면!
> 쥐와 바퀴벌레가 너무 들끓어 미치겠다구!

—김기택, 「독방」 중

현실의 표면을 집요하게 관찰하는 시인의 시선은 지금까지 일상의 공간에 억압되었던 몸이 새롭게 탄생하는 순간을 포착하고 있다. 흥미로운 것은 이 시에서 '몸'이 어둡고 비좁은 '독방'이라는 폐쇄된 공간에 비유된다는 점이다. '잠 없고 빈틈없는' 감시의 시선에 붙잡힌 그녀는, 이 포획된 몸에 대한 격렬한 거부와 반항을 표출하고 있다. 그녀의 '몸'은 간수의 시선으로 상징되는 억압적 이성과 음악(비트)로 상징되는 감정의 울림이 서로 충돌하는 지점에 놓여 있다. 헤드폰에서 쏟아져 나오는 음악은 '160cm 40kg'으로 수량화된 몸의 용적을 팽창시키는 무한한 생명의 에너지이다. 이렇게 도발적인 일탈의 욕망으로 채워진 여자의 몸은 눈과 몸, 감시자와 죄수, 이성과 감정 사이의 대립과 긴장을 해체하면서 폭발하기 시작하는 것이다. '간수의 눈'으로 상징되는 계몽의 판옵티콘으로부터 벗어나기 위해 팽창하는 육체의 이미지는 1980년대의 각질화된 계몽의 의식을 뚫고 나오는 1990년대적 몸의 실체를 증거한다. '비어져 나오는 가슴', '흰 배꼽' 같은 팽창하는 몸의 부분들은, '무덥고 퀴퀴한' 감시와 구속에서 벗어나려는 일탈과 해방의 욕망으로 끓어오른다.

문제는 이성의 억압을 뚫고 나오는 몸이 그 자체로 존재하는 중립적 지대가 아니라는 점이다. E. 그로츠의 말을 빌면 다양한 문화적 서사와 담론에 의해 관통 당하는 몸은, 지배담론에 의해 식민화되고 허구화된 구성물로 존재한다. 계몽의 서사에 의해 지배되던 1980년대 몸이 인식하지 못한 것은 바로, 몸 자체가 문화적으로 제도화된 규범, 법규, 재현형식에 의해 구성된 것이며, 따라서 상징질서의 권력적 표상으로 존재하게 된다는 사실이다. 이 점은 1990년대 이후 주요한 화두로 등장한 몸의 의미를 이해하는 데 중요하다. 지배 담론에 대한 전복적 인식을 통한 몸의 발견은, 정신과 육체, 이성과 감성을 배타적으로 구분하고 후자를 억압해온 근대성의 체계에 대한 비판적 해체와 동시적으로 수행된다. 그리하여 몸은 자본이라는 새로운 감시자의 시선으로부터 이탈하려는 욕망과 장력으로 끓어오르고 흘러넘치는 지점에서 마침내 저항의 텍스트로 변이될 가능성을 얻는다.

주지하듯 이러한 방식으로 몸의 담론을 적극적으로 인식하기 시작한 것은 페니미즘 비평 진영이다. 우리 사회를 관통한 근대화의 프로젝트가 여성을 억압하고 식민화함으로써 상징적 남성을 강화하는 과정으로 구축되었음을 환기하면, 근대의 폭력성에 대한 성찰이 페미니즘과 더불어 제기되는 것은 그다지 놀라운 일이 아닐 것이다. 남성 지배에 대한 저항과 전복의 수사로서의 페미니즘이 몸을 둘러싼 다양한 담론을 문학의 주류적 코드로 부상시키는 진원지이자 주요 동력이 되었음은 부인할 수 없는 사실이다. 이와 더불어 여성 시인들이 펼쳐 보이는 다양한 몸의 풍경은 우리 시의 새로운 흐름을 이끌어 왔으며, 참신한 감각과 미적 영역을 구축하는 데도 많은 기여를 하였다. 물론 여성 시인들 내에서도 다양한 편차와 이질적인 목소리가 존재하지만, 이들의 시쓰기가 보여주는 공통점은 근대적 시선의 엄격한 검열로부터 자유롭게 흘러넘치는 몸의 질감과 언어를 경험하고 형상화하는 데 있다고 하겠다. 일차적으로 이 시인들은 여성의 몸에 대한 새로운 발견과 인식을 통해, 남성적 지배담론에 의해 구성된 여성성을 새로운 차원에서 재정의하고자 한다. 즉 이들의 시쓰기는, 몸을 중립적 지대라는 환상에서 끌어내어 다양한 이념들이 교차하는 정치성의 풍경 속에서 새롭게 읽어내는 작업이며, 동시에 확정된 가치 체계로서의 남성적 시선을 전복하는 반항적 사건으로서의 의미를 지닌다.

다수 여성시인들의 시에서 몸 담론의 키워드가 되는 것은 모성과 섹슈얼리티이다. 모성성을 강화하는 시쓰기는, 가부장적 구조 속에서 부재 혹은 결여된 것으로 이데올로기화된 여성의 몸을 생산성의 공간으로 새롭게 인식하였다는 점에서 몸의 언어가 나갈 새로운 출구를 보여준다.

> 한동안 잊었던 그녀가 문득 생각나 내려가 본 해뜰녘
> 거멓게 속이 타들어간 이 나무 밑둥치가 말이다

구멍 속에서,
펄럭이는 수천의 손 수천의 잎새들
흰개미 알들 매미 껍질 보드라운 음지 식물들이
법석을 떨며 살고 있더란 말이다
보잘 것 없는 제 아기들의 어미된 것들이
죽은 나무 둥치 갈라 터진 틈새마다
그득그득 흰빵을 물려주고 있더란 말씀이다.

—김선우, 「어미목(木)의 자살」 중

이 시에서는 자신의 몸을 다른 생명에게 내어주는 '모성'의 이미지가 주요한 시적 모티프로 부각되고 있다. 작은 생명체들이 소란스럽게 생존하는 터전이 됨으로써 나무둥치의 단단한 물질성은 우주적 어머니의 풍요로운 몸으로 전환된다. 생명을 위해 소신공양하는 희생적, 제의적 모성의 이미지는 근대문명의 파괴적인 힘을 감싸안는 숭고함으로 고양된다. 이렇듯 많은 여성 시인들에게 몸은 가부장적 질서에 의해 파괴되고, 해체된 불안한 장소로 인식되는 한편 새로운 생명을 낳는 생산성의 토양으로 환기된다. 계몽의 열정에 매개된 역사적 몸이 주로 남성적 이미지로 구축되었다면, 여성시인들은 계몽의 언어 속에 은폐된 남성 지배의 그물망을 벗어던지고 유연한 몸을 구축하기 시작한다.

문제는 이러한 여성적 시쓰기가 모성에 내포된 다양한 갈등과 균열을 봉합하고 여성성을 모성의 이름으로 전유하는 결과를 낳게 될 우려가 있다는 점이다. 다시 말해 모든 갈등과 모순을 흡수하는 거대한 생명체, 곧 '우주적 어머니'로 고양된 몸은 남성 이데올로기에 포획될 가능성을 동시에 내포하고 있다. 헌신과 희생의 모성성의 이미지는 여성의 섹슈얼리티와 정체성을 배제함으로써 여성성에 대한 지배를 강화하는 기제가 될 수 있는 까닭이다. 다수의 시편들에서 생명의 원천이자, 희생의 이미지로 숭고화 된 모성은 남성적 문명의 피로와 부정성을 씻어줄 최후의 안식처로서 인식되고 있다. 그런데 근대 문명의 불모성에 대한 대안으로 신비화된 모성의 몸이 의식적 혹은 무의식적으로 그것을 소비하는 문화적 욕구와 맞물리게 될 때, 그것은 남성적 시선에 의해 상상된 여성성으로 고착될 우려가 있다. 여성을 신비화하고 모성을 성소(聖所)화 하는 이러한 시선의 무의식 속에는 지배담론의 시선이 은폐된 형태로 내면화될 가능성이 함께 존재하는 것이다. 최근의 다양한 문화적 영역에서, 근대성의 피로와 결핍을 채워줄 원초적 자연으로서의 모성이 새로운 버전으로 재구성되면서 가족주의 이념으로 확장되고 있음을 발견하는 것은 어렵지 않다. 따라서 여성적 시쓰기가 남성 지배를 무의식적으로 반복하고 강화하는 시쓰기로 귀착되지 않기 위해서는, 내면화된 권력적 시선에 대해 대항하면서 동시에 독자적 몸의 미학을 구축하기 위한 치열한 자기성찰이 요청된다고 하겠다.

여성적 글쓰기가 자본의 증식력에 포획됨으로써, 오히려 여성성을 소비하고 상업화하는 양상으로 변질될 위험을 내포하고 있다는 점은 여성의 섹슈얼리티의 문제를 부각시키는 경우 더욱 위태로운 양상으로 드러난다. 역사적으로 여성의 몸은 남성의 욕망의 구조 속에 위치 지어져 왔으며, 여성의 섹슈얼리티 또한 남성의 욕망을 통해서 번역되어 왔다. 푸코가 지적하듯이, 가부장적 권력 구조 속에서 성의 담론은 주변적이고 이질적인 것을 배제하고 타자화 함으로써 공고하게 유지되어 온 것이다. 여성의 섹슈얼리티 역시 억압되고 금기시 되었으며, 이러한 금기를 뚫고 발언되는 언어들은 여성의 몸과 밀착된 새로운 언어로 실현된다. 최근의 여성시인들의 시는 여성이 신체의 개별성 속에서 감각을 활성화하고, 스스로를 향유의 주체로 인식하는 생산적 존재로 재탄생하고 있음을 보여주고 있다. 지배 언어의 금기를 넘나드는 몸의 언어들은 상상된 여성성에 고착된 여성의 몸과 의식을 자유롭게 해체하고 풀어놓는다는 점에서 생산적인 의미를 갖는다. 그러나 한편으로 여성의 섹슈얼리티는 남성주체의 관음적 시선에 노출되면서 타자의 욕망을 충실히 재현하고 소비하는 몸으로 식민화될 우려가 있다.

이렇게 1990년대 이후 부상하기 시작한 페미니즘 담론은 여성의 몸에 대한 새로운 발견을 통해서 풍요롭게 전개되어 왔다. 남성적 시선에 의해 식민화·허구화된 몸의 이데올로기에 대한 부정과 비판의 자의식, 몸의 감각을 포착하는 감수성과 언어화의 방식은 분명, 우리 시에 새롭게 열려진 지평이라는 점에서 주목되어야 한다. 그럼에도 불구하고 주체의 자발적인 욕망과 욕망의 생산적 측면을 강조하는 이들의 시쓰기가, 한편으로는 이러한 욕망을 포획하는 권력으로서의 자본에 대한 비판적 성찰의 시선을 약화시킴으로써, 권력적 시선에 재영토화 될 위험성을 내장하고 있다는 점이 함께 지적되어야 할 것이다.

우리 시대의 몸이 자본과 미디어의 힘에 의해 분할되고 관리되는 몸으로 재현되고 있다는 점을 환기할 때 이러한 비판은 더욱 문제적이다. 여성적 몸의 활성화, 섹슈얼리티의 분출 등 몸의 자유로운 생성이 이야기 되는 한편에 지배 체제의 호명에 응답하기 위한 몸의 관리가 엄청난 속도로 확장되는 모순적 현상이 자리 잡고 있다. 몸의 분할과 관리는 고도정보사회의 통제 혹은 아도르노식의 관리사회 속에서 몸을 둘러싼 담론이 새롭게 구축되는 양상을 보여준다. 섹슈얼리티의 강화를 통해 발화된 몸의 언어가 개별적 주체의 욕망을 적극화하면서 탈주의 주체로서 여성적 정체성의 문제를 환기하는 한편에는, 이러한 언어 속에 의식, 무의식적으로 스며든 자본 혹은 남성적 언어에 의한 몸의 재영토화가 끊임없이 작동되는 것이다. 그리하여 몸은 개별자의 욕망을 매개하면서 지배담론으로부터의 탈주를 가능하게 하는 지점인 동시에 지배담론에 의해 끊임없이 포획되고 재구성되고 관리되는 몸이라는 이중성 속에 놓이게 된다. 따라서 우리 시대의 문학이 몸을 상징질서에 대한 미학적 저항의 주체로 생산해 내기 위해서는, 이러한 몸의 딜레마에 대한 반성적 점검이 새롭게 요청된다.

4. 기억의 증발과 기계―몸

1990년대 이후 대중문화의 범람과 미디어의 변화는 그것을 수용하는 주체들의 감각, 감수성에도 급격한 변모를 불러왔다. 유하와 최승호는 각기 다양한 방식으로 1980년대 계몽의 서사에 내재된 허구성을 비판하면서, 몸에 대한 새로운 인식을 통해 근대성의 균열을 가시화하였다. 문명의 부정성에 대한 최승호의 지속적인 비판은, 자본의 폐기물을 삼키는 '변기'와 창녀와 같은 '자동판매기'로 환기되는 일상적 현실에 대한 반성의 차원에서 수행되었다. '무뇌아를 낳은 산모'의 그로테스크한 몸은 산업화에 따른 문명의 비극성을 체현하는 병든 몸의 이미지를 보여준다. 남성적 문명의 폭력성이 여성의 생산을 황폐화하고 고갈시킨다는 최승호의 시적 인식은, 폭력적이고 '뻔뻔한' 문명에 대한 비판과 원초적 자연의 회복이라는 지점을 향해 나가면서 생태시의 흐름과 만난다. 그에게 상처입고 피폐해진 자연을 치유하는 일은 근원적 생명인 여성적 몸을 회복하는 일과 겹쳐진다.

한편 유하의 키치적 시쓰기는 하위의 대중문화와 고급한 문화의 경계를 해체하고, 욕망의 지형학을 구축함으로써 새로운 몸의 출현을 보여준다.

> 환한 불빛으로 세운상가는 서 있고
> 오늘도 나는 다가간다 잡힐 듯 달아나는
> 마음 사막 저편의 신기루를 향하여
> 내 몸의 내부, 어두운 욕망의 벌집이 웅웅댄다
> 그렇게 끊임없이 웅웅대다가 죽음을 맞으리라
> 파열되는 눈동자, 충동의 벌떼들이 떠나가고
> 비로소 욕망의 거울은 나를 놓아줄 것이다
>
> ―유하, 「세운상가 키드의 사랑 2」 중

'후끼된 진실' 혹은 해적판들이 넘치는 세운상가는 근대화의 프로젝트에서 소외되고 배제된 문화적 기호들이 흘러드는 곳이다. '환한 불빛'으로 빛나는 그곳은 '몸' 속에 잠들어 있는 어두운 욕망을 불러일으킨다. '의심하라! 모오든 광명을'이라는 도전적인 명제가 이성의 은폐된 허구성을 겨냥하고 있다면, 이 시에서 '세운상가의 불빛'은 단일한 중심으로 수렴되는 것이 아니라, 끊임없이 산란하고 분산되면서 개별자의 욕망을 증식시키는 빛의 기호이다. 여기서 '파열되는 눈동자'는 단일한 눈의 붕괴를 증거하는 한편 억압된 욕망의 발산을 드러내주는 복잡한 기호이다. 최승호의 몸이 욕망의 부정성을 극대화하는 부정의 자의식에 기반하고 있다면, 유하는 분열하는 욕망의 흐름을 극단화하면서 그 흐름에 몸을 내맡긴다. 이런 점에서 최승호의 몸이 반성적 자의식에 매개된 1980년대의 정치적 몸의 맥락에 근접해 있다면, 유하는 모든 정치적 담론을 휘발시키고 몸에 내장된 욕망의 목소리를 불러올린다는 점에서 1990년대 몸의 특징에 다가서 있다. 그럼에도 불구하고 이들은 문명이라는 성채를 구축한 후기 산업사회 이면의 부패와 어둠에 대한 비판적 성찰이라는 지점에서 만나고 있다.

이러한 근대문명에 대한 부정과 회의의 수사는 1990년대에 들어 기계문명이 가져오는 인공낙원의 낙관적 비전과 교차된다. 기계적 편리함의 공급자이자 삶의 파트너인 컴퓨터는 육체의 연장(延長)이며, '컴퓨터와 씹할 수 있다면'(최영미, 「퍼스널 컴퓨터」)이라는 놀라운 진술은 이제 더 이상 충격적이지도 도발적이지 않다. 넘쳐나는 영상매체와 가상의 이미지 속을 유영하는 세대의 감수성을 지닌 시인들에게 기계에서 흘러나오는 빛은 더 이상 자기 확실성을 보증하는 초월적 이성이 아니며, 따라서 끝없이 '의심해야 할' 대상도 아니다. 가상, 이미지 혹은 시뮬라크르라 불리는, 실재의 부재를 감추면서 자신을 드러내는 이 빛의 존재는 감각적 확실성으로서의 몸의 부재를 환기시키고 있다.

이제 몸은 각종 영상매체와 접속됨으로써만 생명력을 가지게 되며,

이러한 조건은 몸을 둘러싼 감수성의 전면적인 수정을 요청한다. '나는 클릭한다 고로 나는 존재한다'(이원)는 진술은 몸에 대한 새로운 감각을 드러내는 절대명제가 되어 버렸다.

이곳의 사람들은 머리를 떼어놓고
머리 대신 모니터를 달고 다닌다.
모니터 안에는 암내가 주입되어 있는지
하늘이 자주 지퍼를 배꼽 근처까지 내리고
레고 블록 같은 공기가 하늘에 끼워지고 있었다
그러나 기어이 무선이 된
사람들의 몸에서 플러그가 뽑혀나간 흔적은 없고
이곳에 전력은 아직도 충분하다

—이원, 「공중도시」 전문

사람들이 머리 대신 모니터를 달고 다니는 기이한 사건을 통해, 시인은 기계와 몸이 더 이상 분리되지 않은 채 접속되고 있는 가상적 현실의 풍경을 보여준다. 이원의 시에서 몸은 레고 블록처럼 플라스틱으로 주조된 몸이며, 기계의 부품처럼 해체, 분해되고 재조립되는 금속의 특성을 지닌다. 그것은 어디에든 꽂힐 수 있는 플러그를 달고 다니며, 코드에 접속 되는 순간 생명으로 탄생한다. 플러그를 꽂은 채 기계에 접속된 몸은 더 이상 유기체로서의 존재를 고집하지 않는다. 유기체적 자연의 상징이었던 몸은, 이제 모든 감성이 사라진 전자사막에서 증식되고 복제되는 새로운 주체성을 실현한다. 기호로만 존재하는 '나'의 존재는 끊임없이 다른 기호들로 대치되며, 분열과 증식을 거듭하면서 '공중도시'로 상징된 네트워크의 틈새를 떠다니는 것이다.

1930년대 후반 이래 선배 모더니스트들이 기계문명의 발전과 자연의 몰락을 암울한 비극으로 인식했다면, 새로운 시인들은 이러한 기계화된 자연의 세계를 이질적이거나 낯선 것으로 인식하지 않는다. 이들은 '웹

브라우저를 내장한 몸'에서 어두운 묵시록적 비전 대신에 첨단의 가상 공간을 향유하는 새로운 주체들을 불러낸다. 상징체계를 대신하는 네트워크는 주체를 포획하지만, 주체는 그 그물망에 자유롭게 접속하고 절단함으로써 유동적으로 존재한다. 이렇게 최근의 시는 기계-시스템과 접속하는 순간에만 생명이라는 전력을 공급받는 주체로서의 몸을 통해, 모든 감각성, 실체성이 휘발된 새로운 몸의 양상을 보여준다.

> 아이라는 기표를 불렀더니
> 아이가 그림자까지 붙이고 나타났다
> 아이에게 아이스크림을 내밀었더니
> 입이 생기고
> 다섯 개의 꼼지락거리는 손가락이 생긴다
>
> —이원, 「아이라는 기표를 위한 상상」 중

이 시에서 '기표'로부터 사후적으로 생겨나는 몸은, 주어진 조건으로서의 육체와 허상으로서의 이미지라는 고전적 개념을 전도시키면서 몸/허구의 경계를 뒤섞어 놓는다. 기표와 의미, 언어와 실재의 간극을 벌려놓음으로써 시인은 기호의 실재성에 바탕을 둔 재현의 논리를 전복시키고 있는 것이다. 실재/허상의 구별이 사라진 지점에 놓인 몸은 더 이상 감각적 실체성에 얽매이지 않으면서 자유롭게 변신하고 생성한다. 이원의 시가 보여주듯, 시인들은 기계문명과 훼손된 자연을 대립시키고 상실된 자연을 향한 노스탤지어를 노래하는 대신, 인공의 컴퓨터 속에 '암내'마저 저장한 시뮬레이션의 기억을 주입받는다. 분절되고 파편화된 몸을 두려움 없이 수용하는 이 사이보그의 몸은 육체의 한계성을 새롭게 확장해 나가면서 증식하는 기계-몸이라 할 수 있다.

문명이 낳은 소외와 불안에 대한 결벽적인 거부감은 현대시에서 반복적으로 제기되어온 주제이다. 그럼에도 불구하고 몸의 기계화에 대한 이원의 시들은 근대문명이 드리운 공포에 대한 격렬한 부정이 아니라, 문명의 현재 속에서 유동적으로 그것을 향유하는 자의 태도를 보여준다. 1980년대 '잘린 손'으로 상징되는 '조각난 몸'이 자본과 기계문명이 구축한 세계의 냉혹한 원리에 대한 비판의 거점으로 의미화 되었던 것에 반해, 가상공간에서 해체된 사이보그적인 몸은 더 이상 현실의 다양한 고통을 감각하지 않는다. 이러한 매끄러운 기계—몸의 표면에는 역사, 계급, 성차 등 사회적 기억들이 새겨지지 않는다. 모든 기억이 증발되고 몸은 평등해진다.

그런데 역사적 시간성 속에 포획되지 않는 현재의 몸이 새로운 가능성으로 읽히는 동시에, 또 다른 불안을 환기하는 것은 이들의 몸이 거대한 자본이라는 매트릭스에 접속되고 포획된 존재라는 사실 때문이다. 새로운 정체성을 드러내는 해방적 몸과 자본에 의해 상상되고 조작되는 몸의 이미지는 서로 동전의 앞뒷면처럼 들러붙어 있다. 이러한 몸은 자본이라는 거대한 매트릭스의 내부에서, 몸이 어떻게 포획되고 어떻게 해방되는가라는 실천적 윤리에 대한 물음에 대답을 준비하지 못한다. '거대한 E-Mart가 지상을 점령한(박영근, 「임시묘지의 시」)' 자본의 세계화 속에서, 여전히 몸이 체제에 대한 저항의 거점이 될 수 있다고 믿기 위해서는, 자본의 헤게모니 장 속에서 작동하는 몸의 역동성에 대한 깊은 반성과 성찰이 요청된다.

5. 새로운 시간과 정치적 몸의 탈환을 위하여

1980년대 이후의 모든 문학담론은 몸이라는 수원지로 모여들어 그것을 중심점으로 하여 다양하게 펼쳐졌다. 정치적 억압과 대항의 긴장으로 채워진 1980년대를 거치면서, 억압받는 몸과 저항의 몸은 근대의 광기와 폭력에 대한 비판과 반성의 거점으로서 환기되었다. 당대 이성의 이름으로 은폐된 폭력적 광기는 일그러진 몸의 기억으로 각인되었으며, '아픈 몸'의 이미지는 진보적 서사의 음화(陰畵)로 상징되었다. 즉 몸을 통해 드러나는 역사의 병적인 징후는 완성된 역사를 향한 목적론적 시간의 흐름에 제동을 걸면서 근대의 결핍을 환기시키고 반성적 의식을 작동시켰던 것이다. 1990년대 이후 우리 문학은 억압되고 배제된 몸을 문화의 한가운데로 끌어들이면서, 근대 이성의 허구성을 해체하고 전복하고자 하는 대항적인 전략을 수행하였다. 이러한 몸에 대한 자각은, 우리 시의 인식적, 감각적 영토를 새롭게 일구어냄으로써 문학적 영토를 새로운 감각과 깊이로 확장시켰다는 점에서 의미를 갖는다.

그러나 지적할 것은 1990년대 이후의 휘몰아쳐온 몸 담론의 가장 큰 공백은 몸의 표면에서 정치적 기억을 휘발시켜 버렸다는 점이다. 그것은 1990년대 이후의 몸의 담론이, '아픈 몸'으로 상징되는 전대 몸의 흔적과 기억을 망각한 지점에 구축되어 왔음을 의미한다. 이상(李箱)의 '각혈하는 몸'에서부터 김수영의 '아픈 몸'을 거쳐 황지우의 '훼손된 몸'에 이르기까지, 우리 시의 몸은 양피지 위에 새겨진 문자처럼, 계속적으로 '아픈' 몸의 감각을 통해서 현실의 억압을 기억하고 저장해 왔다. 그러나 첨단의 자본주의적 현실 속에서 몸은 더 이상 사회적 권력 관계와 역사적 기억의 저장소가 되지 못한다. 사회적 관계망의 기입이 거부되고, 모든 기억과 시간을 휘발시킨 매끄러운 몸의 표면은 온갖 이미지들이 투사되는 스크린이 된다.

여기서 우리는 개별 주체의 정체성의 징표인 몸이 자본에 의해 관리되고 양육되는 식민지라는 사실을 환기해야 한다. 즉 몸이 실현하는 욕망은 자본이라는 타자의 욕망을 내면화한 결과라는 사실, 이점을 인식하는 것은 1990년대를 넘어서 새로운 시간을 살아가야 하는 문학이 짊어진 과제이다. 따라서 몸에 각인된 역사적이고 정치적 기억을 새롭게 해석하는 것은 자본의 포획에 맞서는 문학적 저항의 탈출구이자 새로운 담론 생산의 출발점으로 몸의 의미를 재확인하는 작업이 될 것이다.

또 하나 지적해야 할 것은 우리의 문화적 기류 속에서, 몸이 문학담론을 넘어서 문화 전반의 관심 대상으로 환기된다는 점이다. 주지하듯 1990년대 초반 문화적 영역에서 몸의 부상과 동시에 문학의 위기에 대한 인식이 지속적으로 확산되었다. 문자/언어를 매개로 하는 문학은 영상언어의 출현과 더불어 노쇠한 장르로서 위기의식의 부축을 받으면서 생존하고 있는 상황이다. 정신성의 영토를 기호화하는 문자/언어의 특권적 지점이, 감각의 활성화에 기초한 다양한 문화영역에 자리를 내주게 됨으로써 자체의 존립을 위협당하고 있는 것이다. 이러한 위기의 상황에서 다양한 문화적 장르의 관점이 공통적으로 겹쳐지는 몸이야말로 문학의 위기와 종말이라는 단절의 문지방을 넘어서는 새로운 영토로 활성화될 수 있다. 문학에서의 '몸'은 세계와 주체에 대한 물음의 방식으로 끊임없이 소환될 것이며, 문학은 몸을 말하고 몸에 대해서 말하고 몸으로 말할 것이다. 우리 문학에서 몸은 여전히 유효한, 진행 중인 화두이다.

/ 사생활의 영토를 건너는 시의 풍경들 /

1. 사생활의 만화경

최근 한 젊은 시인은 '너와 나를 투명하게 비추는 카페 프란츠 / 대형 통유리 너머로, / 사생활의 역사가 흘러간다. 장엄하다'(이장욱, 「사생활」)고 말했다. 역사에 대한 열광이 소거되고 내성과 환멸의 언어들이 주를 이루었던 시기를 거쳐 온 우리 시의 흐름에서 '사적인' 것들의 영토가 증대되는 양상은 그다지 새로운 현상은 아니다. 거대서사의 붕괴와 미시적 세계의 팽창이라는 명제로 요약될 수 있는 1990년대 이후의 시적 흐름에서 일상, 내면화, 내성화, 서정화의 경향 등은 무수히 반복되어 온 주제어들이 아니었던가. 그럼에도 불구하고 최근의 시들이 다시금 '사생활'의 영토를 문제 삼고 있는 것은 무슨 까닭일까?

주지하듯 사생활의 영역이 시적 화두로 출현하게 된 데에는 공유된 기억의 붕괴라는 상황이 자리잡고 있다. 광대한 이미지의 폭주와 공허한 반복의 시간으로 특징지어지는 자본주의적 현실 속에서 시인들이 경험하는 것은 실존에 대한 끝없는 불안과 자기 해체의 위기감이다. 이러한 주체의 위기와 불안을 유보시키는 기능을 하는 것이 열광의 담론으로 채워진 지난 연대에 대한 기억이다. 공유된 역사에 대한 기억은 이념의 공백을 대치하고, 삶의 공허함을 가려주는 가상적인 체험을 통해서 반복적으로 재현된다. 월드컵 당시 거리와 광장을 가득 메운 붉은 옷의 상징적인 체험이야말로 역사의 부재를 대치하는 환상의 기능을 잘 드러내준 예이다. 이러한 집단 환상은 공동체의 이념에 호소함으로써 주체를 지배적인 동일성의 체계로 포획하는 한편, 일상과 비일상을 분리시켜 일상과 역사 사이에 깊은 간극을 만들어 놓는다. 그리하여 집단적 열광의 환각이 사라진 지점에서 남루한 일상을 살아가야 하는 자들은 다시금 공허한 세계의 권태와 무의미함을 반복적으로 경험하게 되는 것이다. 이렇게 역사를 대치하는 가상의 체험은 일상에 잠입한 지배적 이데올로기를 은폐하고, 현실을 망각하게 함으로써 개인들을 일상적 삶의 코드화된 체계 속으로 안착시키는 기능을 하게 된다.

최근 사생활의 영토에 시선을 돌리는 시인들이 주목하는 것은 이러한 지점이다. 이들은 그간 지배적인 흐름을 형성해온 신서정 혹은 생태주의 시가 보여주는 정서의 투사와 동일성의 시학을 거부한 채, 건조한 시선으로 현실의 음영을 응시하면서 균열된 삶의 단면을 포착해내고 있다. 이러한 시들이 환기하는 새로움은 일상에 스며든 자본의 권력적 지배를 냉정하게 응시하는 시선 속에서 발견된다. 변화 없는 반복의 삶과 코드화된 세계를 바라보는 시인들의 시선은 단편적인 '사생활'의 조각들을 만화경처럼 얽어매어 이 시대의 문화적 지형을 비추어내는 복안(複眼)이 된다. 이러한 시선에 비추어지는 시적 자의식을 통해 우리는 당대의 정치적 무의식을 징후적으로 읽어낼 수 있다. 따라서 사생활의 영토를 횡단하는 몇 개의 시적 공간을 둘러보며 '역사'의 이면에 그려진 삶의 무늬를 따라 읽는 일은 우리 시대의 문화적 코드를 새롭게 살피는 작업이 될 것이다.

2. 카페, 통유리와 자화상

최근의 시에서 발견되는 '사생활'에 대한 탐구의 경향은, 오늘의 시가 놓인 현실적 지반에 대한 탐색과 성찰의 태도와 연관되어 새로운 문제의식을 함축하고 있는 것처럼 보인다. 여기서 '사생활'이란 현실의 지배적 장치에 포섭되어 가는 일상의 다양한 영역을 의미하는 동시에, 이러한 지배 이데올로기에 대응하는 시인의 긴장된 의식이 발현되는 지점을 가리키는 것으로 이해된다. 따라서 '사생활'은 사회적인 억압에 의해 끊임없는 해체의 위기를 겪고 있는 주체들의 불안정한 내면을 드러내는 통로이며, 억압적인 세계에 둘러싸인 주체의 내적 고백이 실현되는 새로운 영토로 떠오른다.

이 글의 서두에서 인용한 이장욱의 시(「사생활」)에서 그는 도시의 이면을 느리게 걸어가는 산책자의 시선을 통해 이완된 일상의 단면을 포착하고 있다. 시인의 시선은 일상의 권태를 배음으로 하여 카메라의 렌즈처럼 생활의 외피와 미시적인 결들을 동시에 훑어나간다. 이러한 시선에 포착되는 것은 서로의 외면을 스쳐 지나가는 개체들의 표정 없는 얼굴이며 현재를 살아가는 자의 우울한 자화상이다.

어떤 사생활이든
활보가 가능한 거리인 것이다. 비둘기가,
지금 막 생애 최고의 활강을 마치고 안착한다.
이 도시에서 지금 그것을 목격한 자는 나뿐이다.
나는 그 활강의 자세를 기억하기 위해서 노력한다.
하지만 고요한 비둘기를 향해 아이는
아주 사적인 돌을 던진다.
비둘기의 사생활은 손쉽게 무너진다.
나는 후퇴하고 싶다. 나의 사생활로

사적인 채로 사적인 표정으로 나는,
약간의 손짓을 섞어 말하는 너를 바라본다.
그래, 너와 나는 동지다.
내일 아침에도 아파트먼트에는
재활용수거 음악이 울려퍼지겠지
동지들은 광장을 가득 메우고
나는 장엄한 역사를 건너간다
오후에는 츄리닝에 쓰레빠를 끌고 당당하게
창림김밥 유리문을 밀고 들어가는 거야
생애 최고의 활강을 위해 다시 이륙하던 비둘기가
김밥집 창밖에서 나를 힐끗, 바라보겠지.

—이장욱, 「사생활」 중

이 시에서 도시의 모퉁이를 응시하는 시인은 반성적 의식으로 세계를 투시하는 대신, 지루한 삶의 외면을 훑어내는 데 초점을 두고 있다. 시인의 눈에 비친 도시는 '광장'이 사라지고 그 대신 개별화된 자아들이 소외된 형태로 공존하는 공간이다. '거리'는 이제 이념적 열망이 분출하는 장소가 아니라, 사적인 영역에 고착된 개체들이 활보하는 곳일 뿐이다. 사적인 것들의 집합으로 이루어진 이 세계는 '사생활이 활보하는 거리' 혹은 '아파트먼트의 재활용수거 음악이 반복되는' 일상의 풍경으로 채워진다. 공적인 담론으로부터 단단하게 격리된 '사생활'의 성채는 일상의 무력감에 지배당하며, 결국 세계와 단절된 사생활의 영토는 그곳에 유폐된 채 고립된 실존을 잠식하게 된다.

이러한 사생활의 세계는 개별화된 주체의 고립으로 특징지어진 현대적 삶의 단면을 드러내 준다. 도시적 세계의 과잉된 이미지에 강박된 주체들은 끊임없이 소외와 불안에 시달리게 되며, 이때 타자와의 소통이 차단된 '사생활'의 세계는 현실을 지배하는 위기와 불안으로부터 스스로를 격리하는 보호막인 동시에 퇴행의 피난처로 작동하게 된다. 권태로운 일상에 대한 부정의 의식은 사적인 공간을 향한 퇴행의 욕망과 나란히 출현한다. 즉 일상의 풍경과 자발적 고립으로 이루어진 '사생활'의 세계는 안팎으로 누벼진 관계가 되는 것이다.

여기서 시인은 '통유리'라는 한정된 매개를 통해 파편화된 세계를 응시하면서, 이러한 생활의 세계를 '풍경'화 하고 있다. 투명한 유리를 경계로 한 거리두기의 시선은 사생활의 성채를 가장 완벽하게 보증하는 자기 방어술이다. 시에서 사생활의 영역으로 후퇴하고자 하는 태도는 '생애 최고의 활강'을 마친 비둘기의 모습과 대조를 이룬다. 비상과 착지를 반복하는 비둘기는 일상으로부터 이탈하고자 하는 의지를 상징한다. 그러나 '생애 최고의 활강'을 마친 비둘기의 유유한 낙하를 바라보던 시인의 시선은 곧바로 '사적인' 세계로 귀환하고 만다. 비상의 행위에 대한 이념적 공감의 부재는 비둘기의 활강을 단지 '기억'하고자 하는 시인의 태도를 통해서 드러난다. '기억'하려 애쓰는 행위 속에는 비둘기의 비상에 대한 정서적 투사나 감응의 태도가 아니라, 그 의미를 사물화하고 대상화하려는 태도가 내재되어 있는 것이다. 따라서 '기억'을 위한 노력은 내면의 '사생활'로 후퇴하려는 욕망에 의해 곧바로 지워져버리게 된다. 일상을 벗어나고자 하는 의지와 가치에 대한 부정은, '동지(너)'를 바라보는 무표정에서 더욱 선명하게 드러난다. '동지'라는 시어는 이념적, 정서적 공감이 상실된 현재의 비루한 삶을 아이러니하게 드러내 줄 뿐이다. 이렇게 되면, '비둘기를 바라보는 나의 시선'과 '나를 바라보는 비둘기의 시선' 사이에는 단절과 어긋남만이 존재하게 된다. 시의 마지막 부분에서도, '김밥집으로 들어가는 나'와 '창밖의 비둘기' 사이엔 시선의 소통이 존재하지 않는다. '힐끗'이라는 시어는 이들의 시선이 서로 교차하는 순간에 어떻게 단절되어 가는지를 잘 보여주고 있다.

시인은 무감한 관계가 만들어내는 시선의 불일치를 통해서, 사적인 영토에 국한된 자아의 고립감을 강조한다. 사생활이 모여 있을 뿐인 현실을 '장엄한 역사'라고 부르는 아이러니는 '츄리닝에 쓰레빠를 끌고' 당당하게 걸어가는 위악적 포즈에서 극에 이른다. 무감한 일상의 단면을 밑그림으로 한 이 우울한 풍경화는, 사생활의 영토에 붙박힌 존재의 일그러진 초상과 겹쳐진다.

3. 거실, 휴일의 정물화

이장욱이 광장과 김밥집 사이를 당당한 위악의 포즈로 건너가면서 현실의 무감각한 외면을 드러낸다면, 공광규는 「휴일, 권태」에서 이 시대의 거실 풍경를 소묘함으로써 사적인 영토의 새로운 면을 펼쳐 보이고 있다. 녹슬어 가는 생활과 해체되어 가는 가족에 대한 보고서로 읽힐 수 있는 이 시의 미덕은 무엇보다 소시민의 무력한 일상의 치부를 전면적으로 과감하게 노출한다는 점에 있다.

먼지를 뒤집어쓰고 멈춘 시계는
건전기를 바꿔 끼워도 돌아가지 않는다.
음극판이 부식되어 드라이버로 벗겨내도
마누라를 닮아 전류가 통하지 않는다
아랫도리에 코드를 꽂아도
권태의 곰팡이가 슬어
전기가 안 온다고 불만인 마누라

똥과 오줌을 꿀꺽꿀꺽 잘 받아먹던 변기도
과식하거나 체했는지
계속 게워내다 마침내

화장실을 똥 바다로 만들어버린다
자기 똥이 섞인 가족의 똥이면서도
도망치는 아내와 아이들
결국 가장만이 똥과 대결해야 하는
비겁한 가족을 거느린 장수의 슬픔

—공광규, 「휴일, 권태」 중

이 시에서 가족들의 모인 '거실'은 낡고 삐꺽거리는 일상의 소품들로 채워진 생의 무감함을 드러내는 무대가 된다. 이 무대에 가장 먼저 등장하는 소품은 '먼지를 뒤집어쓰고 멈춘 시계'이다. 멈추어 버린 시계는 더 이상 생에 대한 흥분과 감응의 '전류'가 흐르지 않는, 무의미한 현실의 공허함을 드러낸다. 녹슬어 가는 소품들은 관계의 '삐그덕거림'에 대한 비유이다. 즉 '결혼의 생산품은 저 징그러운 사고뭉치들과 중고가구와 부서져 가는 관계들'이라는 구절에서 알 수 있듯, 가족 내부에서 서로에 대한 배려와 정서적 소통은 사라진 지 오래이다. 이러한 일상의 '똥'으로부터 도망치는 아이와 아내를 대신하여, 비루한 삶을 떠맡아야 하는 시인에게 가장이라는 지위는 '비겁한 가족을 거느린 장수 / 무능한 가장의 배역'처럼 지탱해야 하는 의무로만 부과될 뿐이다.

또한 주목할 것은 시에서 사적인 공간인 거실이 상품과 소비를 통해 일상에 스며드는 자본에 의해 지배되고 있다는 사실이다. 가족들의 무의식에 침투한 자본의 막강한 위력은 가족 간의 관계를 균열시키는 동인으로 작용한다. TV에 매달린 아이들은 아버지가 만든 음식을 거들떠 보지도 않으며 광고가 권하는 음식에 유혹 당한다. '자본의 파김치 / 밥을 찾아 굽실거리는 벌레'가 되어버린 가장은 더 이상 존재의 의미를 찾지 못한다. 또한 '쥐꼬리만한 내 수입에 목구멍을 의존하면서도 / 나를 쥐꼬리만큼도 존경하지 않는 가족들'(6연)의 모습에서 경제적으로 무능한 가장의 자조가 직설적으로 표출됨으로써 자본에 압도된 존재의 비애감이 심화된다. 이러한 경제적인 무능은 성의 불능으로 치환되고, '돌아 눕는' 아내의 모습에서 회복불능의 관계는 파국으로 치닫는다.

자본의 권력에 의해 벌레가 되어버린 왜소한 자아의 시선에 포착되는 휴일의 풍경은 훼손된 채 형식적으로만 겨우 유지되는 가족의 모습이며 균열된 삶의 표면이다. 이 시에서 '마누라'의 이미지는 김수영의 시에 등장하는 '아내'의 이미지와 닮아 있다. 김수영이 타아(alter ego)인 아내와 속고 속이는 관계를 통해 속물적 자아의 자기반성으로 귀결되는 풍자의 언어를 시적 전략으로 사용하는 반면, 공광규의 시에서 그것은 씁쓸한 아이러니로 치환된다. 아내에게 걸려오는 낯선 남자의 전화는 분명, 이 허약한 거실의 풍경을 해체시킬 결정적인 요인임에 틀림없다. 그러나 시인은 '허구헌 날 문화건달들과 술 처먹고 지껄이다 / 새벽에 들어와 쿨쿨 자는 아내 / 이 귀한 분을 어떻게 모셔야 할까'에서 드러나는 무력한 망설임과 자조감만을 노출하며 붕괴된 현실을 애써 봉합하고 있을 뿐이다.

이렇게 시인은 휴일의 풍경화를 통해 최근 우리사회의 문화적 징후로 급격하게 노출된 가족 붕괴의 문제를 포착하고 있다. 이들이 보여주는 훼손된 가족의 모습은 거대서사의 붕괴가 만들어낸 공허한 현재에 대한 감각과 연관되어 있다. 일상을 지배하는 공허함은, 미래에 대한 끝없는 불안과 되돌아볼 기억의 부재 속에서 자아의 의식을 무기력한 현재에 긴박한다. '녹슨' 시간 속에 갇힌 시인의 질식할 듯한 답답함은 새로운 시간을 꿈꿀 수 없는 삶의 비극성을 절절하게 드러낸다. 너무나 낯익은 이 거실의 풍경 앞에서, 비루한 일상에 포박된 우리들 중 누가 섬뜩해지지 않을 수 있겠는가.

4. 사무실, 노란 죽음의 비문(碑文)

무표정한 개체들의 집합소이자 소외된 공간인 '광장'과, 균열된 가족의 초상을 보여주는 '거실'을 경유하여 우리가 도달한 사생활의 영토는 '사무실과 화장실'이라는 이질적인 공간이다. 장이지의 시에서 사회의 가치가 실현되는 공간인 '사무실'은 역설적으로 사생활이 연출되는 또 하나의 무대로 드러나고 있다. 여기서 사회의 이데올로기적 지배와 개체의 삶이 직접적으로 부딪치는 공간인 '사무실'은 개인의 실존적 죽음을 담보로 유지되는 기능적 사회의 표상이다. 다시 말해 사무실은 '이미' 죽어있는 주체가 외형뿐인 삶을 존속해 가는 현실의 아이러니를 담아내는 공간이 되는 것이다.

> 나는 장화를 신고 등장해, 장화 코를 씻는
> 물의 웅성거림, 그밖의 타이핑 소리가 들려.
> 타이핑 소리에 맞추어 따다다닥 따다다닥 前進,
> 하얀 옷을 입은 똑같이 생긴 직원들이
> 무뚝뚝한 얼굴로 돌아다녀, 낯익은 풍광이로군,
> 담배를 피워대고, 어딘가 전화를 걸고,
> 복사기는 같은 이야기들을 게워내고,
> 하얀 부장은 조간신문을 훑고, 신문은 실망시키지 않지,
> 전형적인 이야기가 있고, 그런 건 늘 반쯤 먹힌다나?
> 커피가 쉴 새 없이 식도로 넘어가고,
> 바람이 불어오네, 내 귀밑머리가 흔들리지 않네,
> (…중략…)
> 내가 왜 여기에 와 있는지 모르겠어,
> 죽음을 팔고, 사지는 못하고, 언제나 이 모양이지,
> 내일이 오면 이곳을 잊겠지

위선을 떨면서, 「낯익은 풍광이로군!」,
다시 오겠지만, 죽음을 파는 회사로 와서,
긴 복도를 지나, 노란 '죽음의 碑文들'을 지나,

—장이지, 「黃泉, 體臭 暴風」 중

시인은 시 전체를 이끌어 가는 발랄한 어조를 통해, 동일한 배역을 반복해서 연기해야만 하는 비극적 현실을 한편의 부조리극으로 치환하여 보여준다. 시에서 일차적으로 두드러지는 것은 구절 사이에 도출되는 쉼표들의 행렬이다. 문장과 단어 사이사이를 끊어놓는 쉼표는 종결에 이르지 못하고, 끊임없이 이어져 나가는 일상의 세계를 가시화 하는 기능을 한다. '하얀 옷을 입은 똑같이 생긴 직원들', '전형적인 이야기', '낯익은 풍광' 등의 구절이 지시하는 것 역시 반복되는 삶의 진부함과 공허함이다.

시적 자아는 지루한 삶이 공연되는 '사무실'에서 자신의 배역을 연기해야 하는 배우로 등장한다. '비를 맞으며 뮤지컬 배우처럼 등장한' 나는 담배를 피우고, 전화를 걸고, 커피를 마시며, 복사를 하는 일상의 배역을 수행한다. 이러한 연기의 행위들 사이에 '피스톨과 잭나이프'의 막간극이 끼어들기도 하지만 그것은 사소한 해프닝처럼 여겨질 뿐이다. 이렇게 균열된 지점은 단단하게 봉합되고, 멈출 수 없는 톱니바퀴처럼 일정한 속도로 돌아가는 일상은 자아로 하여금 무표정하게 자신의 배역을 수행하도록 강요하는 것이다. 이러한 일상의 행위들을 연극적인 제스처로 치환함으로써 시인은 스스로를 사회적 퍼소나로부터 분리시키려는 의식을 표출하고 있다.

한편 시인은 삶이란 '죽음의 역사'를 만들어 가는 과정이며, 따라서 사무실이라는 생활의 세계는 '죽음을 파는 회사'와 동일하다는 인식을 드러낸다. 시적 자아가 놓인 사무실은 '황천(黃泉)'이 환기하는 '노란' 빛깔로 덮여있다. 일상적 삶의 공간인 사무실이 '노란 책상, 노란 컴퓨터,

노란 화면' 등 '노란'으로 채색된 소품들과 '노란' 죽음의 비문 등 죽음의 색으로 칠해진 환상적 공간으로 변화된다. 자아는 또 지하철을 채운 '노란 체취의 폭풍' 속에서도 죽음의 냄새를 맡고 있다. 현실을 뒤덮은 노란색은 변질된 육체의 빛깔이면서 죽음의 냄새를 품고 있는 불길한 색이다. 삶에 의미를 부여해주는 모든 가치와 빛깔이 휘발된 뒤에 남은 이 죽음의 빛깔과 냄새는 '낯익은 풍광'처럼 익숙한 세계의 이면에 은폐된 서늘한 죽음의 풍경을 가시화하고 있다. 시적 진술을 이끌어 가는 발랄한 어조와 죽음의 폭풍에 갇혀 있는 존재의 비극성이 어긋나게 배치됨으로써, 일상의 비극성이 더욱 고조되고 현실의 부조리함은 효과적으로 극대화되고 있다. 이렇게 장이지는 폭풍처럼 밀려오는 노란색을 통해 일상을 잠식한 죽음의 냄새를 환기하고 이러한 삶에 포박된 자아의 절망을 연기(演技)하고 있다.

5. 화장실, 흰벽의 음화(淫畵)

'사무실'이 사회적 권력이 작동하는 공간이라면, 육체적 배설의 공간인 '화장실'은 지극히 사적인 공간이라 할 수 있다. 외부의 시선으로부터 차단된 화장실의 벽은 함부로 노출된 개인의 욕망과 타자의 시선이 은밀하게 만나는 지점이다. 소외된 현실의 주체들은 자기고백을 위해서 사원(寺院)을 찾거나 일기장을 펼치는 대신 화장실의 벽을 선택한다. 그러므로 무수한 낙서가 쓰여진 화장실의 벽은 타자의 시선을 의식한 의사(擬似) 고백의 글쓰기가 실현되는 백지가 된다. 관음적 시선과 노출의 욕망이 엉키는 지점에서 형성되는 고백의 수사학은 지배담론이 균열되는 가장 첨예한 지점이다. 이기인의 시는 화장실의 낙서 속에서 냉혹하고 폭력적인 기계의 논리가 지배하는 세계에 대한 주체의 절망을 읽어 낸다.

공장과 공장 사이에 있는 화장실
흰 문짝은 오랫동안 페인트를 벗으면서, 깨알같은 글씨를 토해내고야 말았다
(…중략…).
기계가 나를 핥아 주었다, 나도 기계를 핥아먹었다, 쇳가루가 혀에 묻어서 참지 못하고 뱉어냈다,
기계가 나에게 야만스럽게 사정을 한다고, 볼트와 너트를 조여달라고 했다

공장 후문에 모인 소녀들,
붉은 떡볶이를 자주 사먹는 것은 뜨거운 눈물이 흐를까 싶어서이다
아니다, 새로운 기계와 사귀면서부터이다.

—이기인, 「알쏭달쏭 소녀백과사전—흰벽」 중

화장실의 벽에 '깨알같은 글씨'로 쓰여진 것은 기계와 통음하는 소녀의 고백적 진술이다. 이 시의 매력은 불안한 욕망의 담지체인('알쏭달쏭') 소녀와 기계의 폭력적 금속성이 만들어내는 미묘한 불일치에서 비롯된다. '공장'에서의 사랑은, 정서적 소통과 교감이 배재된 '기계'적인 것이며, 기계와의 사랑이라는 이 도발적인 진술은 '쇳가루'의 이물감을 통해서 더욱 극적으로 환기되고 있다. 공장의 후문에서 떡볶이를 사먹는 여자아이는 건강한 사랑을 불가능하게 만드는 폭력적 세계와 일그러진 욕망을 드러내는 복합적인 존재이다. 기계의 차가움과 대조되는, 붉고 뜨거운 음식을 먹음으로써 내적인 열정을 발산하고자 하는 소녀의 팽만한 욕구는 이 불모의 관계에서 비롯되는 비극성을 더욱 심화시키고 있다. 그녀의 '뜨거운 눈물'이 보여주는 것은 정서적 교감이 부재하는 세계에 대한 절망이라고 할 수 있다.

이 시에서 '기계'는 기계공(機械工)의 환유인 동시에 현실을 지배하는

냉혹한 원리, 즉 '공장' 나아가 사회 전체를 의미하는 남근의 상징이다. 남근의 폭력성과 소녀의 이미지가 보여주는 부조화 속에서 욕망은 더욱 기형적으로 표출된다. 기계의 속도에 의해 지배되는 '공장'은 사적이고 내밀한 영역을 모조리 흡수하면서 점점 거대해지는 남근, 즉 자본의 힘을 상징한다. 반면 공장과 공장 사이에 끼어있는 '화장실'은 공장을 가동하기 위해 배제된 것들이 모인 잉여공간이라 할 수 있다. 이러한 잉여의 지대에서 유출되는 사랑의 욕망은 끊임없이 자본과의 통음을 꿈꾼다는 점에서 그로테스크하게 변이될 수밖에 없는 것이다. 왜곡된 형태로 분출되는 이러한 욕망이야말로, 불가능한 사랑과 소통을 꿈꾸는 우리 시대의 음화(淫畵/陰畵)이며, 일상을 공유하는 모든 자들이 꿈꾸는 매우 사적인 악몽이라 할 수 있을 것이다.

6. 시장에서 먼 사막으로

사생활의 영토가 새로운 시적 대상으로 떠오르는 것은, 삶의 이면에 내재된 거대한 힘 곧 자본이라는 권력에 대한 비판과 성찰의 방식으로 이해된다. 그러나 시적인 것의 상실을 대신하는 일상에 대한 시인들의 가열한 반성적 시선도 결국 유통과 소비라는 자본의 구조 속에서 작동하는 것이며, 따라서 우리 시대의 시인들은 이러한 문학의 존재양식에 대한 환멸을 완전히 휘발시킬 수는 없는 것처럼 보인다. 다음의 시에서 거대 자본이 지배하는 세계에서 시적 가치의 존재 의미에 대해 물음을 던지는 시인의 곤혹스러운 호소를 생생하게 들을 수 있다.

내 낡은 모자 속에서

아무도 산토끼를 끄집어 낼 수는 없다
내 낡은 모자 속에 담긴 것은
끝없는 사막 위에 떠 있는 한 점 구름일 뿐
내 낡은 모자 속에서 사람들은
파도소리도 바람 소리도 들을 수 없다
그러나 깊은 밤 내 낡은 모자에 귀를 갖다대면
기적 소리와 함께 시커먼 화물열차가 달려나오기도 한다
내 낡은 모자를 안고 오늘 나는 시장에 갔다
하지만 해 저물도록 아무도 사는 이 없어
나는 구름과 놀다가 기차를 타고 훌쩍
머나먼 사막으로 떠났다

누군지 모르는 그대여
내 낡은 모자를 사다오
달리는 화물 열차 끝에 매달려 오늘 나는
내 모자를 쓸 그대를 찾아 헤맨다

—남진우, 「모자이야기」 전문

모자의 마술이 사라진 시장은 자본의 원리가 지배하는 현실을 상징한다. 사막과 구름, 파도와 바람이 펼쳐놓는 몽환적인 이미지들은 현실의 원리에 장악된 시장에서 무용한 것들로 치부되거나 거세된 것들이다. 이러한 상실된 이미지들과 '시커먼 화물열차'의 기적소리가 담고 있는 폭력적인 속도를 대조적으로 배치함으로써, 시적 자아는 '시장'의 현실을 살아가야 하는 시인들의 절망을 드러낸다. 그러나 시인이 꿈꾸는 상상적 이미지의 세계와 현실을 상징하는 '시장'의 세계는 사실은 모자의 안과 밖처럼 하나로 꿰매어진 관계이다. 시인은 낡은 모자 속에서 환상과 마법의 세계로 훌쩍 떠나지만, 이 떠남은 '화물열차'의 끝에 매달려 가는 것이며, 그것은 시인의 운명이 화물열차가 달리는 영토의 내부에서 벗어날 수 없음을 의미하는 것이다. '달리는 열차'로 상징되는 자본의 속도에 매달려 있는 시인은 '누군지 모르는 그대' 즉 미래의 독자를 찾아 헤매는 독백으로 시를 끝맺는다.

이 시에서 시인과 내밀하게 소통할 수 있는 독자의 부재와 자본의 과잉이라는 현실은 우리 시가 놓여 있는 황폐한 조건을 그대로 드러내주고 있다. 오늘의 시인들이 놓인 비극적 정황은, 화폐로 매개된 거래와 물화된 관계를 통해서만 존재의 가치가 규명되는 시장에서 시(문학) 역시 하나의 상품으로 존재할 수밖에 없다는 사실에서 비롯된다. 사라진 마술적 이미지들로 시장의 논리에 응전하고자 하는 시인들의 좌절은, 어느 시대이든 당대의 현실적 조건들과 길항 관계에 놓일 수밖에 없는 시의 타고난 숙명을 반복하고 있는 것처럼 보인다. 일상의 영토를 초월하기보다는 그 삶의 각질을 파고 들어가는 시들의 다양한 음색을 통해 이러한 숙명을 긍정하고 초극하려는 시적 의지를 엿볼 수 있다. 자연에 대한 서정적 동일화를 추구하거나 혹은 언어의 실험을 통해서 새로운 영토를 개척해 나가려는 모험의 정신 못지 않게, 일상의 영역에 내재하는 왜곡된 폭력성 그리고 이에 대응하는 '사생활의 역사'를 응시하는 다양한 시선의 깊이 역시 우리 시의 새로운 단계를 모색하기 위해서 소중한 작업이라 할 수 있을 것이다. 역사의 부재를 견디는 환멸의 방식이 아니라, 일상의 영토를 가로지르는 적극적인 모색을 통해서 새로운 시적 영토를 꿈꾸는 시인들의 노력에 기대를 보내는 이유도 여기에 있다.

/ 고장 난 시계와 시간의 색깔들 /

1. 시와 막걸리의 풍경

팽배한 상업주의적 현실과 가상의 시공간의 폭발적인 증식으로 새롭게 구축되는 문화적 지평 위에서 우리 시의 지형도를 구성하는 좌표들 또한 많은 변화를 겪고 있다. 거대담론의 해체라는 지상 명제 속에서 분열의 수사들로 무장한 시들이 보여주던 난분분한 축제가 파장에 이를 즈음, 전복과 해체의 전략이라는 양날의 무기를 든 여성주의 시들이 거대한 대륙처럼 떠올라 가부장적 담론을 균열시키는 미학적 게토를 형성하고 있는가 하면, 이들의 한쪽에는 순수서정의 이름으로 등장한 일군의 서정시들이 상업주의와의 아슬아슬한 경계를 유지해 가면서 시쓰기에 대한 순정을 눈물겹게 노래하고 있다. 이러한 시적 흐름을 둘러싼 만성화된 위기의 담론들은 아직도 무성하기만 하고, 혼란과 위기에 대응할 내적 응전력을 확보하지 못한 많은 시들은 현실과의 긴장을 상실한 채 일상의 풍경 속으로 주저앉아 버리는 것처럼 보인다.

그러나 짧지 않은 시력을 지닌 중견시인들이 보여주는 시쓰기에 대한 반성적 자의식을 통해, 우리 시가 이러한 문화적 위기에 대응하기 위해 자기반성이라는 화두를 끊임없이 되새김질 하고 있음을 확인할 수 있다. 최승자와 천양희의 시는 증식되는 위기의 담론을 뚫고 새로운 시적 출구를 찾아가려는 지치지 않는 모색을 보여주고 있다.

평평한 밋밋한
어눌한 느슨한
납작한 헐거운
엷은 얕은
오그라든 찌그러진
찌들어버린 빵구 난
천편일률적인 똑같은 리듬의
김빠진 맥빠진
기진맥진한 기고만장을 잊어버린
이런 시!

언젠가 나는 한 시에서
"얘들아, 이게 시냐, 막걸리냐?"라고 쓴 적이 있었다.
지금 이 시 속에, 이 시의 풍경 속에 주저 앉아서,
이런 시나 쓰는 마음의 풍경 속에 주저앉아서
나는 다시 그 구절을 써본다

얘들아, 이게 시냐, 막걸리냐!

—최승자, 「이런 詩」 전문

최승자 시인이 보여주는 시쓰기의 지난함에 대한 솔직한 고백은, 문학의 위기와 시의 죽음이라는 풍문을 뚫고 나가야할 시적 자세를 가늠하게 해준다. '평평하고 밋밋한 그리고 오그라든' 시의 모습은 현실 속에서 위축된 채 긴장을 상실한 시쓰기에 대한 시인의 절망을 드러내준다. 천편일률의 리듬이 만들어내는 시는 맥 빠진 세계에 대한 저항의 탄성을 상실하고 만성화된 정체감 속에 놓여 있다. 이제 시는 더 이상 현실을 거슬러가는 반항적 동력이 되지 못하고 현실의 중력 속으로 무력하게 포획된다. 현실을 전복할 수 있는 상상적 폭과 깊이를 지니지 못한 채 진부한 시적 '풍경 속에 주저 앉아 버리는' 시에 대한 자조적이고 반성적인 언술 속에는, 우리 시가 놓인 문화적 환경의 불모성을 알리바이로 현실에 투항하려는 시인들에게 보내는 통렬한 비판의 목소리가 내장되어 있다. 과장된 비극적 포즈를 취하지 않고 자아의 속내를 드러내는 고백의 진솔함이 이 시의 미덕이며, 그것이 독자들로 하여금 우리의 시적 현실을 되돌아보게 하는 준열한 일갈이 된다. 막걸리로 상징되는 현실과 시 사이에 놓인 지루한 풍경을 전복하는 '기고만장'한 시가 사라진 시대에, 시를 통해 누추한 현실 속에서 새로운 가능성을 꿈꿀 수 있다는 순진한 믿음이 역설적으로 소중하게 여겨지는 이유가 여기에 있다.

그럼에도 불구하고, 무릇 시란 이 김빠진 일상의 시간에서 발효되어야 한다는 명제는 여전히 중요한 의미를 갖는다. 일상의 막걸리가 미주(美酒)로 발효되는 과정은 시쓰기의 과정에서 시인이 겪어야할 내적인 고통의 크기에 값하는 것이리라. 천양희의 시는 이 수고로운 작업에 대한 찬탄과 경원의 아이러니적 태도를 보여준다.

원고료도 주지 않는 잡지에 시를 주면서
정신이 밥 먹여주는 세상을 꿈꾸면서
아직도 빛나는 건 별과 시뿐이라고 생각하면서
제 숟가락으로 제 생을 파먹으면서
발빠른 세상에서 게으름과 느림을 찬양하면서
냉정한 시에게 순정을 바치면서 운명을 걸면서

아무나 말 할 수 없는 것들을 말하면서
새소리를 듣다가도 '오늘 아침에 나는 책을 읽다'고 책상을 치면서
시인은 시적으로 지상에 산다

시적인 삶에 대해 쓰고 있는 동안
어느 시인처럼 나도 무지하게 땀이 났다

—천양희, 「시인은 시적으로 지상에 산다」 전문

일찍이 보들레르가 노래했듯이 지상으로 유배된 천상의 존재인 시인으로 하여금, 이 비참한 삶을 유지할 수 있게 해주는 것은 '아무나 말할 수 없는 것을' 말하고자 하는 욕망과 의지이다. '정신이 밥 먹여주는 세상'에 대한 소박하지만 비장한 꿈을 간직함으로써 시인은 세속의 시간과는 다른 삶을 살고자 하는, 혹은 살 수 있다는 의지를 드러낸다. 돈으로 바꾸어지기를 거부하는 시, 발 빠른 세상에 보폭을 맞추지 않는 정신적 염결성의 세계는 현실로부터 스스로를 소외시킴으로써 얻어지는 것이다.

이 시를 아름답게 만드는 것은, 지상에 영원의 왕국을 건설하는 시적인 삶에 대한 맹목적인 동경이 아니라, 이러한 '시적인 삶'을 그려내기 위해서 '나도 무지하게 땀이 났다'고 말하는 자아의 진솔한 고백에 있다. 현실의 중력으로부터 벗어날 수 없는 운명에 놓인 시인이 흘리는 땀 속에는, 시적인 삶을 현실에 비끌어 매어 착지시키고자 하는 시쓰기의 고통이 스며있다. 시인이란 시적 삶과 속인(俗人)의 삶 사이의 간극을 메우기 위한 고투의 과정을 운명처럼 짊진 자들이 아니던가. 시적으로 살기 위해 흘리는 '땀'은 현실로부터 초월을 꿈꾸는 맹목이 아니라는 점에서, 척박한 시간을 일구고 조형하는 장인으로서의 시인의 수고로움과 가치를 보여준다.

우리의 시를 둘러싼 위기의 담론들은 기실 시에 국한된 문제가 아니

라, 우리 삶 전반을 둘러싼 위기와 연관되어 있다. 삶을 지탱하는 가치의 상실, 욕망의 극대화와 중독된 소비의 형태로 드러나는 자본주의적 삶의 부박함이 낳은 존재의 위기감이 시와 문학의 죽음이라는 수다한 풍문들로 반복 재생산 되고 있는 것이다. 이러한 위기의 담론이 장악한 현실의 혼돈이, 그 속에 '주저앉은' 시들이 보여주는 창조적 상상력의 결핍과 전복의지의 부재를 합리화하는 알리바이가 될 수 없다는 것을 두 시인의 시는 여실히 보여준다.

규범화된 정서적 코드와 인식틀에 자신을 가두지 않는 발랄한 상상력의 힘은 현실로부터 새로운 이행의 움직임을 구성해 낼 수 있다. 이런 점에서 최승자와 천양희가 보여주는 시 혹은 시쓰기에 대한 반성적 자의식은 오염된 현실에 대한 비판인 동시에 일상화되고 진부해진 시적 현실을 되돌아보게 하는 거울이 된다. 자기고백에 내장된 진정성을 동력으로 삼아 혼란한 시적 상황으로부터 벗어나고자 하는 이들의 시쓰기는, '기진맥진한' 현실에서 새로운 출구를 더듬어가고자 하는 많은 시인들에게 유효한 자양분이 될 수 있을 것으로 보인다.

2. 고장 난 시계 속에서 길을 잃다

앞에서 살펴본 천양희의 시에서처럼, 시적인 삶이란 현실의 속도로부터 이탈을 꿈꾸는 자들의 시간이다. 자본주의 속도가 표상하는 빠름에 대한 거부 그리고 느림에 대한 지향은, 현실을 지배하는 시계보다 '늦게 가기'의 형식으로 일상의 시간을 전복하려는 역동성을 내장하고 있다. 그러나 세속의 삶에서 시적 '순정'을 지키고자 하는 아이러니는 자본주의의 자장에서 빠져나올 출구를 찾지 못하고 길을 잃게 된다. 문정희의 시 「시계와 시계 사이」는 '고장난 시계'로 상징되는 미로에서 길을 잃은 현대인의 절망을 포착하고 있다.

> 오늘 아침에도 고장난 시계 속에서 눈을 뜬다
> 고장난 시계가 이를 닦고
> 고장난 시계가 밥을 먹고
> 고장난 시계가 나이를 먹는다
> 그래도 어딘가 맞는 시계가 있을 것이다
> 나는 그런 시계를 하나 갖고 싶다.
> 나는 CNN을 본다. CNN은 당황하여
> 고장난 시계가 있는 곳에 특파원을 파견하고
> 꼬리를 잘 흔들고 손을 싹싹 비비고 눈치를 살핀다
> 고장난 시계에다 총구를 갖다댄다
> (…중략…)
> 너와 나 사이에는 어차피 시차가 있다
> 고장난 시계인 나는 길을 걷다가
> 교차로에 서서 시계탑을 본다
> 나의 시계가 맞는지 교차로의 시계가 맞는지
> 알 수 없어 길을 잃는다
> 모든 시계는 나이가 없다
> 어디론가 그저 흘러가고 있다.
>
> —문정희, 「시계와 시계 사이」 중

이 시에서는 어디론가 흘러가고 있는 삶의 표면을 떠도는 정처 없는 존재들의 불안과 위기가 표출되고 있다. 자본주의는 곳곳에 시계를 장치하고 삶의 리듬과 심장의 박동조차 하나의 흐름으로 포획한다. 거대한 자본의 시계가 지배하는 현실은 고장 난 시계를 용납하지 않는 세계이다. 국제자본에 포획된 영토에서 이탈하려는 고장난 시계들이 가차없이 융단폭격을 당하는 현실. 오직 하나의 시계가 지배하는 세계에서 삶의 다양함이나 이질적인 가치가 설 자리는 애초에 존재하지 않는다. 모든 것을 하나의 흐름에 흡수 통합해 버리는 자본의 탐욕과 증식력은 방향도 목표도 알 수 없는 맹목의 흐름만을 보여준다. 이렇게 의미없는 반복을 통해 차이를 거세시키는 세계에서 '모든 시계는 나이가 없이' 균질적인 시간으로 평균화된다. 생산적 가능성을 소진하고, 모든 차이를 지워버리는 반복적인 삶은 어제와 오늘, 과거와 현재의 차이를 무화시킨다. 이러한 시간은 최승자의 시에서 보여주는 '밋밋한 맥빠진 천편일률'의 시간과 다르지 않다.

시인은 자본의 시계탑으로부터 이탈한 '고장난 시계'로 자신을 표현한다. 이 고장 난 시계의 이미지는 자본의 폭력성에 대한 시간적 반항의지를 함축하고 있다. 시인은 모든 시간의 척도가 되는 시계의 지배자인 '시계탑'의 시간을 거부하는 한편, 자신의 삶의 기준이 되어줄 또 다른 '맞는 시계'를 꿈꾸고 있다. 그러나 천공의 별을 대신해 줄 단 하나의 시계는 이미 사라지고, 대상화된 세계와 자아 사이에는 깊은 간극이 벌어진다. '너와 나 사이에는 어차피 시차가 있다'에서와 같이, 기계적 시간이 지배하는 현실에서 자아와 타자 사이에 놓인 단절은 결코 합일될 수 없는 '시차'로 인식된다. 현실의 폐쇄된 시간의 회로를 따라가야만 하는 존재의 비극성은, 일상의 무감각에 대응할 새로운 가능성을 낳지 못하는 데에 있다. 미로의 현실에서 자신을 정박시킬 하나의 중심('맞는 시간')을 찾고자 하는 노력은 좌절되고, 자아는 또다시 현실적 시간의 자장 속으로 빨려 들어갈 수밖에 없게 된다.

정처 없이 흘러가는 무의미한 지속은 새로운 시간을 향한 비전으로 열리지 못하고, 자기를 갱신할 역동적 가능성도 부재한 죽음의 시간으로 인식된다. 이러한 죽음의 시간은 '무정란'(최영철, 「무정란」)의 시간으로 비유될 수 있다. 생산적 가능성을 박탈하고 무의미한 반복을 강요하는 폭력적인 시계는 생식과 생산을 거세하는 악마적 힘으로 변이되어 시인의 무의식을 지배한다. 생명의 씨앗을 눌러 죽이는 그로테스크한 손의 기계적이고 반복적인 동작은 '자신을 돌돌 말아붙여' 무정란을 만들어 내는 불임의 시간에 대한 시인의 공포와 강박을 보여준다. 이렇게 고장 난 시계와 무정란의 시간은 거대한 자본의 왕국이 시인을 억압하는 끔찍한 악몽으로 인식되고 있음을 보여준다.

자본주의적 억압에 대항하는 시쓰기는 폭력적인 시간의 강박을 전도시키고 해체하려는 역동적 의식에서 탄생한다. 시계-시간이 지배하는 영토로부터 이탈하려는 의식은 탄성은, 김수영의 식으로 말하면 '시간을 타고 가는 기술'로서의 시쓰기의 새로운 가능성을 담지하고 있다. 거대한 시계탑의 일상을 거부하는 시인은 언제나 '고장 난 시간'을 살 수밖에 없으며, 이 고장 난 시간에 대한 강박을 발랄한 상상력으로 치환할 때 새로운 시적 지평이 열릴 것이다. 크기와 모양이 다르고 빛깔과 소리가 다른 시계들이 울려대는 유쾌한 불협화음의 시쓰기는 패턴화된 정서를 거부하고 부정할 수 있는 역동적인 가능성을 열어 놓는다.

3. 백색의 시간, 검은 시간

시인은 끊임없이 과거를 호출하고 오지 않는 시간을 향해 손을 뻗쳐, 백지의 평면 위에 시간의 굴곡을 그려 넣는다. 시쓰기는 지나간 시간과 오지 않은 시간이 현재와 접속하고 충돌하면서 그려내는 다양한 풍경으로 의미화 된다. 그것은 궁극적으로 망각 속에 묻힌 것을 소환하고 복원하는 기억의 힘으로 이끌어진다. 현재의 빛에 감광된 시의 인화지 위에는 서로 다른 두 개의 시간이 현상된다. 하나는 백색의 시간. 시의 여백을 뒤덮는 폭설의 이미지는 철저한 망각이자 지움의 기호가 된다. 다른 하나는 검은 시간. 그것은 두꺼운 망각을 균열시키면서 현상하는 어두운 기억의 시간이다. 기억의 저편에서 걸어나온 시인 백무산의 시 「첫날」은 지나온 시간의 흔적을 덮는 백색의 시간으로 채워져 있다.

눈 오는 아침은
설날만 같아라

새신 신고 새옷 입고
따라나서던 눈길
어둠 속 앞서 가던 아버지 흰
두루막 자락 놓칠세라
종종걸음치던 다섯 살
첫길 가던 새벽처럼
(…중략…)
천지사방 내리는 저 눈송이들은
누가 설하는 무량법문인가

눈 오는 아침은
한 번도 살아보지 못한
첫날만 같아라.

—백무산, 「첫날」 중

시적 공간을 채우는 백색의 눈발은 우주적 광대함으로 펼쳐지고 있다. 눈은 인공의 지도가 만든 구획선을 지우고, 지상의 삶을 이루는 갈등과 충돌을 덮고 시간의 축조물을 폐허화 한다. 이렇게 살아온 시간을 지움으로써, 시인은 첫길을 떠나던 다섯 살의 새벽으로 회귀한다. 훼손되지 않은 '첫날'의 기억은 현실이 침투하지 못하는 순결한 시간의 영토이다. 모든 경계와 시간의 흔적을 지우는 무량법문의 시간, 그 광대한 백색 우주 속으로 빨려 들어가는 시인은, '한 번도 살아보지 못한 시간'

의 무구함 속에 탈속의 꿈을 풀어 놓는다. 무수한 상처의 시간을 거쳐 도달한 '맨발'은 이러한 시간의 순결함이 응축된 이미지이다. 그가 밟고 온 역사의 갈피와 고단한 상처의 흔적이 새겨진 시간은 '맨발'의 정화된 시간성을 통해서 무화되고, 그의 몸은 천둥의 울림을 담는 우주적인 몸으로 비워지게 된다.

그런데 이 거대한 시간의 흐름 속에 오체투지로 자신을 내던질 때, '상처 깊던 여름날'의 시간은 정말 단번에 씻겨지는 것일까. 1980년대식의 어법을 그대로 살린 그의 다른 시 「통일이데아」와 「첫날」 사이에서 그의 표현대로 '한 삼백년은 지난' 듯한 아득한 시간적 격절이 감지되는 것은 무슨 까닭일까. 그것은 이 시인이 과거를 현재와 융합시켜 새로운 의미로 생성해내기 보다는, 상자 속에 담긴 검처럼 보존되어야 할 대상으로 사유하는 데서 기인한다. 햇빛 속으로 나오자마자 퍼렇게 녹슬어 버릴 검처럼 부식된 과거를 망각의 눈으로 덮고 있는 것은 아닌가, 탈속적 시간으로의 투신이 현실을 감싸 안지 못하고 망각 속으로 추방해 버리는 것은 아닌가라는 의문이 뒤따라 고개를 든다. 새로운 시간의 출발은 과거의 한 순간을 기억하는 데서 찾아야 한다는 벤야민의 말을 떠올리지 않더라도, 이 시가 보여주는 거대한 망각의 대지에는, 호랑이의 도약처럼 섬광으로 스치는 과거의 빛을 시적 광휘 속에 붙잡아 놓을 수 있는 의식의 첨예한 역동성이 휘발된 것처럼 보인다. '첫날'의 장엄한 아름다움에 숨 막히다가 문득 이 백색의 풍경 속에 발효된 '막걸리의 냄새'가 스미지 못한다는 사실을 깨닫는 것은 이런 까닭이다.

이러한 우려를 불식시켜주는 시적 가능성을 한 젊은 시인의 시에서 발견할 수가 있다. 기억의 영토 밖으로 추방당한 시간을 복원하려는 시인의 상상력은 그 발랄함과 역동성으로 진부한 시쓰기에 대항하는 새로운 가능성을 보여주고 있다. 유형진의 시는 자본주의적 시간의 폭력이 남긴 상처의 기원을 더듬는 일에서 출발한다.

물오른찔레나무새순을꺾어 나무의맑은피를손톱에칠하고
새로자란토끼풀을뜯어 시계랑반지를만들어끼웠어

시간은째깍째각시들어가고 기타도베이스도드럼도없이
굶주린거미같은올겐만으로 빛바랜낮의변주를시작했어

언니는우물가시멘트바닥에앉아 검은란제리를빨고있었어
쭈그러진노란세숫대야에 란제리는불은미역같았어
(…중략…)

공장마당엔지친비둘기들이 발목을잘린늙은비둘기들이
마지막기차의장화를신고 아주먼곳으로가고싶어했어

쿵덕쿵프레스기계소리 철벅철벅두레박올리는소리
철길을지우는안개와함께 기차의꼬리에붙어따라가고

하얀빨래비누는불어가는데 익사체의살처럼뭉그러지는데
식판공장의프레스기계들은 공장문이닫혀도춤을추는데
숯처럼검은란제리를빨던 언니는영영오지않는데

―유형진, 「식판 공장의 프레스 기계들과 언니의 검은 란제리를 위한 노래」 중

이 시는 불모의 사랑과 파탄된 시간이 만들어내는 비극적인 서사를 동화적 풍경으로 변주하고 있다. 프레스공과 언니의 사랑이라는 서사는 다양한 시간의 울림이 만들어내는 소리들로 절묘하게 표현된다. 철벅철벅, 쿵덕쿵덕, 째깍째깍 등은 이러한 시간적 울림을 드러내주는 시어들이다. 우물을 향해 내려가는 두레박의 철벅거리는 울림은 생명의 충만한 시간을 환기시키며, 시계의 째깍거림은 사랑을 파탄으로 몰아가는 폭력적인 힘을, 그리고 프레스 공장의 반복적인 기계음은 고갈된 세계의 강박적인 힘을 드러내준다. 비극은 '토끼풀로 만든 시계'로 상징되

는, 영원한 사랑의 약속이 가능했던 신화적 시간이 붕괴되고, 모든 진실과 가치를 녹여버리는 폭력적인 자본의 시간이 열리는 데서 시작된다. 기계적 생산의 리듬이 삶의 리듬을 대치하고, 기계심장의 소리가 생생한 심장의 울림을 앗아갈 때, 악몽처럼 울리는 기계음은 식판을 찍어내는 반복적 노동으로 치환된다. 시에서 띄어쓰기를 거부한 채 두 부분으로 나누어진 시행의 배열은 신화적 시간과 자본의 시간 사이의 충돌을 가시화하고 있다.

한편 '검은 란제리'는 자본주의적 세계 속에서 결코 완성될 수 없었던 사랑의 비극적 운명을 상징하는 소재로 등장한다. 란제리에 얼룩진 파탄된 사랑의 상처는 유기(遺棄)된 시간의 파편화된 이미지들로 분산되고 있다. 또한 '허옇게 불은 익사체의 살'과 공장기계들의 춤이 그로테스크하게 대조되면서 비극적 이미지를 구축한다. '건전지가 다 된 올겐이 비오는 날의 고양이처럼 울고 있는' 상황이나, '공장마당의 발목 잘린 늙은 비둘기들이 모여앉은' 모습 등은 현실의 고통을 더욱 심화시키고 있다. 사랑의 시간이 멈추고 모든 희망이 거세된 곳에서도 공장의 기계들이 추는 춤은 계속된다. 영원히 멈추지 않을 것 같은 기계적 리듬은 악몽처럼 대기에 퍼져나간다.

이렇게 시인은 신화적 시간의 붕괴와 기계-시간 속에서 소모되는 삶의 음화를 그려낸다. 그녀는 기억하지 않는 방식으로 과거를 환기하는 역동적인 상상력과 시간을 재구성하는 환상적인 시쓰기를 통해 망각의 두꺼운 시간을 균열시킬 수 있는 가능성을 보여준다. 이런 점에서 이 시는 끝나버린 잔치를 추억하는 기억의 노래이며, 현재의 왜곡된 시간 속에 봉인된 신화를 불러내는 무가(巫歌)라고 하겠다.

4. 미묘한 색깔의 틈으로 열리는 시간

최근의 두드러진 시적 징후는 신서정이라는 이름으로 자신의 음역을 개척하려는 시적 경향이다. 새로운 서정시는 순간의 응축된 힘을 통해서 내면 공간을 구축하고 자아와 세계의 정서적 동일화를 이루고자 한다. 그러나 세계의 내면화를 기율로 하는 서정의 문법은 자칫 내면의 고립된 정서에 고착될 우려가 있다. 모든 서정시는 폭력적이고 속화된 세계를 거부하는 단 하나의 문자, 혹은 단 하나의 시간을 꿈꾼다. 따라서 서정시가 파탄된 현실에 대응할 수 있는 가능성으로 자리 잡기 위해서는, 서정이 순간성에 대한 미학적 탐닉이나 자기 위무의 화해적 정서에 고착되는 것이 아니라 현실의 위기에 대응하는 단단한 내면의 금강석으로 조형될 필요가 있다.

최하림의 시 「미묘한 색깔로」는 무너져 가는 시간의 경계에서 빚어지는 시간의 색깔을 아름답게 묘파하면서, 자아와 세계의 합일에 근거한 서정의 울림이 얼마나 큰 진폭을 가질 수 있는지를 보여주고 있다.

미묘한 색깔로 낙조가 달리는 들녘에서
나는 유사(流砂)처럼 허물어져간다
지느러미 같은 것들도 없이
공기는 흔들리고 하늘은
유리 빙판처럼 떠 있고
골짜기마다 길게 늘어선 그림자들이
적층의 어둠 속으로 흘러들어간다
금강물이 부서지는 소리를 내며
굽이를 돌아간다
나는 제천을 가면서
검은 옷을 입고 가는 그대를

잊지 못하노니 오오오
불타는 언덕에 올라
어느날 땅을 치며
울게 되리라

—최하림, 「미묘한 색깔로」 중

서정의 현을 울리는 '미묘한 시간의 빛깔'은 위태롭게 그러나 고통스럽게 아름답다. 시적 공간에는 소멸을 향해 흘러가는 시간의 변화와 심리적 추이가 섬세하게 물결지고 있다. 시에서 '간다'라는 서술어를 중심으로 하여, 정지와 움직임, 소멸과 생존의 시간이 서로 침투하고 융합한다. 자아는 유사(流砂)처럼 허물어져 가고, 그림자들은 어둠 속으로 흘러들어가고, 금강물은 부서지면서 흘러간다. 완만한 굽이를 돌아가는 강과 지느러미처럼 흔들리는 공기의 유연성 그리고 빙판처럼 떠 있는 하늘 사이 미세하게 드러난 틈 속에서 시인은 새로운 시간의 색깔을 발견한다. 여기서 '미묘한'이란 언어로 다가갈 수 없는 비의적 시간을 드러내 주는 수사이다. 이 미묘함의 색깔에 대응하는 것은 '허물어져간다', '흘러들어간다', '돌아간다' 등 하나의 방향으로 진행되고 있는 서술어의 움직임이다. 이 서술어들은 모두 어둠을 향해서 이끌려가는 존재들의 덧없음과 쓸쓸함을 끌어안고 있으며, '유리 빙판'처럼 떠있는 하늘의 차가운 물질성은 소멸의 쓸쓸한 질감을 드러내준다. 이렇듯 시적 자아의 민감하고 섬세한 촉수는, 생과 사, 존재와 부재, 고정된 것과 소멸하는 것의 경계 속에서 뒤섞이고 있는 시간의 빛깔과 질감에 닿아 있다. '검은 옷'과 '불타는 언덕'의 강렬한 대조는 이 미묘한 빛깔이 타오르는 한 순간의 정점을 보여준다.

그런데 시에서 미묘한 색깔의 비의성은 시의 배음으로 놓인 검은 시간에 의해서 더욱 도드라진다. 이 검은 시간을 배경으로 함으로써 자아는 시간의 잔광에 부딪쳐 만들어내는 색깔의 미묘함을 붙들 수 있게 된다. 시에서 단 한 번 등장하는 '검은 옷을 입고 가는 그대'는 잔광으로 덮인 세계의 중심적 존재로 떠오른다. 그는 소멸을 향해가는 시적 자아 자신의 이미지일 것인데, 주목할 것은 '검은 옷을 입고 가는 나'와 '이를 바라보는 나' 사이에 시간적 간극이 생겨난다는 점이다. 이 시간적 간극 속에서 자아는 '검은 옷을 입은' 자아 곧 자신의 죽음과 직접 대면하게 된다. 죽음과 마주선 자아는 이 죽음의 검은 빛깔 위에 희미한 삶의 색깔을 덧칠함으로써 생의 시간을 확장시킨다. 이렇게 시인은 미묘한 빛깔의 틈새로부터 삶과 죽음, 존재와 부재의 아득한 거리를 이끌어 냄으로써 시간 속에서 시간과 싸워야 하는 존재의 운명을 응시한다.

이 시에는 죽음과 삶 사이의 간극 속에서 그 지극한 절망을 초혼의 노래로 변용했던 소월의 음색이 녹아 있다. 천지를 진동하는 초혼의 울림은 '땅을 치며 울게' 되는 이 시의 풍경 속에서도 아득하게 울려나온다. 삶의 풍경이 죽음과 자리를 바꾸는 순간의 미묘한 빛깔에서 울려나오는 서정의 순간성은, 폐쇄적인 정서에 고립되지 않은 채 강하고 단단하게 응결된 아름다움으로 현실의 시간에 대응해 간다.

5. 발효된 시간, 서정의 금강석

하나의 시간을 허물고 새로운 시간을 구성하는 작업은 순간을 포착하는 직관이나 기교, 혹은 사유의 경박함을 치장하는 수사의 현란함에 기대지 않는다. 최근 우리 시단에서 개체로서의 삶에 대한 성찰과 반성이 돋보이는 시가 많은 반면, 서정을 금강석으로 벼려내는 단단한 시를 발견하기 어려운 것은 이러한 작업의 지난함에서 연유하는 것일 게다. 서정의 세계가 막걸리와 같은 일상의 시간과 함께 발효될 때 시쓰기의 가능성은 빛을 발한다. 막걸리 같은 일상 속에서 발효된 시의 향기를 꿈꾸는 시인들의 우직한 자기반성은 우리 시의 새로운 가능성을 되새기게 한다. 시간을 조형하는 과정에 이러한 근본적 반성이 작용하지 않을 때, 만성화된 위기의 담론으로부터 벗어날 수 있는 가능성은 찾기 힘들어 질 터이다. 진솔한 자기고백과 발랄하고 도발적인 상상력이 서로를 추동하는 힘으로 상승될 때 일상적 시간의 틈새에서 새로운 세계를 향한 출구가 열린다. 이때 미묘한 시간에 가 닿을 수 있는 시의 촉수는 보다 풍요롭게 뻗어나갈 것이다. 최승자의 말을 빌어, 기진맥진한 시의 시대에 '기고만장한' 당당한 시적 가능성에 대한 믿음을 버릴 수 없는 것은 이러한 까닭이다.

/ 시간의 매트릭스와 육체의 건축술 /

1. 시간의 인공자궁에서 시쓰기

오늘의 시쓰기는 백지의 평면 위에서 이루어지지 않는다. '공포를 기다리던 백지'의 거대한 공허 앞에서 요절한 선배 시인이 느끼던 공포와 절망의 두께가 사라진 곳, 다차원 공간의 평면적 전이인 모니터 위에서 새로운 세대의 시쓰기는 진행된다. 모니터 안 커서의 깜빡거림은 시간의 흐름을 가시화하면서 시쓰기를 재촉하고 감시하는 타자의 시선으로 작동한다. 부재와 현존 사이를 오가는 시선의 운동. 광대한 백지 앞에서 시인들이 느끼던 공포의 공간적 부피감은 이 시선 앞에서 시간에 대한 공포로 변질된다. 커서의 움직임이 지시하는 선(線)은 더 이상 획을 그어 의미를 메꾸어가는 공간이 아니라, 수평적 이동이 만들어낸 시간의 궤적으로 가시화되어, 생성과 소멸의 운동 속으로 시인을 불러들인다. 이러한 시간의 선 위에 구축된 문자/언어는 오늘의 시쓰기가 얼마나 시간의 강박에 포획되어 있는지를 보여주는 메타포이다.

우리 시대 다양하게 분화되는 시적 경향들 속에서 시간에 대한 강박적 사유를 공통적으로 발견할 수 있는 것은 시인들이 놓인 현실적 조건과 무관하지 않을 것이다. 현대문명의 광포한 속도는 미래를 향해 질주하는 시간 원리를 바탕으로 한다. 그러나 무한한 변화와 질주의 시간은 끝없는 반복의 회로에서 빠져나가지 못하는 아이러니를 내포하고 있다. 미래를 향해 질주하는 진보의 이념과 그 안에 내장된 텅 빈 현재 사이의 불일치는 근대적 주체가 놓인 숙명적 모순을 드러내준다. 이제 주체를 관통하는 촘촘한 시간의 그물망은 시가 태어나는 모체인 동시에, 탈주를 꿈꾸는 억압적 공간으로 변화된다. 이렇듯 주체를 긴박하는 시간화의 원리는 시인들의 사유를 관통하는 지배적 요소이며, 이러한 시간이라는 인공자궁에서 이들의 시쓰기는 탄생한다. 끊임없이 공허한 현재를 초월하고자 하면서도 동시에 영원히 현재에 붙박힌 존재의 딜레마 속에서, 시인들은 현대문명을 살아가는 주체의 독특한 존재양식과 육체의 미학을 발견한다. 소멸을 향해 사그라드는 육체야말로 시간에 종속된 인간의 운명을 가장 정직하게 드러내는 매개물인 까닭이다. 최근의 시들에서 운명에 결박된 존재를 가시화 하는 육체의 이미지가 시간이라는 화두와 함께 솟아오르고 있는 것은 우연이 아니다.

2. 공포와 허무, 문명의 쌍생아들

오늘의 시쓰기를 지배하는 최종심급은 강박적인 문명의 속도에 대한 반성의 지점에 놓인다. 이러한 시쓰기의 근원에는 주체를 포박하는 시간의 그물망을 벗어나려는 긴장된 의식이 자리 잡고 있다. 주지하듯 끊임없는 변화와 속도로 표상되는 현대의 시간은, 그 내부에서 어떠한 질적인 변화도 낳지 못하는 공허한 시간일 뿐이다. 무수한 반복으로 채워진 현실은 내부적으로 텅 빈 시간이며 동시에 외부적으로는 동질적인 삶의 파편들이 과잉된 시간으로 드러난다. 이러한 세계에 놓인 주체는 시간의 강박에 의해 조형된 육체의 형상 속에서 스스로를 발견한다. 이들의 육체는 새로운 권력으로 등극한 문명의 시간이 새겨놓은 공포의 흔적으로 가득 채워져 있다. 신영배의 시 「나비와 엘리베이터」는 억압적인 문명의 속도 속에서 자아가 경험하는 불안과 육체적 균열을 부각시키고 있다.

나는 상자 속에 들어 있다
내 몸 하나로 가득 메워진 상자
다리가 휘청하고, 가슴이 납작하게 눌린다
희미한 조명이 깜박깜박 어둠을 긁어모으고
한쪽에 붙은 거울이 내 긴 머리카락을
빨아들이고 있다 얼굴이 팽팽하게 당겨진다
상자는 상상할 수 없는 속도로 움직인다
위로만 한없이 올라가고 있다
내 손가락은 빌딩의 맨 위층을 눌렀지만
상자는 이미 빌딩을 벗어나 있다
도시의 하늘 위로 계속 올라가는
어둡고 고요한 기계 소리의 상자
머리카락을 다 뜯어먹은 거울은
내 이목구비를 노리고 있다.
겁에 질린 하얀 얼굴, 나비 한 마리
멈출 수 없는 두려움의 내부에서
나비가 파닥거리고 있다

상자를 벗고 날고 싶어

―신영배, 「나비와 엘리베이터」 전문

속도가 지배하는 세계에서 시인이 느끼는 초조와 불안은 '상자'라는 폐쇄된 공간으로 표상된다. 시인은 '내 몸 하나로 가득 메워진 상자'의 내부에 놓여 있다. 상자와 몸이 하나가 되는 상황은 시인의 육체가 상자의 규율과 속도에 포박되어 있음을 보여준다. 이렇게 '상자'로 표상되는 육체의 용적은 분절되고 조각난 현실의 시간을 표상한다. 분절된 육체의 물질성은 '상자'라는 시어에 내포된 금속성의 질감으로 조형된다. 이 조형된/강요된 육체야말로 물질로 객체화된 시간의 억압성을 가장 절실하게 드러내는 상징이다.

멈출 수 없는 상승의 운동이 지배하는 세계의 관성 속에서 시인은 '빌딩'을 넘어서 하늘로 치솟아 가는 끔찍한 속도에 내맡겨져 있다. '하늘'이라는 개방적 공간 속에서 '위로만 한없이' 치솟는 엘리베이터(상자)의 이미지는 광대한 큐브에 갇힌 채 질식해 가는 영화의 한 장면을 떠오르게 한다. 이러한 상황에서 시적 자아가 느끼는 극단적 위기감은 '상자'로 규격화된 육체와 내면 사이의 틈새에서 발화한다. 상자 속의 '거울'은 코드화된 육체와 자아의 균열을 드러내는 장치이다. 시에서 거울은 자신의 모습을 비춤으로써 자기 동일성을 보장해주는 매개물이 아니라, 육체를 빨아들이는 공포스런 괴물의 이미지로 나타난다. 그리하여 자신의 의지와 무관하게 치솟는 현실의 속도와, 자아를 위협하는 내면의 블랙홀 사이에서 시인은 '겁에 질린' 채 떨고 있을 뿐이다. 자아가 감지하는 공포는 '하얀 얼굴', '파닥거리는 나비'의 형상으로 표출된다. 시에서 문명의 폭력성과 불안한 내면을 드러내는 '나비'의 이미지는 다양한 의미의 층위를 함축하고 있다. 수직 상승하는 상자—육체의 남성성과 그 내부에 놓인 나비—육체의 여성성의 간극은, 운동과 정지, 내부와 외부, 남성적인 것과 여성적인 것, 문명과 자연 사이의 균열과 불화를 가시화한다. 시인은 이러한 대립을 극단화함으로써 자아에게 가해지는 문명의 횡포와 억압을 전경화하고 있다.

한편 '파닥거리는 나비'로 변해버린 내면의 불안한 움직임은 광대한 시간의 그물망에서 벗어나지 못하는 주체의 운명을 환기하고 있다. 일찍이 근대적 세계의 '수심(水深)'을 알지 못해 피로에 젖어 귀환하던 주체의 상징물이었던 '나비'는, 이 시에서 금속성의 세계에 갇혀 질식하는 나비의 이미지와 겹쳐진다. 두 나비의 공통점은 근대적 시공간의 장력을 벗어나지 못하는 주체의 불행한 자의식에 놓여 있다. 그러나 신영배의 시에서 나비가 감지하는 불안의 궁극적인 요인은 외부적 세계의 억압이 아니라, 내면의 붕괴에서 비롯되고 있다는 점에서 보다 근본적인 비극을 환기한다.

사실 근대의 시간이 내포한 폭력성과 과잉된 속도에 대한 반성적 시선은 우리의 시에서 그리 낯선 주제는 아니다. 이 시에서 세계의 폭력에 의해 내면의 반성적 공간을 장악 당한 주체의 공포 체험은 이상(李箱)이 경험했던 근대적 세계에 대한 절망을 반복하고 있는 것처럼 보이기도 한다. 그러나 '은화처럼 맑은 정신'의 여백마저 잠식하는 철저한 폐쇄성과 불모성을 가시화 한다는 점에서 신영배가 놓인 시쓰기의 조건은 좀 더 불행하다고 할 수 있겠다. 자신의 육체를 상자로 바라보는 신영배의 시적 인식은 성찰적 여백과 거리마저도 휘발시켜버리는 시간의 그물망에 대한 공포로 표출되고 있다. 이러한 시간에 대한 공포가 삶의 근원적인 불모성에 대한 인식과 맞닿을 때, 그것은 세계와 주체에 대한 실존적 허무의식으로 급격하게 전이될 수 있다.

신영배의 시가 시간의 지배에 대한 공포의 감각에 집중하고 있다면, 윤의섭의 시 「사막의 모텔」은 시간에 의해 축조된 세계의 소멸을 예감하는 자의 허무를 드러낸다. 그의 시에서 현재의 불모성에 대한 인식은 시간이라는 광대한 우주 속에 놓인 미소(微小)한 자아의 우연성에 대한 인식과 맞닿는다.

> 또 하룻밤 자고 일어나면 아래층은 모래에 파묻히고
> 꼭대기층은 다시 돋아나 감쪽같이 그대로인 천일야화였을 거다

모래 속 지층에선 점차 추억이 늘어나겠지만
누구도 지난날을 말하지 않는다

바깥의 기온이 점점 떨어지고 있다 그러므로
저건 너의 체온이다
함석 찢는 소리를 내며 바람은 길고 긴 행군을 계속한다.
쓰라린 여정으로 지친 너의 몸뚱이
이 생애를 묵고 가려면 모래 폭풍의 꿈을 꾸어야 한다
하염없이 성을 쌓아야 한다
너의 모래시계는 현생을 지우며 폐허를 낳는다
모래알 수억의 행성마다
목마른 물고기가 하룻밤 머물곤 새겨놓은 이 별자리

―윤의섭, 「사막의 모텔」 중

시인은 '사막'이라는 광대한 소멸의 공간을 응시함으로써 삶의 불모성에 대한 인식을 표출하고 있다. 그에게 삶이란 모래의 성으로 이루어진 헛된 시간일 뿐이며, 그 모래의 시간 위에 세워진 모텔에서 꾸는 하룻밤의 꿈이다. '하룻밤 자고 나면 모래에 파묻히는 아래층과 또다시 돋아나는 꼭대기층'의 감쪽같은 자리바꿈은, 삶이라는 불변의 외피 속에 은폐된 소멸의 기운을 드러낸다. 시간의 블랙홀 속으로 빨려 들어가는 허무의 풍경, 거기서는 '누구도 지난날을 말하지 않고' 현재뿐인 시간을 살아간다. 되돌아갈 추억이 없고 자신을 투사할 미래도 없는 현재의 감옥. 이러한 현재 속에서 '서력 이천 삼년 이월'이라는 시간의 징표는 '무량의 모래알'이 상징하는 거대한 허무 속으로 삼켜져버린다. 이렇게 끊임없이 사라지고 되돌아오는 무한반복의 시간 속에서 시인은 점점 차가와지는 '외부의 기온'을 감지한다. 식어가는 체온과 '여정으로 지친 몸뚱이'는 '층층마다 무량의 업보가 쌓인 모텔'의 공간적 부피감과 동일한 의미항을 이룬다. '모래 언덕'으로 속절없이 무너져가는 모텔의 이미지는 시간 속에서 소멸해 가는 육체의 그것에 다름 아니다.

시인은 모래시계가 상징하는 무한성과 공허함을 '목마른 물고기'로 변주함으로써, 폐허의 현재에 포획된 주체의 텅 빈 내면을 효과적으로 드러낸다. '물고기의 운명'을 타고났으면서도, 모래의 바다에 갇혀버린 주체는 '모텔'이 상징하는 문명의 건조함과 불모성에 붙들려 있다. 시에서 '모텔'이 상징하는 일회적인 부랑(浮浪)의 이미지는 '수억'의 시간의 무량함과 안팎의 겹을 이루고 있다. 이렇게 시간 속에서 허물어지는 존재의 일회성을 영원하게 만드는 것은 끊임없이 다른 생을 꿈꾸는 일일 터이다. 윤의섭의 시는 자아의 삶이 다른 자아에 의해서 꿈꾸어진 환영에 불과하다는 장자적 해석에서 모티프를 얻어왔다. 그의 독특한 시간관은 과거와 현재, 전생과 현생, 꿈과 현실이 서로 바뀌며 중첩되거나 얽혀있는 양상으로 드러난다. 그가 '지금' 보고 있는 것은 이미 '죽은 지 오래인 솔개의 깃'이거나 '길 떠난 지 수수억 년 된 바람'(「솔개」)인 것이다. 이렇게 과거에서 현재로 그리고 현재에서 미래로 흘러가는 시간의 원근법을 파괴함으로써, 시인은 자신이 놓인 세계의 공허함을 두드러지게 한다. '(시간의) 성을 쌓는 것'이 '폐허를 낳는 것'과 동일한 의미를 지닌다는 이 도저한 허무의 밑바탕에는 선형적 시간의 인과론적 사유방식에 대한 전면적인 부정의식이 자리 잡고 있다.

윤의섭의 시에는 시간의 허무함을 응시하는 주체의 시선을 변전시킬 사건이나 격절의 순간은 존재하지 않는다. 반복과 소멸을 거듭하는 허무의식은 새로운 시간을 열어가는 대신, 그저 폐쇄적인 시간의 유희 속으로 침잠한다. 그의 시에서 '별자리'는, 다양한 계기들이 충돌하면서 새롭게 구성되는 별들의 지도를 의미하는 성좌가 아니라 정해진 운명의 회로에 붙박힌 부동성의 좌표로 나타난다. 이렇게 일직선으로 달려가는 문명의 시간에 대한 부정에서 태어난 소멸의 허무주의는, 새로운 운명의 시간을 열어가지 못하고 주체의 운명을 부동의 별자리 곧 동일성의 세계로 포섭해 버린다.

신영배의 시에서 나타난 폐쇄된 육체의 물질성은 윤의섭의 시에서 보여주는 허무주의적 육체와 만난다. 시간의 억압에서 비롯되는 공포와 허무는 폭력적인 동일성의 시간 원리가 낳은 현대문명의 쌍생아이다. 이렇게 광적인 속도와 무상한 소멸의 시간이 낳은 닫힌 육체의 이미지는, 시간의 인공자궁에 유폐된 주체의 모습을 환기한다. 닫혀진 시간의 자궁으로부터 소통과 열림의 시들이 어떻게 제 숨구멍을 열어갈 수 있는지, 그들의 시적 싸움은 여기서 새롭게 시작되어야 할 것이다.

3. 육체의 숨구멍 열기

현대문명은 시간을 분절하고 공간화함으로써 시간의 다양한 질감을 끊임없이 동질적인 것으로 환원시켜 버린다. 이러한 시간의 폭력성이 자연과 문명, 주체와 세계의 단절과 불화의 요소로 작용하고 있음을 생각하면, 현실에 대응하는 오랜 시적 무기인 서정성은 여전히 파편화 되고 양화된 시간을 극복하기 위한 대안으로 유효한 것처럼 보인다. 손택수의 시 「放心」은 주체를 포박하는 시간의 억압으로부터 비껴 서서 소통의 숨구멍을 열어놓는다.

> 한낮 대청마루에 누워 앞뒷문을 열어놓고 있다가, 앞뒤 문으로 나락드락 불어오는 바람에 겨드랑 땀을 식히고 있다가,
>
> 스윽, 제비 한 마리가,
> 집을 관통했다

그 하얀 아랫배,
내 낯바닥에
닿을 듯 말 듯,
한순간에,
스쳐지나가버렸다

집이 잠시 어안이 벙벙
그야말로 무방비로
앞뒤로 뻥
뚫려버린 순간,

제비 아랫배처럼 하얗고 서늘한 바람이 사립문을 빠져 나가는 게
보였다 내 몸의 숨구멍이란 숨구멍을 모두 확 열어젖히고

—손택수, 「放心」 전문

이 시에서 '집'의 공간적 폐쇄성을 뚫어놓는 바람의 운동은, 집으로 날아든 제비의 날개짓을 타고 숨구멍을 열어젖히는 흐름을 만들어 놓는다. 비가시적인 대상인 '바람'은 '제비'라는 사물을 통해서 구체성을 얻는 동시에, 자아의 존재를 변화시키는 비의적 에너지로 작동한다. 포착될 수 없는 바람이 '제비'의 육체성을 얻게 되는 순간, 그것은 '제비 아랫배처럼 하얗고 서늘한' 감각으로 선명하게 가시화된다. 제비가 총알처럼 날아와 존재를 관통하는 순간, 시인은 일상의 경계를 비껴가는 질적인 도약을 경험하게 된다. 각질화 된 삶을 뚫고 들어오는 시간의 비약은 '숨구멍'의 열림을 가능하게 하는데, 닫힌 육체에 숨구멍을 내는 이 순간은 '닿을 듯 말 듯'이라는 아슬아슬한 공간적 틈새에서 태어난다.

시인은 자아와 제비 사이의 공간적 거리가 최소화되는 지점을 '한순간'이라는 시간 이미지로 포착하고 있다. 자아와 세계가 스치는 이 '순간'은 기계적 시간으로 포착할 수 없는 질적인 비약을 표상하는 시간의

틈새이다. 그것은 그 순간이 지나간 후, 즉 '어안이벙벙한' 시간적 휴지를 거친 후에 비로소 깨닫게 되는 시간이다. 이 순간 속에서 '관통'이라는 직선의 운동을 띠고 있던 바람은, 제비의 '하얀 배'가 그려내는 유선형의 곡선으로 변화된다. 직선이면서 곡선인 시간의 움직임이 '몸'을 통과함으로써 비로소 육체의 숨구멍이 열리는 것이다. 이렇게 육체의 개/폐의 틈이 낳은 순간의 역동성은 시간에 포박된 육체를 해방시키는 미학적 절정을 드러내 준다.

이 시에서는 '뻥', '확' 등의 부사어가 담고 있는 탄력성이 시간의 그물망을 유유하게 빠져나가는 자아의 여유로운 태도를 효과적으로 드러내고 있다. 바람이 통과함으로써 사면의 벽으로 막혔던 집은 탁 트인 공간으로 변화되고, 현재의 피로를 담고 있는 나의 몸은 제비의 날개짓이 스치는 순간에 새로운 몸으로 탄생한다. 열린 집과 숨구멍을 열어젖힌 몸의 개방성. 그것은 현대문명의 시간에서 놓여날 가능성을 담지한 육체이다. 앞에서 읽은 신영배의 시가 기계-되기의 몸을 통해 시간의 억압에 포박된 육체의 폐쇄성을 보여준다면, 손택수는 바람-되기의 몸을 통해서 기계화된 현실의 긴장으로부터 시간적 출구를 열어간다.

손택수의 시가 보여주는 미학은 전통적인 서정의 시선 속에서 이루어지고 있다. 주지하듯 서정의 문법을 지탱해 온, 세계에 대한 발견과 존재의 전환이라는 미학적 원리는 산문적 현실과 대비되는 단절과 비약의 순간을 포착하는 데서 가능해진다. '순간'이 내포한 비약적 단절은 존재의 전환을 이끌어내는 비의적 시간 속으로 자아를 상승하게 함으로써, 일상적 삶의 변화를 가능하게 하는 동력이다. 이러한 순간의 언어를 빌어 자신의 미학적 세계를 건축한 손택수의 시는 전통 서정의 영토에 안전하게 착지하고 있는 것처럼 보인다. 문제는 이러한 서정의 원리가 현실의 연관성과 무관한 맥락에 놓이게 될 때, 현실의 다양한 질감을 소거하는 주관성의 세계로 고착화 될 수 있다는 점이다. 신서정이라 불리는 일련의 시적 흐름이 세계와 절연된 자폐적 정서에 머무른다는 비판은 이런 점을 겨냥한 것이다. 세계와 소통하는 그의 시적 육체가 닫힌 현실에 숨구멍을 터주는 출구가 되기 위해서는, 고통스런 삶의 질감을 끌어안는 성찰적 시선이 요청된다.

허수경의 시 「그곳으로, 오오」는 정제된 서정의 영토로부터 새로운 시간과 언어 미학을 추구하고 있어 주목된다.

> 그곳으로, 오오 백 년 동안 물을 기다리던 남자가 있는 곳으로, 그 남자가 그린 작은 말이 있는 곳으로 그 말이 달리던 검은 동공 같은 들판으로 그 들판이 그렇게 부지런히 기르던 민들레의 더운 숨 속으로 그 숨 속에서 백년 동안 물을 기다리던 남자에게로 그 남자가 다 막아놓은 문 쪽으로 문이 걸어놓은 퍼런 별 속으로 다시 별 속으로 그곳으로 장갑차가 나를 기다리고 있는 곳으로 나를 터엉 쏘아서는 내 창자를, 내 근본을 다 여는 그 폭력 속으로 그 속으로 병원으로 실려 가는 길가에서 물을 기다리던 남자는 땅바닥에다 말을 그리고 말이 달리는 들판에서 민들레는 더운 숨을 열어 오오 기다린다, 라는 인간의 언어를 마치 헉헉거리며 쫓아오는 사제처럼 말하는 그곳으로
>
> —허수경, 「그곳으로, 오오」 전문

이 시에서 두드러지는 것은 종결어를 찾지 못하고 무한히 이어져 달리는 언어의 흐름이다. 다양한 어조로 변주되면서 끝없이 반복되는 시적 진술은, '터엉 쏘는' '장갑차' 등의 시어가 환기하는 폭력적인 직선의 시간을 구부리는 나선형의 운동은 보여준다. 시는 '물을 기다리는 남자'가 그린 화폭 속의 세계에서 무한히 펼쳐지는 환상적인 흐름을 따라간다. 그런데 '물을 기다리는 남자→말→들판→민들레→민들레의 숨'으로 이어지는 진술은 거기서 다시 반복되어 '물을 기다리는 남자→문→별→장갑차→총에 맞은 나'의 이야기로 이어지고, 여기서 또 '병원으로 실려 가는 길가'에서 다시 '물을 기다리는 남자'를 만나는 것으로 이어진다. 그러니까 시에서 '물을 기다리는 남자'는 모두 세 번 등장하는데, 첫 번째와 두 번째는 중첩되며 포함의 관계를 형성하고, 세 번째

와는 병렬적 관계로 놓이게 된다. 이러한 복잡한 진술은 독자로 하여금 동심원의 파장처럼 외부로 퍼져나가면서 동시에 내부로 응축되는 이상한 시간 운동을 경험을 하도록 만든다.

한편 이러한 진술이 담고 있는 속도와 질감은 '달리는 말'이 확장하는 공간적 넓이와 대응하고 있다. 이러한 공간의 확장은 '검은 동공 같은 들판'의 이미지 속에서 깊이로 전환된다. 검은 들판과 선명하게 대립되는 '민들레'의 노란빛 원환(圓環) 속으로 공간이 응축됨으로써, 시적 공간은 고정된 평면이 아니라, 깊이와 넓이 속으로 운동하는 역동적인 힘으로 채워진다. 말의 동공 속의 들판, 그 속의 민들레는 무한히 축소되면서 동시에 우주적 공간으로 확장되는 에너지를 발현한다.

이 시에서 반복되는 시적 진술은 끊임없이 '그곳'이라는 고정점을 향하고 있으면서도, 하나의 공간으로 집중되는 것인 아니라 무한히 열려진 시간의 궤적을 보여준다. 시적 언어들이 도착할 서술어를 상실한 것과 마찬가지로, 의미론적으로 시적 대상들은 도달해야 할 '그곳'에 도착하지 못한다. '그곳'의 부재로 인해 시간의 운동은 목적론으로 귀결되지 않으면서 반복과 중첩의 주름을 이루면서 흘러가게 된다. 그리하여 '백년 동안'이라는 한정된 시간은 무한히 열린 시간으로 전이되는 것이다.

시에서 '말을 그린다'와 '물을 기다린다'라는 언어의 미묘한 차이에 내포된 틈새에서 상상적 시공간은 무한히 팽창하고 있다. 이것은 장갑차, 총성이 암시하는 직선적 시간의 폭력성을 휘어서 구부리는 효과를 낳는다. 이러한 시간의 변이 속에서 '기다리던'이라는 술어는 '기다린다'라는 현재형과 경계 없이 어울릴 수 있는 것이며, '인간의 언어'와 '사제의 언어' 사이에 놓인 경계도 사라진다. '헉헉거리며 달려오는' 언어의 '더운 숨'이란, 사제의 신성한 언어와 장갑차의 금속성의 언어를 녹여내는 열기이며, 하나의 서술어에 고착될 운명인 주체를 응고된 시간으로부터 구제하여 살아 움직이게 하는 '말'인 것이다.

윤의섭이 하늘의 별과 지상의 사막을 대립시킴으로써 순환하는 영원성의 시간과 지상의 수직적인 시간성을 대립시키고 있다면, 허수경은 문명의 시간에 내포된 수직적 폭력성을 구부림으로써 나선형의 시간으로 열어놓는다. 시간의 기하학을 변주하는 시적 진술의 역동성은 독특한 언어의 사용과 결합되어서 매력적인 효과를 자아내고 있다. 이렇게 허수경은 시간의 질서를 전복하는 발랄한 상상력을 통해서 '그곳'이라는 기원을 부정하는 새로운 시쓰기의 양상을 보여준다. 문장의 종결을 거부하고 무한히 이어지는 진술은 안과 밖, 선후의 시공간적 경계를 해체함으로써 완성된 지점을 향해 흘러가는 인과적 시간원리를 균열시킨다. 동일화된 언술의 바깥으로 미끄러져 가는 이러한 시적 언술에서, 다양한 차이를 포괄하면서 비인과적인 우연성의 사슬로 연결되는 보르헤스적 시간의 사유를 읽을 수 있는 것은 우연이 아니다. 그녀의 시는 무한한 변이와 차이를 연주하는 언어의 리듬 속에서 무차별적이고 폭력적인 근대의 시간원리를 해체할 미적 가능성을 보여준다.

4. 口, 죽음과 생성의 거대한 입

허수경의 시가 보여주는 현란한 시간의 운동을 따라가다가 또 하나의 육체를 만난다. 성윤석의 시 「口」에서 시간과 육체는 다시 한 번 새로운 양상으로 포개지고 있다.

> 똥을 누다가 동전을 눈 적이 있다
> 그후 술잔에 띄운 벚꽃 잎을 누었고
> 해안에 사는 한 여자의 립스틱을
> 눈 적이 있다

나는 누기 위해 먹었고, 먹기 위해
누었다
감귤, 하면 감귤이 내 속에서
굴러다니고 명태, 하면 명태의 마른 살들이
찢어졌다.
탐욕이 더해진다는 말을 믿지 않는다. 그저
유난히 붉은 불빛이 시정(市井)에 존재하는 듯한
느낌만이 오는 것이다.
나는 더 이상 먹기가 싫어졌다.
나를 기다리는 저 거대한 입도 그러하리라.

—성윤석, 「口」 전문

이 시에서 상형문자 '口'는 폐쇄된 공간을 연상시키는 육체의 기호이다. 모든 육체의 생명 운동은 '口'의 형상으로 귀속되는데, 그것은 생성과 소멸의 운명을 가장 단순화시킨 언어가 '먹다—누다'라는 동사로 축약되기 때문이다. '먹다—누다'의 사이의 시간적 연관성 속에서만 생명은 생명인 것이며, 이러한 흐름이 막히는 순간이 곧 죽음의 시간일 것이다. 결국 '口'는 삶과 죽음을, 세계와 자아를 연결시켜주는 통로가 된다. 그러므로 '나는 누기 위해 먹었고, 먹기 위해 누었다'라는 진술은 이러한 '먹다와 누다'로 요약되는 존재의 술어를 하나로 누벼놓은 것이다. 먹다/누다가 하나로 꿰매어질 때 주어/술어의 문법적 결합은 해체되고, '누다'라는 술어는 '동전, 꽃잎, 립스틱' 등의 시어와 자유롭게 결합하게 된다. 이렇게 관습적인 언어의 관계가 해체된 곳에서, 언어는 근원적 마술성을 획득하게 되고, 이러한 언어의 힘에 의해서 '누다'는 배설이 아닌 생산의 언어로 재탄생하게 된다.

이때 새롭게 탄생되는 언어는 점점 '더해지는' 탐욕이 아니라, '붉은 불빛'의 '느낌'으로 감지된다. 대상을 향한 탐욕이란 대상을 나의 내부로 흡수하고 끌어당기는 힘이다. 시에서 '더해지는' 것으로 환기되는 탐욕은 물질적 대상의 축적은 물론 시간의 누적(累積)까지도 내포하고 있다. 누적된 시간의 질량이 만들어내는 육체의 폐쇄성. 그러나 먹다/누다가 하나로 결합될 때, 육체는 그 공간적 제약성을 휘발시키고 '느낌'으로 세계를 감각하게 된다. 이때 '口'는 폐쇄된 육체의 공간이 아니라 다른 세계, 다른 감각을 위한 문(門)이 된다. 이러한 내부의 열림, 혹은 텅 빔이야말로 '먹다/누다'의 이중적 술어를 껴입고 있는, 비어있는 육체성을 가시화 하는 것이 아닌가. 이때 나를 기다리는 '거대한 입'은 죽음의 입(口)인 동시에 생성의 입(口)이다. 이렇게 육체의 공간을 개방시킴으로써 시인은 죽음과 삶의 시간적 넘나듦을 육체화 한다. 이 개방된 육체는 주체의 내부에 축적된 시간의 무게를 휘발시킴으로써, 시간의 자장으로부터 유유히 벗어난다. 이를테면 주어와 술어들 붙들어 매는 문법의 자장, 혹은 문법의 세계를 공고히 하는 시간적 질서로부터의 탈주.

5. 시간의 매트릭스에서 시쓰기

'시간과의 싸움에서 허무하지 않은 것이 어디 있으랴'라는 말처럼 인간은 그 누구도 시간의 강박으로부터 자유롭지 못하다. 각자의 영토에서 시적 작업을 일구어 가는 시인들의 의식 내부에서 시간과의 싸움이라는 화두가 늘 새롭게 제기되는 것은 이러한 실존적 운명에 대한 인식에서 비롯된다. 즉 세계와 자아를 투시하는 시적 풍경은 언제나 시간에 대응하는 존재의 근원적 물음과 연루되어 있는 것이다. 따라서 최근의 시들에서 시간에 대한 공포와 부정, 초월의 의지를 발견하는 것은 새삼스러운 일이 아닐 것이다. 시간에 대한 이들의 시적 사유는 실존적 차원에서 현대 문명의 병적 징후에 이르기까지 다양한 스펙트럼으로 펼쳐지고 있다. 이들의 시쓰기는 주체를 강박하는 시간이라는 인공자궁의 내부에서, 새로운 소통과 생성을 꿈꾸는 육체의 언어로 빚어지고 있다.